MW00737237

BESTSELLER

Trevor Shane es un autor estadounidense que ha irrumpido con fuerza en el panorama literario del *thriller* distópico gracias a su primera novela, *Hijos del miedo*. Nacido y criado en Nueva Jersey, se licenció en la Universidad de Columbia y cursó estudios en el Georgetown University Law Center. Actualmente vive en Brooklyn con su mujer y su hijo.

TREVOR SHANE

Hijos del miedo

Traducción de
Roberto Falcó Miramontes

DEBOLS!LLO

Título original: *Children of Paranoia*

Primera edición: abril, 2012

© 2012, Trevor Shane
   Edición publicada por acuerdo con Dutton,
   miembro del Grupo Penguin USA
© 2012, Random House Mondadori, S. A.
   Travessera de Gràcia, 47-49. 08021 Barcelona
© 2012, Roberto Falcó Miramontes, por la traducción

Printed in Spain – Impreso en España

ISBN: 978-84-9989-491-1
Depósito legal: B- 6605-2012

Compuesto en Anglofort, S. A.

Impreso en Barcelona por: **black**print
                          A CPI COMPANY

P 994911

Para mi hijo, Leo, que me sirvió de inspiración incluso antes de saber que existía

Christopher,
Tienes que saber quién eres.
Tienes que saber de dónde vienes.
Solo así podrás enfrentarte a ellos si
van a por ti.

Te querré siempre,
tu madre

PRIMERA PARTE

PRÓLOGO

Querida Maria:

Imagino que cuando me diste este diario no creías que fuera a dar mucho de sí, pero aquí lo tienes. Lo he escrito para ti. Cuando me lo regalaste me dijiste que querías entenderme. Sigo sin estar muy convencido de que puedas llegar a entender lo que he hecho, pero no pierdo la esperanza.

Ahora eres una parte importante de esta historia, mucho más de lo que me esperaba cuando empecé. Lo único que he hecho ha sido escribir. Y este es el resultado. Aquí estoy, en unos cuantos cientos de páginas insignificantes.

No sé si he pecado, ni tan siquiera si existe el pecado como tal. Si existe, supongo que he sobrepasado mi cuota con creces. Quizá debería importarme, pero me da igual. Lo único que me importa ahora es que Christopher y tú estéis a salvo. Lo demás se solucionará por sí solo.

Os quiero. Con cariño,

JOE

1

Resulta difícil decidir por dónde hay que empezar. Sé que se supone que uno debe empezar por el principio, pero ¿cómo voy a saber dónde está? No me parece una tarea fácil. Siempre se me han dado mucho mejor los finales. Sin embargo, supongo que todo empieza en Brooklyn, al amparo de la oscuridad en la esquina de una calle, esperando a que una mujer acabara de cerrar su tienda.

Cuando salió del edificio, retrocedí para ocultarme en las sombras. Echó un vistazo rápido a su alrededor, pero yo sabía que lo único que veía era la calle vacía. Como no reparó en nada, volvió a centrar la atención en la cerradura de la tienda. Había dedicado la última hora a adecentar el local, a quitar el polvo del mostrador y a ordenar las botellas de vino que los clientes habían descolocado. Ahora se encontraba fuera, en la calle, tras el fin de su larga jornada laboral. Estaba lista para irse a casa y reunirse con su familia. Bajó la persiana metálica que debía proteger su comercio, cerró el candado, guardó la llave en el bolso y retrocedió de nuevo. Volvió a lanzar una rápida mirada en ambas direcciones. Nada. Metió la mano en el bolso y sacó un cigarrillo. Lo encendió, le dio una larga calada, se volvió hacia la izquierda y echó a caminar por la calle oscura en dirección a su casa.

De momento todo sucedía tal y como me habían dicho. Estaba sola. No mostraba desconfianza. Su marido se encontraba fuera, de viaje de negocios. Se suponía que debía ser un trabajo fácil. Por una vez, parecía que efectivamente iba a ser así.

Esperé hasta que recorrió una manzana antes de abandonar la oscuridad en la que me había ocultado. Me volví hacia la derecha y empecé a caminar por la acera opuesta. Ella avanzaba rápido, con paso firme pero relajada. Cada cuatro pasos le daba una calada al cigarrillo. Llevaba una falda larga y negra, zapatillas de deporte negras y una blusa púrpura. Era atractiva, pero me esforcé para no permitir que eso me afectara. Me concentré para calcular la velocidad a la que yo caminaba y poder alcanzarla en el momento preciso en que entrara en la portería del edificio donde vivía, pero no antes ya que no quería levantar sospechas. No era la primera vez que yo hacía algo así. Hacía años que me había estrenado. Tampoco habría de ser la última vez. Incluso entonces estaba convencido de ello. Aquel pensamiento no me incomodaba. Tenía un trabajo entre manos.

Había reducido la distancia que nos separaba a una cuarta parte cuando dobló a la izquierda y tomó la calle de su apartamento. Observé cómo tiraba la colilla al suelo y la aplastaba con el pie. Entonces echó a andar por la calle en la que vivía, todavía más silenciosa que la anterior y con árboles a ambos lados. Cuando me aseguré de que no podía verme, crucé hacia la otra acera corriendo, saqué un par de guantes de cuero negro de la bolsa y me los puse. El callejón era más oscuro. Había menos farolas.

Ahora caminaba rápido. En mi opinión, más que en circunstancias normales. No creo que me viera, pero debió de percibir algo. Era lógico. Una especie de sexto sentido, esa desazón que anuncia la tragedia inminente. No se atrevió a mirar atrás, aún no. En pocas zancadas reduje la distancia que nos separaba a tres metros.

Estaba claro que sabía que la seguía. Aún no me había visto. Tan solo sintió mi presencia a su espalda. Podría haber gritado, pero yo sabía que no iba a hacerlo. No quería correr el riesgo de pasar ese bochorno. A fin de cuentas, cabía la posibilidad de que yo tan solo fuera uno de sus vecinos, que regresaba a casa al igual que ella. Llevaba bastante tiempo retirada. Había perdido la capacidad de confiar en su instinto.

La observé mientras introducía la mano en el bolso. Podría haber cogido cualquier cosa. Le miré fijamente la mano. Si sacaba una pistola, un spray de pimienta o incluso un teléfono móvil, me habría obligado a moverme mucho más rápido de lo que quería. Habría tenido que agarrarla de la muñeca, retorcérsela y obligarla a soltar lo que tuviera en la mano. Sin embargo, no fue necesario. Oí un tintineo. Tan solo estaba buscando las llaves.

Los árboles arrojaban su sombra en la acera y ella pasaba rápidamente de la luz a la oscuridad. Tres casas más y doblaría a la izquierda para entrar en su edificio de piedra rojiza. Tuve que esforzarme para que no se me disparara el pulso. La adrenalina, que esperaba no necesitar, empezó a fluir por mi cuerpo. Desde un punto de vista físico, lo más probable era que su reacción fuera un reflejo de la mía. Empezó a acelerar el paso, pero sin correr. Yo seguí avanzando a grandes zancadas y reduje por completo la distancia que nos separaba hasta que casi pude tocarla.

Entonces ella ya lo sabía. Por fuerza. Estaba a un paso y medio. No le quedó más remedio que resignarse a su destino. Ciertos pensamientos pasarían por su cabeza, lamentos, pensamientos sobre lo que podría haber hecho de otro modo para salvarse. Estoy seguro de que pensaba que fue una estupidez volver caminando sola a casa de noche, aunque lo había hecho cientos de veces durante varios años, años de agradables paseos de vuelta a casa por las tranquilas calles de Brooklyn tras una jornada de trabajo honrado. Aquella era su casa. Doce años. Dos hijos. Quién sabe cuántos buenos recuerdos ¿Aún podía gritar? ¿Y si sus gritos despertaban a sus hijos? No quería asustarlos. Yo lo sabía. Entonces, ¿qué podría haber hecho de otro modo? Podría haber abrazado a sus hijos hoy por la mañana. Podría haberles dicho cuánto los quería. Podría haberse ahorrado los gritos al pobre Eric, de tan solo cuatro años, por haber tirado los Cheerios al suelo de la cocina.

Pensé en el momento de ese mismo día en que la había observado por la ventana de la cocina, desde lo alto de las escaleras de la entrada de una casa situada enfrente. Me habría gustado decirle lo mucho que iba a arrepentirse de gritarle así a su hijo. Deja que tire los cereales, pensé, deja que los tire. Aunque, claro, no dije nada.

Ahora, a un edificio de su casa, repasé mentalmente mi plan. Al hacerlo, ella dobló a la izquierda y abrió la pequeña puerta que conducía a su apartamento. Estaba lo bastante cerca de ella como para evitar que se cerrara la puerta. Podía oír su respiración. Podía oír los sonidos de la televisión encendida en su apartamento. La canguro debía de estar mirándola.

No pude verle el rostro, pero imaginé la expresión. En ese momento, su cara debía de reflejar una de estas dos cosas: pánico o determinación. Había visto ambos sentimientos en el pasado, pero esperaba que fuera determinación. El pánico podía complicarlo mucho todo. Estaba a punto de poner el pie en el primer escalón que conducía a la puerta de su apartamento. Antes de hacerlo, estiré el brazo y la agarré de la muñeca con fuerza. Elegí la mano de las llaves para que no pudiera usarlas como arma. Estaba convencido de que se lo habían enseñado. «Hay que apuntar a los ojos», le habían dicho, como a todas las mujeres. Después de agarrarla de la muñeca, la obligué a darse la vuelta, y tras concederle la oportunidad de soltar un poco de aire, le tapé la boca con la otra mano.

Ahí estábamos, cara a cara. Durante un fugaz instante podría verme sin problemas, lo que tan solo serviría para confirmar una cosa: que no me conocía. La empujé hacia las sombras que había junto a las escaleras. Mientras nos movíamos, le quité las llaves de la mano y las dejé caer en la tierra blanda del pequeño jardín que había junto a la entrada. Vivía en uno de esos típicos edificios de piedra rojiza de Brooklyn, en los que la puerta del piso estaba medio encajada bajo las escaleras de la entrada principal. La empujé hacia atrás hasta que la obligué a apoyar con fuerza la espalda en la puerta. Las sombras nos engulleron rápidamente. Nadie podía vernos. Nadie la vería morir. Había cumplido con todos los pasos de mi plan sin la menor complicación.

Con un movimiento rápido y coordinado, solté las manos, con las que le sujetaba la muñeca y le tapaba la boca, y la agarré del cuello. Empecé a apretar sin perder ni un segundo. Me manejé con tal rapidez que, aunque reuniera el valor necesario para gritar, no saldría ningún sonido de su garganta. Observé su rostro mientras interrumpía el flujo de aire entre sus pulmones y el cerebro. Me miró a los ojos mientras mis manos enguantadas se aferraban con fuerza en torno a su cuello. Su rostro empezó a cambiar de color lentamente; boqueaba en vano para respirar por última vez. No opuso mucha resistencia. Nada de patadas o puñetazos, tan solo abría y cerraba la boca. Unas cuantas lágrimas empezaron a correrle por las mejillas mientras su rostro perdía el tono rojizo y se teñía de un azul tenue. A pesar de que llevaba los guantes pude notarle el pulso cuando su corazón empezó a latir con fuerza para hacer llegar el oxígeno al cerebro. Sentía el pulso en los pulgares y meñiques, pero nada más. Los dedos índice solo notaban los músculos cada vez más tensos del cuello. Ahora sus pensamientos, si todavía podía hilvanar alguno, giraban en torno a sus hijos; a buen seguro se preguntaba si estaban bien, si podía oírlos una última vez, sus vocecillas, sus risas. No tuvo esa suerte. El único sonido procedente del apartamento era el de la televisión.

Un hilo de sangre brotó de la narina izquierda cuando se le nubló la vista. Al principio la sangre se acumuló en la nariz, y luego, debido a la fuerza imparable de la gravedad, empezó a correrle por los labios. El último sabor que probó fue el de su propia sangre. No dejó de mirarme en ningún momento. No tenía una mirada inquisitiva. No me conocía, pero sabía por qué tenía que matarla. Al cabo de unos segundos murió.

Dejé el cuerpo en el suelo con suavidad y me levanté. Estaba apoyada contra la puerta, en la oscuridad, con las rodillas dobladas, la sangre de la cara empezaba a secarse. Tenía los ojos abiertos pero sin vida. Apenas sentí algo. Estaba aturdido. No experimenté placer por lo que había hecho. En el pasado había atravesado otras fases, como nos sucede a todos, distintos sentimientos: poder, orgullo, culpa, pero no sentí nada de eso. Lo único que sentí fue la satisfacción del trabajo bien hecho. Este debía de ser de los fáciles. Supongo que lo fue.

Me alejé del cuerpo, regresé a la luz de la calle, me volví y empecé a caminar con toda naturalidad. Encontrarían el cuerpo al cabo de unas horas. La canguro empezaría a preguntarse por qué tardaba tanto en volver del trabajo la madre de los niños. Telefonearía a sus padres, que se encargarían de llamar a la tienda de vinos. Al final los padres llamarían a la policía, que sería la que encontraría el cuerpo. Mientras me alejaba, mi ritmo cardíaco recuperó la normalidad. Me quité los guantes y los guardé en la bolsa. Al día siguiente me iría de la ciudad y el crimen quedaría sin resolver. El barrio permanecería sumido en un leve estado de pánico durante unas cuantas semanas. Luego todo regresaría a la normalidad. Para todo el mundo, salvo para la familia afectada, lo sucedido esa noche se convertiría en una historia que los niños se cuentan unos a otros; al igual que un cuento de fantasmas narrado en torno a una hoguera, una muerte real se transformaría en leyenda urbana. La familia de la víctima, al igual que ella misma, no cuestionaría por qué la habían matado, del mismo modo en que yo no cuestionaba por qué la había matado. En realidad, es sencillo. La maté porque yo soy bueno, y ella, mala. Al menos eso es lo que me dijeron, Maria.

Mentiría si no admitiera que en ocasiones aún pienso así.

2

Me desperté a la mañana siguiente y seguí mi rutina habitual: ejercicio, doscientas flexiones y cuatrocientos abdominales. Desayuné y salí a correr doce kilómetros. Me levanté tan temprano que las calles estaban desiertas. Había llegado al apartamento de mi anfitrión, en la ciudad de Jersey, alrededor de la una y media de la madrugada. Dormí cuatro horas, me desperté y me puse en marcha. Ese día me tocaba viaje. Quería empezar la jornada tan pronto como mi cuerpo fuera capaz de soportarlo. Tenía que tomar un avión en Filadelfia a primera hora de la tarde y estaba inquieto porque quería irme. Siempre estaba inquieto después de un trabajo. Quizá una parte de mí se arrepentía de lo que hacía. No lo sé. El plan consistía en tomar un autobús desde la ciudad de Jersey hasta el aparcamiento de un centro comercial situado en las afueras. Una vez allí, mis amigos me recogerían y me llevarían al aeropuerto.

Soplaba un aire fresco. De repente me di cuenta de que corría envuelto por la neblina que cubría las casas de cuatro plantas y piedra rojiza que flanqueaban las calles de Jersey. Corría con ganas, intentando dejar la mente en blanco, pero me mantenía atento a cualquier detalle que pudiera resultar sospechoso, mirando a izquierda y derecha a cada zancada que daba, buscando algo raro o fuera de lugar, intentando establecer contacto visual con los comerciantes que abrían sus tiendas para comprobar si percibía el menor indicio de que me hubieran reconocido. No tardarían mucho en darse cuenta de lo que había sucedido. «Ellos» podían estar en cualquier parte. Lo sucedido la noche anterior había sido el fruto de un esfuerzo coordinado. Tres trabajos en la misma noche y todos en la misma ciudad. En total, íbamos a dejar cinco cadáveres a nuestro paso. A mí me había tocado el asesinato fácil. En ese momento tan solo podía suponer que mis amigos también habían llevado a cabo con éxito su misión. En caso contrario, iba a pasarme un buen rato esperando a que alguien fuera a buscarme.

Doblé una esquina y empecé a subir una cuesta empinada. Un poco más adelante había un hombre frente a una tintorería que descargaba un camión lleno de camisas y trajes limpios y recién planchados. Nuestras miradas se cruzaron y torció el gesto. Decidí desviarme de inmediato, tomé una calle lateral y seguí corriendo. No creía que me hubiera reconocido, pero más vale prevenir. Al recorrer una manzana miré hacia atrás, pero no había nada. Paranoia. Era una herramienta útil en mi profesión. Desde el principio me habían enseñado que solo los paranoicos sobreviven. Basta con que bajes un momento la guardia para que ese instante se convierta en el último de tu vida.

Si Jared y Michael habían neutralizado sus objetivos de forma más o menos discreta, tal vez nadie se daría cuenta de lo sucedido hasta al cabo de unas horas. Sin embargo, conociendo a mis compañeros como los conocía, lo más probable era que no hubieran liquidado a sus objetivos de forma discreta. Si no habían hecho un trabajo limpio, seguramente ya había un equipo de gente buscándonos. Si una cosa estaba clara, era que los tres trabajitos y los cinco cadáveres iban a crear problemas. Y supongo que precisamente ese era el objetivo.

La policía no me preocupaba. Sí, los polis abrirían una investigación, y los de Nueva York eran de los mejores, pero también tenían que seguir un protocolo. Tenían un sistema. Los asesinatos sin sentido aparente, gratuitos, perpetrados por alguien que pasa una noche o dos en la ciudad y se va sin dejar ninguna pista no eran su punto fuerte. ¿Móvil? ¿Qué móvil? Todo aquel que pudiera vincular el móvil de los tres asesinatos sabía por qué había muerto cada una de las víctimas. Esa gente ya estaba en un bando. ¿Teníamos a alguien infiltrado en Nueva York? No lo sé. Era lo más probable. ¿Y ellos? Es igual de probable. Estamos en todas partes... Al igual que ellos.

Doblé otra esquina y emprendí el camino de vuelta al apartamento de mi anfitrión. Con un movimiento enérgico de los brazos y una zancada larga aumenté el ritmo para recorrer los últimos tres kilómetros.

Mi anfitrión era un tipo agradable. Rondaba la treintena, era soltero y vivía en un piso de dos habitaciones en Jersey. Era programador informático en una aseguradora que tenía la sede en el centro de Manhattan. La primera noche me llevó de copas a la ciudad y me acribilló a preguntas. Sacié su curiosidad en parte, pero dejé muchos interrogantes sin respuesta. Conocía el percal. También sabía que cuanta más información pudiera sonsacarme, mayor peligro corría él.

Recorrí el último tramo a un ritmo más lento de lo habitual. Lo achaqué a la falta de sueño.

Era casi mediodía cuando Jared y Michael llegaron con su coche de alquiler. Tendríamos que darnos prisa para que yo no perdiera el vuelo. Jared iba al volante, por lo que el tema de la velocidad no iba a ser un problema. Giró en redondo mientras Michael asomaba la cabeza por la ventanilla del acompañante.

—Joe —dijo en cuanto el coche se detuvo—, ha llegado tu carroza. —Estiró los brazos en un gesto de bienvenida—. Ven aquí y dame un abrazo, pedazo de cabrón.

Cogí mi bolsa y me dirigí hacia el coche. Había pasado la última hora, más o menos, observando a la gente desde la acera enfrente de Macy's. Miré a la gente que entraba en el centro comercial, con el objetivo de consagrar el día a la elección de un par de tejanos que les hicieran el culo más pequeño o del televisor que combinara mejor con la decoración de sus salas de estar. Había momentos en los que me sentía celoso, pero mi vida, nuestra vida, nunca será normal como la de esas personas.

—Llegáis tarde, tíos —dije mientras me dirigía hacia los brazos abiertos de par en par de Michael.

—Más vale tarde que nunca —me susurró Michael mientras me daba un gran abrazo de oso—. Métete en el coche. Tenemos que ponernos en marcha.

Tiré mi bolsa en el asiento trasero y subí.

—Jared. —Saludé a mi viejo amigo con un gesto rápido de la cabeza, y nos miramos a los ojos a través del espejo retrovisor.

—¿Qué tal ha ido, Joey? Supongo que todo ha salido bien. —Me lanzó una gran sonrisa.

—Ha sido el trabajo más fácil hasta la fecha. Sin complicaciones. ¿Y vosotros?

—No hace falta ni que preguntes —dijo Michael, que dejó caer una edición de *The New York Post* en mi regazo—. Tu idiota ni tan siquiera sale en el periódico. —Miré la primera página. Ahí, en negrita, sobre una fotografía de dos cuerpos ensangrentados y cubiertos por unas sábanas otrora blancas, destacaba el titular «Baño de sangre en el Bronx». Bajo la fotografía, en letra más pequeña, «Los Mets ganan el segundo partido contra los Phillies y están a una victoria de la serie».

—Joder —exclamé, mientras pasaba a la página tres para leer la crónica—. Algún día os matarán. —Miré la fotografía y el titular de nuevo—. Y a mí con vosotros.

—A Michael y a mí nos dijeron que querían que causáramos cierto alboroto. Bueno, quizá a Michael se le haya ido un poco la mano. —Jared me miró por el retrovisor de nuevo. Su sonrisa no había desaparecido. Se sentía orgulloso, orgulloso de Michael, del trabajo que acabábamos de hacer, orgulloso de todos nosotros. Empecé a leer la noticia.

Anoche, a las 00.35, dos hombres murieron apuñalados frente al Yankee Tavern, un bar muy concurrido cerca del estadio de los Yankees. Joseph Delenato y Andrew Braxton fueron atacados cuando salían del local al que habían acudido a tomar una copa después de asistir al partido de los Yankees. El agresor se acercó a Joseph en primer lugar y lo apuñaló dos veces en el pecho, antes de volverse hacia Andrew y clavarle una puñalada en la garganta. Ambos hombres fallecieron pocos minutos después de la agresión. Los testigos afirman que el atacante, un varón blanco de unos veinticinco años, actuó con gran rapidez. No se detuvo a robar a las víctimas ni existe ningún otro móvil aparente que explique el homicidio. «Estuve con Andy y Joe toda la noche», declaró su amigo Steven Marcomi. «Entramos a tomar un par de copas. No había visto al agresor en toda mi vida. No había visto algo así en toda mi vida. No nos metimos en ninguna pelea ni nada por el estilo. No entiendo por qué sucedió.» Aunque todavía se ignora el móvil, la policía dice que el homicidio fue obra de un asesino experto. «Fuera quien fuese el autor», declaró el teniente John Gallow a los periodistas a primera hora de la mañana, «sabía muy bien qué hacía. Fue muy eficiente y preciso.» Andrew murió desangrado en la escena del crimen. Joseph, por su parte, sufrió perforación en ambos pulmones a causa del apuñalamiento. «Técnicamente, Joseph se ahogó en su propia sangre», se afirmó desde la oficina del juez de instrucción. «Cada puñalada perforó un pulmón, que se llenó rápidamente de sangre. Al final, el pobre muchacho se ahogó.» La madre de Joseph declaró a este periódico: «No sé quién puede haber hecho algo así. Mi hijo era un cielo. No se merecía esto». La familia de Andrew declinó comentar lo sucedido.

Junto a una fotografía del bar había un boceto del autor de los hechos.

—Bonita foto, Michael. Estoy seguro de que tu madre se sentirá muy orgullosa.

—Esa mierda no se parece en nada a mí.

Michael me arrancó el periódico de las manos para mirar de nuevo su retrato. Era cierto que no guardaba el menor parecido con él. Era típico. Los bocetos de los dibujantes solo servían para fomentar la desconfianza general. Daba igual el aspecto que tuviera el dibujo, todo el mundo conocía a alguien que se parecía un poco a la persona del retrato en cuestión.

—Y la cita de su madre. Qué frase tan importante, joder. Como si no supiera por qué ha muerto su hijo. —Michael hizo una breve pausa, mientras repasaba la historia mentalmente—. Pero ¿has leído la declaración del poli? «Preciso y eficiente.» Me gustaría ponerla en mis tarjetas de visita.

—¿De verdad os pidieron que fuerais tan poco cuidadosos? —Miré de nuevo la fotografía ensangrentada de la primera plana y luego a Michael.

—Quizá no, pero era la mejor opción. Tenía que cargarme a los dos y tenía que hacerlo antes de la una de la madrugada porque de lo contrario me arriesgaba a que descubrieran vuestros trabajitos y se pusieran a la defensiva. Cuando los vi entrar en el bar, supe que la mejor opción era liquidarlos en cuanto salieran. Me imaginé que estarían algo contentos y que no tendrían muy buenos reflejos.

—¿Por eso pudiste apuñalar al primer tipo dos veces antes de liquidar al segundo? —Michael era muy bueno en lo suyo. Tenía que admitirlo.

—Sí. Por eso y por el hecho de que el segundo sabía qué estaba sucediendo. Un inocente habría huido corriendo. Pero, en lugar de eso, el tipo se quedó paralizado. Sabía qué estaba pasando, pero no recordaba cómo se suponía que debía reaccionar. Se le puso cara de tonto, en plan, «¿Debo huir corriendo? ¿Luchar? ¿Cagarme?», pffft. —Hizo el sonido de un globo que se deshinchaba—. Demasiado tarde.

—Y luego, ¿qué hiciste? —le pregunté.

—Me adentré en la fresca noche del Bronx. Ese distrito sí que da miedo, tío. Créeme, yo era el tipo con la pinta menos peligrosa que había en la calle.

Empecé a hojear el periódico.

—Jared sale en la catorce —dijo Michael.

Me fui directamente a la página. Ahí, encajada en el lado derecho de la página, estaba la noticia de una pareja acomodada de Westchester que dejó su coche en marcha en el garaje y murió por inhalación de monóxido de carbono. El hombre era abogado de un gran bufete de Manhattan. La mujer había sido ejecutiva de una empresa de publicidad y había abandonado su carrera profesional para ocuparse de los hijos. Lo más extraño de la historia era que ambos niños fueron encontrados durmiendo en el porche a la mañana siguiente, envueltos en sábanas, a salvo de los gases mortíferos. Los agentes dedujeron que los padres los habían sacado de casa antes de quitarse la vida.

—Eres un genio, Jared. Has realizado un trabajo excelente —dije mientras seguía hojeando el periódico y dejaba atrás el artículo sobre mis amigos.

—Tú no sales, Joe —dijo Michael, sin dejar de mirarme mientras pasaba páginas—. No hay ni un breve sobre tu trabajito. —Tan solo un cuerpo más, pensé. No era de interés periodístico. No era más que una mujer normal y corriente que había muerto en un día normal y corriente. Nada que ver—. ¿Seguro que te has acordado de cumplir con tu objetivo? —preguntó Michael.

—Claro que me he acordado. Era muy fácil.

—Sí, pero probablemente tu misión era la más peligrosa —dijo Jared—. Todo estaba supeditado a la tuya. Se suponía que nosotros debíamos crear ruido. Tenías que eliminarla, demostrarles cuáles son las consecuencias. —Jared siguió conduciendo por la autopista I-925, cambiando de carril, serpenteando entre los coches—. Su marido tenía que aprender la lección. Nadie puede cargarse a ocho de nuestros hombres sin que haya repercusiones.

—Leí la información preliminar —le dije a Jared.

Me dediqué a mirar fijamente por la ventanilla las caras de los ocupantes de los coches que adelantábamos las observaba con atención, intentando adivinar si eran uno de los nuestros, uno de ellos, o si pertenecían al afortunado grupo de la gran masa no iniciada. No había forma de descubrirlo. Adelantamos a un Volkswagen Jetta que conducía una chica mona de edad universitaria acompañada por una amiga en el asiento del copiloto, adelantamos a un gran Escalade negro conducido por un hombre corpulento con bigote y un tatuaje en el brazo izquierdo, adelantamos a una pareja negra que conducía un pequeño deportivo rojo, y seguimos avanzando, adelantando a gente, todos amigos potenciales, todos enemigos potenciales. Lo único que sabía a ciencia cierta era que había un asesino profesional más que tenía motivos de sobra para matarme.

—¿Y ahora qué plan tienes? —me preguntó Jared.

—Tengo que dar una charla. ¿Y vosotros?

—Un poco de descanso y relajación para mí. —Michael sonrió. Miré a Jared y me pregunté adónde se iría ahora.

—Yo tengo otro trabajo entre manos. No debería ser muy duro. Cuando haya acabado quizá deberíamos quedar. —Jared señaló el asiento del acompañante con un gesto de la cabeza—. ¿Adónde vas exactamente de vacaciones, Michael?

—Ya sabes que se supone que no debo decíroslo a unos pringados como vosotros. Si os cogieran y os torturaran, podríais delatarme. —Era lo que decía el protocolo. Incluso los encuentros como ese tras una misión se consideraban poco ortodoxos. Siempre nos inculcaban que debían saber nuestro paradero el menor número posible de personas. Era lo más seguro. No dejes de moverte. Guarda silencio. No corras riesgos. No había vida más aburrida y solitaria—. Además, probablemente seríais una rémora. —Hubo una pausa—. Pero quizá vaya a San Martín, al lado francés. Buen sol, buena comida. Mi casa es lo bastante grande para los cinco. Vosotros dos, yo y las dos chicas que me llevo a casa todas las noches.

—¿Qué te parece, Joe? ¿San Martín? ¿Tomar el sol, beber cócteles con pajita, mirar a las mujeres que pasean por la playa?

La mirada de Jared y la mía volvieron a cruzarse en el retrovisor. Era el amigo más viejo que tenía. Nos conocíamos desde mucho antes de que supiéramos a qué tipo de vida estábamos predestinados. Cuando cursábamos primero, jugábamos a policías y ladrones. Fingíamos ser bomberos, astronautas. Sin embargo, nunca imaginamos una vida como esta. Nunca jugamos a buenos y malos. Jared parecía un poco cansado, agotado.

—Me apunto —dije.

En el aeropuerto nos separamos de nuevo. Michael me dejó primero a mí. Acompañaría a Jared a un lugar distinto y luego devolvería el coche de alquiler. Mientras se alejaban, Michael asomó la cabeza por la ventanilla, se llevó las manos a la boca y gritó:

—Recuerda, joven Jedi, la fuerza siempre estará contigo. —Aún oía las risas de Michael cuando crucé las puertas de cristal de la terminal. A partir de ese momento, si volvíamos a vernos, nos comportaríamos como desconocidos.

Cuando llegué a mi terminal, me dirigí al mostrador de facturación y me dieron un asiento para una persona cuyo nombre no era el mío. Les mostré la documentación, en la que aparecía mi fotografía pero con el nombre de un desconocido. A continuación embarqué en el avión con destino a Chicago. Es una pena que no fuera un vuelo más largo porque en cuanto me recliné en el asiento me sumí en un sueño plácido. No me inmuté cuando despegamos. Apenas me di cuenta de cuándo aterrizamos. Había llegado al punto en que el único lugar donde podía dormir profundamente era en el avión.

3

En Chicago debía echar una mano en una charla a unos chicos. Sabía qué me esperaba. Era un rito iniciático más que una charla. Los chicos rondarían los dieciséis años. Aún serían inocentes. Aún les quedarían dos años antes de que sus mundos empezaran a derrumbarse. Tendrían dos años para acostumbrarse a la idea de que había gente ahí fuera que quería matarlos. Me invitaban a este tipo de actos porque yo representaba a la muerte. Ellos aún no lo sabían, pero yo era su futuro. Uno de nuestros hombres de Inteligencia llevaría la voz cantante del acto. Me presentaría hacia el final. Mi misión consistía en contarles a esos chicos cómo me ganaba la vida, mostrarles en qué podrían llegar a convertirse un día. Era una especie de jornadas de orientación profesional para criminales psicópatas.

El acto tuvo lugar en la sala de estar de una casa situada en un barrio residencial de las afueras de Chicago. Los chicos estaban sentados en sofás y sillas de comedor tapizadas que los adultos habían traído a la sala para la charla. Todo estaba dispuesto para que los chicos centraran la atención en una pared vacía que acostumbraba a ocupar la televisión. El hombre que ejercía de anfitrión tenía tres hijos, dos chicos y una chica. El mayor, uno de los chicos, iba a cumplir dieciséis años dentro de dos meses. El padre se había llevado a los otros dos hermanos a la ciudad a pasar el día. Tarde o temprano acabarían asistiendo a una charla como esa, pero hoy no era el día. La mayoría de los padres intentaban proteger a sus hijos de la Guerra tanto tiempo como podían.

En total, había ocho chavales, todos de Chicago, a todos les faltaban menos de tres meses para cumplir los dieciséis. Había tres chicas y cinco chicos. Los padres los habían traído en coche, les habían dado un beso, les habían prometido que volverían a recogerlos al cabo de cuatro horas y se habían ido, probablemente con los ojos arrasados en lágrimas. No era un Bar Mitzvá judío ni una primera comunión. No era una ceremonia. Era el final de la inocencia de esos muchachos. Ninguno de ellos sabía de qué iba a tratar la charla, pero ninguno de ellos ignoraba por completo el asunto. Cuando creces en familias como estas, al igual que yo, es inevitable que sepas ciertas cosas.

Me senté al fondo de la sala, en una de las sillas. Iba a mantenerme al margen durante gran parte de la charla ya que mi intervención se limitaba a la parte final. Cuando hubiéramos acabado, el tipo encargado de la charla y yo responderíamos a sus preguntas. Siempre había muchas. Contestábamos las que podíamos, pero varias se quedaban sin respuesta. El hombre encargado de la charla de hoy se llamaba Matt y era de Inteligencia. Nunca lo había visto antes. Seguramente no volvería a verlo. El hecho de que nos hubieran emparejado no obedecía a ningún motivo justificado. Siempre era así. Matt llevaba un traje azul marino de rayas, el pelo corto y unas gafas plateadas redondas de montura metálica. Tenía pinta de banquero. Estos chicos eran nuestra inversión.

Empezó la charla.

—Hola a todos. Me llamo Matt. He venido aquí para hablaros un poco del mundo y del papel que vais a desempeñar en él. No voy a sermonearos. Va a ser una charla. Podéis interrumpirme para preguntar cuando queráis. Supongo que será un poco como las clases de educación sexual del instituto, pero en este caso voy a hablaros de cosas que no conocéis.

Así se hace, dales coba, pensé. Los chicos soltaron una risa nerviosa. Intercambiaron miradas fugaces para intentar decidir si podían reírse o no. Reíd, chicos, pensé. Más vale que lo hagáis ahora que podéis. Matt prosiguió:

—Antes de empezar, creo que sería útil que os presentarais

todos, solo con el nombre de pila, y que nos contarais algo de vosotros, a qué asociaciones pertenecéis, qué deportes practicáis, cuáles son vuestras aficiones, grupos favoritos, lo que sea.

Hacían esto en todas las charlas a las que había asistido. Siempre me había parecido raro porque a partir de ahora gran parte de su mundo iba a quedar cubierto bajo un manto de secretismo. Si metes a diez de los nuestros en una habitación, la idea es que compartamos el mínimo de información posible entre nosotros. El silencio es seguridad. Sin embargo, esta situación era distinta. Era la primera vez que estos chicos pasaban por algo así. Era importante que supieran que no estaban solos. Era importante que supieran que había más gente ahí fuera, gente que estaba de su bando, gente que se enfrentaba a los mismos problemas que ellos, gente que llevaba vidas regidas por el miedo y el odio.

Matt miró al chico que vivía en la casa donde estábamos.

—Ryan —dijo, como si fuera un viejo amigo de la familia—, ¿por qué no empiezas tú?

Ryan se puso en pie. Era un chico grande. Parecía un atleta. Sin embargo, estaba nervioso. Se metió una mano en el bolsillo de los vaqueros para intentar que dejara de temblar.

—Hola, me llamo Ryan. Tengo quince años, voy a cumplir dieciséis dentro de dos meses. Esta es mi casa y juego a fútbol americano.

Fútbol americano. Si Matt no estuviera a punto de trastocarlo, Ryan podría haber sido un chico popular. Quizá podría haber sido el rey del baile del instituto. Quizá podría haber salido con una animadora. Quizá... A continuación habló la chica que estaba a su izquierda.

—Hola, me llamo Charlotte. Acabo de cumplir dieciséis años y toco el violín. —Charlotte observó la cara de los otros chicos mientras hablaba. Cuando acabó, volvió a clavar la mirada en su regazo.

La presentación se alargó durante quince minutos: Rob, el jugador de hockey; Steve, el presidente del club científico; Joanne, miembro del club de teatro. No se conocían entre sí. Habían sido elegidos con sumo cuidado por ese mismo motivo. Aunque tuvieran amigos que estaban de nuestra parte, en teoría no debían saberlo. En teoría, Jared y yo no debíamos saber que ambos formábamos parte de la Guerra. El hecho de que lo hubiéramos averiguado era pura coincidencia.

Cuando acabó el turno de presentaciones, Matt prosiguió con la charla.

—Bueno, sé que estáis nerviosos. Y lo estáis por dos motivos: ante todo, porque no sabéis el motivo por el que estáis aquí; en segundo lugar, tenéis una idea aproximada de por qué estáis aquí y este simple hecho os pone nerviosos. Sabéis que sois diferentes. Sabéis que vuestras vidas son diferentes de las de vuestros amigos. Lo sentís. Sé que a lo largo de estos años habéis hecho muchas preguntas a vuestros padres y que ellos se han negado a contestarlas. Bueno, en primer lugar os aseguro que se negaron a hacerlo porque intentaban protegeros. —Matt hizo una pausa dramática—. Estoy aquí porque dentro de poco todo va a cambiar para vosotros. La ignorancia dejará de protegeros. Estoy aquí para contaros la verdad.

¿La verdad? La palabra rebotó en mi cabeza. Resonó durante unos instantes y se desvaneció antes de que tuviera tiempo de darle muchas vueltas. Matt prosiguió con su intervención.

—¿Cuántos de vosotros tenéis un familiar que ha muerto asesinado?

Seis de los ocho chicos levantaron la mano. Matt también lo hizo. Yo podría haberlos imitado, pero preferí no hacerlo.

—¿A cuántos de vosotros os han matado a uno de vuestros padres?

Tres de los ocho. Cuando levantaron la mano, miraron a su alrededor; la expresión de sus rostros era una mezcla de miedo y sorpresa. Los nombres, los clubes, los deportes, nada de eso les permitía establecer vínculos. La muerte, eso era lo que los unía, lo que nos une a todos.

—Es extraño, ¿no os parece? —Matt asintió—. Bueno, mi trabajo consiste en deciros quién mató a vuestros padres —miró a los ojos a los tres chicos que habían perdido a uno de sus padres— y a vuestros familiares. —Levantó la cabeza y miró hacia el otro extremo de la sala. En ese momento, encendió el proyector que había conectado a su portátil, y que reprodujo una imagen en la pared blanca y lisa.

Todos los chicos se quedaron absortos, con la mirada fija en la imagen que tenían delante. Era algo que no esperaban, que jamás se les habría ocurrido ni en sus sueños más descabellados. Cuando yo estaba en su lugar, no fue lo que yo esperaba. Recuerdo la fuerte impresión que me causó. La imagen resplandecía en la pared. Era la fotografía de un hombre blanco, de unos treinta años, con el pelo rubio y la raya al lado. Parecía una estrella de televisión, era atractivo y fuerte. La siguiente fotografía era de un hombre negro, de poco más de cincuenta años, con barba blanca y gafas. Matt pulsó una tecla. La siguiente fotografía era de una mujer de pelo oscuro con los ojos hundidos y una sonrisa levemente torcida. Otra fotografía, esta de un hombre hindú que llevaba turbante, luego otra de un hombre blanco y gordinflón con el pelo rapado, luego una de una mujer negra y joven con el pelo recogido en una cola, una mujer hispana, un hombre coreano, otro hombre blanco, otra mujer blanca, una mujer que llevaba un pañuelo musulmán, un hombre con una barba larga, una mujer china, y así durante un buen rato. Este pequeño pase de diapositivas duró casi veinte minutos. Teníamos vídeos. Teníamos vídeos de sobra, pero habían hecho pruebas y las fotografías siempre surtían más efecto porque los chicos tenían tiempo para pensar en las caras. Yo ya había visto la mayoría de las diapositivas en otras ocasiones. Solo había unas cuantas nuevas. Todas esas personas eran nuestros enemigos. Lo sabíamos. Y ya habíamos eliminado a alrededor de la mitad. Los demás seguían en la lista.

Cuando finalizó el pase de diapositivas, Matt permaneció en pie, en silencio. No iba a decir nada. Se iba a quedar ahí hasta que uno de los chicos decidiera hablar, aunque tardara una hora en hacerlo. Pero nunca había llegado a ese extremo. Rob, el jugador de hockey, levantó la mano.

—¿Sí, Rob? —preguntó Matt.

—¿Quién lo hizo?

—¿Quién hizo qué? —preguntó Matt. Sabía a qué se refería el chico, pero quería que lo dijera. Quería que todos los presentes lo oyeran pronunciar las palabras.

—¿Quién mató a mi madre? —preguntó Rob, que tuvo que hacer fuerza para tragar saliva, tanta... que lo oí desde el fondo de la sala.

—Fueron todos. —Matt encendió las luces y se dirigió lentamente a la parte delantera de la sala.

En realidad, sabíamos quién había matado a la madre de Rob. Aún estaba vivo, en Saint Louis. Habían preferido no utilizar las fotografías de la gente que había matado a los familiares de los chicos. No querían limitarse a mostrarles la fotografía de un asesino. Querían que estos chicos los odiaran a todos.

—Todos son cómplices. ¿Sabéis qué significa esa palabra?

Todos asintieron. Eran un grupo inteligente. Matt monopolizaba su atención.

—Todos los mataron. Trabajaban juntos. Lo que da miedo es que los que habéis visto solo constituyen una pequeña parte. Y no han acabado. Nunca acabarán. Solo se detendrán cuando logremos detenerlos. Son unos asesinos sanguinarios. Son malvados. Son el enemigo. Esto es una guerra que empezó hace varias generaciones. Si tenéis suerte, será vuestra generación la que le ponga fin.

Había oído esta parte del discurso en tantas ocasiones que empezaba a revolverme el estómago. La propaganda no iba conmigo. Siempre había creído que no era necesaria. Dirigí la mirada a Rob, que observaba fijamente a Matt. Tenía un pequeño tic en el ojo izquierdo y no paraba de abrir y cerrar el puño derecho. Pensé, sin poder evitarlo: «Dile de una vez al pobre muchacho quién mató a su madre y deja que se vaya. No tendrás que decirle cuál es el bando bueno y el malo. Ya lo sabe». Matt prosiguió:

—Dentro de dos años, cuando todos cumpláis los dieciocho, vosotros también formaréis parte de esta Guerra. No se puede escapar de ella, no hay salida. Esta gente —Matt pronunciaba la palabra «gente» con asco, como si no debiera aplicarse a esas personas, y luego proseguía con más seguridad, alzando la voz a cada palabra— también irá a por vosotros. Quieren mataros. Debéis tenerlo claro, todos habéis nacido con un destino especial. Todos podéis contribuir para hacer de este mundo un lugar mejor. En cuanto cumpláis los dieciocho años, os convertiréis en un objetivo. Os pueden matar, tal y como mataron a vuestros padres o tíos. Podéis ser asesinados, a sangre fría, por el enemigo. Tal y como Joseph...

—Matt se dirigió a mí por primera vez.

Todos los chicos se volvieron para mirarme. Me limité a permanecer sentado y asentí con un gesto de la cabeza. Matt prosiguió:

—Tal y como Joseph os explicará más tarde, podéis hacer diversas cosas al respecto. En cuanto cumpláis dieciocho años, os pueden matar, pero también podéis intervenir para detener la matanza. Podéis poner fin a la violencia. Podéis vengaros.

Ahora yo resultaba interesante. Los chicos se volvieron para mirarme. Matt prosiguió, sin inmutarse:

—Podéis ayudarnos a derrotar al enemigo de diversas maneras, pero de eso hablaremos más tarde.

»De momento merecéis saber más sobre nuestro enemigo. Quieren mataros por ser quienes son vuestros padres. Quieren mataros, a vosotros y a vuestra familia. No se detendrán ante nada para lograr su objetivo. Son unos seres corruptos, implacables e inmorales. —Hizo una pausa de nuevo—. Y debemos derrotarlos.

»A lo largo de la historia abundan los ejemplos de situaciones en las que la gente ha tardado en reconocer que el mal existe y se ha mostrado pasiva. En todas esas ocasiones se ha quedado sentada mientras otros morían y no ha actuado hasta que ya casi era demasiado tarde. —En este momento la voz de Matt adquirió cierta cadencia—. Pues yo quiero que todos reconozcáis que el mal existe y que debéis combatirlo. Sabemos quiénes son. Tenemos que enfrentarnos a nuestro enemigo sin rodeos. —Matt señaló a los chicos, que aún tenían la cara llena de espinillas—. Vosotros os enfrentaréis a ellos sin rodeos. Los atacaremos y los derrotaremos antes de que el mal sea tan grande que resulte imposible vencerlo. Ya han matado a varios miembros de vuestras familias. Y volverán a matar. No se detendrán ante nada a menos que les paremos los pies. Los guía el odio. Pero no es necesario que los odiéis con la misma intensidad. Tan solo tenéis que ser conscientes de qué son capaces.

A continuación, Matt apagó las luces y volvió a encender el ordenador. Esta vez proyectó en la pared la fotografía de dos cuerpos ensangrentados, tapados con sábanas blancas. Parecía la imagen de *The New York Post* que había visto el día anterior, la fotografía de las víctimas de Jared. Matt apretó la tecla de su ordenador. Apareció la imagen de un coche ardiendo, envuelto en unas llamas que se alzaban hacia el cielo. A duras penas se podía distinguir la forma de dos cuerpos carbonizados en el interior. Matt apretó de nuevo la tecla. La siguiente fotografía era de un hombre mayor, de unos sesenta años, tirado en un sillón. Tenía la mirada vidriosa y la boca abierta. Estaba muerto. Otra atrocidad. Matt fue pasando imágenes. Un hombre asesinado, una mujer asesinada. Y así durante un rato. Recuerdo la primera vez que vi el pase de diapositivas. Me recordó el vídeo que me mostraron en el instituto con todas aquellas imágenes gráficas de víctimas de accidentes de coche por culpa del alcohol. Se suponía que debía darnos miedo. Las diapositivas de Matt tenían un objetivo distinto. Tenían que provocar esa otra emoción primaria: el odio. Por mucho que dijera Matt, yo sabía que solo podríamos derrotar a nuestros enemigos si los odiábamos. Por mucho que toda esa propaganda me revolviera el estómago, sabía que era cierto. Y ahí, sentado al fondo de la sala de estar, observando a esos chicos, sabía que tenían miedo. También sabía que empezaban a odiar. Voy a ser honesto, Maria: por entonces su odio me daba esperanzas.

—Sé que cuesta asimilarlo —dijo Matt, mientras pasaba unas cuantas imágenes más de cuerpos inertes.

De nuevo podríamos haberles mostrado vídeos, pero debíamos actuar con cuidado. Avasallar a esos chicos con demasiada información en una etapa muy temprana no ayudaría a convertirlos en guerreros. Teníamos que hacerlo de forma paulatina. Disponíamos de dos años.

—Pero quiero enseñaros unas cuantas diapositivas más. Ya habéis visto a nuestros enemigos. Ahora... —dijo Matt con voz más jovial. Les dedicó una sonrisa y continuó—: Permitidme que os muestre las fotografías de vuestros amigos.

Pulsó una tecla del ordenador y apareció una nueva imagen. Esta era más alegre que las anteriores. La sala de estar se iluminó. La primera fotografía era de un hombre blanco de complexión atlética. Estaba en un campo de hierba. Sonreía. Matt pasó a la siguiente diapositiva, que mostraba a una mujer rubia. Se encontraba en la calle, frente a un rascacielos. La siguiente diapositiva era de un hombre negro vestido de médico, luego una mujer hindú trabajando con un ordenador, luego un hispano con traje, etcétera. Cada diapositiva mostraba otra cara, otra pose, otra raza, religión, etnia. Cada diapositiva mostraba a una persona nueva, todas ellas atractivas, atentas, serias y, sin embargo, sonrientes. Estas fotografías eran las mismas en todas las charlas a las que había asistido. Debían representar esperanza. Esperanza de que estos chicos pudieran enfrentarse a la vida, esperanza de que pudieran sobrevivir. Esperanza porque no estaban solos. No he olvidado lo mucho que significaron para mí.

Recuerdo el momento en que, de niño, entré en una sala llena de adultos, que callaron de inmediato al verme. Sabía que habían hablado de algo, de algo importante, pero me dejaron al margen. Matt había sumido a esos chicos en un torbellino de emociones, del miedo a la ira, de la ira al odio, del odio a la esperanza. Hasta cierto punto era una versión aséptica, artificiosa y manipulada, pero era una obra maestra del marketing. Yo sabía matar a la gente. Matt sabía convencerla para que quisiera matar. Estoy seguro de que sus manos están más manchadas de sangre que las mías. Recuerdo que, al salir de la reunión cuando tenía dieciséis años, ya echaba espuma por la boca, estaba listo para empezar a matar. La reunión me dio un objetivo. Tenía dieciséis años. Lo único que quería era un objetivo. Ahora estaba sentado viendo la presentación de Matt y no sentía nada. Tenía mis propios motivos para odiar al enemigo. No necesitaba el pase de diapositivas. Son los efectos de la Guerra.

—¿Alguna pregunta? —inquirió Matt mientras encendía las luces de nuevo. Lo dijo con toda naturalidad, como si acabara de enseñar a los chicos cómo funciona una lavadora secadora.

A partir de ese momento, la situación podía tomar dos direcciones, según quién planteara la primera pregunta. Ryan levantó la mano. Estaba en su casa. Yo sabía qué iba a preguntar antes de que lo hiciera. Había oído a chicos como él empezar con la misma pregunta en docenas de ocasiones. Quería ser valiente.

—¿Sí, Ryan?

—¿Cuándo empezamos? —Hasta que pronunció las palabras no se dio cuenta de lo mucho que lo asustaban.

Esas palabras hicieron que todos se cagaran de miedo. Fuera cual fuese la respuesta de Matt, sería demasiado pronto. Sin embargo, esa era la pregunta que acostumbraban a plantear, y que sepultaba la otra pregunta, la que necesitábamos responder, bajo una bravuconería desatada por la presión de los demás chicos.

Supongo que «cuándo» es la pregunta que se acostumbra a hacer porque cuando alguien te parte la nariz de un puñetazo tu primer instinto no es preguntarte por qué, sino que sientes dolor e ira y te entran ganas de vengarte. Al final, te preguntarás por qué. El «porqué» siempre llega. Es inevitable. Por eso intentamos responder a la pregunta aquí, en la primera clase, porque si les das un «porqué» a estos chicos, quizá no intenten encontrar el suyo. Sin embargo, nos manejábamos con prudencia. Intentábamos no forzar la situación porque todo funcionaba mejor si preguntaban primero. De ese modo, los chicos tenían la sensación de que salía de ellos. Así pues, no sacábamos el tema hasta el final, y solo si nadie hacía la pregunta.

—¿Joseph? —Matt me miró.

No estaba preparado. Nunca lo estaba.

—Quizá tú puedas responder a esa pregunta.

Preparado o no, me había levantado. Tenía una única tarea: hablarles a estos chicos de las reglas del compromiso. Una vez explicadas, solo me quedaba responder a sus preguntas. Me dirigí a la parte delantera de la sala.

—Empezaréis pronto, Ryan —le respondí—. De hecho, voy a explicaros cuáles son las reglas de esta Guerra y con ello también debería responder a tu pregunta. —Tenía la sensación de que la voz que oía no era la mía. Cuando hablaba ante un grupo de chicos como ese, siempre me parecía que era otro el que lo hacía—. Las reglas son simples. Simples pero inflexibles, y las penas por infringirlas también son duras. Así que escuchad con atención.

Una de las chicas levantó la mano. Le hice un gesto para que hablara.

—¿Cómo puede tener reglas una guerra? —preguntó.

Todos parecían mostrar cierto escepticismo, lo cual era lógico. Acababan de pasar dos horas en las que no habían hecho más que repetirles que su enemigo era malvado, que había que derrotarlo a toda costa. Ahora resultaba que yo iba a decirles que había reglas.

Estaba preparado para la pregunta. Yo mismo la había oído cuando tenía dieciséis años. Desde entonces, me había encargado de dar la respuesta en varias ocasiones.

—Todas las guerras tienen reglas —dije—. Sé que parece ilógico. ¿Por qué íbamos a obedecer una serie de reglas cuando nos estamos enfrentando a la gente que ha asesinado a nuestras familias?

Los chicos asintieron.

—La cuestión es que, sin reglas, hay caos. Y en el caos, nadie puede vencer. Seguimos las reglas porque nos ayudarán a ganar.

—Entonces, ¿por qué las siguen ellos? —preguntó uno de los chicos.

—Por el mismo motivo —respondí—. Porque creen que las reglas los ayudarán a ganar, pero nosotros somos más inteligentes. —No les expliqué el verdadero motivo por el que yo seguía las reglas. Lo hacía porque eran lo único que me permitía mantener la cordura. Aunque no tuvieran sentido, al menos había reglas. Existían, eran islas de cordura en este océano absurdo. Proseguí con mi explicación—. Regla número uno: Prohibido matar a transeúntes inocentes. La gran mayoría de la gente ignora que se está librando una guerra cruenta delante de ellos mismos. Y hay que proteger a esas personas a toda costa. No puede haber daños colaterales. La pena por matar a un transeúnte inocente es la muerte, y puede ser ejecutada por alguien de nuestro bando o del otro. No hay excusas que valgan. No hay circunstancias atenuantes.

—¿Y si es un accidente? —preguntó uno de los chicos.

—No hay accidentes —me apresuré a responder, y seguí con las reglas—. Regla número dos: Prohibido matar a nadie menor de dieciocho años, da igual a qué bando pertenezca. Hasta que no cumpláis los dieciocho se os considera transeúntes inocentes. Por lo tanto, la pena por matar a alguien menor de edad, aunque sea del enemigo, es la muerte. El corolario de esta regla es que nadie, sea del bando que sea, puede participar de ningún modo en la Guerra hasta que haya cumplido los dieciocho años. Así que, Ryan —me dirigí directamente a él un momento—, querías saber cuándo podíais empezar. Bueno, pues el día que cumpláis dieciocho años. —Hice una breve pausa para decidir si continuaba o no, si seguía ahondando en el tema o no. Al final opté por continuar; debían oírlo, de modo que añadí—: Empezaréis cuando cumpláis los dieciocho, tanto si queréis como si no. Hasta entonces, durante los próximos dos años, recibiréis entrenamiento. Os prepararán para la transición. Apenas os queda tiempo para disfrutar de vuestro salvoconducto.

Los dieciocho años era una edad muy temprana. Cualquier edad lo era. Esos chicos iban a vivir un infierno durante los próximos dos años. Iban a enseñarles a matar y a defenderse para que no los mataran. Iban a ver cosas que no imaginaban, cosas que desearían no haber visto. Aún no estaban listos para ello, pero no tardaría en llegar el momento.

—Esas son las dos reglas principales. Cualquier otra se

deriva de esas dos. Hay una tercera que es importante y debéis conocer. —La tercera regla. Nunca había pensado demasiado en ella. Nunca me había detenido a considerar la cruel utilidad de su castigo. Un error—. La tercera regla es necesaria debido a la influencia de las otras dos en la Guerra. En realidad, es bastante simple. No podéis tener hijos hasta cumplir los dieciocho. ¿Alguien entiende por qué es necesaria esta regla?

Una de las chicas levantó la mano y le hice un gesto para que hablara.

—Porque si se pudieran tener hijos antes de los dieciocho, nadie ganaría la Guerra.

Qué perspicaz.

—¿Por qué? —pregunté.

—Bueno, si no puedes matar a nadie hasta que cumpla los dieciocho, pero resulta que se pueden tener hijos antes de esa edad, ¿cómo vas a poder vencer? El otro bando no dejaría de crecer.

—Exacto. Por eso es necesaria la tercera regla. Así que, si alguien tiene un hijo antes de cumplir los dieciocho, debe entregarlo al otro bando.

—¿Lo matan? —preguntó la chica perspicaz.

—No, no lo matan. No matamos a los bebés. Tan sólo son adoptados por la gente del otro bando. Los educan como si fueran uno de los suyos. Así que, al violar esta regla, en lugar de aumentar la población de nuestro bando, aumentáis la suya. En lugar de hacernos más fuertes, hacéis más fuerte al otro bando. Con el tiempo, el bebé crecerá. Crecerá y se involucrará en esta Guerra y luchará. Crecerá y se enfrentará a sus propios padres, a sus hermanos, a sus hermanas. —Miré los rostros horrorizados que llenaban la sala. Estaba claro que consideraban este castigo algo más cruel que la muerte. Dejé que lo asimilaran antes de proseguir—. Así que esas son las reglas. Ya está. Tres reglas que no podéis pasar por alto. Tres reglas que no podéis olvidar. Tres reglas que debéis obedecer. Lo demás que os voy a contar no son más que procedimientos. Bueno, ¿quién de vosotros ha adivinado cómo me gano la vida?

Se levantaron unas cuantas manos y elegí una al azar.

—Matas a gente.

—Así es —admití—. Soy un soldado. —Un soldado. Así era como nos llamaban. Michael, Jared y yo éramos soldados. Se suponía que debíamos sentirnos orgullosos del rango.

A continuación les expliqué los diferentes papeles que podrían llegar a desempeñar un día. No tenían por qué seguir mis pasos. Nuestro bando se organizaba en tres categorías básicas. Podías elegir de acuerdo con tus deseos y tu aptitud para el papel concreto. A menudo, a medida que la gente envejecía, podía cambiar de una categoría a otra. La primera era la de soldado. Yo había expresado el deseo de convertirme en soldado poco después de asistir a la sesión informativa cuando tenía dieciséis años. Creía que sería guay. Los soldados son la línea de frente de la Guerra. Los soldados constituyen el ataque. Los soldados se enfrentan al enemigo de forma directa y son los responsables de vencerlo. Como había dicho el chico, matábamos a gente.

El asesinato en sí, por supuesto, nunca es tan fácil como parece. Mi trabajo no consistía simplemente en salir, encontrar al enemigo y matarlo. Se necesitaba una estrategia. En primer lugar tienes que saber, de entre la masa, quién forma parte del enemigo. Averiguarlo no es una tarea sencilla. Hay personas de todas las complexiones y tamaños, de todos los grupos étnicos, todas las religiones. El único modo de descubrir que eran familiares era investigar su árbol genealógico. En cierto momento de la historia de esta Guerra, ambos bandos pusieron en práctica la misma estrategia, intentar ocultar a sus miembros mediante la diversificación de los acervos génicos. Así pues, ¿qué tienen en común? Unos cuantos genes y un enemigo... Yo, mis amigos, mi familia, estos chicos. ¿Cómo los encontramos? Ese es el trabajo del segundo grupo: Inteligencia. Está formado por chicos como Matt. Dentro de Inteligencia se pueden desempeñar diversos trabajos: genetistas, traductores, expertos en educación, gurús de marketing, planificadores militares, expertos en informática. La lista sigue. El grupo de Inteligencia es el más grande. Son los que nos dicen a

Michael, a Jared y a mí a quién debemos matar. En ocasiones nos dicen el motivo; en otras es secreto. También se dedican al entrenamiento y la educación. Nos enseñan a matar y luego nos dicen con quién podemos practicar.

El tercer grupo era el encubierto. Nos referimos a ellos como reproductores. Su trabajo consiste en integrarse por completo en la vida cotidiana, no llamar la atención y esforzarse al máximo para sacar adelante una familia normal. Son los que impiden que nuestras tropas se vean diezmadas. El principal peligro que corren es que acostumbran a bajar la guardia, que después de varios años llevando una vida clandestina se descuidan y los acaban descubriendo. Y cuando eso sucede, los matan. Tienen unas defensas limitadas. La mayoría de los reproductores pasan al menos una temporada desempeñando otra función. A veces empiezan trabajando como soldados o en Inteligencia. Luego acaban quemados o conocen a alguien con quien quieren establecerse y sentar la cabeza, y es cuando pasan a quedar encubiertos.

—Entonces, ¿cómo sabéis a quién debéis matar? —preguntó uno de los chicos.

—Recibo un mensaje de Inteligencia. Me dicen quién es mi objetivo, dónde se encuentra y cualquier otra información especial que deba saber. También me dan un margen de tiempo para realizar la misión, por lo general un par de días. En ocasiones, si el trabajo es más complicado tengo hasta una semana. Luego viajo hasta mi destino, donde ya tengo asignado un piso franco, que siempre es propiedad de alguien de nuestro bando, sin hijos, y que me proporcionará alojamiento hasta que lleve a cabo mi misión.

—¿Saben cuál es tu objetivo?

—Sí, pero no puedo darles ningún detalle. Enseguida entenderéis que el conocimiento puede ser muy peligroso.

—¿Qué se siente al matar a alguien?

No me pareció bien decirles la verdad: que asesinar a una persona era mucho más fácil de lo que creían.

—No los considero personas. Tan solo son el enemigo. Nosotros somos los buenos. Ellos, los malos.

Nos acercábamos al final de la sesión. Los padres no tardarían en volver a recogerlos.

—Un par de preguntas más —dije.

—Pero ¿cómo puedes estar seguro de que la persona a la que debes matar es uno de ellos?

—En primer lugar, porque confío en nuestra Inteligencia. Estos tipos son muy buenos en lo suyo —dije, y señalé a Matt—. Pero no es solo eso. Hay algo más, algo que no puedo describir. Lo sabes porque ellos lo saben. Cuando encuentras a tu objetivo, lo notas, y ellos también. Lo sientes. Como he dicho, es difícil de explicar. Algún día, si tenéis suerte, entenderéis a qué me refiero.

—¿Y si no tenemos suerte? —preguntó uno de los chicos.

—Entonces ya será demasiado tarde. —Hice una pausa porque tenía miedo de haberme ido de la lengua.

Se levantó otra mano. Era una chica del fondo que no había abierto la boca hasta entonces. Ya pensaba que nadie iba a hacer la pregunta que Matt y yo esperábamos, pero sabía que si alguien había de preguntarla, era ella. Parecía la más asustada, sin embargo yo sabía que se debía a que era la única que tenía el valor suficiente de no ocultar su miedo. La señalé.

—¿Por qué? —preguntó, con voz suave pero firme.

Sabía a qué se refería, pero eso no importaba porque eran los demás quienes debían saberlo.

—¿Por qué qué? —la espoleé.

Miró a los demás antes de continuar, como si tuviera miedo de plantear la pregunta.

—¿Por qué quieren matarnos? ¿Por qué nos odian? ¿Por qué tenemos que matarlos? ¿Por qué? —Se le fue apagando la voz. Podría haber seguido. Podría haber seguido preguntando por qué esto y lo otro hasta el infinito, pero decidió parar. La sala enmudeció. Todas las miradas se posaron en mí. Todo dependía de mi respuesta.

—Matt os ha contado que son malvados, pero ¿qué es el mal? —Me encogí de hombros—. Unas veces estoy convencido de que lo sé, otras, tengo mis dudas. —Miré a Matt, que me observaba con nerviosismo ya que no sabía adónde pretendía llegar con mi respuesta. No había ningún motivo para que se preocupara. Era algo que ya había hecho antes—. Esto es lo que sí sé: han matado a vuestros padres y a vuestros hermanos. Si aún no lo han hecho, lo intentarán. —Hice una pausa para darle dramatismo a la situación—. Matarán a todos vuestros seres queridos, y luego os matarán a vosotros. —Miré fijamente a la chica aunque no me dirigía solo a ella, sino a todo el mundo—. A menos que los detengamos.

Podría haber seguido, podría haberles preguntado si les parecía un motivo suficiente, pero no fue necesario. Lo veía en sus ojos, incluso en los de la chica que había formulado la pregunta. En realidad no había respondido a su pregunta. Había hecho algo mejor. La había invalidado.

—¿No os parece suficiente?

—Quiero mostraros dos imágenes más, chicos.

Teníamos que ir paso a paso, sin precipitarnos, pero también debíamos darles una muestra de lo que podían esperar. Le hice un gesto a Matt, que pulsó un botón del ordenador. Un primer plano de la cara de un hombre iluminó la pared. La imagen no tenía nada extraordinario. Era un hombre blanco, de unos treinta y cinco años. Era un tipo fornido, con entradas. Sonreía, pero no era una sonrisa agradable, sino llena de maldad. Los de Inteligencia habían elegido una buena fotografía para su cometido.

—Este hombre se llama Robert Gardner.

Los chicos miraban el rostro fijamente.

—Cuando yo tenía doce años, mató a mi tío. Yo estaba con él cuando sucedió. Mi tío me había llevado al centro comercial a comprar un guante de béisbol nuevo. Estábamos caminando y me volví para mirar los perros del escaparate de la tienda de mascotas. Cuando me volví de nuevo, mi tío había desaparecido. Llegaron y se lo llevaron cuando yo no miraba. Tuvieron que venir a recogerme mis padres después de que me pasara varias horas buscando a mi tío por todo el centro comercial. Por aquel entonces nadie me dijo que incluso antes de que me cansara de buscarlo, ya habían encontrado el cadáver en el contenedor que había detrás del restaurante. Los hombres que lo secuestraron le rajaron el cuello de oreja a oreja.

Reinaba un silencio sepulcral. Era mi tío favorito. Lo quería. Estaba conmigo y, de repente, desapareció y me quedé solo. No volví a verlo jamás. No sabes lo que se siente, Maria. Sin embargo, esos chicos sí.

—Cuando cumplí dieciocho años me contaron lo sucedido. Me dijeron quién lo había hecho. —Miré de nuevo la foto de la pared. Entonces me volví hacia Matt y asentí.

Apretó una tecla del ordenador y apareció otra imagen. Era del mismo tipo. Pero esta vez tenía un ojo cerrado e hinchado. Tenía la mandíbula desencajada y la lengua azul. En la mejilla derecha se podía ver un corte profundo. El ojo abierto estaba muy dilatado pero sin vida.

—Este hombre se llama Robert Gardner. Asesinó a mi tío favorito. Cuanto cumplí dieciocho años me dijeron quién era y dónde vivía. —Señalé la imagen grotesca de la pared—. Ese es el estado en que quedó cuando acabé con él. Tenía dieciocho años y era el primer hombre al que mataba. No volvió a tener la oportunidad de asesinar a uno de los nuestros. —Barrí con la mirada la sala de estar llena de chicos.

Todos miraban fijamente la fotografía del rostro magullado y sin vida de Robert Gardner. Había un par de chicos que parecían a punto de vomitar. Era normal. Habían visto muchas cosas en un día, más de lo que podía asimilar la mayoría de la gente. Pero solo eran dos. Los demás parecían motivados.

Miré a Matt, que observaba en silencio la reacción de cada chico. Los motivados estaban un paso más cerca de convertirse en asesinos.

4

A la mañana siguiente debía llamar a mi contacto de Inteligencia. Siempre seguíamos el mismo procedimiento. Quédate en el piso franco hasta haber acabado el trabajo. Espera el momento adecuado. Llama a Inteligencia para que te den la próxima misión. Utiliza siempre teléfonos fijos. Asegúrate de que no te esté escuchando nadie.

Yo llamaba y la mujer que respondía hablaba como la telefonista de una compañía cualquiera. Cuando contestaba el teléfono, yo le pedía a tres operadoras sucesivas que me pusieran con tres personas distintas. Tras cada petición me pasaban con la siguiente operadora. Por lo que había podido deducir, ninguna de las personas por las que preguntaba existía. Solo era una clave. La lista de personas me la proporcionaban al final de la llamada anterior. Desde el principio aprendí a memorizar los nombres para no escribirlos. Si nos olvidábamos de ellos, no podíamos ponernos en contacto con Inteligencia y nos quedábamos solos hasta que alguien de Inteligencia nos encontraba. Una vez finalizado el trámite, ya podía hablar con mi contacto.

—Eh, Matt —dije cuando por fin oí su voz familiar. Había muchos tipos de Inteligencia que se llamaban Matt. Durante mucho tiempo no supe por qué. Aunque no tardé en descubrirlo.

—¿Qué tal va, Joe? —preguntó Matt. Había sido mi contacto durante más de cinco años—. ¿Has enseñado a los muchachos cómo se sobrevive en el mundo real?

—He hecho lo que he podido.

—¿Estás listo para tu siguiente trabajo?

—No —contesté.

Matt estalló en carcajadas, pero como creía que bromeaba siguió hablando.

—Tengo una misión para ti en Montreal. Esta es importante. Te la han adjudicado a ti especialmente. Al parecer, alguien de arriba ha reparado en tu trabajo.

—No bromeo, Matt —dije—. No estoy listo. Necesito un descanso. Basta de cadáveres. Al menos durante unos días. Basta de sangre. Solo unos cuantos días, así podré volver con energías renovadas.

—¿En serio? —Era la primera vez en cinco años que le pedía un descanso a Matt. Me lo debía—. ¿Qué quieres que haga?

—¿Puede esperar el trabajo de Montreal? —pregunté.

Matt guardó silencio durante un minuto. Oí ruido de papeles. No tenía ni idea de qué hacía.

—¿Cuánto tiempo necesitas? —preguntó al final. Matt era un buen tipo. Cuidaba de sus agentes. Imaginé que mi petición lo obligaría a hacer ciertos malabarismos.

—Te llamaré dentro de cinco días. Entonces me das los detalles de la misión.

—¿Adónde vas? —preguntó. No se lo podía decir. En teoría no podía organizar ningún tipo de actividad con otros soldados que no hubiera sido aprobada de antemano. No lo permitía el protocolo. Era peligroso.

—Fuera —fue lo único que le dije. Playas con arena, agua caliente, sin muertos.

—Cinco días —repitió Matt, pensando para sí, intentando hallar un modo de concederme el deseo—. Luego no me jodas. Encontraré algún modo de retrasar la misión, pero más te vale estar listo para irte dentro de cinco días.

—Gracias.

—Michael Bullock. Dan Donovan. Pamela O'Donnell. —Los nombres sonaron en el auricular como si Matt hablara en código morse. Los memoricé de inmediato—. Ten cuidado.

—Gracias de nuevo —le dije.

Acto seguido colgó. Hice otra llamada para reservar un vuelo. No tenía intención de dejarlo tirado, pero ocurre que a veces las circunstancias te dan por saco.

5

San Martín no era San Martín. San Martín era una quimera. Era un lugar que Martin había descubierto en una revista. No teníamos el dinero ni la iniciativa para ir a un lugar como ese. Un día, quizá. Un día, cuando las fuerzas que estaban por encima de nosotros nos consideraran dignos de ello, quizá nos recompensarían con una suma lo bastante elevada para un viaje como ese. De momento, para nosotros, San Martín se había convertido tan solo en un nombre en clave. Era una especie de apodo. Cuando Michael nos dijo que nos reuniríamos en San Martín, sabíamos adónde teníamos que ir. Era el mismo lugar al que habíamos ido desde que éramos adolescentes. Nuestro San Martín era New Jersey Shore.

Las últimas veces que habíamos tenido unos días de descanso en el trabajo habíamos ido allí. Cuando los tres teníamos unos días libres, hacíamos todo lo posible para reunirnos en una isla pequeña y estrecha frente a la costa de Jersey llamada Long Beach Island. Era nuestro remedo del paraíso. No resultaba fácil encontrar el momento. Más difícil era aún ponernos en contacto entre nosotros. Las oportunidades de vernos eran cada vez menos frecuentes, por eso teníamos que aprovecharlas cuando se nos presentaban. Sin embargo, sabíamos que era peligroso hacer un viaje como este tan poco tiempo después de los trabajos que habíamos llevado a cabo unas horas antes en Nueva York. A veces se te quitaban las ganas de seguir corriendo.

No era fácil llegar a Long Beach Island sin coche. Tuve que

tomar un avión hasta Filadelfia, luego un tren a Atlantic City y después un taxi dispuesto a hacer un viaje de una hora. Me ofrecí a pagarle el doble por la carrera porque sabía que era imposible que encontrara otro cliente para el viaje de vuelta. Era mediodía. No había una larga cola de gente esperando taxi, de modo que accedió a regañadientes. Mi taxista era un hombre negro y grande, con barba y el pelo muy corto. En Atlantic City no escaseaban los negros. En Long Beach Island se podían contar con los dedos de una mano. Destacaban entre la multitud. Por eso lo reconocí enseguida cuando volví a verlo.

Lo único que llevaba encima era una mochila con un bañador, una toalla de playa y un par de mudas. Eso y unos quinientos dólares en metálico. Eran los últimos días de temporada alta, por lo que la isla empezaba a quedarse vacía. Jersey Shore funciona como un grifo. El día de los Caídos en la Guerra se abre y las playas quedan abarrotadas de gente durante todo el verano. El día del Trabajador se cierra y el chorro se convierte en un pequeño reguero, y luego pasa a ser un goteo hasta que el lugar se vacía. Estábamos a mediados de septiembre, que siempre había sido mi época favorita para la playa. El agua estaba caliente. El aire era cálido, y el lugar, un remanso de paz.

El taxista y yo no hablamos mucho durante el viaje. Me alegro de que así fuera ya que eso habría de facilitarme mucho lo que tuve que hacer luego. Cuando llegamos al puente que conduce a la isla, se limitó a preguntar:

—¿Adónde? —Tenía un leve acento caribeño, huella de una juventud vivida en algún lugar más exótico que Jersey. No había estado en contacto con Jared ni Michael desde que me habían dejado en el aeropuerto de Filadelfia la primera vez. Sin embargo, sabía adónde tenía que ir.

—Beach Haven —le contesté.

Siempre íbamos al mismo lugar. Era el favorito de Michael ya que había más bares que en los otros municipios. Más mujeres ebrias.

—Sí, señor —dijo el taxista.

Entonces abrí la mochila y saqué el bañador. Me quité los vaqueros sucios y me puse el bañador en el asiento trasero. El taxista me miró por el espejo retrovisor y negó con la cabeza. ¿Qué creía que iba a hacer yo solo en la parte posterior del taxi?

—Tan solo estoy poniéndome el bañador —dije, y apartó la mirada.

El sol brillaba con fuerza y abarcaba toda la isla. Atravesamos el puente y tomamos un desvío a la derecha, en dirección a Beach Haven. Una vez allí le dije por qué calle debía seguir y le pedí que me dejara en la playa.

—Gracias, amigo —le dije cuando salí del coche.

—No soy tu amigo —contestó, mientras me cogía el dinero y lo contaba.

Una forma genial de empezar las vacaciones, pensé. Por entonces no sabía lo que me esperaba. Salí al asfalto abrasador, pero solo tuve que dar dos pasos para llegar a la arena blanca de la playa. Al cabo de unos instantes, los dedos de mis pies se habían hundido en una arena fina como el polvo. Era incluso más suave que cuando éramos niños, antes de que empezaran a echar arena de otras partes en el vano intento de impedir que la isla fuera devorada por el mar. Recorrí el pequeño camino que llevaba a la playa, por las dunas. El taxista me miró hasta que llegué a la cima del montículo. Hasta entonces no lo oí alejarse.

Al llegar al montículo observé el paisaje que tenía ante mí. Ahí estaba el océano. Dios, era precioso. Siempre que lo veía me sentía pequeño de nuevo. Me encantaba esa sensación. El sol caía a plomo sobre el agua y se reflejaba en las olas que avanzaban hacia la playa. Me sentía como en casa. Era uno de los dos o tres sitios del mundo que me transmitía esa sensación.

Después de mirar el agua durante unos instantes, barrí la playa con la mirada para encontrar a mis amigos. Era aquí donde quedábamos siempre, en esta playa. Lo que sucedía era que los veía o, en caso contrario, me tumbaba en la arena y esperaba a que aparecieran. Al principio no los vi. Aún había bastante gente, una toalla cada dos metros. La imagen parecía sacada de una postal de 1950. Saqué la toalla de la mochila y me dirigí hacia el agua. Cuando estaba a unos cinco o seis metros del mar estiré la toalla y me tumbé. El aire era cálido. Creo que me dormí. Si lo hice, soñé con otras playas de arena fina porque no recuerdo nada más. Hasta que apareció Michael y me tiró arena en la cara.

—Cabrón —le dije, sin abrir los ojos, feliz en mi ignorancia de la presencia de niños a nuestro alrededor.

Me puse en pie de un salto y eché a correr. No logré atrapar a Michael y derribarlo hasta la mitad de la playa. Intentó esquivarme corriendo en zigzag, pero sabía que tenía más aguante que él. Al final, me tiré a sus piernas y lo derribé. Luego me senté en su espalda y le hundí la cara en la arena.

—Estaba disfrutando de un día perfecto hasta que has llegado —le dije.

—Sal de encima, culo gordo —logró mascullar a pesar de la arena que tenía en la boca.

Entonces dejé que se levantara e intentó sacudirse toda la arena. El proceso fue eterno. Cada vez que se pasaba la mano le quedaba un churretón.

—Tú sí que sabes saludar a la gente —se quejó, mientras intentaba limpiarse la arena de la espalda.

—Has empezado tú. —Me sentía como si volviera a tener doce años.

—Vale, de acuerdo —admitió—. Venga, no seas tan duro. —Y me dio un gran abrazo. Su bronceador desprendía un olor a coco—. Me alegro de que hayas llegado, Joey. Desde hace tres días venimos aquí a diario a buscarte.

—Sí, siento no haber podido llegar antes —me disculpé—. Supongo que no estáis en esta playa.

—No. He encontrado un lugar fantástico en la playa que hay a unas quince manzanas de aquí.

—¿Dónde está Jared?

—En casa, preparando las bebidas y esperando a que aparecieras de una puñetera vez. —Michael me miró fijamente y yo a él.

Vi a un amigo de diecisiete años, aunque había pasado casi una década desde que teníamos esa edad. Fue como mirar a través de una máquina del tiempo. Cuando miraba a Michael, lo único que veía era a un chico inocente y feliz, a pesar de que ya no era inocente para nada.

—Bueno, ¿qué quieres hacer? —me preguntó al final.

—Solo quiero irme a casa —contesté.

Recorrimos las quince manzanas por la playa. No teníamos prisa. Eso era lo único que esperaba de la semana, no tener prisa. Caminamos por la orilla, y cada vez que rompía una ola sentía que el agua fría me engullía los tobillos. Michael devoraba con la mirada a las mujeres mientras paseábamos. Miró a todas y cada una de las chicas que había en la playa. No se reprimía por cuestiones de edad ni de peso.

—¿Es que no tienes principios? —le pregunté mientras miraba a una cincuentona que se estaba quitando los pantalones cortos y se disponía a tumbarse sobre la toalla.

Michael se acercó hacia mí y me echó el brazo a los hombros mientras caminábamos.

—Veo belleza en todas partes —me dijo con una sonrisa.

—Claro —contesté.

—Venga, tío. Relájate un poco. ¿Para qué crees que sirven las playas? Para mirar y ser mirado, en eso consiste el juego.

—Eso es, ¿no?

—Eso es —Michael se rió—. Y vete preparando cuando vayamos a San Martín. Esas playas son una revista porno en tres dimensiones.

Esta vez me reí yo.

—El paraíso —añadió—. Es como el Jardín del Edén, pero la diferencia es que no te echan si se te pone dura. —Asintió mientras hablaba.

Todo parecía idílico.

Llegamos a la casa después de un paseo de cuarenta y cinco minutos. Yo notaba que estaba empezando a chamuscarme por culpa del sol y me apetecía ponerme un rato a la sombra. Michael había conseguido una casa justo en primera línea de mar. Era el piso superior de un dúplex. Cuando empezamos a subir la colina en dirección a la casa, apenas distinguía a Jared sentado en una silla, en el porche, con los pies apoyados en la mesa que tenía delante.

—Mira qué he encontrado —gritó Michael cuando nos acercamos lo suficiente para que pudiera oírnos Jared, que nos saludó agitando el brazo.

Le devolví el saludo y lo observé mientras dejaba el libro y entraba en la casa.

—Tiene muy buena pinta —le dije a Michael.

—Me alegro de que te guste —respondió Michael— porque me debes setecientos pavos por el alquiler de la semana.

Cuando llegamos a la casa, Jared había vuelto a salir a la terraza. Había ido a buscar una licuadora y unas cocteleras para preparar las bebidas. La terraza era muy agradable. Desde ella se veían las dunas y las olas que rompían en la orilla. Y esas olas eran el único ruido que llegaba de la playa. El romper de las olas. Luego el silencio. Y de nuevo el rumor que aumentaba lentamente hasta que rompía otra ola.

Cuando llegamos, Michael se fue corriendo al baño y nos dejó en la terraza a Jared y a mí. Hacía tiempo que no estaba a solas con él, que era el amigo que tenía desde hacía más años.

—¿Qué plan tenemos? —le pregunté.

—¿Ahora mismo? Tomar un trago. Sentarnos. Mirar el mar. —Sonrió y cogió una coctelera. Tenía un gran surtido de licores y zumos ante él.

—¿Y esta noche? —pregunté.

—¿Bromeas? Michael lleva esperándote toda la semana para poder ir de bares juntos. Más te vale no dejarlo tirado. —Por entonces era una frase sin importancia. Era imposible que Jared y yo supiéramos lo mal que podía acabar Michael si lo dejaba tirado.

—Bueno, pues es mejor que elijamos un local tranquilo —contesté—. No me vendría mal tomarme las cosas con calma antes de que empecemos a desfasar.

—Creo que eso se puede solucionar —dijo Jared.

El sol empezaba a descender hacia la bahía que había al otro lado de la isla y creaba un resplandor, que no me impidió ver la sonrisa que se dibujó en la cara de mi amigo.

—¿Qué estás haciendo? —pregunté, mientras observaba cómo medía, vertía y agitaba el combinado.

—Llevo dos días preparándolos. Si no podemos llevar a Michael a las islas, supuse que lo menos que podíamos hacer era traer un poco de las islas a Michael.

—¿Qué lleva?

—Un chorro de ron, zumo de piña, zumo de naranja y un poco de crema de coco. Es una bebida muy famosa en las islas. ¿Quieres una? —Jared empezó a verter el líquido espumoso en una copa.

—Parece una bebida de tías. ¿Cómo se llama?

—Es el *painkiller*.

—Venga, va. Pero el mío que sea doble.

Esa noche bebimos *painkillers* e hicimos hamburguesas a la parrilla en la terraza mientras el cielo se oscurecía sobre nosotros. Michael accedió a que la primera noche fuera tranquilita después de que yo le prometiera que a la siguiente tendría carta blanca para decidir adónde íbamos. De modo que elegimos un bar pequeño que había en la bahía y que sabíamos que no se llenaría. Cuando llegamos, estaba casi vacío. Sonaba una canción de Jimmy Buffet para que la gente olvidara que estaba en un bar triste y pequeño de Nueva Jersey. Entramos y nos dirigimos a la barra directamente. Michael intentó pedir un *painkiller*, pero el camarero lo miró como si fuera de otro planeta y acabó conformándose con una cerveza.

Cogí un taburete y me senté. No pensaba levantarme hasta que nos marcháramos. Michael y Jared decidieron explorar el local antes de tomar asiento. No regresaron. Descubrieron un antiguo juego escondido en la parte posterior. Conocía de sobra a mis amigos y sabía que en cuanto lo encontraran no pararían hasta que uno de ellos se declarara campeón del bar. El juego parecía sencillo. Había un pequeño aro dorado que colgaba del techo con un cordel. Estaba a la altura del pecho. A un metro y medio había un gancho atornillado en un poste.

El objetivo del juego era coger el aro, situar los pies detrás de la cinta adhesiva que había en el suelo e intentar colgar el aro en el gancho. Parecía fácil hasta que veías cómo lo hacía la gente. Me quedé sentado, con la cerveza en la mano, y observé a mis amigos, que se iban turnando. Resultaba de lo más frustrante y yo ni tan siquiera jugaba. Si apuntabas directamente al gancho, el aro salía rebotado. Tenías que hacer oscilar el aro hacia un lado para que pasara junto al gancho y quedara colgado al volver hacia atrás.

Mis amigos nunca han sabido gestionar la frustración de forma silenciosa. La competición entre Jared y Michael empezó de forma discreta, pero no tardaron mucho en empezar a gritar, hasta que se los oía más a ellos que la música que sonaba en los altavoces. Yo dividía mi atención entre ellos y las burbujas que subían en la cerveza. Era enormemente feliz ahí sentado, avanzando por un camino que me llevaba a un estado de embriaguez debilitador. Solo quería dejar atrás las preocupaciones y bajé la guardia. Cuando ya llevaba tres o cuatro cervezas, una mujer se sentó a mi lado en la barra. Parecía que estaba sola. Miró a Michael y a Jared. Resultaba difícil ignorarlos. Siempre había resultado difícil. Los miró, se rió y se volvió hacia mí.

—¿Son amigos tuyos? —me preguntó.

Tardé unos instantes en darme cuenta de me hablaba a mí. Cuando por fin reaccioné, intenté mantener la calma.

—¿Qué te hace pensar eso? —pregunté. La mujer llevaba una camiseta de tirantes fina y blanca y una falda larga con un estampado floreado. Era asiática y aún no había cumplido los treinta años. Estaba en muy buena forma. No parecía la típica chica de Jersey. De hecho, no parecía una chica típica en ningún aspecto.

—Tranquilo, creo que son graciosos —me dijo, observando a mis amigos, que discutían entre sí—. Espero que no acaben matándose. —Miré a Jared y a Michael. No sucedía nada que yo no hubiera visto antes. Supuse que la mejor estrategia que podía adoptar era no hacerles caso ya que la había aplicado en varias ocasiones en los últimos diez años.

—¿Estás sola? —pregunté, pero era el alcohol el que hablaba, el que me infundía un valor del que por lo general carecía.

—Quizá —respondió. Tenía un acento extraño—. ¿Qué pensarías de una mujer que va sola a un bar?

—¿Si tuviera tu aspecto? Pensaría que es misteriosa. Que da un poco de pena, pero misteriosa, sin duda.

—Genial. Misteriosa y doy pena. —Se rió.

—Bueno, unas veces se gana y otras se pierde.

Permanecimos en silencio durante unos instantes, observando cómo discutían Jared y Michael.

—Así que... —al final fue ella quien acabó rompiendo el silencio—, ¿vienes por aquí a menudo?

Dejé la botella de cerveza en la barra.

—¿Intentas ligar conmigo?

—Aún no —respondió, con una sonrisa. Hizo una pausa y se mordió la comisura del labio—. Sería más prudente que te conociera un poco antes.

—¿Y luego intentarás ligar conmigo?

—Quizá, si me gusta lo que oigo. —Me puso la mano en el codo mientras pasaba al taburete que había junto al mío. Tenía la piel más áspera de lo que esperaba, pero aun así estaba caliente, y me puse a mil cuando noté su tacto—. ¿Cómo te llamas?

—Joseph —contesté, y le tendí la mano. Era la primera vez desde hacía muchos años que utilizaba mi nombre real con una mujer, quizá desde la época del instituto, lo cual me hizo sentirme bien.

—Catherine —dijo ella y me estrechó la mano.

—¿De dónde eres, Catherine? Tienes un acento curioso.

—Sí, sí, mi acento. Vaya a donde vaya todo el mundo cree que tengo acento. —Me miró fijamente a la cara, como si buscara algo. En ese momento me pareció una buena señal—. Crecí en Vietnam, pero fui a la universidad en Londres.

—No es habitual ver a gente con ese currículum en Jersey Shore —dije, y ella se rió. Me gustaba su risa.

—¿Y tú? ¿De dónde eres?

—De aquí mismo —contesté; sus preguntas aún no me incomodaban.

—¿De verdad? ¿Eres de Nueva Jersey?

—Bueno, no de Nueva Jersey. Vivo en las afueras de Filadelfia —mentí. Era más fácil mentir que decir la verdad.

—¿Y vienes muy a menudo por aquí? —preguntó Catherine, que se inclinó levemente hacia mí, y clavó los codos en ambos costados, en una maniobra que estuvo a punto de provocar que sus pechos sobresaliesen de la camiseta. Acto seguido noté el pulso en la cabeza—. Es que no conozco muy bien la zona —añadió—. Acabo de llegar de Nueva York. ¿Vas a menudo por allí?

—De vez en cuando —contesté—. A veces tengo que ir por negocios. —Sabía que me estaba acercando de un modo peligroso a la verdad.

—¿En serio? ¿A qué te dedicas? —preguntó Catherine, que continuó usando el escote con maestría para hipnotizarme.

—Soy un mandado —contesté, intentando eludir el tema—. ¿Y tú?

Catherine se rió.

—No, en serio. ¿Qué haces? Si voy a ligar contigo, debo asegurarme de que tienes una carrera estable. —Me sonrió y deseé que no dejara de hacerlo nunca.

—No te preocupes por eso. —Me incliné hacia ella. Estaba borracho, cachondo y no me sentía muy bien.

—Eso prefiero decidirlo yo —replicó.

Imaginé que si quería llevármela a la cama, tenía que inventarme un trabajo con el que me ganara bien la vida.

—De acuerdo. Soy asesor financiero —mentí. Durante la fase de entrenamiento nos enseñaron que debíamos elegir profesiones que no provocaran el interés de la gente. Nos sugirieron trabajos como director de producción de empresas que fabricaban perchas, o comerciales de topes de plástico para puertas. En resumen, teníamos que elegir trabajos que sirvieran para zanjar una conversación. Aunque, claro, nunca nos enseñaron cómo se podía hacer eso y ligar al mismo tiempo. Era un fallo importante del currículum.

La sonrisa que le iluminaba el rostro se hizo mayor.

—¿Hay mucho trabajo para asesores financieros en Filadelfia?

—Soy el pez gordo de un estanque pequeño —respondí.

—¿No te iría mejor si trabajaras en Nueva York? Es donde se hacen los grandes negocios, ¿no? —replicó.

El hecho de que no dejara de hablar de Nueva York empezaba a incomodarme.

—Es decir, podrías trabajar en el centro y vivir en Brooklyn. Me encanta Brooklyn. —Hizo una breve pausa antes de pronunciar «Brooklyn»—. ¿Has estado allí alguna vez?

Fue entonces cuando se dispararon las alarmas. Mi memoria rebobinó a los últimos momentos que había pasado en Brooklyn. Había sido una semana antes. Vi la cara de la mujer a la que había estrangulado. Oí las voces de sus hijos. Todo aquello que pretendía olvidar y que me había empujado hasta Jersey Shore regresó de forma precipitada. Catherine seguía sentada en su sitio, mirándome fijamente, observando cómo me iba poniendo pálido.

—¿Te encuentras bien? —preguntó, con una voz fría, sin el menor deje de preocupación.

Estaba mareado. Tenía que cambiar de tema. Tomé un gran trago de cerveza de la botella que tenía ante mí. Intenté respirar hondo para recuperar la compostura. Tenía el pulso acelerado. Si no hubiera estado borracho o tan cachondo, o si no me hubiera pasado el día en la playa intentando olvidar toda mi vida, quizá habría podido mantener la calma.

¿He estado en Brooklyn?

—No —respondí, intentando ganar un poco de tiempo para aclarar las ideas de una vez—. Quizá una vez o dos. —Me di cuenta de que hablaba muy rápido y con poca naturalidad—. En realidad, no lo recuerdo. —Miré a Catherine para intentar interpretar su reacción. Buscaba indicios de confusión.

Una persona normal se habría sentido confundida por mi reacción. Sin embargo, ella seguía sentada en el taburete, con esa leve sonrisa que esbozaban sus labios. Quería que dejara de sonreír. Ha llegado el momento de que te calmes de una puta vez, me dije a mí mismo. Intenté convencerme de que debía olvidar todo lo que me habían enseñado sobre la paranoia, que era nuestra mejor amiga. Mis mejores amigos estaban jugando a colgar un aro de un gancho en el otro lado de la sala. Yo solo quería mirar a esta mujer y olvidar todo lo demás. Dejé que mis ojos se recrearan en el cuerpo bien tonificado de Catherine. Estaba apoyada en el respaldo del asiento, me miraba fijamente y tomaba sorbos de su copa con la pajita.

—¿Quieres probar suerte con el juego del aro? —le pregunté, consciente de que tenía que ponerme en pie para no caer del taburete.

Antes de que Catherine tuviera tiempo de responder, me levanté y me dirigí hacia la parte trasera del bar, al lugar donde se encontraban mis amigos escandalosos y pesados. Albergaba la vana esperanza de que me seguiría, de que jugaríamos a ese juego estúpido y de que la llevaría a casa y al día siguiente me despertaría con su cuerpo desnudo y tonificado junto al mío, pero en el fondo sabía que eso no iba a suceder.

Cuando había recorrido la mitad de la distancia entre la barra y mis amigos me detuve y miré hacia atrás. Catherine no estaba. Se había esfumado. Treinta segundos antes estaba ahí y ahora no quedaba ni rastro de ella. Se me hizo un nudo en el estómago. Intenté convencerme de que lo que sentía era consecuencia del arrepentimiento, pero me mentía a mí mismo y lo sabía. No era arrepentimiento. La sensación que se había apoderado de mi estómago me estaba diciendo que algo iba mal. Por desgracia, no me hice caso.

—Venga, Joe —dijo Jared mientras me acercaba a mis dos viejos amigos—, a ver de qué eres capaz. —Me dio una palmada en la espalda.

—Creo que el cordel es muy corto —gritó Michael—. Eh, camarero, ¿qué pasa con el cordel?

El camarero no respondió, tan solo negó con la cabeza y desvió la mirada. Di un paso adelante y situé los pies detrás de la cinta adhesiva del suelo.

—¿Quién era esa belleza de la barra? —preguntó Michael.

Cogí el aro con la mano derecha y moví el pie izquierdo hacia atrás, como si estuviera a punto de lanzar un dardo.

—Y ¿adónde ha ido? —exclamó entre risas; creía que lo había echado todo a perder. No sabía ni la mitad de lo que había pasado.

Cerré un ojo e intenté alinear el aro a la altura del gancho. La sala daba vueltas, en parte debido al alcohol que había ingerido, y en parte porque no lograba reducir el ritmo cardíaco.

—Una chica —contesté.

Solté el aro y lo desvié ligeramente hacia un lado. Trazó un arco hacia mi izquierda y se acercó al gancho a medida que se aproximaba al poste. El aro dorado refulgió a la luz del bar cuando empezó el recorrido de vuelta hacia nosotros. Entonces, se oyó un tintineo y se colgó del gancho. Michael lanzó un grito incomprensible. El cordel se aflojó. El aro quedó colgado del gancho atornillado al poste. Diana.

A la mañana siguiente me desperté pronto. No hice caso del dolor de cabeza y decidí salir a ver el alba. De niño, me levantaba a ver el amanecer al menos una vez cada verano. Me gustaba ver cómo despertaba el mundo. La terraza de la casa de la playa estaba para eso. Podías sentarte en ella por la mañana y ver cómo se iluminaba el cielo, oír cómo cobraban vida las gaviotas, sentir el sol en la piel cuando se alzaba por encima de la línea de horizonte, y todo ello a unos cinco metros de la cama. Mi plan era volver a dormir en cuanto hubiera acabado el espectáculo. Tenía que recuperar varias horas de sueño.

Por la mañana, Catherine y el pequeño ataque de pánico que había tenido no eran sino vagos recuerdos. Me convencí a mí mismo de que solo necesitaba un poco más de tiempo para relajarme. Ver el amanecer. Regresar a la cama. Dormir hasta mediodía. Imaginé que mi proceso de cura consistía solo en eso.

El cielo aún estaba teñido de un púrpura oscuro cuando salí a la terraza. El viento azotaba el océano. Hacía frío. Tal vez ese momento previo al amanecer no era el más oscuro, pero sí el más frío. Entré en la habitación y cogí una sábana de la cama para envolverme en ella mientras observaba el horizonte. Entonces empezó mi vigilia, envuelto en una sábana, sentado en la terraza de esa vieja casa de alquiler, esperando a que saliera el sol.

El cielo apenas se había iluminado un poco cuando me llegó compañía.

—Como en los viejos tiempos —dijo una voz detrás de mí. Volví la mirada y vi a Jared detrás de la mosquitera—. Creía que tal vez habrías salido.

Me encogí de hombros.

—¿De qué sirve tener una casa en primera línea de mar si no te levantas a ver el amanecer?

—¿Te apetece tener compañía? —preguntó.

—Como en los viejos tiempos —contesté, y le hice un gesto con la cabeza para que saliera.

—¿Qué te pasa con los amaneceres? —preguntó Jared mientras se sentaba a mi lado.

Me reí. No recordaba cuántos amaneceres había visto conmigo. Parecía que siempre lo hacía a regañadientes, pero no se perdía ni uno.

—No lo sé, tienen algo especial —contesté. Si hubiera tenido una respuesta mejor se la habría dado.

—Algún día lograremos que Michael se levante y nos acompañe —dijo.

—Sí, seguro. Eso nunca lo veremos.

Ambos nos reímos. Creo que Michael nunca se había levantado tan pronto; cuando no estaba en misión, al menos. Jared y yo permanecimos en silencio durante unos minutos. No apartábamos la mirada del agua, como si estuviéramos esperando que algo nos sorprendiera. Sin embargo, con los amaneceres nunca había sorpresas, por muchos problemas que tuvieras. El cielo se iluminó un poco más, pasó del púrpura oscuro al rojo intenso. Oía el graznido de las gaviotas por encima de nuestras cabezas. Nunca me pregunté adónde iban de noche. Estaba acostumbrado a que las cosas desaparecieran y aparecieran de nuevo.

Al final Jared rompió el silencio.

—¿Qué tal te va todo? Hace tiempo que no hablamos.

Lo sabía.

—Sí, cuesta encontrar el momento —respondí.

—Es verdad. —Negó con la cabeza—. Pero, venga, dime, ¿estás bien? No pareces el de siempre —Había un deje sincero de preocupación en su voz.

—Solo es un poco de cansancio —mentí. No sabía por qué lo hacía. No es que tuviera mucha gente en la que confiar. Pero mentir era muy fácil—. Necesitaba un descanso, eso es todo.

—Estás envejeciendo antes de tiempo —se burló.

—Quizá. —Miré a mi amigo y comprobé que su cara reflejaba el mismo cansancio que la mía, pero él lo llevaba de un modo diferente. No parecía abatido como yo. Jared era una máquina—. ¿No te afecta toda esta rutina de matar y huir, huir y matar? ¿No te cansa?

—Tengo mis altibajos —contestó. También me mentía. Él no se cansaba, tan solo quería hacerme sentir mejor. Y funcionaba. Puso un pie sobre la barandilla y se reclinó en la silla—. A veces todo parece muy surrealista. —Cruzó los brazos sobre el pecho para soportar mejor el aire frío—. Cuando teníamos catorce años, ¿creías que estaríamos aquí algún día?

—¿En Jersey Shore? A los catorce estábamos precisamente aquí —bromeé.

Jared hizo como si no hubiera oído mi broma y siguió con su discurso.

—No, me refiero a aquí, a este punto de nuestras vidas. Haciendo lo que hacemos.

—No. —Negué con la cabeza. No tenía ninguna duda de ello—. Puedo afirmar con toda sinceridad que cuando teníamos catorce años no me imaginaba que acabaríamos dedicándonos a esto. Y si me lo hubiera imaginado, no creo que me hubiera emocionado mucho la idea. —Miré hacia la playa. Los raqueros más madrugadores recorrían la orilla. También habían llegado unos cuantos pescadores con largas cañas que lanzaban el anzuelo al mar.

—Te mientes a ti mismo, Joe. Lo sé y tú también lo sabes. Te habrías vuelto loco de la emoción. Sé que a mí me habría pasado lo mismo. Cuando teníamos catorce años y jugábamos a baloncesto frente a la entrada de tu casa, estaba convencido de que acabaríamos teniendo unos trabajos de mierda, como los demás pringados del instituto. Eso si seguíamos con vida, viendo cómo moría la gente de nuestra familia a nuestro alrededor y que nadie nos decía por qué. No olvides por qué nos hicimos amigos.

—Lo recuerdo.

Fue la superstición lo que nos unió, pero no la nuestra, sino la de los otros niños. Estaban convencidos de que traíamos mala suerte. Ni tan siquiera nos hablaban porque creían que echábamos mal de ojo y que las personas más cercanas a nosotros acababan muriendo.

—Mi madre, mi hermano, mi tío, tu tío, tus abuelos, tu padre, tu hermana. Estaba seguro de que todas las personas que me importaban habrían muerto cuando yo cumpliera los veinte. —Jared se puso en pie—. ¿Una cerveza? Voy a coger una para mí.

Daba igual que fueran las cinco de la mañana. Era una buena idea. Asentí. Jared fue a la cocina y regresó con dos botellas. Desenroscó la chapa de una y me la dio. Luego abrió la otra y tomó un buen trago. Quería oír el resto de su discurso. Quería que me convenciera.

—En lugar de eso, míranos ahora. Nuestras vidas tienen un significado, Joe. ¿Te imaginas qué sería capaz de hacer la mayoría de la gente del mundo para que sus vidas tuvieran un poco de significado? —Bebió otro trago largo.

—¿Sabes esas clases que doy? —pregunté.

Jared asintió. Ya le había hablado antes de ellas. No todos los soldados daban clase. Solo nos elegían a unos cuantos, y ninguno de mis dos amigos había hecho nunca de profesor.

—Cuando esos chicos preguntan por qué luchamos, suavizamos la respuesta. Les decimos lo que sabemos que funciona. No nos piden nada más.

—¿Para qué quieren motivos? La única razón que necesitan ya arde en su interior. Cuando tienes pasión, no te hace falta la razón. Hasta que no te haces mayor, como nosotros, no empiezas a plantearte preguntas. A medida que vas cumpliendo años, la pasión mengua y aumenta la necesidad de encontrar un motivo para todo aquello que haces. —Tomó otro sorbo de la cerveza—. ¿Alguna vez le has preguntado a uno de esos hombres que te acogen en su casa cuando estás en una misión a qué se debe la Guerra?

Negué con la cabeza. Nunca se me había ocurrido preguntarles eso. Sin embargo, había oído varias historias al respecto. Como todo el mundo. Jared se rió.

—Pues empiezan a contarte historias y no paran hasta que se te caen las orejas.

—¿Tú te las crees... las historias que te cuentan?

Jared meditó la respuesta durante unos instantes.

—Sí —respondió—. Supongo que no puedes llegar a esa edad sin saber algo.

—Entonces, ¿somos los salvadores del mundo? —solté, mitad pregunta en serio, mitad pregunta retórica—. ¿Somos los únicos que podemos detenerlos?

—No veo que nadie más lo esté intentando. Mira, Joe, no digo que conozca todos los detalles, pero sé que los asesinatos y la muerte son necesarios. Y tú también lo sabes. —¿Lo sabía?—. Cuando venzamos, el mundo será un lugar mejor. Tenemos una responsabilidad. —Jared se creía todo lo que decía. Yo, solo una parte.

—No sé —respondí—, quizá se me empieza a acabar el odio. —Tomé un buen trago de la cerveza.

—No es odio, Joe. Lo que pasa es que te has hecho un puto lío. —Se tocó la frente con la boca de la botella de cerveza—. Así son las cosas. Odio es lo que sentí cuando oí que uno de esos cabrones había matado a mi hermano pequeño tres semanas después de cumplir dieciocho años. Eso era odio. Odio fue lo que sentiste cuando descubriste que tu padre no había muerto en un accidente de coche. Lo recuerdo. Yo estaba allí. Dejé de sentir odio hace mucho tiempo. El odio no tiene disciplina. —Si algo tenía Jared, era disciplina.

—Entonces, ¿qué es? —pregunté—. ¿Qué es lo que te mueve ahora? —Creí que lo que funcionaba para él quizá también serviría para mí.

Jared reflexionó un instante antes de responder.

—No lo sé. El conocimiento. Un propósito. Saber que tengo una causa. Algún día ganaremos esta Guerra y mis nietos podrán crecer sin miedo y será gracias a ti y a mí.

—Entonces, ¿los matamos porque son malos, tal y como nos enseñaron cuando éramos niños? ¿Es eso lo que pretendes decirme?

—Joder, tío. ¿Acaso lo dudas? —Jared me hizo la pregunta y luego me miró fijamente. Si hubiera encontrado el menor atisbo de duda en mi interior, me lo habría arrancado y lo habría estrangulado hasta dejarlo sin vida.

—No lo sé —respondí—. ¿De verdad crees que son malos?

Jared miró hacia las olas que rompían en la playa.

—Bueno, o lo son ellos, o lo somos nosotros.

Estaba harto de oír eso, Maria. Estaba harto de oír que eran ellos o nosotros. Estaba harto de oír que o los matábamos o nos mataban. Incluso entonces, antes de conocerte, ese tipo de justificaciones ya no tenían sentido para mí. Sin embargo, no era eso lo que decía Jared. Yo tenía que creer en lo que decía mi amigo.

—Así pues, ¿es eso? ¿Ese es tu propósito? ¿Ellos o nosotros? ¿El primero que mata es el último que sobrevive? No le encuentro el sentido.

—Eso no es lo que he dicho, Joe. —Jared entornó los ojos—. No tergiverses lo que digo. Me has preguntado si aún creía que nuestro enemigo era malvado. Sí. Sí, aún lo creo. No tengo la menor duda y no la tengo porque hay demasiadas muertes como para permitir que todo el mundo se salve de ser juzgado. De modo que son ellos o nosotros. No digo que o los matamos o nos matan. Digo que o bien son ellos los malos, o bien lo somos nosotros, porque es imposible que todos seamos inocentes. Y estoy convencido de que yo no soy malo, Joe. Y también sé que tú no lo eres. —Me señaló con la cerveza—. Te conozco. Te conozco desde antes de que supieras de la existencia de esta Guerra. Estoy convencido de que son malos porque sé que tú no lo eres.

Tenía que creerlo, Maria. No me quedaba más remedio. Tenía que tener razón. Si se equivocaba, yo estaba perdido.

No habrá paz hasta que ganemos.

—O hasta que ganen —añadí.

—O hasta que ganen —repitió Jared, que asintió.

Entonces permanecimos sentados en silencio durante un buen rato. Observamos cómo el cielo pasó del rojo al rosa. Observamos cómo la luz del sol empezaba a reflejarse en las nubes bajas antes de poder ver el sol. Observamos cómo la playa empezaba a llenarse de gente cuya única intención era ver el amanecer, tal y como sucedía a diario. Entonces observamos los primeros rayos de sol que asomaron por el horizonte y que fueron surcando el cielo lentamente. Siempre me maravillaba lo rápido que parecía moverse el sol cuando apenas descollaba en el horizonte. Jared y yo permanecimos sentados y observamos cómo cambió el mundo. Lo miré y me di cuenta de que, en realidad, fingía que solo lo hacía por mí. Le gustaba ver el alba tanto como a mí. Cuando acabó, cuando el amanecer dio paso oficialmente a la mañana, se puso en pie.

—Vuelvo a la cama y te sugiero que hagas lo mismo —dijo—. De lo contrario, Michael acabará con nosotros esta noche.

—Sí —contesté—. Enseguida voy. —Necesitaba un par de minutos más para aclarar las ideas—. Me alegro de haber tenido esta conversación, Jared —le dije, mientras sujetaba la mosquitera—. Lo necesitaba. Gracias.

—Cuando quieras, ya sabes —dijo Jared, con voz fuerte—. A veces uno solo necesita que le recuerden las cosas. Estamos haciendo un buen trabajo, Joe. Lo sé. Y tú también. Sé que lo sabes. No dejes que las dudas te asalten. Cuando afloren, entiérralas. Cuando te dedicas a lo que nos dedicamos, las dudas pueden matarte. —Jared hablaba muy en serio; nunca lo había oído expresarse de ese modo.

—Lo sé.

Tenía razón. El problema residía en que enterrar las dudas no era tan fácil como lo pintaba Jared.

Tal y como habíamos acordado el día anterior, Jared y yo dejamos que Michael planeara la segunda salida nocturna. Se pasó la mitad del día hablando de ello mientras lo único que yo intentaba hacer era matar el rato en el porche, viendo cómo pasaba el día. Salí una vez de casa, a mediodía, para darme un baño en el océano y refrescarme un poco. Era una sensación agradable bañarse en el mar. Me hacía sentir bien recordar lo pequeño que era.

Así pues, esa noche fuimos a cenar al sur de Beach Haven. No habíamos reservado, pero Michael creía que podría conseguirnos una mesa en uno de los restaurantes lujosos de la bahía si untaba a la maître. Además, le gustaba utilizar el intento de soborno como táctica para conseguir el número de la jefa de sala. El plan empezaba con una cena exquisita, seguida de unas copas en un bar de Beach Haven lleno a rebosar, con música en directo y chicas borrachas. «Universitarias», repetía Michael, como si fuera una palabra mágica. Michael eligió su ropa de verano más elegante. Se puso una camisa hawaiana de color rojo chillón con motivos florales y unos pantalones de lino. Se puso suficiente colonia para amansar a un elefante. Michael no se había criado con Jared y conmigo. No lo conocí hasta dos semanas después de cumplir los dieciséis, el día de mi iniciación. Fue el día en que Michael y yo nos sentamos juntos mientras un desconocido nos decía que había gente que quería matarnos y que, si no queríamos morir, íbamos a tener que matarlos antes. Entramos como dos chicos inocentes y salimos convertidos en dos personas muy distintas: sin experiencia, pero también sin inocencia. Cuando se acabó la clase, nos dijeron de forma expresa que no nos pusiéramos en contacto ni buscáramos a ninguno de los otros alumnos. Es peligroso, nos aseguraron. Podía provocar la muerte de varias personas. A Michael le dio igual. Me buscó. No soportaba la idea de cargar él solo con el peso de lo que acababa de descubrir. Apenas le quedaba familia. No tenía a nadie que pudiera ayudarlo a prepararse para lo que le esperaba. Necesitaba amigos. Y ninguna regla iba a impedirle hacerlos. Me eligió, sin importarle mi opinión. Al cabo de unas semanas Michael me encontró, y descubrí que Jared también era uno de los nuestros.

—¿Estáis listos para una noche loca? —Michael dio una palmada y empezó a frotarse las manos como si intentara entrar en calor.

—A juzgar por mi sentido del olfato, tú ya lo estás —respondí, entre risas.

Jared se acercó a Michael, lo olió y lo miró.

—No te acerques a menos de tres metros de mí en toda la noche.

—Es mi colonia de la suerte —dijo Michael—. Ya veréis, en cuanto empiece a fluir el alcohol y a sonar la música, las mujeres se sentirán atraídas por esta fragancia.

—Como las moscas a la mierda —replicó Jared—. ¿Podemos cenar antes de que me llegue otra vaharada del perfume de Michael y se me quite el hambre?

Podíamos ir a pie hasta la calle donde estaban todos los restaurantes. Teníamos que cruzar la isla de un extremo al otro, pero no nos llevaría demasiado porque la isla solo abarcaba tres manzanas a lo ancho. Llegamos a la bahía y recorrimos diez manzanas más hacia el sur para llegar al restaurante que Michael quería probar. Pasamos frente al parque de atracciones, los toboganes de agua y al menos tres campos de minigolf. Beach Haven era un hervidero de familias, niños, destellos de luces y timbres. La música del tiovivo se oía a varias manzanas de distancia. Pasamos frente al menos diez niños que jugaban con máquinas recreativas. El restaurante no estaba en la calle principal, de modo que cuando llegamos el ambiente se había calmado un poco. Aún veíamos las luces de la noria si mirábamos hacia atrás, pero la calle por la que caminábamos estaba en silencio. Era una callejuela con tres o cuatro marisquerías que daban a la bahía. Michael nos obligó a entrar en todas antes de elegir una. Al final, el criterio que primó en la decisión fue la belleza de la maître. El lugar que eligió era caro y estaba lleno, pero pudo conseguirnos una mesa. A veces, lograba salirse con la suya.

—¿También tienes su número de teléfono? —le pregunté cuando la chica nos hubo acompañado a la mesa y ya se alejaba. Michael no respondió, pero una gran sonrisa tontorrona le iluminó el rostro.

—No pienso sentarme al lado de Michael —dijo Jared antes de que tomáramos asiento—. No podré oler la comida.

No creo que bromeara. Nos habían dado una mesa en un rincón, a pocos metros de la barandilla que separaba el restaurante de la bahía. Desde donde estábamos podíamos cenar y ver el reflejo de las estrellas que rielaba en el agua. Por suerte, cuando el viento cambiaba de dirección, el olor de la colonia de Michael era sustituido por el olor salado de la bahía. Empezaba a oscurecer cuando pedimos las bebidas. Yo estaba sentado de espaldas a la pared. Michael estaba a mi izquierda, de espaldas al agua y de cara a la entrada del restaurante. Jared estaba a mi derecha, de espaldas a la puerta y de cara al mar. Yo tenía una vista directa de casi toda la marisquería. Debía estirarme para ver la entrada, pero tenía visión directa de todas las mesas y la mitad de la barra. Reinaba un ambiente de gran animación y se oía el tintineo de las copas, el entrechocar de los cubiertos con los platos y las charlas insustanciales sobre las vacaciones. La luz de fuera empezaba a apagarse rápidamente. Pedimos la cena: pescado, almejas y patas de cangrejo. Decidimos no mirar los precios y nos dejamos llevar. Me alegro de que lo hiciéramos ya que fue la última cena que habríamos de compartir los tres. Además, no llegamos a pagar la cuenta.

Cuando llegó el vino, Michael levantó la copa y dijo:

—Bueno, chicos, ¿por qué brindamos?

—Por la paz mundial —dije, y los tres nos reímos.

Era un viejo chiste, más viejo que nosotros. Se lo había oído contar a mis padres. Intentábamos evitar el tema de la Guerra, pero la conversación acaba regresando a ella de forma inevitable. Siempre sucedía lo mismo. Cada uno contaba los rumores que había oído: victorias recientes, derrotas recientes, gente a la que conocíamos y que había sido ascendida, gente a la que conocíamos y que había sido asesinada. No hablábamos de por qué luchábamos. Esa conversación ya la habíamos mantenido demasiadas veces y nunca nos llevaba a ninguna parte. Todos habíamos oído las teorías, algunas más que otras. Según una de ellas, al principio había cinco grupos que luchaban entre sí. Ahora solo quedaban dos. Según otra, en el pasado habíamos sido un pueblo esclavo sometido por nuestros enemigos. Cuando nos rebelamos, obtuvimos la libertad. El problema fue que en cuanto los abandonamos no tardaron en esclavizar a otro pueblo, de modo que volvimos para enfrentarnos a ellos y poner fin de una vez por todas a su reino para que el mundo fuera un lugar libre. Esa era la versión que más circulaba, seguramente porque era la que transmitía una imagen más heroica de nosotros. Todos creíamos que un día nos contarían la historia entera. Corría el rumor de que si lograbas ascender lo suficiente, te contaban toda la verdad. A veces ese era el único motivo por el que mostraba interés por ascender.

Llegó la comida, pero seguimos hablando. La conversación pasó de la Guerra a los recuerdos de los buenos tiempos, cuando éramos jóvenes y no teníamos preocupaciones. A pesar de que la Guerra ya se cernía sobre nosotros, a los diecisiete años teníamos la sensación de que no íbamos a crecer. Esos fueron los mejores días de mi vida. Entonces, de uno en uno, cumplimos los dieciocho.

A media comida, entró ella. Michael había estado supervisando la gente que entraba y salía del restaurante desde el minuto en que nos sentamos, con la esperanza de conseguir el número de dos chicas antes incluso de que fuéramos al bar. La vio al instante. Era difícil de olvidar.

—Eh, tu amiguita está aquí —me dijo.

—¿De qué hablas? —pregunté.

Tardé unos segundos en darme cuenta. Michael estaba levantando la mano para saludarla y pedirle que se acercara a nuestra mesa cuando mis reflejos lo evitaron. Le agarré la mano antes de que pudiera levantarla por encima del hombro y lo obligué a bajarla a la mesa. Se oyó un fuerte golpe y unas cuantas personas de las mesas de nuestro alrededor se volvieron y nos miraron.

—Joder, ¿a qué coño viene eso? —preguntó Michael, que

se frotó la muñeca para comprobar que no le había roto ningún hueso.

—Nada de saludar con la mano —le ordené—. Responde a la pregunta. ¿Quién es mi amiguita? —No me atreví a mirar.

—Esa chica asiática tan guapa que conociste anoche en el bar —contestó Michael—. ¿Qué cojones te pasa? ¿Tanto la cagaste que no quieres que te vea?

—¿Nos ha visto? —pregunté en voz baja. Mis instintos volvían a hablarme, y esta vez pensaba prestarles atención. Algo iba mal. En nuestra profesión no existían las coincidencias.

—No lo sé —respondió Michael, también con un susurro, para imitarme—. No puedo afirmarlo con seguridad. Si nos ha visto, finge que no es así.

—Compórtate como si no la hubieras visto —dije sin alzar la voz—. Mejor aún, compórtate como si no la reconocieras. —Fue otra orden. No fingí que no lo era.

—En serio, Joe, ¿qué está pasando? —preguntó Jared.

Empecé a negar con la cabeza, intentando descifrar lo que podía significar todo esto.

—Tengo un mal presentimiento —contesté—. Esa chica me transmite malas vibraciones, eso es todo. Me hizo muchas preguntas.

—¿Preguntas sobre qué? —inquirió Jared, que no tardó en ponerse muy serio. Siempre reaccionaba con rapidez.

—Sobre Brooklyn —contesté, y la palabra hizo reaccionar a mis dos amigos.

—¿Qué te preguntó de Brooklyn? —insistió Jared. Se reclinó en el respaldo y puso una sonrisa falsa por si alguien nos estaba mirando. Los tres empezamos a actuar con la mayor normalidad posible, a pesar de que el pánico se había apoderado de nuestras palabras. Solo podíamos esperar que no nos estuviera escuchando nadie.

—Nada en concreto. Tenía mucha labia. Es lo que me preocupa. Me preguntó varias veces cuánto tiempo pasaba en Nueva York, y luego dejó caer lo mucho que le gustaba Brooklyn y quiso saber si alguna vez había estado allí.

—Bueno, no es algo muy revelador —dijo Michael—. Me suena a conversación de lo más normal.

—Sí, a mí también. Pero había algo que no encajaba. —Miré de nuevo a Michael—. ¿Qué hace ahora? —Era el único que podía mirarla sin que resultara obvio que la estábamos observando.

—Está sentada en la barra. Ha pedido algo de beber.

—¿Qué? —Era una pregunta importante. Si bebía alcohol, entonces sabríamos que yo había reaccionado de forma exagerada. Si estaba trabajando, tendría que mantenerse sobria.

—Es algo claro. En una vaso normal. Lima —contestó Michael—. Podría ser ginebra o vodka. O soda. —Él también conocía el procedimiento habitual.

—¿Por qué no dijiste nada anoche? —preguntó Jared.

—Porque solo me pareció un poco extraño. Esta noche, y van dos seguidas, me parece peligroso. ¿Qué hace, Michael?

—Nada del otro mundo: está sentada, con el vaso en la mano. Sin embargo, ha establecido contacto visual un par de veces con el tipo negro y grande del rincón.

—¿Lo habías visto antes? —le pregunté a Michael.

—No, es la primera vez. ¿Lo ves?

Cogí la cerveza, fingí que tomaba un sorbo y me recliné en el asiento para intentar ver bien al hombre del rincón. Cuando lo vi lo reconocí de inmediato.

—Nos han descubierto —dije.

—¿A qué te refieres? —preguntó Michael—. ¿Conoces a ese tipo?

—Sí, es el taxista. Me trajo aquí desde Atlantic City. Nos han descubierto, no hay duda. —Estuve a punto de tomar un lingotazo de cerveza. Fue un acto reflejo. Sin embargo, me llevé la botella a los labios y no dejé que pasara ni una gota. A continuación dejé de nuevo la cerveza en la mesa. No sabía qué nos esperaba esa noche, pero sabía que debía estar en plenas facultades—. Bueno, ¿qué plan tenemos? —pregunté.

Michael y yo miramos a Jared. Así funcionábamos. Michael era el juerguista. Jared se encargaba de la planificación. Aún no sé qué hacía yo.

—¿Sabe de nuestra existencia? —preguntó Jared, en referencia a Michael y a él.

—Bueno, si no os conocía antes, seguro que ahora ya se imagina que somos amigos porque estamos sentados a la misma puta mesa —le espeté—. Pero, sí, anoche le dije que éramos colegas.

—Vamos a tener que separarnos. —dijo Jared sin pensarlo dos veces.

—Hay otro tipo en el otro extremo del bar —lo interrumpió Michael—. También está con ella, seguro. Treinta y muchos, blanco, con canas pero en bastante buena forma y tiene una cicatriz pequeña bajo el ojo izquierdo.

Fingí de nuevo que tomaba un sorbo de cerveza, pero no pude ver bien al tipo. Sin embargo, por lo que logré atisbar, no lo reconocía.

—Lo de separarnos me parece una idea de lo más estúpida —dijo Michael. Su rostro delató sus sentimientos por primera vez desde que empezamos la función.

—Es fácil, Michael —dije—. Pero no adelantemos nuestros movimientos. ¿Por qué crees que deberíamos separarnos, Jared?

—Es la única posibilidad que tenemos. No podemos enfrentarnos a ellos. Tenemos que huir. Si lo hacemos juntos, nos atraparán a todos.

—No entiendo por qué no podemos enfrentarnos a ellos —replicó Michael—. Si nos separamos, las probabilidades de que nos salvemos los tres son escasas. —Michael me miró cuando pronunció estas últimas palabras. Todos pensábamos lo mismo. Catherine, o comoquiera que se llamase, me buscaba a mí. Yo era el objetivo principal.

—No podemos enfrentarnos a ellos, Michael —insistió Jared—. Son tres, que sepamos. Quizá haya más. Y nosotros solo somos tres. Además, han venido aquí a buscarnos, de modo que sabemos que están armados. ¿Tú tienes algún arma, Michael? —Jared se limitaba a describir los hechos.

—Tengo mi cuchillo de submarinismo —respondió Michael, con un deje de resignación. Un cuchillo con una hoja de cinco centímetros para los tres no bastaba.

Jared negó con la cabeza.

—Bueno, pues te garantizo que ellos tienen algo más que un cuchillo de submarinismo. Han salido de caza, y cuando vas a cazar elefantes, llevas un fusil para elefantes.

—Jared tiene razón —accedí al final, aunque no era lo que me habría gustado decir. Si iba a caer, no quería hacerlo solo, pero Jared estaba en lo cierto. Lo más sensato era que nos separásemos y huyésemos. Salir del restaurante, de la isla e irnos lo más lejos posible. Cada vez tenía más claro que organizar unas vacaciones poco tiempo después de nuestra última misión había sido un error. No había ningún motivo para cometer otro.

—De acuerdo, pero elijamos un punto de encuentro —dijo Michael—. Tenemos que ponernos en contacto cuando hayamos logrado huir.

—Nos reuniremos en el Borgata de Atlantic City —dijo Jared—. Si podemos salir de la isla deberíamos poder llegar a Atlantic City. Nos encontraremos en las mesas de blackjack de cien dólares a las tres de la madrugada. Si alguien no llega, tendremos que dejarlo atrás. La isla solo tiene una salida. Si no hemos logrado escapar entonces, seguramente significa que no lo conseguiremos.

—De acuerdo —dije—. Jared se va el primero. Vete al baño y escapa. No creo que sospechen hasta que se vaya el segundo de nosotros. Así tendrás tiempo para idear un plan que nos permita salir de Jersey y llegar lo más lejos posible.

—Jared asintió con un gesto apenas perceptible.

—Nos vemos a las tres de la madrugada —dijo, y sin pronunciar una palabra más, se puso en pie, me miró a los ojos un segundo y se dirigió hacia el baño de hombres. Tenía una mirada de acero. Sus ojos no reflejaban el menor atisbo de duda. Al cabo de dos minutos, un chico joven con el pelo oscuro se levantó de la barra y se fue al lavabo.

—Ahí está —dijo Michael—. El tipo del pelo oscuro es el cuarto. Va a echar un vistazo a Jared. Creo que no hay más.

—Me miró—. Y ahora ¿qué? —Sabía a qué se refería. Ahora que Jared se había ido, ¿cuál era el plan? Echar a correr no era su estilo. No iba a hacerlo a menos que yo se lo ordenara.

—No lo sé —dije, intentando pergeñar un plan. Jared era el responsable de esas cuestiones, pero no estaba—. Tenemos que ponernos en marcha antes de que el tipo del pelo oscuro vuelva del baño y les diga a los demás que Jared se ha esfumado. Tenemos que irnos los dos porque si no el último que quede será una presa fácil. Pero no podemos salir por la puerta del restaurante como si nada.

—Esto es como el final de *Dos hombres y un destino*. —Michael sonrió. No sé cómo era capaz de hacerlo. Tenía algo que yo nunca he tenido—. Ya sé lo que podemos hacer. Cuando salgamos a la calle, tú te vas hacia la derecha y yo hacia la izquierda. Pero hasta que no lleguemos a la puerta, sígueme.

Asentí, aliviado de que mi amigo hubiera tomado las riendas de la situación. Se puso en pie y se dirigió hacia Catherine. No tenía ni idea de qué planeaba, pero lo seguí.

—Eh —le dijo a Catherine antes incluso de llegar a la barra—. ¿No eres tú la que dejó tirado a mi amigo anoche? —Llegó hasta ella y le rodeó la cintura con el brazo izquierdo—. Mi colega lleva todo el día cabreado.

Los cogimos desprevenidos. Catherine lanzó una mirada de pánico al hombre canoso que había en el otro extremo de la barra. Yo no apartaba la mirada del baño para ver cuándo regresaba el agente del pelo oscuro.

Catherine intentó mantener la calma. Quería ganar un par o tres de segundos para decidir qué debía hacer.

—Creo que tu amigo no tenía las cosas muy claras anoche. Me parece que se enfadó por algo. Tal vez tú tengas ganas de un poco de diversión. —Su acento era aún más fuerte que la noche anterior.

—¿Mi amigo? —preguntó Michael.

Entonces vi que el tipo del pelo oscuro salía del baño a grandes pasos. Nuestra débil tapadera estaba a punto de venirse abajo. Avisé a Michael con un gesto rápido de asentimiento.

—Creo que te equivocas, nena —le dijo a Catherine—. Mi amigo es uno de los tipos más impasibles que conozco.

Entonces Michael cogió una botella de cerveza que había en la barra y se la partió a Catherine en la cara con todas sus fuerzas. El movimiento de Michael fue rápido e inesperado. Oí un crujido cuando la nariz de la chica se partió y vi que empezaba a manar sangre por debajo de la botella. Las botellas de cerveza no se rompen tan fácilmente como en las películas cuando impactan en la cabeza de alguien. En la vida real son más duras que el cráneo de la mayoría de la gente. Prácticamente era como golpear a alguien con un bate de béisbol. Catherine cayó al suelo de inmediato, y Michael y yo huimos. Al cabo de unos segundos estábamos en la calle, corriendo. Yo me dirigí hacia la derecha; Michael, a la izquierda.

Su plan había funcionado a la perfección. La agresión había logrado dos objetivos. En primer lugar, sirvió como maniobra de distracción. Se desató tal caos en el restaurante que nos permitió empezar con cierta distancia de ventaja. En segundo, redujo el número de nuestros adversarios de cuatro a tres. Miré atrás una sola vez cuando ya había empezado a correr para comprobar si alguien había logrado salir del local. La única persona a la que reconocí fue a Michael, que huía en la otra dirección y no miró atrás en ningún momento. Uno de los camareros del restaurante se precipitó a la calle y gritó: «¡Deténganlos!», pero su grito se desvaneció en el caos. Toda esa gente, la gente normal, estaba de vacaciones. No estaban preparados para hacerse los héroes. Uno menos, pensé, mientras corría. Michael había logrado aumentar nuestras probabilidades de salir de aquella con vida.

Sabía que el alboroto del restaurante solo duraría un minuto o dos. Los que nos buscaban eran profesionales y llevaban a cabo movimientos coordinados. Sabían lo que hacíamos. Yo solo quería alejarme tanto como fuera posible del restaurante, de modo que corrí tan rápido como pude. La isla se estrechaba en los extremos y yo estaba tan cerca de la punta sur que la carretera por la que corría acababa en la bahía. Tuve que doblar hacia la izquierda y tomar la carretera central de la isla para poder seguir avanzando hacia el sur. Cuando lo hice, miré de nuevo hacia el restaurante. Había recorrido algo menos de un kilómetro. Había caído la noche. No se veía la luna y la zona en la que me encontraba se había quedado casi a oscuras excepto por las luces de la noria. Al mirar atrás, la luz del restaurante iluminaba la calle y vi un grupo de gente que se arremolinaba en el exterior. Reinaba la confusión total. No aminoré el ritmo al doblar la esquina y solo dediqué una fracción de segundo a observar el caos, pero me bastó para ver al agente del pelo oscuro, frente a un gentío, que me perseguía corriendo a toda velocidad. Estaba a unos cuatrocientos metros de mí y me ganaba terreno.

En cuanto doblé la esquina quedé fuera de su campo de visión y empecé a buscar algo que pudiera ayudarme en mi huida. Si el agente del pelo oscuro sabía dónde estaba, sus amigos no tardarían en saberlo también. Un poco más adelante vi una bicicleta roja y pequeña con un cesto en el manillar, apoyada en una de las casitas que bordeaban la carretera. La agarré, la arrastré a la calzada, me monté en ella y empecé a pedalear con fuerza. Era imposible que pudiera alcanzarme a pie. Sin embargo, estaba seguro de que sus amigos tenían coche, de modo que necesitaba un escondite, y rápido.

A medida que avanzaba, un manto de oscuridad cada vez más denso cubría las calles, solo roto por alguna que otra luz de los porches. Y cuanto más oscura era la isla, mayor era el silencio. Me acercaba al final, al punto en el que la carretera se detenía bruscamente. Frente a mí se extendía el cabo sur de la isla. A un lado estaba el océano; al otro, la bahía. En medio solo había arena. A medida que avanzaba, más estrecha era la playa, hasta llegar a un punto en el que ya no quedaba arena y la bahía y el océano se convertían en uno. No tenía tiempo para mirar atrás porque me podía costar la vida. Seguí pedaleando. No pensaba. Habría sido más seguro esconderme en una de las casas, en un lugar donde hubiera más gente, pero no pensaba. Solo intentaba avanzar y me dirigía hacia un callejón sin salida donde no habría ningún sitio para esconderme. De repente, en la oscuridad, empecé a oír el acelerón de un coche que avanzaba rápidamente. Era el único sonido que se oía aparte de las olas. Oí que el coche derrapaba al girar y supe que no tardarían en verme. Seguí pedaleando. Había una valla al final de la carretera y unos carteles de «Prohibido el paso». Tiré la bicicleta, salté por encima de la valla y eché a correr de nuevo.

Al cabo de unos segundos, estaba rodeado de arena blanca. Veía la bahía a la derecha y oía las olas del océano a la izquierda. Me volví y empecé a correr hacia el océano. Se me ocurrió que el sonido de las olas podría disimular el ruido de mi respiración. El océano era negro como el petróleo; reflejaba el cielo sin luna. Miré hacia el agua y solo vi las lucecitas de las barcas de pescadores que se mecían en el mar abierto. A medida que me acercaba, el rugido de las olas se hizo más fuerte. La marea estaba alta y las olas de esa zona eran más fuertes que en ningún otro lugar de la isla. Empezaba a estar cansado, pero sabía que me atraparían si aflojaba el paso o si no encontraba un lugar donde esconderme. Al cabo de unos segundos oí el rugido del motor del coche, que frenó en seco al llegar al final de la carretera. Me estaban pisando los talones. Tenía que esconderme de inmediato, de lo contrario podía darme por muerto. Barrí la playa con la mirada, pero estaba vacía. Había unas cuantas dunas y alguna zona de hierba, pero ningún escondite. Miré de nuevo hacia el agua oscura. El océano era mi única oportunidad. Eché a correr hacia el agua. No tuve tiempo de quitarme la camisa ni las sandalias. Simplemente me tiré de cabeza en cuanto noté el agua en los pies, contra una ola que intentó empujarme hacia la orilla, pero a pesar de todo logré avanzar. Y empecé a nadar. Perdí las sandalias antes de dar cuatro brazadas. Sabía que no iba a poder dar muchas más antes de que los amigos de Catherine llegaran a la playa. Iba a tener que dejar de nadar, porque de lo contrario me verían. De modo que mi única esperanza era quedarme quieto y dejarme llevar por la corriente.

Di unas doce brazadas y logré alejarme unos buenos cien metros de la orilla. Entonces me detuve. Me quedé flotando en un mar agitado, zarandeado por las olas. Me había adentrado bastante, de modo que las olas rompían entre la orilla y yo.

Me volví para comprobar si ya habían llegado a la playa. ¿Quién era esa gente? Me sumergí en el agua, solo sobresalían la nariz y los ojos, lo suficiente para ver y respirar. El agua era profunda. Estiré la pierna izquierda y no pude tocar el fondo.

Había dejado de nadar justo a tiempo. Cuando me di la vuelta, vi al primer hombre que salía de la oscuridad. Era el agente del pelo oscuro, seguido por el taxista y el tipo canoso. Habían dejado sola a Catherine. Nadie perseguía a Michael. Me alegré por él. Todos llevaban linternas y gracias a los haces de luz pude identificarlos a pesar de que se encontraban en la playa, a oscuras. Se dispersaron y barrieron todas las dunas con las linternas para comprobar si me escondía tras alguna. Tardaron pocos segundos en darse cuenta de que no estaba en la playa. Intenté permanecer inmóvil en el agua. Sus movimientos me permitieron deducir que el tipo del pelo entrecano era el jefe. Los otros dos recorrían distintas partes de la playa y luego lo informaban de que no habían encontrado nada. Observé los haces de luz de las linternas que se deslizaban por la arena. El tipo del pelo gris se quedó quieto, intentando evaluar la situación.

Entonces vi que el taxista se acercaba a la orilla y se agachaba para observar algo con mayor detenimiento. Estaba demasiado sumergido en el agua para ver qué había encontrado. Al cabo de unos instantes se fue corriendo hasta su jefe. No podía oír nada por culpa de las olas; lo único que podía hacer era observarlos e imaginar lo que estaban diciendo.

El taxista sostenía algo con las manos y sujetaba la linterna con la axila. El jefe enfocó el objeto con su linterna. Habían encontrado mis sandalias, que habían regresado a la orilla. El jefe no perdió ni un segundo.

—Está en el agua. —A pesar del ruido de las olas oí sus gritos. Quería que lo oyera. Quería que supiera que no me iban a dejar escapar. Enfocó la linterna hacia el agua. Me sumergí cuando ya se acercaba a mí. Debía de estar en una zona de unos cinco metros de profundidad porque ni tan siquiera cuando me sumergí pude tocar el fondo. No cerré los ojos. La sal me escocía, pero tenía que ver. No me atreví a cerrarlos.

Sabía que el agua estaría oscura, pero no me imaginaba que estaría como boca de lobo. Tenía la sensación de que flotaba en el espacio, rodeado por la nada. Lo único que veía a mi alrededor era oscuridad. Cuando miré hacia arriba, me pareció distinguir el reflejo de la luz de las linternas que barrían la superficie del agua, pero no estaba seguro. Tenía que salir a respirar, pero no podía permitir que me vieran. Esperé a que pasara una ola para que me sirviera de escudo. Saldría a respirar detrás de ella. Sentí que la ola me rodeó como un fantasma y entonces subí rápidamente a la superficie, tomé aire y me sumergí de nuevo.

Me quedé flotando ahí, inmóvil en la oscuridad. No veía nada pero oía sonidos extraños que provenían del agua negra. Me pitaban los oídos y deduje que se estaban adaptando a la presión del agua. Sin embargo, a pesar de los pitidos oía el sonido de la arena que la corriente arrastraba por el lecho marino. Parecía el ruido que se producía al frotar madera con papel de lija. Oía las olas que rompían en la playa, como truenos a lo lejos. Había también otros sonidos que no reconocía, golpes fuertes y ruidos secos no muy lejos de mí. Me sentí como si estuviera atrapado en una pesadilla. Intenté no hacer caso de los sonidos. Intenté fijar la mirada en la luz que se deslizaba por la superficie del agua para calcular el mejor momento para salir a respirar. No quería llegar al límite de la asfixia, entre jadeos, por miedo a que me oyeran. Esperé a que pasara otra ola que pudiera protegerme. Sentí de nuevo el embate del agua. Asomé únicamente la boca, cogí aire y me sumergí otra vez en el abismo.

La situación se prolongó durante cinco minutos más antes de que las luces dejaran de moverse bruscamente. Asomé la cabeza con cuidado y me pregunté qué debía hacer a continuación. No albergaba esperanza alguna de que fueran a desistir de su búsqueda. Habían llegado demasiado lejos. Me pregunté cómo nos habían encontrado. Supongo que el taxista fue quien alertó a los demás cuando me recogió. Si eso era cierto, significaba que alguien me buscaba. Asomé la cabeza de nuevo lentamente. Empezaba a cansarme de estar en el agua. Los tres hombres se reunieron en la arena para planear el siguiente paso. Lo único que oía era el romper de las olas.

Al cabo de unos minutos, el tipo del pelo oscuro y el taxista se descalzaron y se dirigieron hacia el agua. Venían a por mí. El jefe se quedó en la arena y siguió barriendo la superficie del agua con la linterna. Mientras sus subordinados se adentraban en el mar, vi que el jefe sacaba una pistola de la parte trasera de los pantalones. Ahora era cuestión de esperar.

Cuando el taxista y el agente del pelo oscuro entraron en el agua, supe que tenía ventaja con respecto a ellos. Sabía dónde estaban. Para ellos, yo seguía siendo un fantasma. Mientras no los perdiera de vista en la oscuridad, lo único que debía hacer era desplazarme en silencio por el agua y mantenerme fuera del alcance de su vista. Estaría a salvo siempre que no hiciera ruido y no me vieran. Fue un error estratégico por su parte. Deberían haberse quedado en la playa. Deberían haberse sentado en la arena hasta el amanecer y esperar que no me pusiera a nadar de noche. A plena luz del día me convertiría en un blanco fácil.

El agente del pelo oscuro echó a nadar hacia la derecha, estilo crol y sin meter la cabeza en el agua. Se detenía cada pocas brazadas para mirar alrededor. Vi el cuchillo que llevaba en la mano derecha. El taxista iba directo hacia mí. Tuve suerte. No parecía ni por asomo un nadador tan fuerte como su compañero. Sin embargo, él estaba fresco y yo ya llevaba un buen rato en el agua. A medida que se alejaba de la playa resultaba más difícil verlo. Su piel oscura le servía de camuflaje en el agua negra. Me esforcé para seguir sus movimientos entre las olas, para ver destellos del blanco de sus ojos. Si lo perdía de vista, me resultaría difícil recuperar el contacto a menos que hiciera algún ruido. No veía si llevaba un arma, pero estaba convencido de que así era. De lo contrario, no se habría atrevido a entrar en el agua.

Evitar a los dos tipos habría sido fácil si su jefe no hubiera seguido enfocando al mar con las linternas. Utilizaba las tres. Sostenía dos con la mano izquierda y la otra con la derecha. De modo que yo tenía que estar quieto, evitar los haces de luz y no perder de vista al taxista, todo a la vez. Cada tanto, cuando un rayo de luz se aproximaba a mí, me sumergía en el agua y en la oscuridad sin hacer ruido. Intentaba no permanecer sumergido mucho tiempo porque no quería perder de vista los ojos del taxista, que daba tres brazadas, se detenía y miraba a su alrededor. Tampoco quería moverme muy rápido por miedo a que me oyera. Me limitaba a flotar y me movía lo imprescindible para permanecer fuera de su línea de visión.

Al cabo de poco el taxista ya estaba a seis metros de mí. A medida que se aproximaba me apartaba a un lado. No tardé en darme cuenta de que me estaba acercando a la playa. De pronto vi que un rayo de luz se dirigía hacia mí y me sumergí en silencio. Cuando asomé la cabeza, al cabo de unos segundos, estaba a solo tres metros del taxista, flotando justo detrás de él. Quería abrir distancia y empecé a nadar lentamente y sin hacer ruido para alejarme de aquel hombre corpulento. Acercarme a la orilla fue un error. Me aproximaba al lugar donde rompían las olas. Por culpa de los esfuerzos para no perder de vista al taxista y las linternas, descuidé el elemento más poderoso de todos, el océano. De repente surgió una ola del agua negra. Me volteó y me arrastró a las profundidades de la oscuridad. Me desorienté por completo. La ola me hizo dar al menos una vuelta. Durante unos segundos, no supe hacia dónde tenía que ir para regresar a la superficie. Tuve que luchar contra las corrientes. Al final, descubrí dónde estaba la superficie y saqué la cabeza al aire de la noche. Jadeé al asomar a la superficie y el taxista me oyó. Se volvió hacia mí rápidamente. Creo que no estaba seguro de lo que había oído. Tan solo sabía que había oído algo. Vi fugazmente el blanco de sus ojos. Estaba confundido. Volví a sumergirme bajo el agua y nadé hacia un lado para perderlo de vista. Di dos o tres brazadas con fuerza y asomé la cabeza para tomar aire. Fue entonces cuando apareció otra ola de entre la oscuridad.

Esta vez logré mantener la cabeza por encima, pero era imposible hacerlo y al mismo tiempo mantenerme escondido. Me estaba delatando a mí mismo. El corazón me latía desbocado. No veía las olas hasta que ya las tenía casi encima. Intenté meter la cabeza bajo el agua para esconderme, pero no me quedaba aire en los pulmones. Tenía que salir a la superficie. Tenía que respirar. Saqué la cabeza de nuevo y di un grito ahogado.

El taxista me oyó de nuevo y esta vez no tuvo ninguna duda. Se volvió hacia mí. Estaba a menos de cinco metros.

—¡Lo tengo! —gritó con todas sus fuerzas.

Su voz delataba la emoción del cazador. Al cabo de unos segundos uno de los rayos de las linternas iluminaba al taxista mientras que otro se deslizaba a su alrededor, buscándome. El hombre abrió los ojos cuando levantó los brazos para nadar hacia mí. La hoja del cuchillo que sostenía en la mano refulgió bajo la luz de la linterna. No podía volver a sumergirme porque me faltaba el aliento. Tenía la respiración entrecortada, pero mientras intentaba que el aire regresara a mis pulmones me engulló otra ola. El taxista siguió avanzando hacia mí, nadando guiado por el rayo de luz. Justo entonces se oyó otro estruendo. Provenía de algún lugar detrás del taxista. Él también se encontraba en la zona donde rompían las olas. Esta vez, gracias a la luz que lo iluminaba, pude ver la ola, que avanzaba rápidamente hacia nosotros. El taxista la oyó y se volvió. Sin embargo, la ola lo embistió y lo arrastró hacia abajo. Yo pude esquivarla y me sumergí gracias a que la había visto venir. Fue entonces cuando vi mi oportunidad. Tenía una y no pensaba desaprovecharla. Esperé a que el taxista sacara la cabeza del agua. Sabía que estaría desorientado y sin respiración. Di tres brazadas hacia él y me adentré en el haz de luz de la linterna durante unos instantes. Luego lo agarré del cuello por detrás con el brazo derecho y lo hundí bajo el agua.

Era algo extraño, la sensación de ingravidez y de estar luchando en la oscuridad. Los sonidos que había oído antes habían desaparecido, y fueron sustituidos por los del forcejeo. Hice fuerza con el brazo para estrangularlo antes de que nos ahogáramos los dos. Borré los demás pensamientos que se arremolinaban en mi cabeza. Me olvidé de dónde estaba. Me olvidé de que estaba flotando en la oscuridad. Me olvidé de las olas que pasaban por encima de nosotros. Concentré todas mis energías en quitarle la vida al hombre que había venido a cazarme. «O ellos, o nosotros», recordé que decía de Jared; pero esta vez no era una lucha entre el bien y el mal. No tenía tiempo para ese tipo de consideraciones. Esta vez era una cuestión de supervivencia, de instinto. En ese momento estaba convencido de que quería seguir con vida, aunque no se me ocurría ni un solo motivo que justificara por qué. El taxista intentaba zafarse de mí, por lo que me agarré el brazo con la mano libre y apreté aún con más fuerza. Estaba seguro de que tenía más aire en los pulmones que él. Estaba seguro de que si lo mantenía bajo el agua podría vencerlo. Notaba que cada vez estaba más débil. Cogió el cuchillo y empezó a clavármelo en el antebrazo derecho. Sentí que la punta del arma me atravesaba la piel del brazo. Sin embargo, el agua le impedía hacerme mucho daño. No tardó en darse cuenta de que no servía de nada intentar clavarme el cuchillo, por lo que empezó a serrarme el dorso de la mano. El dolor era intenso y la herida enseguida se puso roja a causa del agua salada. Al cabo de unos instantes noté que el cuchillo había llegado al hueso. Por desgracia para el taxista, el dolor me ayudó a mantener la concentración. A medida que este aumentaba, yo apretaba más con el brazo, consciente como era de que, cuanto antes muriera mi enemigo, antes cesaría el dolor. Cerré los ojos con todas mis fuerzas y me mordí el interior de las mejillas. El taxista apenas podía seguir cortando. De repente paró. El cuerpo que sostenía en los brazos quedó inerte. El taxista había muerto.

Solté el cadáver, que se alejó de mí flotando en la oscuridad. Al cabo de unos instantes desapareció en la noche negra, como si nunca hubiera existido. Entonces recuperé la conciencia y recordé dónde estaba. Bajo el agua. Llevaba sumergido varios minutos y tenía que coger aire. En la superficie aún había dos personas que querían matarme. Yo sangraba y estaba cansado.

Durante el forcejeo, las olas nos habían acercado aún más a la orilla. Cuando intenté impulsarme con los pies para salir a la superficie, toqué la arena del fondo marino. De modo que me di impulso y me dirigí hacia la superficie del agua. Cuando asomé la cabeza, inspiré con fuerza el aire frío nocturno. Estaba agotado. Tomé aire, y a continuación me estiré y permanecí flotando en el agua durante un rato. Me encontraba a unos cinco metros de la playa, a unos cinco metros del hombre que tenía una pistola y quería matarme. No podía moverme. Tras un segundo de descanso, sentí que una mano me agarraba del pelo. Empezó a tirar de mí hacia la orilla. Me alegré de alejarme del agua oscura, de las olas. En comparación, morir en la playa me parecía un final agradable.

El agente del pelo oscuro dejó de nadar al cabo de unos minutos y empezó a caminar por el agua poco profunda. Yo estaba demasiado cansado para moverme. Me limité a flotar de espaldas mientras aquel tipo me arrastraba por el agua tirándome del pelo. No me dolió hasta que llegamos a la orilla ya que siguió arrastrándome por la arena, sin soltar el mechón de pelo que agarraba con las manos. Ahora sí que sentía el dolor, lo que me ayudó a recuperar el conocimiento. Sin embargo, no opuse resistencia. No tenía sentido. Intentaba no malgastar energía. Tenía la esperanza de que se me presentase una última oportunidad que me permitiera seguir con vida. Solo necesitaba una.

Al final, el agente del pelo oscuro me soltó el pelo y me tiró en la arena. Al cabo de un instante, el jefe canoso me iluminaba la cara con la linterna que sostenía en una mano, mientras que con la otra me apuntaba con una pistola. La luz de la linterna era cegadora. Mis ojos se habían acostumbrado a la oscuridad.

—¿Dónde está Trevor? —oí que me preguntaba una voz detrás de la luz. Supuse que se refería al taxista.

—Pasto de los tiburones —murmuré.

—¿Ah, sí? —dijo el jefe, sin apenas inmutarse por el hecho de que su amigo estuviera muerto—. Pues tú eres el siguiente.

A continuación vi una sombra que se movía con rapidez. Era el talón de un zapato. Antes de que tuviera tiempo de asimilar la información, me golpeó en la nariz. Me quedé aturdido durante unos instantes. Me dieron la vuelta. Alguien me hundió la cara en la arena, me puso las manos a la espalda y me ató las muñecas con unas esposas de plástico. Lo hicieron todo con una única maniobra, en apenas cinco segundos. Tenían práctica.

Cuando me hubieron atado las manos a la espalda, el hombre canoso me dio la vuelta de nuevo. Escupí la arena e intenté fijarme bien en él. No lo había visto antes, al menos en persona. Quizá había visto una fotografía. No lo recuerdo. Me miró fijamente como si intentara descifrar algo.

—Mataste a mi mujer, hijo de puta.

Había visto una fotografía suya en el informe de mi última misión. Recordé lo que me había dicho Jared: había matado a la mujer de Brooklyn para enviarle un mensaje a su marido, que era uno de los mejores soldados del enemigo. Solo en el último año había matado a ocho hombres nuestros; ocho de los que tuviéramos constancia. Mi nombre estaba a punto de ser añadido a esa distinguida lista.

Empecé a recuperar el aliento y parte de la compostura.

—¿A cuánta gente has matado? —le pregunté.

Pensó la respuesta unos instantes.

—A más que tú. —Me miró fijamente; su rostro reflejaba toda la ira que sentía—. Eso lo sé seguro. —Miró la pistola que tenía en la mano—. No recuerdo exactamente a cuántas personas he matado.

Me fijé en cómo se le hinchaba el pecho al respirar. La adrenalina corría por sus venas.

—Al final, todos los cadáveres acaban confundiéndose. Aunque a algunos sí que los recuerdo.

Vi un destello demente en su mirada.

—Y sin duda te recordaré a ti. —Entonces se volvió hacia el agente de pelo oscuro, que se encontraba a su lado, empapado—. Steve, dame tu cuchillo.

El hombre obedeció y le tendió el arma. Su jefe la cogió y a cambio le dio la pistola. Entonces se volvió hacia mí.

—Te aconsejaría que rezaras las últimas oraciones, pero cuando hayan pasado cinco minutos no será necesario que te lo recuerde. Ponte en pie —me ordenó.

Me levanté no sin cierto esfuerzo. El hombre dio un paso

y se me acercó. Cerré los ojos para prepararme para el dolor. No sabía qué había planeado. Lo único de lo que estaba seguro era de que me iba a doler y que no iba a ser rápido. Respiré profundamente por última vez, consciente de que quizá no volvería a hacerlo sin sentir dolor. No pensé en la muerte, solo en el dolor. Sentí la brisa del océano que me acariciaba la cara. Percibí el olor del agua salada que llegaba del mar. Entonces, procedente de algún lado, transportado por el aire, distinguí otro olor, el de una colonia barata.

Con los ojos aún cerrados, oí un grito a lo lejos, el chillido de un loco, de un maníaco. Se aproximaba a cada segundo. Abrí los ojos justo a tiempo de ver a Michael volando por los aires, con los brazos estirados delante de él como Superman. Había vuelto a rescatarme. Yo ya sabía que no le gustaba huir. Embistió al agente del pelo oscuro y lo tiró al suelo. Michael tenía su cuchillo de submarinista en la mano. El hombre canoso desvió la mirada hacia ellos durante un segundo, momento que aproveché para hundir los pies en la arena. Cuando se volvió hacia mí de nuevo, vi en sus ojos que aún pensaba matarme, aunque fuera lo último que hiciera. Se suponía que yo le había enviado un mensaje cuando asesiné a su mujer. Al parecer, lo había recibido. Se precipitó hacia mí con el cuchillo. Justo en ese instante, levanté un pie y le tiré arena a la cara. Se detuvo cuando la arena le entró en los ojos. Entonces, antes de que pudiera abrirlos de nuevo, le di una patada con todas mis fuerzas en la entrepierna y cayó al suelo a cuatro patas, dolorido. Sin embargo, como tenía las manos atadas a la espalda no pude mantener el equilibrio y me caí.

De repente se disparó una pistola y un estruendo resonó en la plácida noche de la isla. Alcé la vista y vi a Michael de pie, junto al cuerpo sin vida del agente del pelo oscuro. Mi amigo había ganado. Justo entonces, el único enemigo que quedaba, el jefe del grupo, me saltó encima, impulsado por la rabia. Con las manos atadas a la espalda solo podía defenderme con los pies. De algún modo logré tirarlo por encima de mí con las piernas. Al cabo de unos segundos, volvía a tenerlo sobre mí, amenazándome con el cuchillo. Michael tenía la pistola, pero no podía apretar el gatillo sin correr el riesgo de darme. En lugar de eso, se acercó corriendo hasta nosotros, agarró al hombre del pelo gris del hombro y, haciendo acopio de todas sus fuerzas, me lo quitó de encima sin soltar la pistola. El hombre se retorció cuando Michael tiró de él, pero realizó un gesto rápido con el brazo derecho y le clavó el cuchillo a Michael en el abdomen. Mientras se alejaba de mí, aproveché para darle una patada en las costillas y el hombre cayó en la arena. Ahora que nos habíamos separado, Michael levantó la pistola, apuntó y luego disparó. El estruendo surcó el aire, y una bala impactó en la cabeza del hombre de las canas.

Ahí estábamos, ensangrentados, metidos en un buen lío, con dos cadáveres en la playa y un tercero flotando en el agua, no muy lejos. Sin embargo, nuestro problema más inmediato estaba clavado en el estómago de Michael. Me acerqué rodando hasta el cuerpo del agente de pelo oscuro, encontré el cuchillo de submarinista de Michael y logré utilizarlo para cortar el plástico con el que me habían atado las muñecas.

Una vez libre, examiné a Michael para analizar la herida. Seguía en pie, con el brazo estirado y la pistola en la mano. El cuchillo subía y bajaba al compás de la respiración entrecortada de mi amigo. Le había atravesado la camisa hawaiana, se la había prendido al costado, y la sangre empezaba a crear un círculo oscuro alrededor de las palmeras y las flores rojas. Miré a Michael a la cara y él me sonrió.

—Y Jared creía que no podríamos con ellos.

—Tenemos que llevarte a un hospital.

—Creo que es una buena idea.

—¿Aún tenían el coche aparcado junto a la carretera?

—Sí.

—¿Era un taxi?

—No. —Me puse de pie rápidamente y me acerqué al cuerpo del hombre canoso. Sabía que Steve no tendría las llaves porque me había perseguido por la calle a pie. Confiaba en que las tuviera el hombre del pelo entrecano, porque si las tenía el taxista, se nos planteaba un buen problema. Le registré los bolsillos de los pantalones cortos y oí un tintineo en el derecho. Bingo. Ya teníamos coche.

Tuve que ayudar a Michael para que llegara al coche. Se estaba desangrando. Lo eché en el asiento trasero y nos pusimos en marcha.

—¿Sabes dónde está el hospital? —le pregunté a Michael, y lo miré por el retrovisor.

El lado izquierdo de su camisa se había teñido de un rojo oscuro.

—Te dije que podíamos con ellos —balbuceó.

Parecía borracho.

—Me lo tomaré como un no.

Mientras miraba a la carretera, me vi un instante en el espejo retrovisor. El ojo se me estaba empezando a poner morado y tenía unos hilos de sangre seca bajo la nariz. Me miré el brazo derecho. Vi las marcas rojas en el antebrazo, en el lugar donde me había apuñalado el taxista. Entonces me miré el dorso de la mano. Casi no tenía piel. Solo veía una mezcla de sangre y huesos. Menuda pinta teníamos los dos, pero yo al menos sabía que mis heridas se curarían.

Pisé el acelerador y recorrimos a toda velocidad la estrecha carretera. Nos dirigíamos hacia el único puente que permitía salir de la isla. Tenía que encontrar un hospital.

—Jared es un puto inútil —murmuró Michael desde el asiento trasero—. Creía que no podríamos vencerlos, pero nos hemos cargado a los cuatro sin él.

—Relájate. No malgastes las fuerzas. Estás perdiendo mucha sangre.

Pisé a fondo el acelerador y no tardamos en encontrar tráfico. Adelanté a los demás coches como una exhalación, por la izquierda y la derecha. Me detuve al llegar a un semáforo en rojo. Bajé la ventanilla y le grité al del coche de al lado:

—¡Hospital!

Vieron mi cara ensangrentada y me dijeron el nombre de una población relativamente próxima a la isla: Manahawkin. En cuanto oí el nombre aceleré de nuevo y me salté el semáforo. Estaba a unos veinte minutos, pero no sabía si disponía de tanto tiempo. Cuando llegué al pueblo vi los carteles que indicaban la ruta al hospital y los seguí hasta detenerme en la entrada de urgencias.

—Venga, entremos —me volví y le dije a Michael.

—No —replicó. Sus ojos volvían a tener cierto brillo—. Tú no puedes entrar.

—Pero ¿qué estás diciendo?

—Si entras conmigo, no nos dejarán salir a ninguno de los dos. Déjame en la puerta y lárgate.

—No puedo dejarte. Te detendrán, en el mejor de los casos. Tengo que quedarme contigo. En estos momentos no estás en condiciones de protegerte a ti mismo. Tú regresaste a por mí. No puedo abandonarte.

—No regresé a por ti. —Logró forzar una sonrisa.

Me pareció ver un poco de sangre en sus labios.

—No intentaba ayudarte. —Hablaba con voz débil. Cada palabra suponía un esfuerzo—. Ya sabes que disfruto con este tipo de historias. Vete. Vete e intenta ponerte en contacto con la gente que puede sacarme de aquí. Es lo que Jared nos diría que hiciéramos.

Tenía razón, pero si le hubiera hecho caso a Jared, yo estaría muerto.

Sin embargo, lo que decía tenía sentido. Me convencí a mí mismo de que podría serle más útil a Michael si me iba que si me quedaba. Así que eso fue lo que hice. Dejé a mi amigo, que acababa de arriesgar la vida para salvarme, en la entrada de urgencias del hospital con un cuchillo clavado en el abdomen y me fui. Me dirigí a la carretera y tomé dirección sur, a Atlantic City. Por un momento se me pasó por la cabeza la idea de detenerme y llamar a los chicos de Inteligencia para avisarlos de la situación de Michael, pero sabía que no serviría de nada. Se suponía que ni tan siquiera debíamos estar ahí. No tenía suficiente influencia para lograr que hicieran algo. Llegué veinte minutos tarde al casino. Durante el trayecto había parado en un área de descanso de la autopista para adecentarme un poco y que al menos me dejaran entrar en el casino. Me limpié la sangre de la cara y me vendé la mano como pude. Esperaba que Jared no se hubiera ido aún. Cuando llegué a las mesas de black-jack lo vi sentado, con una pila de unos mil dólares en fichas frente a él. Tenía un aspecto casi impoluto. En cuanto me vio, cambió las fichas y le dio una propina de cien dólares al crupier.

—Estás hecho un puto desastre —me dijo.

Iba a necesitar más de una parada en boxes para volver a estar presentable.

—Hay que sacarte de aquí. Llamas mucho la atención. —Me acompañó rápidamente hacia la salida—. ¿Has visto a Michael? —me preguntó.

Empecé a contarle todo lo que nos había sucedido.

—La versión breve —me pidió.

Me salté toda la historia y le dije que Michael se encontraba en un hospital con un cuchillo en el estómago y que si no lo sacábamos de ahí lo encontraría la policía y nuestros enemigos.

—No le pasará nada, ya me encargo yo de eso —me tranquilizó Jared, mientras apoyaba una mano en mi hombro y me dirigía hacia la salida.

—¿Qué significa eso? ¿Qué vas a hacer?

—Voy a hacer un par de llamadas. Mientras vosotros dos jugabais a policías y ladrones, yo estaba buscando una forma para que pudiéramos salir de aquí. A veces dependes de que nuestros chicos sean mejores que los suyos. Es lo que tiene pertenecer al bando de los buenos. Aquí tiene, señor Robert-son. —Jared me dio unos papeles que se había sacado del bolsillo. Era un billete de avión de Atlantic City a Atlanta, a nombre de Dennis Robertson. Solo Dios y Jared sabían lo que le había pasado al verdadero Dennis Robertson—. Ahora intenta pasar desapercibido hasta mañana. Llega al aeropuerto con tiempo suficiente. Lávate. Yo me ocuparé de ayudar a nuestro amigo para que salga del problema en que se ha metido.

—Me ha salvado la vida. —Miré a Jared para que supiera lo importante que era que ayudásemos a Michael.

—Lo sé. Pero hagas lo que hagas, no regreses al hospital. —Negó con la cabeza—. Putos héroes. Un día lograréis que nos maten a todos. Ya me encargo yo. Confía en mí.

Albergaba la esperanza de ver a Jared o a Michael en el aeropuerto, de que Jared hubiera logrado organizarlo todo de tal modo que todos tomáramos nuestro avión, cada uno con destino distinto, a la misma hora. Sin embargo, era demasiado inteligente para hacer algo así. Cuando embarqué en el avión con destino a Atlanta, lo hice solo. Cuando embarqué, aún no sabía qué les había sucedido a mis amigos.

6

Después de aterrizar en Atlanta, alquilé un coche, o más bien debería decir que fue Dennis Robertson quien lo alquiló, y me dirigí hacia el oeste. Conduje sin rumbo fijo durante unas horas hasta que encontré un motel de carretera donde podría pasar desapercibido y curarme. El tipo de la recepción apenas me miró cuando me registré, a pesar de la mano vendada y el ojo morado.

Una vez en la habitación, dormí casi treinta horas seguidas. Cuando por fin abrí los ojos, era por la mañana y había pasado un día entero. Era una sensación muy rara saber que podía perderme todo un día de forma tan fácil. Cuando me desperté, oí a la pareja que estaba en la habitación de al lado, peleándose. Necesitaba un poco de tranquilidad, de modo que salí a correr. Tenía ropa de deporte y unas zapatillas nuevas que había comprado en el aeropuerto con la tarjeta de crédito de Dennis Robertson. Corrí durante casi una hora y media antes de volver al motel. Cuando llegué, me duché. Se me empezaban a acabar las excusas para retrasar lo inevitable. Cogí el teléfono. Marqué y esperé. El teléfono sonó dos veces. Respondió una mujer con voz jovial.

—Global Innovation Incorporated. ¿En qué podemos ayudarlo?

—Michael Bullock, por favor —respondí.

—Espere, por favor.

Esperé unos momentos antes de que alguien contestara al teléfono.

Sonó dos veces y respondió una mujer con una voz tan jovial como la anterior.

—Spartan Consultants. ¿En qué podemos ayudarlo?

—Dan Donovan, por favor —respondí esta vez.

—Espere, por favor.

De nuevo la espera. De nuevo dos timbrazos. De nuevo la telefonista jovial. No bastaba con que nos obligaran a arriesgar la vida, sino que tenían que imitar las peores prácticas de la cultura empresarial.

—Allies-on-Call. ¿En qué puedo ayudarlo?

—Me gustaría hablar con Pamela O'Donnell.

—Espere, por favor.

No era una llamada pactada. Sin embargo, estaba seguro de que alguien respondería. Mi código les permitiría saber quién llamaba. Suponía que tendrían ganas de saber de mí después de la carnicería.

Esta vez solo sonó medio tono hasta que alguien contestó.

—Joder, Joe, ¿qué demonios ha pasado? —Era Matt, mi contacto.

—¿Te has pasado los últimos dos días pegado al teléfono esperando mi llamada?

—En pocas palabras, sí.

—¿No te dejan irte a casa?

—No después de la que habéis liado. No cuando se suponía que debías estar en Montreal. ¿Qué coño ha pasado?

—No lo sé. Nos tendieron una emboscada.

—Sí, a mí también. Mis propios jefes. Me has metido en un problema de cojones.

—Qué curioso. Creía que un problema era estar en la playa con las manos atadas a la espalda mientras un psicópata te explica que está a punto de destriparte. Estaba convencido de que eso era un problema. Supongo que me equivocaba. —No estaba de humor para chorradas.

—Lo siento, tío. Sé que lo has pasado mal, pero solo intento hacer mi trabajo. Los tipos que habéis liquidado no eran unos cualquiera. Entre los tres sumaban al menos cincuenta y cuatro asesinatos. Es lo único que ha evitado que me degradaran.

¿Tres? Aún no debían de haber encontrado el cuerpo del taxista. Había desaparecido y se habían olvidado de él, así de sencillo.

—Escucha, ¿sabes qué le ha pasado a Michael?

—No tengo detalles. No comparten ese tipo de información con nosotros, solo con su propio contacto. Lo único que sé es que logramos sacarlo de allí.

Respiré aliviado y liberé la angustia que me oprimía el pecho desde que había dejado a Michael en el hospital.

—Entonces, ¿está bien?

—Por lo que sé, sí.

—Vale. Necesito que me hagas un favor.

—Escucha, Joe, no sé si estoy para hacer muchos favores. —Matt parecía nervioso, lo cual era razonable. El último favor que le había pedido nos había metido en el lío en el que estábamos.

—Tienes que ponerme en contacto con él.

—¿Con Michael? —Hubo una pausa al otro lado de la línea telefónica. Matt enmudeció—. Es imposible. Ahora mismo todos vosotros sois radiactivos. Los de arriba no quieren que os acerquéis los unos a los otros. Creen que es demasiado peligroso.

—Mira, no quiero verlo, solo charlar con él —repliqué.

—Es imposible. No sabría dónde encontrarlo y, aunque lo supiera, si te diera esa información, mi carrera se iría al cuerno.

No estaba de humor para esas cosas. Cogí el teléfono y lo golpeé con fuerza contra el escritorio tres veces. Alguien de otra habitación me gritó para que no hiciera ruido.

—Me cago en todo, Matt, ¿cuál es tu nombre real? —Esa pregunta rompía el protocolo, pero no me importaba.

—Sabes que no puedo decírtelo, Joe.

Oí su respuesta y colgué el teléfono con un fuerte golpe. Me levanté y caminé de un lado a otro de la habitación durante cinco minutos para calmarme. Llamé de nuevo, utilizando los mismos tres nombres que antes. Estaba rompiendo más reglas del protocolo, no podía usar el mismo código en dos ocasiones, pero Matt contestó de nuevo después de pasar los trámites.

—¿Cómo coño te llamas? —exigí.

—Pedro. Rondell. Jesús. ¿Qué más da? —gritó la voz que había al otro lado de la línea telefónica. Volví a colgar el teléfono con un fuerte golpe. Esperé cinco minutos más y llamé de nuevo.

Respondió Matt.

—No puedes llamar otra vez usando ese código. Si lo haces, no pasarán tu llamada. Como vuelvas a utilizar el mismo código se activarán todas las alarmas.

Sabía que sería así. Controlaban el uso de los códigos. Si se utilizaba uno en más de una ocasión, lo comprobaban para descartar que fuera alguien del otro bando con la intención de obtener algo de información. Si ese código se utilizaba tres veces, suponían lo peor.

—Entonces dime cómo te llamas. Hace cinco años que trabajamos juntos. Me llamo Joseph. Mis padres se llamaban James y Joan. Al parecer tenían una obsesión por la jota. Mi hermana mayor se llamaba Jessica. La asesinaron delante de mí cuando tenía catorce años. Me crié en una pequeña ciudad de Nueva Jersey. Tan solo quiero saber tu nombre. —Mi voz pasó de los gritos a la súplica. No sé por qué era algo tan importante para mí.

—De acuerdo —La voz del otro extremo de la línea telefónica empezó a susurrar—. Brian. Me llamo Brian. —Me estaba diciendo la verdad. No sé cómo lo supe, pero estaba convencido.

Estuve a punto de estallar en carcajadas.

—Te llamas Brian y te obligan a usar Matt. ¿Cuál es la diferencia?

—Matt es un rango, un agente de inteligencia de tercer nivel. Cuando me asciendan pasaré a ser Allen.

—Escucha, Brian. —Utilicé su nombre verdadero. Me sentí liberado—. Necesito hablar con Michael como sea. Me salvó la vida. De no ser por él, estaría enterrado en una tumba poco profunda y las gaviotas me estarían picoteando los ojos.

¿Y qué ha ganado él con todo esto? Un cuchillo de veinte centímetros clavado en el estómago. ¿Sabes qué hice luego? Huí. Lo dejé solo en el hospital y huí. Tengo que asegurarme de que está bien.

—Joder, Joe. Lo siento, pero no sabría ni por dónde empezar.

—¿Sabes quién es su contacto?

—Claro.

—Pues empieza por ahí.

Oí un profundo suspiro.

—Ya veré qué puedo hacer. Vuelve a llamarme mañana. A la misma hora. Pero no esperes milagros.

—Hace tiempo que dejé de creer en los milagros, Brian.

—Terry Graham. Annie Campbell. Jack Wilkins. —Colgó.

A la mañana siguiente me desperté temprano. Durante los últimos dos años las noches de sueño plácido se habían convertido en algo excepcional. Por lo general, lo atribuía a la ansiedad. Me había acostumbrado bastante a ello, a pasar el día con tres o cuatro horas de sueño intranquilo. Esa mañana sabía que la ansiedad no era la única culpable que me impedía dormir. Era una mezcla de ansiedad y culpa. Me levanté y salí a correr, con ganas, para intentar quemar la tensión. Cuando llegué al motel aún faltaban veinte minutos para llamar a Brian. Cogí una tarjeta telefónica y marqué un número.

Respondió una voz femenina que no era menos jovial que la del día anterior.

—¿Diga?

—Hola, mamá, soy yo —respondí.

—¡Joey! Ya iba siendo hora de que llamaras. Hacía semanas que no sabía nada de ti.

Tenía una imagen clara de mi madre trasteando en la diminuta cocina de la casa a la que nos habíamos trasladado cuando murió mi padre, poniéndose la bata, preparando café. Sabía que estaría despierta. Se levantaba a las cinco como muy tarde.

—Lo sé, mamá. Lo siento. Pero ya sabes que no puedo

llamar desde los pisos francos, y a veces cuesta mucho encontrar un lugar seguro con teléfono.

—Lo sé, lo sé. Ahora que todo el mundo tiene móvil es más difícil encontrar un teléfono de los antiguos.

Me alegré de que fuera ella misma quien me encontrara las excusas. Esa nunca se me habría ocurrido. A ella debía de haberle venido a la cabeza después de varias horas racionalizando por qué su hijo no la llamaba más a menudo.

—¿Qué tal va todo, Joey?

—Bien. Como siempre, como siempre. ¿Y tú? ¿Qué tal va todo?

—Va bien. Jeffrey se ha muerto.

Genial, más muertos. Jeffrey era nuestro gato. Debía de tener al menos diecisiete años.

—¿Qué ha pasado? —No es que me importara mucho, solo quería darle conversación. Después de todos los muertos que había visto, no iba a llorar por un gato, aunque fuera el mío. Sin embargo, seguramente mi madre estaba más afectada. Ahora la casa se había quedado vacía del todo.

—No lo sé. Un día salió y cuando volvió parecía que le habían dado una paliza. Le faltaba parte de una oreja, tenía arañazos en el hocico y estaba ensangrentado. Ya sabes cómo era, le gustaba meterse en peleas. La cuestión es que llegó a casa y, a su edad, aquello fue demasiado. Se me quedó dormido en el regazo y no volvió a despertar. —Noté que se le entrecortaba la voz.

—Bueno, al menos llegó a casa. Conociendo a Jeffrey, seguro que la pelea no acabó muy bien.

—Oh, pobre Jeffrey —dijo con un suspiro que apenas oí. Entonces hizo una pausa, cambió de marcha y preguntó con voz alegre—: ¿Qué tal va el trabajo?

—Bien —mentí—. Más de lo mismo. —Mi madre sabía cómo me ganaba la vida, pero nunca le daba detalles. No porque creyera que pudiera suponer un peligro para ella, sino porque no quería explicarle los pormenores.

—Eres demasiado modesto, Joey. «Más de lo mismo.» Cuando resulta que te dedicas a salvar el mundo.

—Yo no diría que salvo el mundo, mamá.

—Pues yo sí —replicó ella con severidad, reprendiéndome por mi modestia—. Pero espero que encuentres tiempo para ti mismo y que no trabajes demasiado.

—De hecho, acabo de volver de unos días de vacaciones.

—¿De verdad? ¿Adónde has ido?

—A San Martín con Jared y Michael —contesté. Era la respuesta segura. Ojalá hubiera sido la verdad.

—¿Ah, sí? ¿Y cómo están los chicos?

—Están bien, mamá. —Miré el reloj para ver cuánto tiempo me quedaba antes de llamar a Brian y averiguar si estaba mintiendo.

—Jared es un chico extraordinario. Acabará triunfando. No te apartes de él y llegarás lejos. —Mi madre adoraba a Jared, pero siempre había creído que Michael era una mala influencia.

—Bueno, mamá, debo irme. Tengo ciertos asuntos pendientes.

—De acuerdo —dijo, con otro suspiro—. Sé que eres un hombre importante.

—No me hagas sentir más culpable. De verdad que tengo que irme.

—Lo sé, lo sé. Pero no tardes tanto en llamar.

—Vale.

—¿Me lo prometes?

—Te lo prometo.

—De acuerdo. Te quiero, Joey. Y te echo de menos.

—Yo también te quiero, mamá.

—Ten la cabeza en su sitio.

—Lo intentaré.

—Y nunca te olvides de lo orgullosa que estoy de ti. Y tu padre también. Estaría orgullosísimo.

Ahora fui yo quien me desmoroné. Me sorprendió mi propia reacción. Iba a decir algo, pero se me hizo un nudo en la garganta. Tan solo logré emitir un gruñido. Respiré profundamente e hice un esfuerzo para contener las lágrimas.

—¿Estás bien, Joey?

—Sí, mamá —logré decir al final—. Tengo que irme. Te

quiero. —Entonces colgué y miré el reloj. Aún faltaban cuatro minutos hasta que llegara el momento de hacer la siguiente llamada. De modo que durante cuatro minutos permanecí sentado en el borde de la cama, mirándome las manos, vacías. Me estaban temblando.

Cuando llegó la hora, cogí el teléfono y marqué. Terry Graham. Annie Campbell. Jack Wilkins. Pasé de nuevo por todo el proceso, todas las recepcionistas joviales y esperé a que alguien contestara el teléfono por cuarta vez. Sonó; cada tono parecía eterno. Al final, al sexto, alguien respondió.

—Me debes una. —Era Brian.

—Supongo que eso significa que lo has encontrado.

—Sí. Pero tienes que prometerme que pagarás tus deudas antes de que te deje hablar con él.

—De acuerdo, ¿qué te debo?

—Tu siguiente trabajo. Es el de Montreal. Necesito que sigas desaparecido durante dos semanas más. Quédate donde estás.

—¿Aquí? —pregunté, y miré a mi alrededor, la fría y húmeda habitación de motel.

Brian no hizo caso de mi pregunta.

—Te reservaré un billete dentro de dos semanas. Aprovecha el tiempo para serenarte un poco. El trabajo es en Montreal y es importante. Es delicado. Tienes que hacerlo bien. Sin errores, sin nada que pueda llamar la atención. Llegas, analizas la misión, la llevas a cabo y te vas.

—Así es como trabajo.

—Sí. Así es como trabajabas antes de atacar a una mujer en público y dejar tres cadáveres en la playa.

—¿Han encontrado al taxista?

—Sí, lo que quedaba de él. Los tiburones habían dado buena cuenta de la mejor parte. Al parecer un tipo que se dedica a la pesca de altura lo encontró ayer. Seguro que no se lo esperaba —dijo Brian con una risa—. Bueno, me debes un trabajo limpio. Es lo único que pido.

—Dalo por hecho. Lo que más deseo en estos momentos es que todo regrese a la normalidad.

Brian se echó a reír.

—¿Qué te hace tanta gracia? —pregunté.

—Tu «normalidad» es bastante jodida. Lo sabes, ¿no?

—Me había dado cuenta —contesté.

A continuación Brian me dio los detalles del trabajo de Montreal. Era una misión difícil. El tipo era un pez gordo. Tenía protección. Su casa estaba llena de medidas de seguridad para impedir que se acercara la gente, que me acercara yo. No pregunté quién era o qué hacía. Después de lo que había pasado, no necesitaba más motivación. Tenía que ir a Montreal y analizar la situación durante seis días. Luego tenía dos más para llevar a cabo la misión. No debía llamar hasta al cabo de diez días a menos que necesitara algo.

—Intenta no llamarme hasta que estés junto a un cadáver —dijo Brian.

—De acuerdo —contesté, esforzándome para parecer convincente—. Bueno, ¿cómo me pongo en contacto con Michael?

—No cuelgues. Te paso con él.

—Gracias, Brian.

—Escucha, Joe, no me llames Brian. Soy Matt. Tengo que ser Matt. Victor Erickson. Leonard Jones. Elizabeth Weissman.

Se oyó un clic y luego silencio. Esperé unos segundos hasta que se oyó otro clic.

—¿Diga? —Era la voz de Michael. Parecía confundido.

—¿Michael? Soy Joseph.

—¡Joe! —Parecía emocionado de verdad. No había ningún deje de amargura o ira en su voz—. Míralo, rompiendo las reglas. ¿Cómo demonios lo has conseguido?

—Tengo amigos en las altas instancias —respondí—. ¿No te han dicho que quería ponerme en contacto contigo?

—No, mi contacto solo me dijo que no colgara, y obedecí. ¿Cómo estás? ¿Dónde estás?

—En Georgia —contesté.

—No jodas. Atlanta. Un buen lugar para pasarlo bien.

Yo no tenía muchas ganas de juerga.

—¿Qué pasa, Joe? —Fue como si lo de Beach Haven no hubiera sucedido nunca.

—Solo quería asegurarme de que estabas bien. Me sentía mal por el modo en que te dejé.

—Es un detalle por tu parte que te preocupes por mí.

Podía aguantar que me tomara el pelo. Michael hizo una pausa y valoró el estado en que se encontraba.

—Estoy bien. Hubo un par de momentos en los que pasé miedo, pero ahora me servirán para contar una buena batallita. Después de que me cosieran, llegaron un par de polis, me sacaron de la cama, me metieron en su coche patrulla y me dijeron que me detenían. Eran polis de verdad. En un coche patrulla de verdad. Algo demencial. Al final resultó que eran de los nuestros. Imagínate. ¿Quién lo habría dicho? ¿Polis de verdad? En fin, la cuestión es que me dijeron que habían recibido una llamada de un jefazo de Inteligencia que les había ordenado que me llevaran a algún sitio seguro donde pudieran acabar de coserme. ¿Utilizaste los mismos contactos para salvarme que los que has utilizado para poder hablar conmigo?

—No —contesté. Ojalá la respuesta hubiera podido ser otra—. Fue Jared quien te sacó del agujero en el que te dejé.

Sentí que Michael asentía al otro lado de la línea.

—Sabe lo que se hace. Formamos un buen equipo los tres. Yo aporto el entusiasmo. Jared sabe planificar.

—Sí —contesté, preguntándome qué aportaba yo. Me pregunté por qué eran amigos míos aún. Aunque no formulé la pregunta en voz alta, Michael percibió mis dudas.

—Tú pones el corazón, Joe. Hasta me has llamado para ver qué tal estaba.

—Siento haberte abandonado en el hospital, Michael. —Tenía que pedirle perdón. Tenía que expulsar el sentimiento de culpa. Era un veneno que me había corroído durante días. Ojalá pudiera decir que aquello me hizo sentirme mejor.

—No te preocupes. ¿Qué otra opción tenías? Si te hubieras quedado, se habría jodido todo. Los polis, los que me ayudaron a huir, pudieron «perderme» porque estaba solo. Les habría resultado mucho más difícil hacerlo si hubiéramos estado los dos. Tenías que irte. Jared te hubiera dicho lo mismo.

No me importaba lo que hubiera dicho Jared.

—No lo sabe todo. —Quería preguntarle por qué era mucho más valiente que yo, pero en lugar de ello lo único que pregunté fue—: ¿Por qué volviste a por mí?

—Porque soy un estúpido. Soy un estúpido que disfruta con una buena pelea. —La risa de Michael retumbó en el teléfono.

—En serio. ¿Por qué volviste a por mí?

—Todos tenemos nuestros motivos, Joe. —Hizo una pausa antes de contestar para asegurarse de que yo no bromeaba.

—¿Qué quieres decir? —pregunté.

—Todos tenemos nuestros motivos para luchar. Yo lucho por vosotros. Lucho por mis amigos.

—Pero ¿nunca has intentado tener una visión más amplia del asunto?

—Claro, me lo he planteado muchas veces, pero mientras vosotros sigáis luchando a mi lado, todo es secundario. Jared y tú me salvasteis cuando era un niño. Estoy en deuda con los dos.

—Bueno, si me debías algo, la deuda está saldada.

—No, es una deuda que nunca se extinguirá, colega. No te sientas mal, Joe. Hiciste lo correcto.

—Empiezo a pensar que solo los imbéciles hacen «lo correcto».

Hubo una pausa incómoda. Michael permaneció callado, pero aquella pausa me dijo todo lo que necesitaba saber. Estaba de acuerdo conmigo.

—Entonces, ¿estás bien? —pregunté para romper el silencio.

—Sí. Mejor que bien. Ya estoy casi al cien por cien. Me quedará una buena cicatriz, pero ¿qué es lo que dicen? «El dolor pasa. A las chicas les gustan las cicatrices. La gloria dura eternamente.»

Sacudí la cabeza con incredulidad.

—No lo dice la gente. Lo dijo Keanu Reeves en *Equipo*

a la fuerza. Y esa película era una mierda. Sabes que te ganas la vida matando a gente, ¿verdad, Michael?

—Sí, ¿y?

—Quizá deberías tener tus propias citas.

Michael rió.

—Pensaré en ello. La próxima vez sí que iremos a San Martín —dijo Michael—. Conoceremos a mujeres bonitas y nos los pasaremos en grande.

—Me apunto —dije—. Solo quiero que sepas que si alguna vez vuelvo a encontrarme en esa situación, no te abandonaré.

Me prometí a mí mismo entonces que nunca volvería a abandonar a nadie que me importara. Es una promesa, Maria.

—Lo sé —dijo Michael, que habló con voz muy seria durante un segundo—. Pero Jared se cabreará porque ahora tendrá que tratar con dos idiotas, en lugar de solo conmigo. Bueno, tengo que irme. Ya hablaremos. No te metas en líos.

—Tú tampoco —dije, y colgué el teléfono.

Al cabo de dos semanas tomé un avión a Montreal. Nunca volvimos a reunirnos en San Martín. No he visto ni he vuelto a hablar con Michael desde entonces. Empiezo a dudar que vuelva a hacerlo algún día.

7

Era temprano cuanto aterricé en Montreal. Tal y como me habían ordenado, cogí un taxi hasta una sala de juegos de Saint Catherine Street, donde debía recoger las llaves del piso franco. El nombre de la sala, Casino Royale, parpadeaba en el cartel de neón que había sobre la puerta. Entré y me dirigí directamente a la parte posterior. Pasé de largo junto a todos los chicos con vaqueros caídos, las lucecitas intermitentes, los timbres, los silbidos y los sonidos de disparos falsos. Llegué al mostrador donde un par de empleados adolescentes daban cambio en monedas para que los otros chicos siguieran gastándose la paga en las máquinas. Le dije a la chica del mostrador que había ido a recoger las llaves de un apartamento y me las dio en silencio. El piso franco permanecería vacío durante toda mi estancia. Al parecer mi objetivo era demasiado peligroso para arriesgar una vida que no fuera la mía. Si me descubrían podía darme por muerto, pero de aquel modo la onda expansiva no afectaría a nadie más. Tuve que andar tres kilómetros por aquella calle larga y llena de tiendas para llegar al piso franco.

Era un apartamento pequeño, sin apenas muebles, con un único dormitorio y un balcón que daba a la calle. Comprobé el interior de la nevera. Tenía hambre. Había un refresco, un pedazo de queso y algunas sobras de comida china. También había una pizza en el congelador y un botellero junto a la pared, con varias botellas de vino tinto. No sabía si mi anfitrión era de gustos austeros o si había vaciado el piso antes de que yo llegara. Puse la pizza congelada en el horno y me senté en el sofá. Iba a ser una misión solitaria. En la mesa de centro que tenía delante había un sobre acolchado marrón. Lo vi en cuanto entré en el piso, pero me había esforzado para no hacerle caso mientras me situaba. Me lo quedé mirando durante un minuto o dos hasta que el aroma de la vulgar pizza empezó a llenar el apartamento. Entonces abrí el sobre.

Mi objetivo era un científico canadiense metido a hombre de negocios. Al parecer, dirigía una gran compañía farmacéutica. Estaba forrado. Utilizaba su riqueza para financiar las operaciones que nuestros enemigos llevaban a cabo en todo el mundo. África, Asia, Europa, enviaba dinero a donde fuera. También fabricaba armas químicas y biológicas que se utilizaban en la Guerra. Sin embargo, no eran armas de destrucción masiva destinadas a gasear al enemigo. Desarrollaba productos tóxicos muy precisos, para un objetivo concreto, y que no eran fáciles de rastrear. Sabíamos que lo hacía, pero no teníamos ni idea de cuántos de los nuestros habían muerto ahogados por culpa de uno de sus inventos. ¿Docenas? ¿Cientos? ¿Miles? Casi cualquier cosa era posible.

Mi objetivo acostumbraba a moverse con dos guardaespaldas. El primero estaba involucrado en la Guerra desde su nacimiento. Era uno de ellos. Era un comando del ejército de Estados Unidos. Sobre el papel, y en las fotos, parecía un cabrón de mucho cuidado. Pero se ceñía a las reglas del juego. El segundo guardaespaldas suponía un problema mayor. Era un civil. Y según todos los informes que me habían dado, no sabía de la existencia de la Guerra. Lo habían metido en el lío sin que él lo supiera. Creía que tan solo le pagaban para proteger a un hombre de negocios canadiense paranoico. Había pertenecido a la armada australiana y, como era un civil, era intocable. Muy típico de esos cabrones utilizar un escudo civil.

La pizza estaba lista. Encontré un plato donde ponerla y empecé a leer la información sobre la rutina diaria de mi objetivo. Dos días a la semana, martes y jueves, daba clases de química en la Universidad McGill como profesor adjunto. Todos los lunes comía en Chinatown con varios invitados de fuera de la ciudad. Los miércoles por la tarde iba a un club de striptease de Saint Laurent Street, también con gente de fuera de la ciudad. No eran actividades de placer, sino reuniones de negocios en las que cerraban acuerdos. Algunos estaban relacionados con nuestra Guerra, otros tenían que ver con otras guerras. Las reuniones estaban sometidas a una vigilancia férrea. Por lo general, pasaba las noches en casa.

Vivía al otro lado de Mont-Royal, en una auténtica fortaleza. De noche solo se quedaba un guardaespaldas con él, y se iban turnando a lo largo de la semana. El guardaespaldas dormía en una habitación para invitados. A la noche siguiente se quedaba el otro.

Decidí que empezaría el reconocimiento al día siguiente. Seguiría a mi objetivo durante un tiempo e intentaría encontrar algún punto flaco; debía comprobar si los guardaespaldas habían pasado algo por alto. Mi plan, el único que se me ocurrió entonces, consistía en seguirlo durante tres días y luego diseñar otro mejor. Al día siguiente era miércoles. Parecía que era el día de los clubes de striptease. No tenía ni idea de que estabas a punto de cambiarme la vida.

A la mañana siguiente me desperté antes del alba y me dirigí hacia la casa de mi objetivo. Me esperaba un día muy ocupado. Mi intención era seguirlo desde que se levantara hasta que se fuera a dormir. Metí unos prismáticos en la mochila y compré más provisiones —barras de cereales, agua, etcétera— en una tienda que encontré de camino.

El sol empezaba a despuntar cuando llegué a mi destino. Tenía un plano de la casa en la bolsa y cuando llegué lo saqué, con la esperanza de encontrar un buen lugar desde el que espiar el ajetreo matinal sin que me vieran. Era un edificio inmenso. El plano no le hacía justicia. Todas las habitaciones eran gigantescas. La fachada delantera daba a la calle, mientras que la trasera ofrecía una vista perfecta del parque. El dormitorio de mi objetivo estaba detrás, de modo que me dirigí al parque, donde me subí a un árbol que aún tenía tantas hojas que me permitieron esconderme. Me senté en la cruz de dos ramas y miré con los prismáticos hacia la ventana del dormitorio.

Había llegado un poco tarde. Logré ver algo a través de los listones de la persiana vertical de la habitación. La cama estaba vacía, deshecha pero vacía. Miré hacia las demás ventanas que daban al parque, y no vi sombras en ninguna. Dos ventanas por encima del dormitorio de mi objetivo, se encontraba la habitación del guardaespaldas. Miré fijamente y lo vi haciendo flexiones en el suelo. Dejé de contar al llegar a ochenta y cinco. Después de unos veinte minutos ininterrumpidos de flexiones, el tipo se dio la vuelta y empezó a hacer abdominales. También tardó una eternidad en acabar. Tal y como figuraba en mis notas, este guardaespaldas tenía un tatuaje en el bíceps derecho del emblema de la armada australiana, y otro en la espalda de un surfista devorado por un tiburón. Se trataba del civil. Estás muy lejos de casa, amigo, pensé para mí mismo. Saqué una libreta y tomé nota de la hora. Según el informe de Inteligencia que había recibido, los dos guardaespaldas se turnaban de noche. De modo que el civil dormía en la casa martes, jueves y sábado de esta semana, y el lunes, miércoles y viernes de la siguiente. Del resto de noches se encargaba el guardaespaldas que no era intocable. Después de los abdominales, el australiano empezó a hacer fondos con la ayuda de una silla.

Escudriñé las demás ventanas. Ahí estaba mi objetivo. Se encontraba abajo, en el gimnasio. Estaba en el StairMaster y llevaba un auricular para hablar por teléfono. Al parecer estaba manteniendo una conversación acalorada que le impedía llevar el ritmo deseado en la máquina. Un par de veces creí que se iba a caer. El tipo debía de medir algo menos de un metro ochenta de alto, tenía el pelo oscuro y una barba en la que asomaban algunas canas. No estaba en mala forma para ser un hombre de negocios, pero la barriga le sobresalía un poco por encima de los pantalones cortos. Tenía los ojos castaño oscuro, casi negros. Tuve una reacción visceral al verlo. Supe que no me asaltarían las dudas cuando llegara el momento de eliminarlo.

Observé el resto de la casa. Junto al gimnasio había un estudio con una mesa de billar con el paño de color púrpura. La cocina y una sala de estar gigante daban al jardín trasero, cercado por una valla metálica blanca. En lo alto de un poste, en cada una de las esquinas de la valla había una videocámara. Cogí un gran trozo de corteza del árbol en el que estaba sentado y lo tiré al jardín. En cuanto entró en su radio de alcance, ambas cámaras se volvieron para seguirlo hasta que cayó al suelo, inmóvil. Sensores de movimiento por láser. Miré hacia el dormitorio del guardaespaldas. Tal y como sospechaba, el movimiento hizo saltar una pequeña alarma de su habitación y el australiano se volvió hacia un ordenador que había en el escritorio. Vio lo que veían las cámaras. Enfoqué los prismáticos hacia las cámaras y tomé nota de la marca y el modelo para poder buscar información sobre ellas más tarde.

A las siete, apareció la muchacha de servicio, con el uniforme típico. Llevaba un vestido azul pastel por debajo de las rodillas y un delantal blanco con volantes en los lados. ¿Quién era capaz de obligar al servicio doméstico a vestirse aún así? Ese tipo era todo un personaje. La muchacha entró y empezó a preparar el desayuno. Mi objetivo desayunó beicon, huevos, tostadas y melón. El australiano comió huevos, patatas, melón y un bol de cereales, y se sentó solo frente a la encimera. Nadie abrió la boca. Entonces, cuando la muchacha empezó a limpiar la cocina, ambos hombres regresaron a sus respectivos baños, se ducharon y se prepararon para iniciar el día. El australiano se puso un traje azul oscuro con una corbata lisa azul oscuro, el uniforme típico de guardaespaldas. También llevaba un auricular por el que podía comunicarse con el otro guardaespaldas. Mi objetivo llevaba un traje gris marengo, con una camisa amarilla y sin corbata.

A las ocho en punto llegó el otro guardaespaldas. El australiano y él vestían idénticos. Con el uniforme de trabajo, la única forma de distinguirlos era que el americano tenía el pelo más oscuro y llevaba perilla. Ambos charlaron un rato mientras mi objetivo regresaba al dormitorio para coger su maletín. Vi cómo se turnaban, para hablar y reír. En cuanto regresó mi objetivo se convirtieron en estoicas estatuas. A las ocho y cuarto se pusieron en marcha los tres. Me dirigí hacia la parte delantera de la casa para ver cómo salían con el coche. El civil y mi objetivo iban en el asiento trasero. El otro guardaespaldas conducía. Obviamente no podía seguirlos a pie. Sin embargo, según la información que me habían proporcionado, se dirigían al despacho, donde pasarían unas cuantas horas. Paré un taxi y los seguí hasta el centro de la ciudad.

Pasé las siguientes cuatro horas en un café que había enfrente del edificio de oficinas de mi objetivo. No me atreví a entrar ya que seguramente las cámaras habrían grabado imágenes de mi cara. No estaba listo para eso. En lugar de ello me quedé en el café, leyendo el periódico y vigilando la puerta y la salida del garaje para no perder de vista a mi objetivo. Apenas descubrí algo nuevo durante esas cuatro horas.

Al final, alrededor de las doce y media, mi objetivo salió caminando por la puerta acompañado por sus guardaespaldas. Yo ya tenía la cuenta, de modo que pagué y salí a la calle. Por lo visto, iban a pie hasta el club de striptease. Supuse que eso dependía de si hacía buen tiempo, pero ya me parecía bien. Tenía ganas de estirar las piernas. El objetivo caminaba con el guardaespaldas civil a un lado y el estadounidense dos pasos por detrás. Ambos eran muy diligentes. Bien podían haber sido entrenados por el servicio secreto. El guardaespaldas que caminaba junto al objetivo miraba hacia el frente para asegurarse de que nadie les obstruía el camino, y que nadie ni nada se dirigía hacia ellos. El que iba detrás exploraba visualmente las demás áreas, la calle, las aceras, incluso el cielo. Yo iba por la otra acera, pero tuve que asegurarme de que no me sorprendía mirándolos. Caminaba con toda tranquilidad y solo echaba un vistazo de vez en cuando para comprobar si los guardaespaldas cometían algún error, si bajaban la guardia. Pero no fue así.

Seguimos por René-Lévesque hasta llegar a Saint Laurent, donde doblamos a la izquierda. Cruzaron la calle y siguieron caminando por la acera derecha. Yo me quedé en la izquierda. Al cabo de dos manzanas llegamos al club de striptease. Tenía un fachada bastante normal, con carteles de neón que anunciaban «Chicas desnudas en vivo» y «Completamente desnudas» y «24/7». Era imposible ver el interior desde la calle. No había ventanas, pero sí una puerta que daba a unas escaleras que se adentraban en el club. Junto a la puerta había un gorila enorme. Mi objetivo se acercó al gorila y le estrechó la mano. Hablaron durante unos treinta segundos. El gorila sonrió, se rió y le dio una palmada a mi objetivo en el hombro. Entonces mi objetivo le dio un billete disimuladamente y subió las escaleras, seguido del guardaespaldas estadounidense. El australiano se quedó abajo, de pie, al otro lado de la puerta que vigilaba el gorila. Ambos intercambiaron unas palabras y sonrisas antes de regresar a la tranquila misión de custodiar la puerta.

Era demasiado. No iba a quedarme ahí de pie esperando tres horas más. Sin embargo, tampoco quería entrar en el club por diversos motivos: en primer lugar, si el guardaespaldas estadounidense me veía y me reconocía de la calle, empezaría a sospechar; en segundo, un tipo en un club de striptease que se dedicaba a mirar a los otros hombres en lugar de a las chicas desentonaba muchísimo. De modo que al final decidí acercarme a la puerta para poder ver de cerca al guardaespaldas. Juro que era eso lo único que quería hacer. Sabía que aún no me había visto, por lo que no me preocupaba mucho llamar un poco la atención. Crucé la calle. Junto a la puerta del club había unas cuantas fotografías de las strippers en varias poses, todas completamente desnudas. Me quedé sorprendido. En Estados Unidos no se veían ese tipo de imágenes en la calle. Me esforcé para disimular y miré las fotografías de las chicas mientras intentaba adivinar lo que podía dar de sí el guardaespaldas. El australiano me sacaba unos diez centímetros. Tenía una cara agradable. Le pregunté al gorila qué chicas trabajaban ese día. Me dijo que las fotografías eran sobre todo de las que hacían el turno de noche, pero que las que trabajaban de día también eran guapas. Hasta entonces había interpretado mi papel a la perfección. Fue entonces cuando estuviste a punto de desenmascararme.

Te vi caminando por la calle, media manzana antes de llegar a la puerta. Recuerdo que vi cómo te acercabas, con la capucha de la sudadera puesta, ocultando tu mata de pelo oscuro y rizado. Tenías las manos hundidas en los bolsillos de la sudadera verde. Estabas muy guapa. Me estremecí más al ver cómo te ocultabas bajo aquellas capas de ropa que cuando vi las fotos de las bailarinas desnudas que había en la pared. Me pillaste mirándote. Establecimos un fugaz contacto visual. Cuando nuestras miradas se cruzaron, esbozaste una sonrisa pícara y unas arrugas surcaron el contorno de tus grandes ojos azules. Olvidé dónde estaba. Olvidé qué estaba haciendo. En ese momento lo olvidé todo.

—Yo de ti no elegiría ese —me dijiste.

—¿Perdón? —respondí. Entonces recordé que estaba frente a la puerta de un club de striptease mirando las fotografías que había en la entrada. Menuda primera impresión.

—Yo de ti no elegiría ese —repetiste—. Deberías ir a Saint Catherine's. Es adonde van todos los turistas americanos. —Hiciste una pausa y me miraste de arriba abajo—. Aunque, claro, la mayoría no acostumbran a ir a media tarde y solos.

—Ah, vaya. No... —De repente perdí la capacidad de construir frases enteras—. No pensaba entrar —balbuceé al final, y cuando ya lo había dicho me di cuenta de que quedarme ahí de pie mirando boquiabierto las fotos no era una salida más airosa.

—Lo que tú digas. Yo no te juzgo —contestaste mientras seguías caminando. Observé cómo te alejabas y tuve que hacer un gran esfuerzo para recuperar la compostura antes de que salieras de mi vida para siempre. Tenía que decir algo, lo que fuera, con tal de captar tu atención antes de que te fueras.

—Bueno, ¿por qué no debería entrar en este? —pregunté a voz en grito mientras te alejabas; no pensaba dejarte marchar aún.

Te paraste y te volviste para mirarme.

—No lo sé por experiencia propia, pero corre el rumor de que las strippers de este club tienen mejor delantera que dentadura.

—Ah, ¿ese es el rumor que corre? —pregunté.

Te volviste de nuevo y echaste a caminar por segunda vez.

—Ese es el rumor que corre —gritaste sin mirarme.

—Pues no tenía pensado entrar —grité para asegurarme de que me oyeras—. Pero después de tu crítica, creo que podría ser un lugar interesante siempre que encuentre al menos una stripper con más de un diente.

Me oíste. Diste media vuelta sin dejar de caminar, con las manos en los bolsillos de la sudadera, y me regalaste una sonrisa arrebatadora. Levantaste una mano sin sacarla del bolsillo, a modo de despedida, y me gritaste:

—Adiós, pervertido. —Entonces te volviste por tercera vez y desapareciste.

Ya no tenía tapadera. Ahora el australiano recordaría mi cara. Tuve que dejarlo por ese día, cuando aún no había hecho mi trabajo. Pero valió la pena. Tu sonrisa hizo que valiera la pena, aunque entonces sospechaba que no volvería a verla jamás.

Antes de regresar al piso franco, me dirigí al otro lado del Mont-Royal para observar la fortaleza de mi objetivo. Pensé que, quizá ahora que no estaban los profesionales que se encargaban de la vigilancia, podría encontrar algún resquicio que aprovechar. Investigué la casa durante un par de horas, vi cómo la muchacha limpiaba una habitación tras otra, vi cómo se fue, y a continuación me marché a casa. Retomaría mi misión al día siguiente. Ahora iba a tener que ser más diligente. «Nada de ligar con desconocidas», me dije a mí mismo. Solo contigo.

Al día siguiente mi objetivo daba clase en la Universidad McGill. El aula era tan grande que imaginé que podría sentarme al fondo sin que nadie reparara en mí. Me puse una gorra de los Montreal Canadiens que había comprado, y bajé la visera de modo que me tapara la cara cuando mirase la libreta. Preparé la mochila y me dirigí hacia la universidad. Sabía que si todo salía según lo previsto, esta operación de vigilancia debía resultar sencilla. No era habitual que el hecho de tomar notas te ayudara a pasar desapercibido.

Cuando llegué al campus, este ya se había convertido en un hervidero. Había estudiantes en todas partes. Miles de alumnos, la mayoría un par o tres años más jóvenes que yo, entraban y salían de los distintos edificios, llevaban libros, iban de clase a clase. Atravesé las puertas de University Street y me sentí, una de las pocas veces en mi vida, como una persona normal que asistía a su primera clase en la universidad. Tenía la libreta, la mochila y los lápices. Era una sensación increíble. Me sentía de fábula. Lo único que me diferenciaba de los otros estudiantes era que yo pensaba matar a mi profesor.

Me dirigí hacia el aula donde iba a dar clase mi objetivo y esperé fuera mientras los estudiantes iban entrando. Conté las cabezas a medida que atravesaban la puerta. Había más de 150 alumnos matriculados y calculé que asistirían al menos 75. Esperé a que entraran 50 estudiantes más y los seguí. Elegí mi asiento con cuidado, un par de filas por delante de los estudiantes que se sentaban más atrás. Escogí un lugar centrado, esforzándome al máximo para no destacar. Escudriñé el aula con la mirada rápidamente. Tenía capacidad para unos trescientos estudiantes, y mientras me dirigía hacia un asiento vacío, se llenó rápidamente hasta la mitad de la capacidad. Al parecer, las clases de mi objetivo tenían cierta fama. El hombre ya se encontraba en el estrado, repasando sus notas y hablando con otro miembro de la facultad. Barrí el aula con la mirada en busca de los guardaespaldas. No tardé en encontrar al primero. Estaba de pie, en una de las esquinas. Hoy no llevaba traje. Si no fuera tan grande, tal vez habría pasado desapercibido entre los estudiantes. Llevaba unos pantalones caqui y una sudadera azul. Permanecía con la espalda apoyada en la pared. Tardé un poco más en encontrar al australiano. Estaba al fondo del aula. La ubicación de ambos era lógica. Desde su posición estratégica podían detectar cualquier movimiento sospechoso y detenerlo antes de que se convirtiera en peligroso. Sin embargo, me sentí aliviado al ver que el australiano se iba a pasar la próxima hora y media mirándome a la nuca. Tal vez recordaba mi cara del día antes, pero de nada le iba a servir en el lugar donde estaba.

Observé a los estudiantes que tenía a mi alrededor e imité su comportamiento. Cuando sacaron las libretas, hice lo mismo. En cuanto todos dejaron de hurgar en las bolsas y cesó el murmullo general, mi objetivo empezó la clase. Llevaba un pequeño micrófono colgado del cuello, lo que permitía oírlo sin problemas dondequiera que uno estuviese sentado. Se trataba de una asignatura de química de segundo llamada «Medicinas y enfermedad».

—La toxicología —dijo— es una materia que todos nosotros practicamos a diario. De hecho, no debería ser tan restrictivo, es una materia que todos los miembros de su familia, todos sus vecinos y casi todos los habitantes de este continente y gran parte de la población del planeta practica a diario. Sí, incluso su tío en paro y sin estudios.

Los alumnos prorrumpieron en carcajadas.

—De hecho, ese tío, según el tiempo que pase en el pub cada día, podría practicarla durante más horas que nadie.

Hubo de nuevo risas apagadas.

—Da igual qué hagamos ya que nos dedicamos a evaluar de forma continua qué introducimos en nuestro cuerpo, ya sean medicamentos, drogas, alcohol, incluso comida. ¿Por qué? Porque sabemos que la cantidad errónea, la dosis errónea, puede tener efectos tóxicos y estos pueden tener miles de consecuencias distintas. Desde la euforia hasta un dolor atroz; desde un aturdimiento absoluto pero reconfortante hasta una enfermedad que nos debilite; desde una sensación de consciencia elevada hasta la muerte.

Siguió con la clase. Mis compañeros no perdían el hilo mientras tecleaban en los portátiles y tomaban apuntes frenéticamente en las libretas. Yo no tardé mucho en desconectar. Puesto que me costaba entender lo que estaba explicando, empecé a fijarme en cómo se movía mi objetivo, cómo se manejaba, para averiguar si existía algún detalle que pudiera aprovechar en mi beneficio. Hasta entonces, había prestado más atención a los guardaespaldas que al hombre que era mi objetivo. Pero ahora, gracias a mi disfraz, podía ponerme cómodo y observar a la persona que había causado tantas muertes.

Llevaba de nuevo un traje oscuro, que le quedaba como un guante. Aunque no era alto, se desenvolvía como si fuera la persona más alta del aula. Sus movimientos eran fluidos y gráciles. Por lo general, hablaba con una mano apoyada en el costado y otra en el atril. Moderaba el tono de voz para ajustarse al tema de la clase. En ocasiones lo alzaba y levantaba también los puños para dar énfasis a sus palabras. Sin embargo, cuando de verdad quería captar la atención de los alumnos, su voz se convertía en apenas un susurro, se quedaba inmóvil y alargaba todas las sílabas. En esos momentos, los estudiantes se quedaban absortos. La gran aula se sumió en un silencio tan absoluto que, si hubiera caído un alfiler, los guardaespaldas y yo lo hubiéramos oído, pero los alumnos no se habrían dado cuenta de ello. Si las circunstancias hubieran sido distintas, ese hombre quizá habría podido ofrecer mucho al mundo. De entre todos sus estudiantes, que escuchaban con total atención cada una de sus palabras, quizá uno hubiera encontrado un remedio para el cáncer. Casi era una pena que tuviera que matarlo. Pero ese hombre entendía la Guerra y no había renunciado a ella. Entendía las ramificaciones de sus actos. Él mismo sería el único culpable de su muerte.

La clase finalizó con unos desagradables comentarios sobre un examen, y a continuación los alumnos empezaron a salir del aula. Me incorporé a la cola, agaché la cabeza, seguí a los demás y me aseguré de que el gigante australiano no me viera la cara.

El pasillo estaba abarrotado de gente, de modo que me limité a seguir a la muchedumbre. Cuando llegué a unas pequeñas escaleras me volví para echar un rápido vistazo atrás. Vi que mi objetivo salía del aula por la misma puerta que los estudiantes. Estaba enfrascado en una conversación apasionada con uno de los estudiantes. Los guardaespaldas los seguían a un par de pasos. El estadounidense no le quitaba el ojo de encima al estudiante. Estaba listo para arrancarle la cabeza al muchacho si este realizaba un movimiento mínimamente extraño. El chico no pareció darse cuenta. Menuda educación recibían los jóvenes. Quizá algún día ese muchacho llegaría a ser un científico brillante, pero no habría sobrevivido ni un día en mi trabajo.

Entonces oí tu voz. Llegaba del otro extremo del pasillo. La reconocí al instante. Estuviste a punto de desenmascararme por segundo día consecutivo. Empezaba a convertirse en una afición muy molesta.

—¡Eh, pervertido! —gritaste mientras bajabas por las escaleras y te dirigías hacia mí. Me diste un toque en la visera de la gorra.

Antes de que pudiera mirarte otra vez, mis reflejos entraron en acción. Miré al australiano para ver si te había oído. Efectivamente. Levantó la cabeza y empezó a escudriñar el pasillo, buscando algo, lo que fuera. Estaba seguro de que era a mí a quien buscaba, aunque ni él mismo lo sabía. También había reconocido tu voz. Me volví, te agarré de las axilas y casi en volandas te arrastré a un pasillo lateral. No tuve tiempo para ser delicado. No podía permitir que el guardaespaldas me reconociera.

—¡Eh! ¡Quita las manos! —gritaste, y me diste un manotazo cuando te dejé en el suelo.

Tenía que pensar en algo rápido, una mentira que justificara mi reacción.

—Oye, no puedes llamarme pervertido delante de mi profesor. Bastante manía me tiene ya.

Empezaste a mover el brazo en círculos, como si estuvieras comprobando que el hombro seguía encajado en su sitio.

—Vale, pero si me hubieras pedido que me callara también habría bastado. No hacía falta que me agarraras de ese modo.

—Lo siento. —Lo último que quería era hacerte daño—. No volverá a suceder —te prometí.

—Sí, no volverá a pasar nunca más. Me largo. —Te echaste la mochila al hombro y te pusiste en marcha.

—Espera, deja que te compense. Deja que te invite a un café o algo —te dije mientras te alejabas.

—¿De verdad? —Te volviste hacia mí—. ¿Quieres que vaya a tomar un café con un tipo que va a clubes de striptease?

—Solo estaba mirando las fotografías. No estoy acostumbrado a ver cosas así en la calle. Además, mira quién fue a hablar, la que se hace amiga de tipos que se encuentra en la calle, frente a clubes de striptease.

—¿Quién ha dicho que éramos amigos? —preguntaste, con una sonrisa. No podías evitarlo.

Me encanta esa sonrisa.

—¿Un café? —insistí.

Estabas a unos tres metros de mí. Me olvidé de mi objetivo. Me olvidé de los guardaespaldas. En ese momento eras mi mundo. Nunca me había sentido igual. Todo sucedió muy rápido.

—¿Me invitas?

—Por supuesto —respondí.

De modo que fuimos a tomar un café, a pesar de que a mí no me gustaba. Pero imaginé que eso era lo que hacía la gente normal, y yo me estaba esforzando por ser normal. Quería asegurarme de que no te asustaba. Me llevaste a una cafetería que estaba fuera del campus. Una buena idea puesto que reducía las probabilidades de que tuviera que esconderme de repente de los guardaespaldas de mi objetivo. Hablamos mientras caminábamos. Me preguntaste qué tal me había ido en el club de striptease. Sin embargo, creo que al final te convencí de que no había entrado. Me resultaba raro hablar contigo. Parecía que no sabías poner cara de póquer. Todo era a cara descubierta, algo a lo que no estaba acostumbrado. En mi mundo, todos ocultan algo. Todos mienten.

Nos sentamos para tomar el café, aunque yo pedí chocolate caliente, lo que provocó tus burlas. Seguimos hablando. Te quitaste la capucha de la sudadera y desataste un torrente de pelo oscuro. Esa masa de rizos te hizo parecer aún más viva. Llevábamos veinte minutos de conversación y te había contado más de mi vida que a ninguna otra mujer antes. Te hablé de mi infancia en Nueva Jersey. Te conté, hasta donde pude, que había perdido a mi padre y a mis abuelos. Te conté cómo vivía, que viajaba por todo el mundo por negocios.

—¿No eres estudiante? —preguntaste.

—Voy a clase cuando puedo —contesté, intentado no dejar pistas. Me di cuenta de que podía asustarte si era demasiado sincero, así que decidí ser yo quien preguntaba. ¿Cuántos años tenías?

—Estoy en segundo.

¿Qué estudiabas?

—Estoy entre psicología y estudios religiosos. Me interesa mucho aquello que mueve a la gente.

¿Qué aficiones tienes?

—Ligar con americanos frente a clubes de striptease para empezar una relación tórrida y salvaje.

Estuve a punto de atragantarme con el chocolate y te reíste de mi reacción. ¿Dónde te criaste?

—A las afueras de Toronto, en London, Ontario.

¿Familia?

—Típica, de clase media. Soy hija única.

La conversación siguió por estos derroteros y las horas fueron pasando. Me olvidé por completo de la misión que tenía entre manos. Tú también perdiste la noción del tiempo. De repente miraste el reloj.

—Mierda, llego tarde a clase. —Te pusiste en pie, te echaste la mochila al hombro y saliste corriendo hacia la puerta.

—¿Cuándo...? —empecé a preguntar levantándome. No debería haberlo hecho. Era poco profesional. Sin embargo, me hizo sentirme bien. Me hacía sentirme bien anteponer mi vida al trabajo. Estaba harto de estar solo. Quería saber qué se sentía al tener una vida de verdad. Quería enamorarme de ti. Por suerte para mí, me lo pusiste fácil.

—Quedamos mañana por la noche, a las ocho, delante del Paramount, en Saint Catherine Street.

Me lanzaste una última sonrisa y te fuiste volando. Desapareciste de nuevo. Ahora ya sabía mucho de ti, pero de repente me di cuenta de que no te había preguntado cómo te llamabas.

Pasé esa noche solo en el piso franco, calentando comida congelada y repasando las notas que había tomado durante los últimos días. Llevaba alrededor de un día y medio de retraso en mi plan de vigilancia, pero no sé si me habría servido de algo no haberme retrasado. La rutina de mi objetivo no parecía tener ningún punto débil. Más vigilancia tan solo me habría provocado más frustración. De modo que mientras intentaba concebir un plan que no acabara conmigo a dos metros bajo tierra, me distraía una y otra vez pensando en ti. A ratos intentaba recordar detalles de nuestra conversación. Tenía que intentar echarte de mi cabeza porque empezaba a volverme loco. A las ocho de la noche de mañana, me recordaba a mí mismo. Y a continuación me decía que respirara.

Tenía que trabajar un poco más antes de intentar matar al profesor si quería tener alguna posibilidad de salir con vida de aquella misión. Empecé a diseñar el único plan que creía que podía funcionar y no acabar con mi vida. Iba a necesitar un día entero de vigilancia de la casa de mi objetivo. Quería ver a qué hora llegaba la muchacha, a qué hora se iba, qué tareas hacía y en qué orden. Tenía que averiguar cuánto tiempo pasaba en cada habitación y cuándo. Tenía que saber todo lo que pudiera sobre las cámaras con sensores de movimiento que rodeaban la casa. Sabía de qué marca eran y el número de modelo. Sabía que eran de última generación y que detectaban el movimiento y el calor. Si algo se movía en el jardín, o si desprendía calor, todas las cámaras lo enfocaban. Si había diversos elementos, como dos cuerpos en movimiento o un cuerpo en movimiento y algo que desprendía calor, cada cámara enfocaba aquello que tenía más cerca. Era un sistema complejo, pero no infalible.

Tenía que concentrarme, lo cual no era fácil. Ocho de la noche. Solo faltaban veinte horas.

Tal y como había planeado, dediqué el día siguiente a realizar un reconocimiento de la casa de mi objetivo. Apunté a qué hora entraba y salía la gente. Tomé nota de las horas exactas en que la muchacha se trasladaba de una habitación a otra y cuánto tiempo pasaba en cada una. Creé una tabla en la que anoté la frecuencia con la que se movían las cámaras al detectar diversos movimientos aleatorios como ardillas u hojas que caían de los árboles. Empecé a desarrollar un plan. Necesitaría dedicar también el lunes a tareas de vigilancia para confirmar unos cuantos datos. Supuse que el fin de semana no servía para nada porque era poco probable que mi objetivo siguiera entonces una rutina. Podía aprovechar para investigar sobre las cámaras y para obtener el equipo que iba a necesitar, pero aparte de eso iba a tener que tomarme el fin de semana libre. Por lo general, no soportaba el tiempo de inactividad. Sin embargo, esta vez albergaba cierta esperanza de que no pasaría el fin de semana solo.

Tenía la sensación de que no pasaban las horas. A las siete de la tarde, mi objetivo entró en casa, acompañado únicamente por un guardaespaldas. El otro los acompañó tan solo hasta la verja. El guardaespaldas de hoy era el estadounidense, y pasaría la noche en la casa. Era viernes; estaban cumpliendo con el horario previsto. Esa fue la última nota que necesitaba. Lo apunté en mi libreta y atravesé el parque corriendo. Tenía que prepararme para verte.

Llegué al cine cinco minutos antes de la hora a la que habíamos quedado, pero tú ya estabas esperándome. El cielo se había oscurecido, teñido de un púrpura intenso, pero la calle y las aceras refulgían con las luces de las tiendas y los restaurantes. Estabas frente al cine, mirando los rostros de la gente que pasaba a tu lado. Me acerqué por detrás sin hacer ruido, hasta que mi boca quedó a pocos centímetros de tu oreja.

—¿Ponen alguna interesante? —susurré.

No te sobresaltaste. Apenas te inmutaste. Fue como si ya supieras que me iba a acercar por detrás de aquel modo. Te quedaste quieta, con los brazos cruzados, esbozando una sonrisa.

—Hola, pervertido —contestaste sin mirarme, hablando en susurros para utilizar el mismo tono de voz que yo.

—Bueno, entonces, ¿vamos a ver una película? —pregunté en voz baja, sin moverme, porque no quería apartar los labios de tu rostro, no quería alejarme de la fragancia que desprendía tu pelo.

—A eso va la gente al cine —respondiste.

—De acuerdo, y ¿qué vamos a ver?

Te volviste y miraste la marquesina. Había unas diez películas programadas en ese cine. La luz de los carteles nos iluminaba y tú resplandecías bajo aquella luz.

—Elige tú —me dijiste. Abriste los brazos de par en par y señalaste la marquesina, como si quisieras abarcar todas las posibilidades.

—¿Por qué elijo yo?

—Porque ya las he visto todas —contestaste sin apartar la mirada de la cartelera, como si acabara de hacer la pregunta más tonta del mundo.

Esa noche, después de la película, te acompañé a casa. Había refrescado y caminabas con la capucha ceñida alrededor de la cara, como las dos primeras veces que te vi. Era una sensación agradable tener recuerdos de ti. Solo habían pasado tres días y ya sabía que vivirías en mi recuerdo eternamente. El frío no te molestaba. Te burlaste de mí porque era un friolero. Hablaste de la película, de los detalles que habías visto y que te habían pasado por alto la primera vez. Dijiste que ahora te había gustado más. Casi bailabas a mi alrededor mientras caminábamos, te movías en círculos, con pies ágiles. Apenas abrí la boca porque temía el momento en que tuviera que despedirme de ti. Cuando llegamos al edificio donde estaba tu apartamento, había empezado a nevar. Entraste en el portal y metiste las manos en los bolsillos traseros de los tejanos. Te apoyaste en el marco de la puerta y me sonreíste. Intenté descifrar las señales. Entonces me incliné hacia delante para besarte por primera vez. Alargamos el beso unos instantes, sin apenas movernos, y levanté una mano para acariciarte la mejilla. Fue un beso dulce e inocente, pero sensual. Fue un beso de película antigua de Hollywood. Cuando nuestros labios por fin se separaron, te pregunté:

—Por cierto, ¿cómo te llamas?

Maria. Me diste tu número de teléfono. A pesar de que decías que te gustaba bastante el apodo «Pervertido», te dije mi nombre. Luego nos despedimos, al parecer hasta el día siguiente, aunque no estoy muy seguro de que ninguno de los dos quisiera que la noche acabara ahí. Sé que yo no. Te miré mientras te dirigías hacia las escaleras y no aparté la mirada hasta que dejé de verte. Entonces inicié el solitario camino de vuelta a casa.

Cuando llegué al piso franco, me metí en cama y, como siempre, no pude dormir. Pero esta vez no eran los nervios o el sentimiento de culpa lo que me mantenía en vela. Era la soledad. Ya te echaba de menos. Unos instantes después de verte desaparecer por la puerta de tu apartamento, ya te echaba de menos. Al cabo de una o dos horas de agonía, armado con tu nombre y tu número de teléfono, cogí el aparato y marqué. Respondiste cuando aún no había sonado dos veces. Tampoco dormías.

—Maria —dije. No era una pregunta. Sabía que eras tú. Solo quería decir tu nombre.

—Joseph —contestaste, con mi nombre de pila.

—Ven —te pedí.

—¿Ahora? —preguntaste.

—Ahora.

—Es demasiado tarde. —Te reíste.

—Nunca es demasiado tarde —repliqué, con una voz que desprendía optimismo, algo a lo que no estaba acostumbrado. Repetí las palabras para poder oírlas de nuevo y para asegurarme de que las había pronunciado de verdad—. Nunca es demasiado tarde.

—Ya nos hemos despedido, Joe. No quiero arruinar una noche perfecta. —Había algo en tu voz, un deje de miedo y emoción.

—Pero no ha sido perfecta —insistí.

—¿Ah, no? —Parecías decepcionada.

—No —repetí.

—¿Por qué no? —preguntaste.

—Porque yo estoy aquí y tú ahí —respondí.

Hubo un silencio. Sin embargo, oí en él todo lo que necesitaba oír.

—Joe, me temo que esto está yendo demasiado rápido.

Debería haberte dicho que yo también tenía miedo. Tenía miedo de que si no iba lo bastante rápido perdería mi oportunidad. Pasarían los días y tendría que irme. Quería al menos ese momento, al menos esa noche. En el lugar del que yo vengo las cosas buenas no pueden suceder demasiado rápido. Solo pueden pasar demasiado lento, y si ocurre eso, se pierden.

—Bueno, pues si no vienes aquí, entonces iré yo hasta ahí.

—No puedes venir aquí. Tengo una compañera de piso.

—Entonces ven aquí. Quédate conmigo. No tengas miedo. La vida es demasiado corta para tener miedo.

Otro silencio.

—De acuerdo —accediste al final—. ¿Dónde estás? —Te di la dirección de mi apartamento—. Llego dentro de veinte minutos.

Me vestí de nuevo. Luego me senté en el sofá y esperé. A pesar del frío, abrí una ventana con la esperanza de que pudiera oírte en cuanto te acercaras al edificio. Transcurrieron quince minutos. Quince minutos que dediqué a ver pasar el tiempo en el reloj. Entonces sonó el interfono. No pregunté quién era. Tenías que ser tú. Apreté el botón para dejarte entrar. Permanecí junto a la puerta para escuchar los pasos en el hueco de la escalera mientras subías. Te movías con paso rápido hasta que llegaste a la puerta del piso. Entonces se produjo ese momento en que deseo y realidad se atraparon el uno al otro. Tuve la sensación de que era un acontecimiento cósmico. Te sentía al otro lado de la puerta. Vacilaste antes de llamar. Decidí no esperar a que lo hicieras. No pensaba permitir que te asaltaran las dudas. Abrí la puerta y ahí estabas, delante de mí. Parecías asustada pero emocionada, emocionada por no haber hecho caso de tus miedos, y asustada por lo emocionada que estabas. Esperé un momento. Entonces te agarré de la capucha de la sudadera y tiré de ti. Te besé apasionadamente en los labios. Aún recuerdo tu sabor. Era distinto al de hacía unas horas. Además del dulzor que había probado antes también sabías a almizcle. Era el aroma del whisky. Debías de haber tomado un chupito antes de armarte del valor necesario para salir de tu apartamento. Era un sabor tentador. Nos movimos juntos sin dejar de besarnos. Llevabas la iniciativa. Me guiaste hasta el dormitorio sin separar los labios. Mantuviste los ojos abiertos. Nos caímos en la cama, agarrados el uno al otro. Deslicé la mano hasta tu entrepierna y te acaricié sin andarme con rodeos. Soltaste un leve grito ahogado, en silencio. Entonces me apartaste un instante.

—Me estoy congelando —me dijiste. Hasta ese momento ni tan siquiera me había dado cuenta. Me había olvidado de cerrar la ventana.

—Espera aquí —dije. Te miré, tumbada en la cama. Tus labios, rojos, refulgían. Vi que tu pecho subía y bajaba al ritmo de la respiración entrecortada—. No te muevas.

Me fui corriendo hasta la sala de estar para cerrar la ventana. Regresé al dormitorio en un abrir y cerrar de ojos. Te habías movido. Debería haber sabido que no me esperarías pasivamente. Te habías metido bajo el edredón. Deslicé la mirada hasta el pequeño montón que había formado tu ropa junto a la cama. Me quedé en la puerta un segundo, estupefacto, viendo cómo se movía el edredón sobre tu cuerpo mientras te quitabas lentamente la última prenda. Cuando acabaste, dejaste caer unas braguitas rosa sobre el montón de ropa.

Entonces sonreíste. El miedo se había desvanecido. El whisky y la emoción lo habían matado.

—Bueno, ¿piensas meterte aquí debajo para darme calor o vas a quedarte ahí?

Di un paso a un lado y apagué la luz de la habitación. Solo quedó la iluminación de la ventana, una mezcla de la luz azul suave que provenía de la luna y de las farolas lejanas. La tenue luz hizo que todo resplandeciera. Era como un sueño. Me quité la ropa lentamente mientras tú me mirabas. Y a continuación me metí bajo el edredón contigo.

A la mañana siguiente nos despertamos abrazados el uno al otro. Estaba aturdido, como si acabara de despertar de un largo sueño, y confundido por lo que había sucedido la noche anterior. El sol brillaba y entraba con fuerza por la ventana. Tenías el pelo alborotado, los ojos soñolientos, pero estabas preciosa. Me desperté antes que tú. Mientras dormías, permanecí inmóvil, mirándote. No sabía qué pensar de lo sucedido. Abriste los ojos y me pillaste mirándote. Sonreíste. Sentí que mi vida empezaba a cambiar. Por un instante dudé. Sabía que yo no podía ser bueno para ti. Debería haberte echado de mi vida entonces. Habría sido lo adecuado. Debería haberte protegido de mí. En lugar de eso, mientras me deleitaba mirándote bajo el resplandeciente sol matinal, empecé a creer que quizá podrías salvarme..., pero no sabía de qué.

Démonos el fin de semana de plazo, pensé.

Ese día los dos teníamos cosas que hacer. Tú debías escribir un trabajo. Yo tenía que comprar una pistola. Creo que ambos nos sentimos aliviados al separarnos durante un rato, para asimilar lo sucedido, para intentar comprender lo que estaba sucediendo, pero no nos atrevimos a mantenernos alejados durante demasiado tiempo. Quedamos en que cenaríamos juntos, cerca del apartamento. Era la primera vez que me sentía como en casa en un piso franco.

Cuando te fuiste, salí a buscar una cabina. Podría haberte llamado con el fijo del piso, pero como sabía que ibas a pasar más tiempo aquí, decidí no correr más riesgos. No quería que nadie pudiera seguir ningún rastro y llegar hasta ti. Encontrar una cabina que funcionara fue una pesadilla. Yo pertenecía a ese reducido grupo de gente cuyo trabajo se veía complicado por el hecho de que todo el mundo tenía teléfono móvil. Al final, la encontré. Marqué el número. Al cabo de unos segundos respondió una mujer.

—Global Solutions. ¿En qué puedo ayudarle?

—Victor Erickson, por favor —contesté, y pasaron mi

llamada. Leonard Jones, Elizabeth Weissman, y al final me pusieron con mi interlocutor.

Las primeras palabras que salieron de la boca de Brian fueron:

—Joder, ¿ya te lo has cargado?

—No. Necesito una pistola —respondí.

—¿En Canadá? Estás chalado. Creía que no ibas a llamarme hasta que estuviera muerto.

—Pues no, así es la vida. ¿Puedes echarme una mano? —No estaba de humor para discutir. Solo quería hacer lo que me había propuesto para poder estar otra vez contigo.

—Sabes que no nos gusta usar armas de fuego, ¿verdad?

Era la política habitual. Las pistolas solo se podían utilizar en los casos de extrema necesidad. Las pistolas se podían rastrear. Las pistolas levantaban sospechas. Puedes estrangular a alguien, apuñalarlo, golpearlo en la cabeza con un bate, y la gente se asusta, pero nadie cree que esté sucediendo algo importante. Se trata de un crimen por odio, pasional, pero a nadie se le pasará por la cabeza que se esté librando una guerra organizada en la que la gente se mata entre sí con cuchillos de cocina. De todos modos, fuera la política habitual o no, para esta misión necesitaba una pistola. En ese momento deseé llamar a Jared. Él sabría dónde conseguir una, pero por desgracia ya había quemado esa nave. Estaba solo.

Le dije a Brian lo que pensaba de su política.

—Sí, bueno, explícale la política a los guardaespaldas de mi objetivo, porque me parece que se la suda bastante. Además, preferiría no morir cuando me cargue a ese tío. Así que, ¿puedes ayudarme o no?

En el pasado quizá habría intentado cumplir con la misión sin recurrir a una pistola, pero la muerte me parecía una idea especialmente mala en esos momentos.

—No puedo ayudarte, pero si tanto la necesitas, puedo darte el nombre de alguien que sí podrá echarte una mano. Y yo también preferiría que no murieras. Por algún estúpido motivo, te he cogido cariño a ti y a tus estupideces.

—Sí, ese estúpido motivo se llama compasión. ¿Con quién tengo que hablar?

Brian me dijo que esperara mientras consultaba algo en el ordenador. Oí el ruido del teclado. Luego me puso en espera mientras hacía un par de llamadas. Tuve que echar unas cuantas monedas más. Al final volvió y me dio una dirección que no estaba muy lejos del piso franco. Tenía que ir y preguntar por Sam, decirle una contraseña e ir al grano.

—Brian... —dije antes de que la voz que había al otro lado de la línea me interrumpiera.

—Joe, soy Matt. Recuérdalo. Tienes que llamarme Matt.

—Lo siento. Matt. Oye, una curiosidad: por algo, ¿hay algún lugar donde no tengáis contactos? —pregunté.

—Viaja por todo el mundo —respondió Brian—, y así lo averiguarás.

—Gracias, Matt. —Intenté dejar la mente en blanco, algo que por lo general no me costaba tanto, para recordar la contraseña.

—De nada, Joe. Pero no la jodas o seré yo el que pringará. Carol Ann Hunter. Robert Mussman. Dennis Drazba. —Clic.

Fui a la dirección que me había dado Brian. Era un sexshop situado cerca de Chinatown. Sexo y armas. Era como si estuviera en Estados Unidos. Por un instante pensé que podía ser una broma de Brian. Entré en la tienda, recorrí un pasillo de vibradores, lencería de fantasía y DVD porno, y llegué al mostrador. Era sábado a mediodía y la única persona que había era la mujer del otro lado del mostrador. Me acerqué hasta ella.

—¿Puedo ayudarle? —preguntó, en un tono que no se parecía en nada al de las telefonistas de Inteligencia.

Aunque era joven, tenía la voz áspera de una fumadora empedernida. Llevaba unos pantalones de cuero y una camiseta verde caqui sin mangas. Tenía ambos brazos tatuados; ángeles y demonios enzarzados en una especie de batalla. Los diablos parecían ganar en el brazo derecho, pero los ángeles se imponían en el izquierdo.

—He venido a ver a Sam —contesté, con la esperanza de que la chica estuviera al corriente.

—Soy Sam —contestó.

Le dije la contraseña y respondió que me estaba esperando. Se dirigió a la entrada de la tienda y cerró la puerta con llave. Le dio la vuelta al cartel de cerrado. Luego pasó a mi lado de nuevo y me hizo un gesto para que la siguiera. Subimos unas escaleras. Pasamos junto a unas videocabinas en las que podías meter un par de dólares y ver cinco minutos de porno.

—No me gustaría ser el tipo que tiene que fregar el suelo de las cabinas —dije bromeando.

Sam me miró. De repente me di cuenta de que tal vez ella era el tipo que se encargaba de eso. Junto a las cabinas había una puerta con un cartel que decía «Solo personal». Entramos en el almacén, que era casi tan grande como el resto del local. Enseguida comprendí que no se dedicaban únicamente a vender juguetes sexuales.

—Bueno, ¿qué necesitas? —preguntó Sam.

—¿Qué tienes? —contesté con sorna. A duras penas podía contener mi buen humor. La cabeza me daba vueltas.

A Sam no le hacía mucha gracia mi actitud.

—¿Qué necesitas? —insistió.

Al final me di por enterado de que no era un buen momento para jugar y hacerse el gracioso.

—Una pistola. A ser posible un arma potente pero silenciosa. Al menos de ocho disparos antes de recargar.

—Vale. —Sam se acercó a una estantería que estaba a tres hileras de nosotros, subió unos cuantos escalones de la escalera y abrió una caja de cartón grande. Sacó algunas cajas de lubricantes y las dejó a un lado. Luego buscó algo que estaba enterrado bajo los demás productos y sacó una pistola negra y pequeña—. Esta te valdrá. —Me la dio—. Es ligera y puede llevar silenciador. Es capaz de matar un caballo. Puedes disparar veinticinco balas antes de recargar, y con un poco de práctica llegas a cambiar el cargador en un segundo y medio.

Por primera vez desde que había entrado en la tienda, Sam parecía estar disfrutando. Cogí la pistola. La sostuve frente a mí, apuntando. Me valía.

Una vez finalizada la venta, lo guardé todo —la pistola, el silenciador y los tres cargadores— en la mochila. Tres cargadores, pero si necesitaba más de tres disparos significaba que algo había ido muy mal. Cuando bajamos de nuevo a la tienda, Sam abrió la puerta a los demás clientes. Me dirigí a la salida, pero me detuve a medio camino. Sam regresaba hacia el mostrador. Me volví hacia ella. Había una pregunta a la que no había parado de darle vueltas desde que la había visto.

—¿Sam? —Me miró—. Me estaba preguntando..., ¿estás en esto por el dinero o eres una de los nuestros? —Era una pregunta que en teoría no podíamos hacer, pero me daba igual. No pude evitarlo.

—No sé de qué hablas —respondió, con voz imperturbable y una mirada impasible. Regresó tras el mostrador.

Me volví de nuevo y me dirigí hacia la puerta. Antes de que pudiera abrirla, Sam habló de nuevo. Esta vez, con voz un poco temblorosa. Me di la vuelta y la miré.

—No sé de qué hablas —repitió—, pero os apoyo.

Antes de salir por la puerta eché un último vistazo a los tatuajes de sus brazos. Ángeles y demonios. Me pregunté en qué bando estaba yo.

Esa noche quedamos para cenar. Fue la primera vez que comíamos juntos. Te costó acabar lo que pediste. No hubo afectación, ni timidez. Compartimos una botella de vino. Luego regresamos al piso franco. Hicimos el amor en el sofá ya que nos pudo la impaciencia y no llegamos al dormitorio.

—Bueno, pues si no estudias, ¿a qué te dedicas? —preguntaste, ladeando la cabeza para apoyarla en la mano, con el codo sobre mi pecho.

—No puedo decírtelo. Ojalá pudiera —respondí. No quería mentirte.

—¿Es porque estás casado?

Intentaste fingir que bromeabas, pero me di cuenta de que lo preguntabas en serio.

—No, no tengo mujer.

Eras la relación más larga que había tenido. Antes de ti, todo habían sido rollos de una noche.

—¿Me lo prometes?

—Te lo prometo.

—¿Novia?

—¿Tú cuentas?

Te reíste.

—Mira, Maria. Ahora que te conozco a ti, hay dos mujeres en mi vida..., mi madre y tú.

Hiciste una pausa para meditar sobre mi comentario mientras le dabas vueltas a mi secreto. Sabía que mi secreto no corría peligro porque era demasiado increíble para que alguien lo adivinara.

—Entonces, ¿te acuestas con tu madre?

Te echaste a reír y acerqué tu cara a la mía, te agarré la cabeza con las manos y te besé de nuevo. Sabía que nunca me cansaría de besarte. Quería que dejaras de hacerme más preguntas que no podía responder. Esperaba que el beso bastara como respuesta, pero no fue así.

Proseguiste con el interrogatorio.

—O sea que no tienes novia, ni mujer. ¿Trabajas para el gobierno?

Negué con la cabeza.

—Entonces, ¿qué ocultas? Dime a qué te dedicas. Quiero conocerte. —Me diste una patada por debajo del edredón.

—Puedo explicártelo —dije al final—, pero tendría que mentirte. ¿Quieres que te mienta?

Meditaste la respuesta durante un minuto, muy seriamente. Luego me miraste a los ojos.

—No. No quiero que me mientas. No quiero que me mientas jamás.

Entonces me besaste. Y la sensación que despertó ese beso recorrió todo mi cuerpo y llegó hasta los dedos de los pies. Ahí acabaron las preguntas de momento. Sabía que un día tendría que responderlas. Pensé que cuando llegara ese día, podrías elegir si querías quedarte conmigo. Supongo que en ocasiones la vida toma decisiones por ti.

A la mañana siguiente, el domingo, me colaste en una de las bibliotecas universitarias. Tenías que buscar información para un trabajo y yo aproveché la oportunidad para utilizar uno de los ordenadores de la biblioteca para investigar también. Busqué cámaras de seguridad y apunté todo lo que encontré: ángulos de cobertura, sensores de temperatura, todo. Pasamos la tarde del domingo en el parque. Intenté mantenerte tan alejada de la casa de mi objetivo como me fue posible. Intenté no pensar en el día siguiente, en el de después ni en el otro. Cruzamos el parque para subir a la cima de Mont-Royal. Nos quedamos arriba para observar la ciudad, nuestra ciudad. Ese día, Montreal era el lugar más bonito que había visto. Por la noche te quedaste otra vez en mi piso.

El lunes por la mañana te fuiste temprano a clase. Yo también me fui pronto. No me gustaba la sensación que transmitía el apartamento cuando tú no estabas. Me pasé el día vigilando la casa de mi objetivo por última vez. Todo funcionaba como un reloj. Mi objetivo se despertó a la misma hora que los dos días anteriores, se vistió a la misma hora y se marchó a trabajar a la misma hora. El otro guardaespaldas llegó a la misma hora. La muchacha llegó a la misma hora y realizó las mismas tareas. Todos los días pasaba de una habitación a otra en el mismo orden. Primero limpiaba la cocina, luego los baños, luego quitaba el polvo y pasaba la aspiradora. Cuando las habitaciones ya estaban limpias, salía a recoger el correo. Cuando volvía, cambiaba las sábanas y hacía la colada. Parecía que el toxicólogo experto era un obseso de los gérmenes.

Nos vimos otra vez esa misma noche. Te dije que creía que me estaba enamorando de ti. Tú me dijiste que era un tonto, que era demasiado pronto para hablar así. Lo que no sabías era que, si todo salía según lo previsto, me iría de Montreal al cabo de dos días. No sabía cómo decírtelo. De modo que no lo hice. Lo único que te dije fue que el martes tenía que trabajar todo el día y que no podríamos vernos.

—Entonces el miércoles —dijiste, y me besaste en la mejilla.

El martes por la mañana me desperté temprano, preparé la mochila —una botella grande de agua, tres barritas energéticas, los prismáticos, una muda, un pasamontañas, un par de guantes negros de piel y la pistola— y me dirigí hacia la casa de mi objetivo, dispuesto a finalizar el trabajo.

El plan era sencillo. Jared siempre había intentado inculcarme que todos los planes buenos eran sencillos. Este era bueno. El hecho de que todo acabara complicándose tanto no fue culpa del plan. A veces las cosas se tuercen y ya está. El plan tenía dos fases. En primer lugar, tenía que entrar en la casa sin que me detectaran las cámaras de vigilancia. Una vez dentro, me escondería hasta que volvieran mi objetivo y el guardaespaldas estadounidense. Entonces empezaría la fase dos. Tenía que evitar que me grabaran las cámaras porque lo primero que hacían los guardaespaldas cuando volvían a casa era repasar las grabaciones de las cuatro cámaras. Las miraban a alta velocidad y las paraban cuando veían algo sospechoso. Estaba convencido de que, si las cámaras me detectaban, no solo se iría al traste todo el plan, sino que me quedaría atrapado en la casa.

A lo largo de la investigación había aprendido unas cuantas cosas sobre el sistema de vigilancia. Al principio esperaba que las cámaras tuvieran un punto ciego que pudiera aprovechar, una zona del jardín por la que pudiera moverme de forma segura sin que me grabaran, pero fue imposible encontrar uno. La persona que instaló las cámaras sabía lo que hacía. Tenía que encontrar otro punto débil en el sistema de vigilancia. Lo que descubrí fue el tiempo de reacción. Las cámaras eran fiables y precisas, pero no eran rápidas, o cuando menos no lo eran tanto, de modo que podía adelantarme a ellas. Al parecer era casi imposible encontrar una cámara que reuniera las tres características, que fuera rápida, fiable y precisa.

Durante los períodos de vigilancia, había cronometrado y analizado el movimiento de las cámaras. Cada una enfocaba su objetivo durante al menos cinco segundos. Cuando algo se movía, las cámaras que podían obtener una imagen clara del movimiento se volvían hacia el elemento en cuestión y lo enfocaban. Luego permanecían enfocadas en aquello que se encontraba en movimiento hasta que se detenía o hasta que otra cosa activaba sus sensores. Si dos elementos se movían de forma sucesiva en distintas partes del jardín, las cámaras enfocaban primero, durante al menos cinco segundos, el objeto que se había movido inicialmente, y luego, mientras una cámara no dejaba de enfocarlo, las otras buscaban el segundo elemento. A menudo tardaban hasta dos segundos en encontrar y enfocar un objeto en movimiento. Eso significaba que mientras hubiera un elemento principal de distracción, podría moverme por ciertas zonas del jardín durante ocho segundos antes de que me grabaran las cámaras. Entre semana, la rutina de la casa me proporcionaba cuatro elementos de distracción que podría aprovechar antes de que mi objetivo llegara a casa por la noche: en primer lugar estaba la llegada de la muchacha de la limpieza; luego la llegada del segundo guardaespaldas; luego la marcha de mi objetivo y los guardaespaldas al inicio de la jornada laboral; y, en último lugar, el momento en que la muchacha salía al jardín e iba hasta el buzón, situado al final del camino de entrada a la casa, para recoger el correo. Puesto que era imposible llegar desde la verja hasta la puerta de la casa en menos de ocho segundos, iba a tener que aprovechar esos cuatro momentos de distracción.

Ni tan siquiera cuando estaba sentado allí, vigilando la casa, esperando a que llegara el momento adecuado para poner mi plan en acción, podía dejar de pensar en ti. Solo quería acabar con ello. Quería acabar la misión para poder verte de nuevo. Intenté no pensar en lo que sucedería a partir de entonces. La única parte de mi futuro que me importaba en ese momento eran las próximas veinticuatro horas, e iba a malgastar catorce de ellas con ese hijo de puta, lo que no hacía sino aumentar el odio que sentía hacia él.

Me llevé los prismáticos a los ojos y seguí tomando notas mentales de los patrones que se daban en el interior de la casa. Todo parecía estar en perfecto orden. Mi objetivo hacía ejercicio en el pequeño gimnasio, subiendo escalones en el Stair-Master mientras leía la sección de economía del periódico. El australiano gigante estaba en el dormitorio de los guardaespaldas haciendo sus series de ejercicios: flexiones, abdominales y luego fondos. Había llegado en el momento perfecto; tenía unos cuantos minutos para acercarme a la parte delantera de la casa antes de que llegara la muchacha. Dediqué un par de minutos a hacer estiramientos; sabía que iba a tener que permanecer inmóvil durante gran parte del día, a veces en posiciones extrañas e incómodas. Cuando acabé de estirar, me dirigí hacia la parte delantera de la casa y me escondí detrás de un arbusto que había cerca de la verja de entrada. Tuve que esperar unos cinco minutos a la muchacha.

Como siempre, llegó con su coche pequeño y plateado. Tenía un dispositivo eléctrico en el coche que abría la verja. Lo activó y tomó el camino, que subía por un montículo en dirección a la casa y luego rodeaba una gran fuente. En el centro había un ángel con las alas abiertas como si estuviera a punto de echar a volar; con un brazo señalaba al cielo y con el otro sujetaba un cetro que apuntaba a la verja de la entrada. Un chorro de agua salía del cetro, como si fuera un arma.

Cuando la muchacha apareció en el camino de la casa, las cámaras la enfocaron de inmediato. Enfocaron el coche y lo siguieron mientras subía el montículo. Esperé todo lo que pude para que las cámaras se alejaran al máximo de la verja de entrada y de mí, pero entré antes de que esta se cerrara. Una vez dentro, solo disponía de unos pocos segundos para llegar a mi primer escondite. Al igual que sucedía en muchos otros aspectos de mi vida, lo único que me importaba era ser invisible. Me agaché rápidamente detrás de unos arbustos plantados junto a la verja de entrada. Los habían puesto allí para ocultar el motor de la verja. Llevaba la mochila en las manos, me agazapé rápido y apoyé la espalda en el motor. Aún pude sentir el ronroneo del mecanismo mientras la verja se cerraba.

Oí el chasquido cuando por fin se cerró. Noté el calor que desprendía el motor a mis espaldas. El calor era tan importante como los arbustos. Estos me ocultaban de la gente que estaba en la casa. El calor me ocultaba de las cámaras, que estaban programadas para no tener en cuenta el calor procedente de diversos lugares. Y el motor de la verja era uno de ellos. Las zonas que rodeaban la casa eran otras. Las habían programado de ese modo para que no enfocaran el motor de la verja cada vez que esta se abriera o cerrara. Mientras no hiciera movimientos bruscos, estaba a salvo de las cámaras, a 98,6 grados de mí. Había culminado con éxito la primera parte y la más fácil de la primera fase del plan. Estaba dentro. Me senté e intenté reducir mi ritmo respiratorio de forma consciente ya que sabía que iba a permanecer en esa postura durante un rato, preparándome para la segunda parte.

Sabía que en el interior de la casa la muchacha estaba preparando el desayuno para mi objetivo y el australiano. Dentro de una hora, más o menos, aparecería el guardaespaldas estadounidense. Al igual que la muchacha, llegaría en un coche equipado con un dispositivo eléctrico para abrir la verja. Avanzaría hasta la entrada de la casa y aparcaría antes de ir a buscar a mi objetivo y al australiano gigante. A continuación, los tres saldrían juntos en el mismo coche.

Oí el vehículo frente a la verja antes de verlo. Entonces sentí que el motor situado a mi espalda volvía a ronronear mientras la verja se abría. Miré fijamente la cámara que tenía delante de mí, y que podía ver a través de las hojas de los arbustos, pero que no me enfocó ni una vez. En cuanto me pusiera en movimiento no tendría tiempo para volver a mirar las cámaras, para comprobar que habían esperado los cincos segundos necesarios antes de perseguirme. Me limité a mirar y esperé hasta que la lente de la cámara empezó a seguir el coche del guardaespaldas por el montículo hasta la casa. Al cabo de un segundo tendría que hacer el segundo movimiento. Me quité las zapatillas y las metí en la mochila que tenía en el regazo. Había llegado el momento de moverse. Tensé los músculos, me puse en pie y esprinté hacia el centro del camino. Al correr en calcetines apenas hice ruido. Mientras me movía conté los segundos mentalmente. Un segundo. Dos segundos. Tres segundos. Me di cuenta de que no había hecho ejercicio desde que había estado en Georgia. Cuatro segundos. Cinco segundos. Esta vez iba a ir menos sobrado de lo que creía. Seis segundos. Tiré la mochila al suelo. Siete segundos. Me acercaba a la fuente del ángel vengador. Salté. Apoyé una mano en el borde de cemento de la fuente y deslicé las piernas por encima. Salpiqué un poco al entrar en el agua, pero el ruido quedó ahogado por el chorro de agua que manaba del cetro del ángel. Sin pensarlo dos veces sumergí todo el cuerpo en el agua con la excepción de la boca y la nariz, que asomaban lo justo para poder respirar.

Estaba helada. Mi ritmo cardíaco se dobló en cuanto entré en contacto con el agua. Si hubiera tenido un corazón más débil, quizá se habría detenido por completo. Me quedé lo más quieto posible e hice todo lo que pude para no entrar en estado de shock por culpa del frío. Si todo salía según lo previsto, solo tendría que estar entre cinco y diez minutos en el agua, hasta que mi objetivo y los guardaespaldas abandonaran la casa. Lo único que quería era salir antes de empezar a sufrir hipotermia. Intenté permanecer inmóvil a pesar del agua helada, y tuve que hacer un gran esfuerzo para no temblar. Desde la casa no me podían ver gracias a los altos muros de cemento de la fuente. Mientras no me moviera, sabía que las cámaras no me detectarían ya que el agua anulaba mi firma térmica. A pesar de lo fría que estaba, era lo que me mantenía a salvo.

Mientras flotaba visualicé la siguiente parte del plan. Había dejado caer la mochila a la derecha de la fuente, lejos del lugar por donde pasarían con el coche mi objetivo y los guardaespaldas. Asomé una oreja por encima del agua y esperé a oír el motor del coche. Mi cuerpo empezaba a estar entumecido, lo cual disminuía el dolor provocado por la baja temperatura del agua, pero también me preocupaba. Temía que no pudiera moverme con suficiente rapidez cuando saliera de la fuente. Tenía que ser más rápido que las cámaras. Controlando el movimiento para no atraer las cámaras de vigilancia, empecé a masajearme las piernas con las manos para que la sangre siguiera circulando. Al cabo de un tiempo, que a mí me pareció una hora, oí que el motor de un coche se ponía en marcha. Levanté un poco más la cabeza para sacar las dos orejas por encima del agua y detectar mejor la ubicación del coche. Presté atención mientras el vehículo descendía el montículo y se alejaba más y más de la fuente. Oí que la verja eléctrica empezaba a abrirse y miré la única cámara que estaba en mi campo de visión. Enfocaba hacia el final del camino, al coche. Salté por encima de la pared de la fuente, me dirigí hacia la mochila, la cogí y eché a correr hacia la puerta principal de la casa.

Al principio me sentía torpe y tenía las piernas pesadas, como si llevara dos bloques de hormigón en lugar de zapatos. La cabeza me funcionaba más rápido que las piernas y estuve a punto de caer en dos ocasiones. Por suerte, no tuve que recorrer una distancia muy larga. La sangre empezó a fluir de nuevo, a bombear oxígeno a los músculos de las piernas. Me dirigí hacia las escaleras que conducían al porche delantero y me agaché rápidamente tras un sofá de dos plazas dispuesto en diagonal en un rincón. Una vez sentado, miré la cámara que podía ver desde el lugar en el que me encontraba. No me había detectado ya que aún enfocaba hacia la verja de entrada, hacia el último objeto que se encontraba en movimiento. Lentamente, para no atraer la atención de las cámaras de vigilancia, pero todo lo rápido que pude, me quité la ropa mojada y me puse la muda seca: una sudadera, pantalones de chándal y calcetines. Me calcé las zapatillas de nuevo. Me puse el pasamontañas con el fin de entrar en calor de nuevo. Luego doblé las piernas, las abracé contra el pecho y esperé. Estaba tan cerca de la casa que las cámaras no detectarían mi calor corporal. Hacía alrededor de una hora y media que había llegado. Permanecería hecho un ovillo en un rincón del porche durante dos horas y media más antes de poder moverme.

Dos horas y media. Durante ese tiempo, todos los movimientos que hice fueron lentos y conscientes, en la medida de lo posible. Tomé unos cuantos sorbos de agua, comí una barra energética y esperé. La espera siempre había supuesto un ochenta por ciento de mi trabajo —esperar aviones; esperar autobuses; esperar el momento adecuado para actuar; esperar el momento adecuado para matar—, pero en pocas ocasiones había sido tan literal. Conté los segundos. Miré los coches que pasaban por la calle. Comprobé cuánto tiempo podía aguantar la respiración. Repasé mentalmente el plan una y otra vez. Pensé en ti. Pensé en lo que pasaría cuando intentara despedirme de ti. Intenté dejar de pensar en ti. Pero no funcionó.

Pasó el tiempo. Al final oí el pomo de la puerta. La muchacha había acabado de quitar el polvo, pasar el aspirador y limpiar los baños y estaba a punto de salir a recoger el correo. Se abrió la puerta y salió. Ni tan siquiera miró hacia donde me encontraba. Tan solo se secó las manos en el delantal y echó a caminar hacia el buzón. La observé mientras avanzaba, vi cómo la seguían las cámaras de vigilancia por el montículo, y entonces, cuando llegó al otro lado de la fuente, me puse en pie con la mochila, me acerqué a la puerta, la abrí y entré en la casa. Dejé la ropa mojada en el porche. No volvería a necesitarla.

Una vez dentro, me dirigí al piso de abajo, donde se encontraba el pequeño gimnasio. La muchacha siempre lo limpiaba después del desayuno, por lo que no iba a volver a entrar en él. Ahí no había ropa de cama que cambiar. Estaría a salvo. Una vez dentro, me metí en el armario y me senté en el suelo. Saqué la pistola de la mochila, le puse el silenciador, comprobé que estuviera cargada y la dejé en el regazo. Bebí un poco más de agua y comí la segunda barrita energética. Me felicité a mí mismo. Aún tenía frío y estaba un poco cansado, pero el plan estaba saliendo a la perfección. Había llegado el momento de esperar de nuevo. Habrían de pasar nueve horas antes de poner en marcha la fase dos de mi plan.

Al final, me quedé dormido. No sé durante cuánto tiempo, pero no formaba parte del plan. Supongo que los cinco minutos que pasé sumergido en el agua helada me agotaron más de lo que esperaba. Cuando me desperté, estaba en un rincón oscuro del armario, apoyado contra las paredes. Abrí los ojos y levanté la cabeza. Tenía una mancha en el hombro de las babas que me habían caído mientras echaba la cabezadita. Hacía mucho calor. No recuerdo qué soñaba, pero tenía tortícolis y una erección. Quedarse dormido de ese modo había sido una temeridad. Podría haber roncado. Podría haber dado un respingo o un golpe contra la pared. Podría haber murmurado o gritado. Ese tipo de imprudencias, esos pequeños errores, eran los que podían acabar costándote la vida. Si me hubieran encontrado, dormido en el armario, con una pistola en el regazo, la cosa no habría acabado bien; al menos para mí.

Tuve suerte. No había pasado nada. No había gritado ni roncado. Miré la hora: eran las cinco y media de la tarde. Me había echado una siesta. Dormirse era peligroso, pero seguramente me sentó bien. Solo quería acabar con todo aquello. Comprobé de nuevo la pistola. Me detuve y escuché. Contuve la respiración un momento, intentando hacer el mínimo ruido para poder detectar cualquier otro movimiento que hubiera en la casa. Oí pasos en el piso de arriba. Muy débiles, pero los oí. La muchacha seguía trabajando. Si hubieran sido los pasos del guardaespaldas estadounidense o de mi objetivo, habrían sido más fuertes.

Repasé mentalmente el plan de nuevo. Esperaría en el armario hasta que mi objetivo y el guardaespaldas llegaran a casa. Me veía obligado a actuar en algún momento entre su llegada y el instante en que activaran el sensor nocturno, algo que acostumbraban a hacer justo antes de irse a dormir. El sensor disparaba la alarma si detectaba algún movimiento, de modo que me quedaría atrapado en el armario. Iba a tener que subir al piso de arriba antes de que el guardaespaldas lo activara. Los dormitorios estaban en el tercer piso. Era allí donde los eliminaría. La biblioteca se encontraba a la izquierda de las escaleras, y los dormitorios a la derecha. El plan era eliminar primero al guardaespaldas. Por eso necesitaba una pistola. Debía matar al guardaespaldas para no tener que preocuparme por él en la huida. Debería haber sido fácil: abrir la puerta del dormitorio del guardaespaldas antes de que sospechase algo, pegarle dos tiros y luego ir a por el verdadero objetivo.

Alrededor de las siete y media, según lo previsto, mi objetivo y el guardaespaldas llegaron a casa. Desde el armario, podía oír el sonido de las pisadas en el piso superior, pero no las voces. Sin embargo, distinguí tres tipos de pasos. Poco después de que las pisadas se convirtieran en trío, se redujeron a un dúo cuando la muchacha se fue a casa. Mientras pudiera oírlas, podría saber en qué habitación estaban los hombres, y consultando el reloj y su horario habitual, podría saber qué hacían. Mi objetivo era como un robot. No se desvió lo más mínimo del horario previsto. El del guardaespaldas era más variable. Subió al piso de arriba a comprobar el vídeo de vigilancia, pero aparte de eso pude seguir sus pasos y sentirme seguro. En caso de que las cámaras hubieran captado algo, me preparé para pasar al ataque. Me senté con la espalda erguida, apoyada en la pared posterior del armario, y apunté con la pistola a la puerta, listo para apretar el gatillo. Pero no fue necesario. Cuando mi objetivo se metió en su despacho después de cenar, el guardaespaldas se fue a la sala de estar a ver la televisión.

Al final, alrededor de las diez, oí que ambos subían por las escaleras. Había llegado el momento de poner en marcha la fase dos. Me comí la última barrita energética y acabé el agua. Saqué el pasamontañas de la mochila y me lo puse. Era imprescindible para la huida. Una vez cumplida la misión pensaba salir por la puerta principal, y al diablo con las cámaras de vigilancia.

Me eché la mochila al hombro y abrí lentamente la puerta del armario. El gimnasio estaba casi tan oscuro como el armario. Intenté recordar dónde estaban todos los aparatos para no tropezar con nada. Apenas podía orientarme en las sombras. Poco a poco me dirigí a las escaleras que llevaban al segundo piso y las subí. Al llegar arriba me volví, empuñando la pistola ante mí con ambas manos. Nunca había recibido entrenamiento formal para el manejo de armas de fuego, por lo que me movía como los actores de dramas policíacos que había visto en televisión, doblando las esquinas de la casa oscura con los brazos estirados y la pistola por delante.

Cuando llegué al rellano del segundo tramo de escaleras, vi la luz que salía por debajo de las puertas de ambos dormitorios y que se filtraba en la oscuridad. Mis objetivos aún estaban despiertos. Escuché con atención. No oí ningún sonido proveniente del dormitorio de mi objetivo, pero el guardaespaldas estaba jugando a una especie de videojuego en el ordenador porque me llegó ruido de derrapes, disparos y caos en general. En comparación, el verdadero caos iba a ser más silencioso.

Continué hacia arriba. Avanzaba con la espalda pegada a la pared y sin apartar la mirada de las puertas de los dormitorios. Estaba preparado para disparar si salía alguien. Las puertas no se movieron. Llegué arriba sin ningún problema y pude ocultarme en las sombras. No había crujido ningún escalón. Mis objetivos permanecían en sus dormitorios. Los sonidos provenientes de la habitación del guardaespaldas eran más fuertes. Al llegar a su puerta estiré el brazo y la toqué del mismo modo en que lo habría hecho para comprobar si había un incendio. Fue un acto reflejo. La puerta estaba fría.

Respiré hondo. Cogí la pistola con la mano derecha y agarré el pomo con la izquierda. Lo giré. Dos disparos, con eso en principio me bastaba. Abrí la puerta y cuando giró sobre los goznes se produjo un leve chirrido. Entré y apunté al guardaespaldas que, de algún modo, a pesar del ruido del ordenador, había oído la puerta. Reaccionó con rapidez. Primero me miró a mí y luego la pistola. El miedo le hizo abrir los ojos como platos. Saltó de la silla para intentar ponerse a salvo detrás de la cama. Disparé. Tenía buena puntería. Si no hubiera reaccionado tan rápido, le habría alcanzado en el pecho. Si no hubiera oído el chirrido de la puerta, ese único disparo a buen seguro lo habría matado. Sin embargo, en lugar de en el pecho la bala le dio en el hombro. A pesar del silenciador, el disparo hizo mucho ruido. Me puse un poco nervioso y disparé de nuevo; apunté a la parte más ancha de su cuerpo y le di en el estómago. El guardaespaldas soltó un gruñido cuando la bala impactó en él. Se cayó al suelo y empezó a sangrar abundantemente. Entonces intentó otra maniobra. Se lanzó hacia la mesita de noche, donde guardaba la pistola. Había visto a los dos guardaespaldas dejarla ahí. Apunté de nuevo. Esta vez a la cabeza. Solo quería dispararle una vez más y acabar con él. Quería disparar una vez más para poder eliminar al hombre que se suponía que debía matar. Solo me cabía esperar que no hubiera oído los disparos, que los sonidos del video-juego los hubieran disimulado. Apunté con la mirilla al pelo del guardaespaldas, pero había algo que no encajaba. Su pelo no debía tener ese aspecto. Era rubio. Debería haber sido moreno. Era el guardaespaldas equivocado. No estaba a punto de matar a un enemigo. Estaba a punto de matar a un inocente.

Quité el dedo del gatillo. Miré el reguero de sangre que el australiano había dejado en la alfombra al arrastrarse por el suelo. Me quedé paralizado durante un segundo. Me sentí como si viera sangrar a un desconocido por primera vez, como si su sangre fuera de un color distinto al de todas las personas que había matado antes que él. Se me revolvió el estómago. Empecé a sudar. El australiano intentó llegar a la mesita de nuevo. Estiró el brazo para abrir el cajón. Acercó la mano a la pistola. El instinto me hizo dar un paso hacia él y le propiné una patada en el estómago con todas mis fuerzas. Le di justo donde le había disparado. Soltó un grito de dolor y se dobló antes de poder coger el arma. Aparté el pie, que estaba cubierto de sangre. Me agaché, acerqué la pistola a su cabeza y le susurré:

—No eres tú —le dije, hecho una furia. No se movió. Me levanté y cerré la puerta de la habitación para pensar.

El guardaespaldas se me quedó mirando, desconcertado. Me lanzó una mirada de pánico. Acababa de dispararle dos veces y luego le había dicho que no era él. Debió de pensar que estaba loco. Abrió la boca y solo pronunció una palabra:

—¿Qué?

Me levanté el pasamontañas para destaparme la boca.

—No eres tú —repetí—. Pero como opongas resistencia te volaré la cabeza.

Lo entendió. Se volvió, estiró las piernas y apoyó la espalda en la cama. Miró los dos boquetes que le había abierto. La sangre manaba lentamente del orificio del hombro, caía por el pecho y le empapaba la camiseta de tirantes blanca. Pero esa hemorragia no era nada en comparación con la del estómago. Se tapó el agujero con la mano. Tenía unas manos enormes, al menos el doble de grandes que las mías, pero ni tan siquiera así podía cubrir el cerco de sangre que no paraba de crecer en su abdomen. La mancha era del tamaño de un globo. Se examinó las heridas un segundo. Luego me miró de nuevo. Yo estaba de pie y lo apuntaba con una pistola. Rompió a llorar.

—Cállate —le ordené. Me entraron ganas de darle un puñetazo por el mero hecho de estar allí—. No tenías que estar aquí —murmuré en voz baja, pero no me oyó por culpa de los sollozos.

Las ideas se me agolpaban en la cabeza. Mi objetivo se encontraba a seis metros de distancia. Podía ir hasta su habitación, descerrajarle dos disparos en la cabeza y liquidar el asunto en menos de treinta segundos. Miré otra vez al australiano. Había dejado de lloriquear. Me miró fijamente, intentando verme los ojos a través del pasamontañas. Su rostro se había convertido en una mezcla de confusión e ira. Si lo dejaba con vida, sabía que intentaría coger su pistola. Intentaría hacerse el héroe. Dejarlo con vida no era una opción. Tampoco podía matarlo. Yo no era un asesino. Era un soldado. Decidí que debía salvarlo. No podía mancharme las manos con sangre inocente. No podía. A la mierda, pensé. A la mierda con mi objetivo.

—No voy a matarte —le susurré—. Te sacaré de esta casa y te salvaré. Pero si tu jefe nos ve o nos oye, o llama a la policía, os mataré a los dos. ¿Lo entiendes?

El australiano asintió. La expresión de ira empezó a desvanecerse. Tan solo quedaba la confusión. Acababa de pegarle un tiro y ahora intentaba salvarlo. Era imposible que lo entendiera. Sin embargo, si quería lograr mi objetivo, debía actuar con rapidez.

—¿Puedes caminar? —le pregunté.

Sin decir una palabra, se agarró al poste de la esquina de la cama e intentó ponerse en pie. Hizo el primer esfuerzo utilizando el brazo izquierdo, el del orificio en el hombro, pero no lo logró. Cuando intentó levantarse, la mano ensangrentada resbaló, cayó al suelo de cara y se golpeó la nariz contra el suelo. Me acerqué y le di la vuelta.

—¿Puedo confiar en ti? —pregunté, y lo miré a los ojos.

—Sí —respondió con un deje de acento australiano.

La confusión había desaparecido de su rostro. Lo único que quedaba era miedo. Aún no confiaba en él, sino en el miedo. A lo largo de mi vida había visto suficientes casos como ese para saber que podía fiarme de ese sentimiento.

Lo agarré del brazo sano y me lo eché a los hombros. Me puse en pie, lo apoyé en mí y lo ayudé a levantarse. Con el otro brazo, el de la pistola, le rodeé la cintura para ayudarlo a mantener el equilibrio.

—Nos vamos abajo —le dije, y asintió de nuevo.

Dimos solo dos pasos pero ya le fallaban las fuerzas. Arrastraba los pies y a duras penas podía levantarlos del suelo.

—Con más ánimo —le dije al llegar a la puerta. Antes de abrirla me volví hacia él—. Los sensores de movimiento. ¿Los controlas tú o él?

Se señaló el pecho con la mano libre.

—¿Y no están activados? —pregunté.

Negó con la cabeza. Ahora ya no tenía dudas. Estábamos en el mismo equipo. Compartíamos objetivo.

Abrí la puerta y salimos al pasillo. El australiano caminaba con más confianza, se había acostumbrado a estar de pie. En ningún momento quitó la mano buena del agujero que tenía en el estómago. Se aplicaba presión para intentar reducir la hemorragia. Dimos un paso hacia las escaleras. Entonces oí algo en la habitación de mi objetivo. Un crujido y luego una voz.

—¡Cierra la maldita puerta, imbécil! —gritó el jefe desde su dormitorio.

Estiré el pie hacia atrás y cerré la puerta del australiano de golpe. Escuché con atención. Nada. El jefe no sospechaba nada.

Cuando llegamos a la escalera miré hacia abajo. El australiano no iba a llegar abajo por sí solo. Me volví para mirarlo. Nuestras narices estaban a dos centímetros. Respiraba con dificultad y empezaba a tener la mirada vidriosa.

—Voy a llevarte abajo en brazos —le dije.

Asintió. Entonces, con un movimiento rápido, doblé las rodillas y me lo eché al hombro. Pesaba mucho. Empecé a bajar los escalones, intentando no hacer ruido y no perder el equilibrio. Cuando solo íbamos por la mitad, noté que la sangre del australiano me estaba empapando la parte posterior del pasamontañas. Era cálida y pegajosa.

Cuando llegamos abajo lo apoyé en la pared junto a la puerta principal. Aún estaba consciente. Le pregunté al oído:

—La verja. ¿Cómo la abro?

Habló con voz muy débil. Ceceaba.

—Hay un botón. En la parte interior. Junto a la verja.

Claro, era fácil salir, pero no entrar.

—Espera aquí —le dije, y di media vuelta.

—No —replicó, más alto de lo que me habría gustado.

Me volví y lo miré. No me estaba pidiendo que no lo dejara solo. Lo que quería era que no matara a su jefe. Quise decirle que su jefe merecía morir. Quise decirle que su jefe lo utilizaba. Quise decirle que era un imbécil de mierda que no sabía nada. Pero no lo hice. No tenía tiempo.

—No te preocupes. No voy a matarlo. No esta noche. —Es lo único que pude decirle.

Debería haberlo matado. Habría sido rápido. Pero ya no pensaba con claridad. Si no podía salvar al australiano, mis manos se mancharían de sangre inocente. Se me revolvía el estómago. Había logrado mantener la compostura hasta que bajé las escaleras, pero ahora ya no podía controlarme. Me alejé del australiano, me sumergí en la oscuridad y entré en el baño más cercano. Me precipité hacia delante y vomité en el lavamanos. Era la primera vez que vomitaba en plena misión. Había estado a punto de hacerlo, después de mi segundo asesinato, un hombre de treinta y tres años, un instructor. Entrenaba a sus asesinos. Le rebané el cuello con un cuchillo mientras intentaba entrar en el coche. No fue un trabajo limpio. Había sangre por todos lados. Fue entonces cuando empecé a estrangular a la gente. Había más forcejeo, pero era más limpio. Me enjuagué la boca para eliminar los restos de vómito y me lavé las manos. Ya había acabado.

Salí del baño y busqué un teléfono. Lo cogí sin pensar. Por suerte el jefe no estaba hablando. Tenía línea. Marqué el 911 con la esperanza de que fuera el número de emergencias de Canadá. Me salió una operadora al instante. Me dijo algo en francés y luego añadió en inglés:

—Nueve uno uno. ¿En qué puedo ayudarle?

—Hay un hombre herido de bala. Está en la esquina de Maplewood y Spring Grove. Envíe una ambulancia.

—De acuerdo, monsieur. —La operadora utilizaba un tono muy formal—. Nos gustaría que nos proporcionara algún detalle más. ¿Puede permanecer al teléfono?

—No. —Colgué y me dirigí a la puerta.

El australiano seguía donde lo había dejado, pero le colgaba la cabeza hacia un lado. Tenía los ojos cerrados. Estaba helado. Sin embargo, veía cómo se le hinchaba el pecho al respirar. Me acerqué y le di un bofetón con todas mis fuerzas. Abrió los ojos de golpe, llenos de vida por un fugaz instante.

—Mantente despierto —le ordené.

Entonces lo agarré del brazo bueno, me lo puse sobre el hombro y nos dirigimos a la puerta de la calle.

No disponíamos de mucho tiempo. Teníamos que recorrer el camino de entrada de la casa, cruzar la verja y caminar un par de manzanas antes de llegar a la esquina que les había dicho a los de la ambulancia. Si llegábamos tarde, creerían que había sido una broma. Teníamos que ponernos en marcha. Me volví hacia el australiano.

—Rápido. Tenemos que ir rápido —le dije.

Tuvo que hacer un gran esfuerzo, pero estaba atento. Asintió y aceleramos el paso. Al final recorrimos el camino de entrada a la casa, cruzamos la verja y llegamos a la calle. Dejamos un reguero detrás de nosotros. Al cabo de unos diez minutos habíamos avanzado unos ochocientos metros. Cuando doblamos la última esquina, vi las luces de la ambulancia, que no estaba sola. También había policías, algo con lo que no había contado y que significaba que aquello era el fin de trayecto para mí.

Me quité el brazo del australiano del hombro. Intenté que no perdiera el equilibrio y le puse una mano sobre el hombro sano. Me situé detrás de él.

—Camina —le dije, y le di un empujón firme con la mano libre, con la que sostenía la pistola.

Dio dos pasos vacilantes y cayó al suelo. Luego se puso de rodillas y empezó a arrastrarse hacia las luces intermitentes. Parecía la caricatura de un hombre sediento que se arrastraba por el desierto hacia el agua. Recorrió medio metro más y se derrumbó por su propio peso. Rodó por la acera y me miró, con los ojos arrasados en lágrimas. Si me iba ahora, moriría en la calle, a menos de diez metros de la ayuda.

Me acerqué al australiano, volví a agarrarlo y me lo eché al hombro. Me tapé la boca con el pasamontañas y me dirigí hacia la ambulancia, con la pistola en alto.

Los sanitarios y los policías estaban charlando tranquilamente; daban por sentado que la llamada había sido una broma. El primer sanitario me vio cuando solo estaba a poco más de cinco metros. En cuanto reparó en mi presencia lo apunté directamente. Se quedó inmóvil. No dijo nada. El miedo lo paralizó. Lo noté incluso de lejos. Yo debía de ser la personificación de la Parca, caminando por la calle de noche, vestido de negro, con la cara oculta bajo un pasamontañas, empuñando una pistola y con un cuerpo sobre el hombro. Cuando estaba a tres metros, el policía y el sanitario que estaban hablando por fin me vieron también. El poli intentó desenfundar la pistola, pero le faltaba práctica e hizo gala de unos movimientos lentos y torpes.

—Ni se te ocurra —le grité—. Como alguien saque una pistola empezará a morir gente. Mucha gente.

El poli apartó la mano del cinturón. Le grité a su compañero que permaneciera a su lado. Quería que todos los que estaban armados se quedaran en un lugar donde pudiera verlos. El compañero, que aparentaba quince años, obedeció rápidamente.

Me agaché y dejé al australiano en el suelo sin apartar la mirada de los polis. El guardaespaldas soltó un grito ahogado cuando tocó el suelo. Estaba empapado en sangre, pero no había perdido el conocimiento. Miré a los sanitarios.

—Llevadlo al hospital. Curadlo —les ordené.

No se movieron. Retrocedí dos pasos.

—¡Ahora! —grité.

Los bajé de las nubes y obedecieron. Sacaron la camilla, pusieron al australiano encima y lo metieron en la ambulancia. Se movían de forma rápida y eficaz; se dieron cuenta de que cuanto más rápidos fueran, antes perderían de vista al psicópata de la pistola. Los polis los miraron con envidia.

En cuanto se fue la ambulancia, supe que los sanitarios pedirían refuerzos. Al cabo de unos minutos, la zona estaría inundada de policías. Esa situación no figuraba en el protocolo. No me habían preparado para eso. Miré a los polis que tenía frente a mí. Estaban pálidos como fantasmas, cagados de miedo. Seguramente estaban más asustados que yo.

—Habéis visto que he salvado a ese hombre, ¿verdad? —grité. Estaba cerca de ellos. Probablemente ya no era necesario que gritara.

Asintieron al mismo tiempo.

—No quiero matar a nadie —grité de nuevo.

Negaron con la cabeza.

—Voy a huir —dije.

Asintieron de nuevo.

—Pero como oiga un solo disparo, volveré y sabréis lo que es bueno.

Asintieron una vez más. Me volví y eché a correr. Ya no tenía ningún plan. Corrí tan rápido como pude. En dirección al parque. No oí disparos. Al cabo de poco el aullido de las sirenas surcó el aire nocturno. Tiré el pasamontañas. Seguí corriendo. Tenía que volver al piso franco. Sabía que no estaría a salvo hasta que me cambiara de ropa. Nunca había corrido tan rápido, y seguramente nunca volveré a hacerlo. No aminoré la marcha. Al correr se desvaneció el miedo. Era medianoche cuando llegué al piso.

En cuanto entré en el piso me quité la ropa y me metí en la ducha. Tardé un buen rato en limpiarme la sangre de la nuca.

El resto de la noche es un recuerdo vago y confuso. Incluso ahora, cuando pienso en ello, todavía tengo muchas lagunas, solo me vienen a la cabeza momentos aislados. No recuerdo cómo fui de un lugar a otro. En mi memoria, lo que hice fue vagar como si estuviera en un sueño. Sí que recuerdo que llamé a Inteligencia y que hablé con Brian. Al principio estaba cabreado porque había echado a perder la misión. Sin embargo, su reacción cambió cuando se dio cuenta del lío en el que me había metido. Durante la llamada me comporté como si estuviera en un confesionario. Lloré y balbuceé:

—Casi mato a alguien —murmuré con voz temblorosa, repitiendo la frase una y otra vez.

Brian se quedó callado, escuchó y esperó a que acabara de vomitarlo todo. Cuando se hizo el silencio, me dijo:

—Sal de la ciudad. Sal del país, joder. Esta noche. Busca algún lugar en Vermont en el que pasar desapercibido. Pero sal de ahí. Llámame dentro de tres días. —Entonces me dio el código.

Rompí el protocolo y apunté los nombres en un papel. Tenía miedo de olvidarlos porque estaba demasiado alterado. Stephen Alexander. Eleanor Pearson. Rodney Grant.

Luego hice la única cosa que se supone que uno nunca debe hacer. Hice lo impensable. Fui al hospital a ver a mi víctima. Sabía que no podría seguir adelante, que no podría irme de la ciudad y que nunca podría mirarte de nuevo a la cara a menos que supiera que el guardaespaldas iba a sobrevivir. Yo no era un asesino. No te habrías enamorado de un asesino. Eras demasiado buena para hacer algo así.

Entrar a hurtadillas en el hospital fue tarea fácil, incluso en mitad de la noche, incluso para visitar a un hombre que acababa de recibir dos disparos. El trabajo del personal del hospital consistía en mantener a la gente con vida, no en someterlos a vigilancia. Entré en la habitación del australiano y me senté en una silla, junto a la cama. No me atreví a encender las luces. El gigante australiano dormía. Le habían puesto una vía intravenosa en el brazo y llevaba el hombro vendado. Las sábanas le tapaban el estómago, pero también debían de haberle puesto un fuerte vendaje para tapar los puntos que cerraban los orificios que yo le había abierto unas horas antes. Estaba conectado a un monitor cardíaco que emitía unos pitidos rítmicos. Era un sonido relajante. Estuve a punto de quedarme dormido en la silla. Recuerdo que me pregunté si mi corazón volvería a latir jamás con esa regularidad, pero lo dudaba. El australiano se despertó al cabo de quince minutos. Volvió la cabeza y me miró, mientras yo lo observaba repantigado en una silla, a oscuras. Me miró a los ojos y me reconoció.

—Eres tú —dijo.

Asentí. Sabía que era el tipo que le había disparado.

—¿Delante del club de striptease? —preguntó.

También lo recordaba y yo asentí de nuevo. Entonces preguntó:

—¿Por qué?

Quería responderle. Quería hablarle de la maldita Guerra en la que estaba atrapado. Quería decirle que, en realidad, él era el afortunado y yo el desgraciado, que aceptaría con mucho gusto los dos tiros para estar en su lugar. Quería explicarle que yo era una buena persona. Y no solo eso, quería que me asegurara que sabía que lo era. Pero, al parecer, nunca había tiempo para nada.

—Fue un error —le dije. No creo que hubiera entendido otra respuesta. Entonces me levanté y me fui.

Tenía que hacer otra parada antes de irme de Montreal. Eran las tres de la madrugada cuando llegué a tu apartamento. Desperté a tu compañera de piso cuando llamé al timbre, pero no te importó. Me hiciste pasar, me llevaste a tu habitación y, antes de que pudiera decir algo, me diste un beso efusivo.

—Tengo que irme —te dije cuando me dejaste hablar. Temblaba de pies a cabeza.

—¿Por qué? ¿Qué ha sucedido? —preguntaste con inquietud. Estabas preocupada por mí. Nadie había mostrado esa preocupación por mí desde que era un niño.

—Nada. Tengo que irme. Asuntos de negocios. Ha sucedido algo increíble. —No podía dejar de temblar.

Me cogiste las manos para calmar los temblores.

—¿Estás bien?

Te miré a los ojos. Tu mirada era fuerte.

—Se me pasará —respondí al final—. Pero debo irme. —Cada palabra que pronunciaba resultaba dolorosa—. Te llamaré en cuanto pueda. —Me sentí como si me dieran un puñetazo en el estómago a cada frase—. Y volveré pronto. Te lo prometo.

—Vale —contestaste—. No pasa nada. —Me frotaste las manos para tranquilizarme.

Me incliné hacia ti y nos besamos. Recé para que no fuera la última vez.

—Te quiero —susurré.

—Yo también te quiero —murmuraste.

Cogí un taxi al aeropuerto, donde alquilé un coche. Conduje mientras amanecía. Vi la salida del sol por la ventanilla del coche. Crucé la frontera en algún momento de la mañana. Durante el viaje escuché una emisora de radio que emitía en francés. No entiendo ni una palabra de ese idioma, pero por algún motivo el mero hecho de escucharlo me templaba los nervios. Al final me detuve en un pequeño motel de carretera de Vermont. El aparcamiento estaba lleno de coches con portaesquíes. Gente de vacaciones. Llegué a la habitación como buenamente pude y me dejé caer en la cama. Durante las siguientes doce horas, quizá dormí, o no, no estoy seguro, pero sé que no me moví ni una sola vez. Permanecí inmóvil, intentando olvidar toda mi vida, excepto a ti.

8

El jueves a mediodía me levanté y fui a correr. Durante la estancia en Montreal no había hecho ejercicio y había estado a punto de costarme muy caro. Corrí quince kilómetros. Cuando volví al motel hice abdominales y flexiones hasta que estuve a punto de perder el conocimiento por culpa del cansancio. Albergaba la esperanza de que el ejercicio me ayudaría a calmar los nervios, pero no fue así. Me sentía atrapado en aquel pequeño motel cubierto de nieve. Tenía la sensación de que estaba a punto de entrar en combustión espontánea. Aunque cogiera el coche y me pusiera a conducir, no tenía adónde ir.

Pasó el primer día y no te llamé. Quería hacerlo. Incluso llegué a coger el teléfono y empecé a marcar el número varias veces, pero no pude. No sabía qué podía decirte sin mentir. Había prometido no mentirte, de modo que no te llamé.

Pasé el resto del día viendo la televisión. Fui a comer y a cenar a una pizzería cercana. Esa noche volví a tener insomnio. No paré de dar vueltas en la cama. Decidí que tu voz era lo único que me impediría volverme loco. Te llamé a las dos de la madrugada. Intentaba mantener a raya la locura.

El teléfono sonó tres veces antes de que contestaras. Dormías. Me puse celoso porque tú podías dormir mientras yo no dejaba de pensar en ti y no podía conciliar el sueño. Hablaste en voz baja y ronca, la misma que tienes por la mañana cuando te despiertas.

—¿Diga? —preguntaste.

Estuve a punto de colgar. De repente me daba miedo hablar.

—¿Diga? —repetiste—. ¿Joseph?

Cuando pronunciaste mi nombre se rompió el hechizo y reuní el valor necesario para hablar contigo.

—Eh, Maria —dije.

—¿Qué hora es?

—Tarde. Muy tarde. Siento haberte despertado. Solo quería oír tu voz. Te dejo que vuelvas a dormir.

—No. No te vayas —dijiste—. ¿Dónde estás?

—En Estados Unidos. Atrapado en un motel durante unos cuantos días, pero espero poder regresar a Montreal dentro de muy poco.

Se hizo un silencio al otro lado de la línea. No sabía si te habías quedado dormida.

—¿Crees que podrás esperarme? —pregunté.

—Yo no espero a nadie —contestaste entre risas. Poco a poco te ibas despertando—. Así que más te vale que vuelvas pronto.

Tu voz me hizo sentirme mejor, como si volviera a sentir que formaba parte del mundo.

—Iré en cuanto pueda, pero ahora voy a tener que colgar y no podré llamarte durante unos días.

—¿Por qué no puedes hablar conmigo, Joe? —preguntaste.

Noté cierto tono de decepción en tu voz.

—Cuando vuelva, si aún quieres verme, te lo contaré todo —respondí.

Tarde o temprano tendría que enseñar mis cartas. Te lo merecías.

—¿Me lo prometes?

—Te lo prometo —contesté—. Ahora vuelve a dormir.

—¿Joseph?

—¿Sí?

—Te quiero.

Esas palabras fueron como una inyección de morfina, una panacea para mi dolor.

—Yo también te quiero.

—Te esperaré todo el tiempo que sea necesario.

Luego colgaste. Y después de nuestra conversación, me quedé dormido.

Al día siguiente volví a hacer ejercicio, la misma rutina. El viernes por la tarde fui en coche al bar más cercano. Era mitad restaurante de carretera, mitad chalet suizo de esquí. Me senté solo en la barra y tomé un par de cervezas. Estaba matando el tiempo hasta esa noche, cuando podría llamar de nuevo a Inteligencia. Dejé las cervezas y pedí una hamburguesa con queso. El local empezó a llenarse cuando los primeros esquiadores de la temporada bajaron de las pistas. De pronto estaba abarrotado de gente que parecía no tener ninguna preocupación. Fue entonces cuando decidí irme. Sabía que ya no me sentía a gusto.

Regresé al motel. En cuanto llegué a la habitación, cogí el teléfono y marqué el número de Inteligencia. Tenía ganas de oír la voz de Brian aunque fuera a gritarme. Saqué el papel donde había apuntado el código de esta llamada. Me fueron pasando de una telefonista a otra. Stephen Alexander. Eleanor Pearson. Rodney Grant. Por fin iban a ponerme con una persona real. Estaba dispuesto a hacer todo lo que fuera necesario con tal de convencer a Brian para que me enviara de nuevo a Montreal, en teoría para acabar el trabajo, pero, en realidad, para poder verte de nuevo.

—Hola, Joseph —dijo una voz masculina, profunda y áspera.

Nunca la había oído.

—Soy Allen.

¿Allen? ¿Quién demonios era Allen? Miré el pedazo de papel en el que había escrito los nombres: Stephen Alexander. Eleanor Pearson, Rodney Grant. Justo lo que había dicho.

—¿Qué? —pregunté. Lo que quería decir era «¿Qué demonios está sucediendo?», pero solo fui capaz de pronunciar la primera palabra.

—Me llamo Allen.

¿Allen? ¿Qué le había pasado a Brian? Estaba confuso.

—¿Dónde está Matt? —pregunté con cautela, porque no quería que supieran que conocía el nombre real de Brian.

—Matt ha sido trasladado. Se ha decidido que ya no formabais una pareja de trabajo productiva. A partir de ahora trabajarás conmigo. —Allen utilizó el mismo tono que habría usado otra persona con un niño travieso de cinco años.

—No vayas tan rápido —repliqué. Me esforcé para aparentar firmeza, aunque nunca me había sentido tan débil—. ¿Ha pedido Matt que lo trasladarais?

—No, no lo ha pedido. De hecho, se mostró muy contrario a la idea. Al parecer, le gustaba trabajar contigo. Quizá ese era el problema. Digamos que no estábamos muy contentos con la relación que manteníais. Primero hubo el incidente de Long Beach Island, donde confraternizabas con otros soldados sin permiso. Luego has jodido la misión de Montreal. Así pues, hemos decidido que tenías que trabajar con otra persona, con alguien que tuviera un poco más de experiencia.

—¿Y mi opinión no cuenta para nada? Quiero hablar con Matt. —Me temblaba la voz. Apenas podía controlar la ira.

—Me da igual con quién quieras hablar. A partir de ahora hablarás conmigo, y solo conmigo. —Allen utilizaba un tono mesurado y monótono.

—Que te jodan —dije, sosteniendo el teléfono a un par de centímetros de la boca. Nunca me había sucedido algo parecido y quería solucionar el tema—. Solo trabajo con Matt. Ponme con él o no haré nada más.

Intentaba hacerme el duro, pero era un farol. Estaba asustado. Brian era mi única conexión con el mundo. Mi madre no tenía ni idea. No podía ponerme en contacto con Jared ni con Michael sin la ayuda de Brian. Sin él me quedaría a la deriva, solo. No sabía cómo era ese tal Allen, pero sabía que no me gustaba.

Allen respondió a mi impertinencia con un arrebato de ira más que justificado.

—¿Que me jodan? ¿Que me jodan? ¿Quién coño te crees que eres? —A pesar de las palabras malsonantes seguía hablando con voz calmada—. ¿Crees que eres alguien? No eres nadie. ¿Crees que puedes venir con exigencias? Pues no puedes pedir ni una mierda. Ahí fuera tenemos hombres de verdad que llevan varias décadas haciendo lo mismo que tú. Ahí fuera tenemos hombres que tienen docenas de asesinatos en su haber. Ahí fuera tenemos hombres que se han ganado a pulso sus galones. ¿Y tú? ¿Te enviamos a Montreal en un puto coche de alquiler y lo jodes todo porque un tipo tiene dos guardaespaldas? ¿Quién coño te crees que eres? Me gustaría que me dijeras quién coño te crees que eres porque yo ya lo sé. No eres nadie. Eres un puto peón. ¿Sabes jugar a ajedrez, Joey?

Me entraron ganas de estrangularlo.

—¿Sabes? —repitió.

—Oh, sí, claro que sé jugar —respondí. Hasta yo mismo me di cuenta de que empezaba a hablar como un niño caprichoso.

—Muy bien. Entonces ya sabrás en qué consiste tu trabajo como peón: en recibir órdenes. Eres el primero que recibe la orden de enfrentarte al peligro, y si tenemos la opción de intercambiarte por una de las piezas del enemigo, y creemos que puede ser útil para la causa, lo haremos. Tú no tomas decisiones sobre lo que te sucede. Te mueves cuando te ordenamos que te muevas. Matas cuando te ordenamos que mates. Y si sobrevives, entonces quizá, algún día, como peón miserable que eres, si logras llegar lo bastante lejos, podrás convertirte en una pieza útil. Y será entonces cuando puedas pedir cosas. Hasta entonces, pringado de mierda, cierra el pico.

La rabia que sentía estaba a punto de hacerme estallar.

—Si soy un puto peón, ¿qué coño eres tú, cabrón? Te pasas el día sentado ahí sin hacer nada, todo el día colgado al teléfono. ¿Qué coño eres? —pregunté, hecho una furia.

Allen hablaba despacio cuando respondía y pronunciaba con cuidado todas las sílabas.

—Soy el meñique de la mano del hombre que mueve el peón. —No parecía muy orgulloso de ello. Se limitaba a constatar un hecho.

No tenía nada que hacer. No sabía cómo enfrentarme a la voz sin rostro que había al otro lado de la línea telefónica. Mi vida estaba en sus manos. Esa era la cuarta regla. La que no explicábamos a los chicos. Regla número uno: Prohibido matar a transeúntes inocentes. Regla número dos: Prohibido matar a menores de dieciocho años. Regla número tres: Los bebés de padres menores de edad se entregan al otro bando. Regla número cuatro, la regla tácita: Si muerdes la mano del amo, él te devolverá el mordisco, pero el doble de fuerte.

—De acuerdo. —Al final cedí—. Lo siento. No volveré a exigir nada a lo que no tenga derecho. —Aquellas palabras me causaron un gran dolor, pero si quería regresar a Montreal, tendría que llevarme bien con él.

—Mucho mejor —dijo Allen—. ¿Ves como no es tan difícil?

—Bueno, ¿qué tenéis para mí? Porque estoy listo para regresar a Montreal y rematar el trabajo —dije, aunque no tenía muchas esperanzas de que fuera a hacerlo.

—Nadie va a rematar ese trabajo en un futuro próximo, muchacho. La has cagado demasiado. Tengo otro trabajo para ti.

—Define «futuro próximo» —dije sin pensar.

—Aún no lo entiendes, ¿verdad, muchacho? No tengo por qué definirte nada. Lo que debes hacer es ganarte el respeto, y ahora mismo tienes un gran déficit en este aspecto. Un futuro próximo será un futuro próximo. Dentro de unas semanas, tal vez meses. Enviaremos a alguien cuando se den las condiciones para realizar la misión, pero no antes. Si me impresionas en la próxima misión, quizá te enviemos a Montreal. O quizá no.

Me sentía como una marioneta, ellos tiraban de los hilos y yo bailaba. Semanas, tal vez meses. Te había prometido que volvería antes. ¿Qué podía hacer?

Acabé transigiendo.

—De acuerdo. ¿Qué tienes para mí?

—Naples, Florida. El piso franco estará listo dentro de tres días. Tu anfitrión te recogerá en el aeropuerto entonces, no antes. Coge el primer avión del día que salga de Boston. Tu anfitrión ya sabe qué aspecto tienes. Recibirás los detalles cuando llegues a tu destino.

—¿Y qué hago durante estos tres días? —pregunté, aunque imaginé que no le importaría demasiado.

—No te metas en problemas, no vuelvas a Canadá y no me molestes. —Antes de que pudiera decir algo más, Allen me dio el código: Jimmy Lane, Sharon Bench, Clifford Locklear. Entonces colgó.

9

Pasé los dos días siguientes del mismo modo que los dos anteriores. Hice ejercicio, vi programas de televisión malos, fui al bar a tomar una copa y a comer algo, y no dormí. No podía dejar de pensar en ti, ni tan siquiera por un momento. Aunque tampoco lo intenté. Los días se me hacían eternos. Se me pasó por la cabeza la posibilidad de ir a verte, pero me preocupaba lo que podría suceder si me atrapaban. Si me encontraban ahora, probablemente no volvería a verte jamás. Sabía que llamarte sería demasiado doloroso. Oír tu voz cuando no tenía ni idea de cuándo volvería a verte se me antojaba excesivo. No sería justo para ti. Al menos eso fue lo que me dije a mí mismo. De modo que me pasé el día mirando el reloj y deseé poder mover yo mismo las manecillas para que el tiempo pasara más rápido. Las últimas palabras que me habías dicho resonaban en mi cabeza: «Te esperaré todo el tiempo que sea necesario». Después de dos días agónicos, fui en coche hasta Boston para tomar el avión que me llevaría a Florida.

Aterricé en el aeropuerto Fort Myers, situado a las afueras de Naples, a mediodía. No había mucha gente. Unos cuantos abuelos que habían acudido a recoger a sus nietos, pero poco más. Bajé del avión con la mochila, que pesaba menos de lo habitual porque esta vez había facturado un talego, que habría podido subir al avión de no ser por su contenido. Aún no estaba listo para desprenderme de la pistola. Tal y como iban las cosas, creía que aún podría resultarme necesaria.

Me eché la mochila al hombro y me dirigí a la sala de recogida de equipajes, cuando se me acercó un hombre corpulento, con el pelo plateado y una amplia sonrisa. Me tendió la mano.

—¿Joe? —me preguntó mientras se presentaba.

Asentí y le estreché la mano. Su sonrisa se hizo aún mayor. Me estrechó la mano con firmeza, como un hombre que está muy acostumbrado a hacerlo. Pensé que tal vez había sido comercial o político. Llevaba gafas de piloto con lentes claras. Tenía un rostro agradable y serio. Parecía demasiado honesto para haber sido político.

—Me llamo Dan —dijo—. Creo que te vas a quedar en mi casa durante unos días.

—Encantado de conocerte, Dan —dije, con un tono más formal del que habría empleado en circunstancias normales, imitando a Dan sin querer—. Te agradezco que hayas venido a recogerme.

—De nada. De nada. En realidad, es un honor. Me gusta echar una mano en lo que puedo. —Asentía con la cabeza al hablar—. ¿Estás listo?

—Tengo que coger mi bolsa.

—Creía que no facturabais el equipaje, que intentabais viajar lo más ligeros posible. —Mientras hablaba se dirigió hacia la zona de recogida de equipajes.

—No acostumbro a hacerlo, pero hoy no me apetecía cargar con todo.

Dan sonrió y me puso una mano en el hombro.

—No te culpo. No te culpo. Yo no soporto tener que pelearme por un hueco en el compartimiento superior.

Llegamos a la sala de recogida de equipaje y permanecimos detrás de las mujeres y los niños.

—¿Hace mucho que has llegado? —pregunté, mientras esperábamos a que sonara el timbre que anunciaba la llegada del equipaje de mi vuelo.

—Alrededor de una hora —contestó.

—¿Una hora? ¿Se ha retrasado mi vuelo? —pregunté, aunque sabía que no era así.

—No, señor. Ha llegado a la hora en punto. Pero no quería hacer esperar a un chico trabajador como tú. Además, me gusta venir aquí, ver el trasiego de gente que viene y va.

Creo que nunca había conocido a un hombre como Dan. Lo miré fijamente. No apartaba los ojos de la cinta transportadora de equipajes a pesar de que no había salido ninguna maleta y ni tan siquiera se había puesto en marcha.

—Pues muchas gracias de nuevo.

Después de recoger mi bolsa nos dirigimos al coche, que estaba en el aparcamiento. Dan conducía el coche que esperaba, un sedán blanco y grande, y, por algún motivo, eso me hizo feliz. Mientras nos dirigíamos hacia la ciudad, acribillé a Dan a preguntas para intentar saber algo más de él. Estaba jubilado y, tras un breve paso por la marina, había dedicado gran parte de su vida a trabajar de comercial, a vender servilletas de cóctel y whisky a bares de Nueva York, Nueva Jersey y Pensilvania. Se alegró al saber que yo también era de Nueva Jersey. Me dijo que casi la mitad de la gente que vivía en esa parte de Florida era de Nueva York o Nueva Jersey. Cuando era joven, Dan había sido un «trabajador»; esa fue la palabra que utilizó para describir mi trabajo. En sus tiempos, me dijo, los soldados también tenían un trabajo normal. El hecho de tener que viajar a menudo como comercial le había servido de tapadera. Hacía sus rutas, sus ventas, y una o dos veces al año recibía la llamada del deber, según sus propias palabras. Le pregunté a cuánta gente había matado durante su época como «trabajador». Me respondió que no había llevado la cuenta, que no le importaban los números y que no habría estado orgulloso de ellos aunque los supiera. Lo único de lo que estaba orgulloso era de haber podido aportar su grano de arena en su momento. Ahora estaba orgulloso de poder ayudarme, de hacer algo por la causa. Por extraño que parezca, logró que me sintiera orgulloso también. Casi había olvidado lo que se sentía.

Le pregunté por su familia y me dijo que ya no tenía. Sus padres lograron llegar hasta el final y murieron por causas naturales cuando ya habían cumplido los ochenta. Había tenido mujer y una hija, pero ambas murieron asesinadas. Su mujer era civil antes de casarse con él, lo cual no supuso ningún impedimento. Fue asesinada cuando llevaban ocho años casados y su hija tenía tres. Fue un trabajo muy chapucero, me dijo. La mataron en su casa, un día en que él había salido a hacer recados. Estaba casi convencido de que lo buscaban a él. Cuando llegó a casa, había sangre por todos lados, en varias habitaciones. Debió de darles mucha guerra, dijo. Encontró el cadáver tirado sobre la mesa del comedor. Se habían quedado a verla morir antes de ponerla sobre la mesa y marcharse. Su hija estaba en casa, encerrada en el armario de su habitación. No sabía si se había escondido ella sola o si la habían metido ellos. Nunca se lo dijo. Nunca habló de lo que vio ese día, ni una sola vez. Nunca habló de lo que les vio hacerle a su madre, pero en cuanto fue mayor de edad, se involucró de pleno en la Guerra. A algunas personas tenemos que enseñarlas a odiar; otras lo aprenden por sí solas. Ella llegó a ser un oficial de Inteligencia de alto nivel, uno de los más jóvenes de la historia. Fue ascendiendo rápidamente gracias a su agresividad, la misma que la convirtió en un objetivo prioritario. La asesinaron dos semanas antes de cumplir veintiocho años.

—Mira, Joe, no me gustan y estoy orgulloso de haber contribuido en la lucha contra ellos —dijo Dan mientras conducía—, pero el odio exacerbado puede ser fatal. Mi pobre hija, no sé si tuvo más de dos días de felicidad a lo largo de su vida después de ver lo que le había sucedido a su madre. Siempre me he sentido culpable por ello.

Guardamos silencio durante un rato.

—Ya basta de hablar de mí, hijo. ¿Qué me cuentas de ti? —preguntó, dándome una palmada en la rodilla.

No creía que fuera a contarle mucho. ¿Qué podía decirle? Sin embargo, cuando empecé a hablar me costó parar. Le conté que me crié en Nueva Jersey, que varios familiares habían muerto en la Guerra. Le hablé de mi trabajo, de lo que suponía hoy en día ser un «trabajador». Le encantó que le contara historias de la Guerra. Quería saber todo tipo de detalles. Al parecer creía que mi vida era emocionantísima. Para él yo era James Bond; daba igual que el cabrón de Allen me hubiera dicho que no era más que un peón. Le conté que mis dos mejores amigos también eran «trabajadores». Me encantó poder usar esa expresión con Dan. Me hizo sentir honesto. Le conté mis aventuras en Jersey Shore y adorné algunos aspectos de la historia. Se lo tragó todo. Lo único de lo que no le hablé fue de Montreal. No le hablé de ti.

Después de una hora de trayecto, entramos en una pequeña comunidad de jubilados que había a las afueras de Naples, llamada Crystal Ponds. Recorrimos las calles despacio. Toda la gente que encontramos saludó a Dan, y Dan los saludó a ellos. Todos los jardines estaban muy bien cuidados y todos tenían un mástil en el que ondeaba una bandera estadounidense. Después de doblar un par de esquinas muy lentamente, llegamos al final de una calle sin salida y tomamos el camino de entrada de la casa de Dan. Era una casa pequeña de color blanco, situado frente a un minúsculo estanque.

—Hemos llegado a casa —me dijo Dan después de meter el coche en el garaje y apagar el motor—. Entra y sírvete un trago. Voy a buscar el correo. —Dan bajó del coche y fue caminando lentamente hasta el buzón.

Entré en la casa y recibí de inmediato el impacto de una ráfaga de aire frío procedente del aire acondicionado. Estaba en la cocina y como no quería decepcionar a Dan, decidí aceptar su ofrecimiento y busqué una bebida. Me dirigí a la nevera y la abrí. La había llenado hacía poco. Había dos paquetes de seis cervezas enteros, una barra de pan sin empezar, un cartón de zumo de naranja sin abrir, un paquete de salchichas entero, etcétera. Había ido de compras para estar bien abastecido cuando yo llegara. Sabe Dios lo que comía cuando estaba solo. Cogí una botella de cerveza, desenrosqué el tapón y lo tiré en el cubo de la basura que había bajo el fregadero. Entonces entró Dan. Me vio con la cerveza en la mano y me preguntó:

—¿Te importa que te acompañe?

—Como si estuvieras en tu casa —contesté. Me volví hacia la nevera y saqué otra botella.

Luego nos sentamos junto a la encimera de la cocina y bebimos la cerveza en un silencio cómodo.

—Bueno, Dan, creo que tienes un paquete para mí —le dije, cuando ya nos habíamos tomado media cerveza.

—Sí, señor —contestó—. Espera aquí. —Se fue a otra habitación y regresó con un sobre acolchado y sellado, que ya me resultaba familiar.

—Supongo que querrás estar a solas para abrirlo —dijo al entregármelo.

—Creo que es lo mejor —admití, mientras sopesaba el sobre. Era ligero, lo que acostumbraba a significar que el trabajo debía de ser bastante fácil.

—El despacho está al final del pasillo. —Dan señaló el lugar al que había ido a buscar el sobre—. No te molestaré mientras estés trabajando. Avísame si necesitas algo.

—Gracias, Dan. —Cogí el paquete y me dirigí al despacho.

—¿Te apuntas a una buena cena esta noche? —preguntó mientras me alejaba. Tenía ganas de compañía.

—Tú elige, que yo me apunto a lo que sea —respondí. Yo también tenía ganas de compañía. Entré en el despacho de Dan y cerré la puerta.

El despacho era una habitación pequeña con un sofá y un escritorio, sobre el que había varios estantes con unos cuantos libros y algunas fotografías. Las miré durante un rato. Saltaba a la vista que eran de la familia de Dan. En algunas, los colores empezaban a adquirir un tono sepia. Una era en blanco y negro. Ninguna tenía menos de treinta años. Era como si la vida de mi anfitrión se hubiera detenido entonces. Había una de Dan con su padre. Debía de rondar los ocho años, pero tenía el mismo aspecto que ahora. En la fotografía, Dan sujetaba un pez que acababa de pescar. Su padre estaba agachado al lado, con una gran sonrisa. Había también una fotografía de Dan y su mujer el día de su boda, de punta en blanco. La mujer era preciosa. Se parecía un poco a ti, pero era algo más alta. Por un momento me imaginé cómo estarías con un vestido de novia. Había una fotografía en blanco y negro de dos personas que, a juzgar por su aspecto, debían de ser los padres de Dan de jóvenes. Aparecían sonrientes y de pie frente a una casita que deduje que fue su primer hogar.

Entonces vi la fotografía que me dejó helado. Era de Dan y su mujer, de pie, uno junto al otro. Dan tenía el brazo sobre el hombro de ella. Su mujer sostenía un bebé en brazos. En la imagen, Dan y su mujer miraban directamente a la cámara, pero la niña, que no podía tener más de seis meses, miraba hacia arriba y le sonreía a su padre. En último lugar estaba la fotografía más reciente, que aun así debía de tener más de treinta años, pero era la que conservaba mejor el color. Era de la hija de Dan, de adolescente, ataviada con un elegante vestido de noche blanco, un poco holgado, junto a un chico con acné, vestido con esmoquin. En esa fotografía la hija de Dan sonreía. Debió de ser uno de sus pocos días felices. Mientras la miraba, la voz de Dan resonó en mi cabeza, y me recordó que «un odio exacerbado puede ser fatal». «Pero si hay suficiente odio, el mundo se sumirá en el caos», susurré para mí. Me senté frente al escritorio, abrí el sobre y empecé a estudiar al hombre que debía eliminar.

Mi objetivo se llamaba Jimon Matsudo, pero todo el mundo lo conocía como Jim. Nació en Hawái, hijo de inmigrantes japoneses, y luchó por Estados Unidos en las guerras de Corea y Vietnam. Era un experto en logística que, a lo largo de su carrera, había planificado varias operaciones estratégicas y mortales para el ejército estadounidense. Al margen de ello, también había planificado varias operaciones estratégicas y mortales contra nosotros. Se retiró del ejército con el grado de general de brigada. Según lo que había podido averiguar nuestra Inteligencia, dejó de colaborar de forma activa en la planificación de operaciones contra nosotros en esa misma época. Sin embargo, a día de hoy seguía preparando a sus expertos en logística. De hecho, el señor Matsudo había adiestrado a la mayoría de los altos mandos del enemigo. Era imposible calcular de forma exacta el daño que había causado a lo largo de su vida, ya fuera de manera directa o a través de sus pupilos, pero, al parecer, la eliminación del señor Matsudo supondría un golpe muy duro para sus operaciones. De acuerdo con la documentación que me habían entregado, era una operación estratégica y clave. A pesar de ello, el señor Matsudo trataba de pasar desapercibido y no había pruebas de que tuviera protección alguna. Tenía la sensación de que iba a ser un trabajo relativamente fácil. Entonces llegué al final del informe, a la parte que contenía la información que necesitaba para encontrar a mi objetivo. Al llegar a ese punto descubrí que mi objetivo vivía en una comunidad de jubilados pequeña, tranquila y sin vigilancia, situada en Naples y llamada Crystal Ponds. El cabrón de Allen quería que matara a un vecino de mi anfitrión. Brian nunca me habría hecho esa putada. No pude evitar pensar que era una prueba.

Esa noche, después de leer el informe de mi objetivo y de guardar el sobre en uno de los cajones del escritorio de Dan, salimos a cenar. En lugar de ir a la parte elegante de Naples, tomamos la otra dirección. Fuimos a un local de mala muerte en el que servían costillas y siluro en la parte delantera, mientras que en la posterior había música country en directo. Dan me dijo que no soportaba los nuevos restaurantes pretenciosos del centro. Las costillas que comimos eran deliciosas, cubiertas con una salsa barbacoa picante. Dan y yo dimos buena cuenta de varias cervezas más durante la cena. Cuanto más bebía mi anfitrión, más interés mostraba por mi trabajo. Para él, yo era un héroe, el vengador de su esposa y su hija. Voy a ser sincero, me dejé engatusar. Después de la bronca que me había metido Allen por teléfono, era agradable que me dijeran que era alguien; que existía un buen motivo por el que no tenía vida propia. Era agradable que me dijeran que todos los sacrificios que había hecho habían servido para algo.

Después de cenar nos sentamos a la barra para tomar una copa más.

—Bueno, ¿qué más tienes que hacer antes de llevar a cabo la misión? —me preguntó entre cerveza y cerveza.

—Mañana saldré a reconocer un poco el terreno, a comprobar los patrones y hábitos de mi objetivo, a intentar averiguar cuál es el mejor momento y lugar para eliminarlo. Para ser sincero, parece un trabajo bastante fácil. No creo que tenga muchos problemas. —Tenía la esperanza de que cuanto antes hiciera el trabajo, antes podría volver a Montreal.

—Reconocimiento, ¿eh? En mi época solo nos daban un nombre. Tenías que ir, encontrar al cabrón y cargártelo. Bang, bang, dos tiros en la cabeza detrás del cobertizo y listos.

—Sí, bueno, ahora ya no podemos actuar como entonces —repliqué. No pude evitar pensar en lo bien que se habrían llevado Dan y Michael.

—No. Ahora es más complicado. Vosotros lo tenéis mucho más difícil que nosotros. Creo que hoy en día yo no duraría ni veinte minutos. Que Dios te bendiga. —Dan levantó la botella de cerveza para brindar a mi salud—. Y, bueno, ¿quién es el cabrón? —preguntó.

—¿Perdona?

—¿Quién es el cabrón que te vas a cargar? —preguntó de nuevo, más alto de lo que me habría gustado.

—Creo que no puedo decírtelo —le susurré. Vi de inmediato la decepción que empañó sus ojos—. Es demasiado peligroso.

—O sea, te invito a cenar, a cerveza, te acojo en mi casa, ¿y crees que no puedes confiar en mí? —Dan bromeaba. Conocía las reglas y, sin embargo, le habría encantado que le hubiera respondido.

—No es eso —contesté—. No es que no confíe en ti. El problema es que la información es peligrosa. Cuanta más gente la tenga, mayor es el peligro que corremos tú y yo. —Tragué saliva—. Es lo que me enseñaron.

—Lo sé. Lo sé. El puto protocolo —dijo Dan, dándome una palmada en la espalda—. Sigue las reglas, hijo. Haz que me sienta orgulloso de ti. —Dan hizo una pausa para pensar qué podía añadir, para que se le ocurriera algo importante. Se acabó la cerveza y golpeó la barra con la mano—. Camarero —gritó—, dos whiskies solos. El malta más barato que tengas.

El camarero vino y nos sirvió dos vasos medio llenos de whisky escocés. Dan levantó el suyo y brindamos. Parecía un viejo brindis, como si Dan hubiera brindado por ello en varias ocasiones.

—Por que les partas el cuello a esos cabrones antes de que ellos nos lo partan a nosotros —dijo.

Me apunté a los brindis.

—Para no olvidar por qué luchamos —añadí.

A Dan le gustaron mis palabras, algo a lo que contribuyó el alcohol que había ingerido.

Dan me tapó el vaso con la mano para asegurarse de que no bebía más hasta que hubiera acabado.

—Uno más, uno más. —Levantó su vaso al aire y me miró a los ojos—. Por los que no beben solos. —Entonces apartó la mano, ambos echamos la cabeza hacia atrás y nos bebimos el whisky de un trago.

Aquel brebaje quemaba, pero era un calorcito agradable. Después pagamos la cuenta y nos fuimos.

Ambos estábamos un poco borrachos cuando llegamos a casa. Dan no debería haber conducido de ninguna de las maneras, pero no se inmutó lo más mínimo. Yo me sentía bastante bien. Entonces recordé lo que me había dicho Jared en la playa. Me dijo que esos tipos de la vieja escuela podían pasarse horas y horas contándote batallitas, hasta que se te cayera la oreja a trozos. Supuse que Dan había alcanzado un rango muy alto cuando se retiró. Me pregunté si sabía algo.

—Creo que yo me retiro ya, muchacho —me dijo mientras entrábamos en la cocina desde el garaje.

—Espera —le pedí, sin estar muy seguro de adónde quería llegar—. Me gustaría hacerte una pregunta.

Dan me miró y entonces vi al viejo soldado reflejado en su mirada. No había muerto porque no hacía tanto que había abandonado el servicio activo.

—Dispara —me dijo.

—Participaste en la Guerra hace tiempo. —Dan asintió—. ¿Alguna vez te contaron los motivos de todo esto?

—¿De la Guerra? —preguntó.

—Sí —respondí, aunque estuve a punto de decirle que lo olvidara.

Quizá no quería saberlo. ¿Y si ello empeoraba la situación? Yo había visto morir a mi familia en nombre de esta

Guerra. Había matado en nombre de esta Guerra. ¿Y si no valía la pena? Dan me miró como si de pronto hubiera recuperado la sobriedad.

—Siéntate —dijo y me señaló la mesa que había en el rincón de la cocina.

Lo obedecí, cogí una silla y me senté. En lugar de acompañarme, se dirigió a la nevera. Abrió la puerta y sacó dos botellas de cerveza. Desenroscó los tapones, me puso una delante y se sentó en la silla que había al otro lado.

Tomó un trago largo de la cerveza.

—¿Qué quieres saber? —me preguntó.

—He oído ciertas historias —respondí.

—¿A qué historias te refieres? —preguntó.

Solo quería que me dijera la verdad. Estaba harto de juegos. Carraspeé.

—La que he oído más veces es que hace cientos de años éramos esclavos y ellos nuestros amos. Nos rebelamos y después de años de guerra vencimos. De modo que nos dijeron que éramos libres y pudimos irnos. Pero entonces descubrimos que habían empezado a esclavizar a otro pueblo. Nuestros líderes se plantaron y dijeron que no podíamos permitirlo. Sabíamos cómo era la vida del esclavo y no podíamos permitir que otros pueblos corrieran la misma suerte que nosotros, sobre todo otros pueblos que iban a ocupar nuestro lugar, gente que sería libre de no ser por nosotros. Así pues, volvimos a enfrentarnos a ellos por la libertad de todo el mundo y ese fue el inicio de la Guerra. —Miré a Dan. Intenté adivinar qué le estaba pasando por la cabeza, pero estaba demasiado borracho. Fui incapaz de interpretar su reacción—. Mientras nos enfrentemos a ellos, la gente inocente seguirá siendo libre.

Dan se reclinó en la silla. Tomó otro trago de cerveza. Me fijé en que ya se había bebido casi la mitad.

—No tengo nada que añadir —afirmó, y dejó la cerveza en la mesa.

—Entonces, ¿estás diciéndome que lo que acabo de decir es del todo cierto? —pregunté.

—Por lo que yo sé, sí —respondió Dan. Sin embargo, me di cuenta de que estaba ocultando algo.

—También he oído que en el pasado había cinco grupos involucrados en la Guerra, y que ahora solo quedamos dos.

Dan parecía algo incómodo.

—Creo que, en esencia, ambas historias son ciertas.

Me la estaba pegando. Nunca habría esperado algo así de Dan.

—¿Cómo es posible? ¿Cómo es posible que empezáramos luchando contra ellos porque éramos esclavos y que al principio hubiera cinco grupos enfrentados entre sí? ¿Cómo es posible que ambas historias sean ciertas en esencia? ¿Sabes la verdad? Porque si no la sabes, dímelo y ya está. —Esperé su respuesta.

Permaneció sentado en silencio durante un rato y luego se levantó.

—Espera aquí —me dijo.

Entró en su despacho. Yo me quedé en la silla. Oí que hurgaba entre sus papeles, cogiendo cajas del estante superior. Al cabo de cinco minutos volvió con una fotografía en la mano.

—¿Ves esto? —me preguntó, y me dio la fotografía.

Era una imagen antigua en la que aparecía Dan estrechándole la mano a un hombre alto, de pelo oscuro y con bigote. Dan no debía de tener más de treinta años. El hombre del bigote debía de rondar los cincuenta.

—¿Lo conoces? —me preguntó.

Negué con la cabeza. Era la primera vez que lo veía.

—Es el general Corbin —me dijo—, el general William Corbin.

Lo de general no era un rango real en la Guerra, claro, pero todo el mundo lo llamaba general Corbin o simplemente el General.

—Cuando yo trabajaba era el jefe de operaciones norteamericanas. Era un genio. Muchos de los métodos y gran parte del protocolo que aún está vigente hoy en día son creación suya. Logró darle un giro a la Guerra a nuestro favor.

Miré la imagen de nuevo. Resultaba difícil imaginar que el hombre de la fotografía hubiera logrado todo eso.

—¿Y nunca has oído hablar de él?

—No —respondí.

Dan negó con la cabeza y se rió.

—¿Qué os enseñan hoy en día? Si te estoy contando todo esto es por un motivo. Cuando llegué a los veinte muertos, y por aquel entonces veinte eran muchos, tenlo en cuenta, me invitaron a cenar con el General.

Dan me había dicho que no había llevado la cuenta del número de gente que había matado. Era obvio que sabía más de lo que decía. Señaló la fotografía que había sobre la mesa.

—Esta fotografía se tomó durante la cena.

Me di cuenta de que a medida que Dan hablaba yo me iba despejando.

—Por entonces yo era un gallito, un poco como tú. —Estaba claro que lo decía como un cumplido—. De modo que durante la cena le planteé la misma pregunta al General. ¿Cuál de las dos historias era cierta? ¿Y sabes qué me dijo?

Negué con la cabeza.

—Que él tampoco lo sabía. Que no quería saberlo. Que para él no era importante. Lo que importaba era que cada soldado eligiera la que más lo estimulara y se la creyera.

No me gustó nada esa respuesta.

—¿Y te pareció bien? —pregunté.

—Claro que no —respondió, negando con la cabeza—. Pero el General también me lo dijo. —De pronto bajó el tono de voz—. Me dijo que en los últimos doscientos años habíamos alcanzado acuerdos de paz con el otro bando en tres ocasiones distintas, tras una serie de conversaciones interminables. —Dan alzó tres dedos para dar mayor énfasis a sus palabras—. Se había alcanzado un acuerdo total y absoluto. La Guerra se había acabado.

Esa historia nunca la había oído.

—¿Qué sucedió? —pregunté.

—Que las tres veces faltaron a su palabra. —Ahora Dan

hablaba con voz muy seria, como si no hubiera probado una gota de alcohol en toda la noche—. Las tres veces incumplieron su promesa. Las tres veces intentaron aprovecharse del hecho de que estábamos dispuestos a negociar. Las tres veces murió gente buena. Por mucho que les demos, Joe, siempre quieren más. —Dan acabó la cerveza que tenía ante él—. Así pues, el General me dijo que no volveríamos a negociar nunca más. Y si quieres que te cuente por qué empezó la Guerra, has tenido mala suerte. Esa información solo la saben los de arriba. Pero si lo que quieres preguntarme es por qué seguimos luchando, ahí tienes la respuesta.

Permanecí sentado en absoluto silencio.

—¿Puedo irme a la cama ahora? —me preguntó tras esperar a ver añadía algo más.

—Sí —respondí. La cabeza me daba vueltas.

Se levantó y se dirigió a su dormitorio.

—Nos vemos por la mañana, hijo —se despidió antes de cerrar la puerta de la habitación.

Apenas había tocado la cerveza que me había puesto delante cuando empezó a relatarme la historia. Ahora la cogí y me la bebí de un trago. Me fui hasta la nevera y cogí otra.

Esa noche te llamé a las dos de la madrugada, borracho. Estabas medio dormida cuando respondiste. Te dije que estaba en Florida, en viaje de negocios. Parecías celosa y me dijiste que en Montreal hacía frío. Me fui a dormir después de hablar contigo. Por la mañana me esperaba Jim Matsuda.

Al día siguiente fui a investigar a Jim. Me levanté temprano y salí a correr por el barrio. Era mi rutina: levantarme temprano y correr. Por lo general, corría por calles desiertas a primera hora de la mañana. Pero en Crystal Ponds la cosa era distinta. Los habitantes de la comunidad también madrugaban mucho. En las calles ya había gente mayor, de pelo canoso, que había salido a dar su paseo matutino. Fui pasando frente a una casa tras otra, y enfrente de todas había ancianos trabajando en los garajes, arreglando cañas de pescar o pintando buzones a los que ya habían dado una mano de pintura unos meses antes. Todo el mundo se saludaba. Todo el mundo sonreía. El sol brillaba, el terreno era llano y me gustaba estar al aire libre con pantalones cortos, haciendo ejercicio y sudando. Pasé dos veces a propósito por delante de la casa de Jim. La primera, me pareció que estaba vacía. Sin embargo, cuando me acerqué por segunda vez, vi a un hombre japonés bajito, con gafas y una perilla canosa en el jardín delantero, con bata y zapatillas. Era Jim. Parecía como si hubiera salido a recoger el periódico pero se hubiera detenido al final del jardín, a un par de metros de su objetivo. Estaba de pie, con una taza en las manos y la mirada perdida en el horizonte. Llevaba la bata desatada, lo que dejaba entrever unos bóxer azul claro y una camiseta blanca. Debió de oírme correr porque volvió la cabeza hacia mí cuando me encontraba cerca de su casa. Cuando me vio, levantó la mano y me saludó. Intenté actuar con normalidad. Le devolví el saludo al igual que había hecho con los demás residentes. El señor Matsuda me siguió con la mirada. Cuando estaba a un metro del hombre al que debía matar en un futuro muy próximo, me miró a los ojos. Tuve la sensación de que me miraba de un modo extraño, como si me hubiera reconocido, como si esa mañana hubiera salido al jardín con el único objetivo de esperar a que pasara corriendo frente a él. Fue una mirada que me asustó. Empecé a pensar que tal vez Allen era más descuidado de lo que yo creía. Quizá habían alertado a Jim Matsuda de mi presencia en Crystal Ponds. Intenté no hacer caso de los pensamientos que se agolpaban en mi cabeza. Me dije a mí mismo que si Jim sabía que me habían encargado la misión de matarlo, no iba a pasearse por el jardín en bata y zapatillas. Aquí todo el mundo se saluda, pensé. Todo el mundo. Él no es distinto. Aparté los ojos. No había dejado de mirarme. Bajé la vista y pasé junto a él.

A juzgar por lo que vi esa mañana, mi trabajo iba a ser muy sencillo. El señor Matsuda no tenía medidas de seguridad. No solo eso, sino que no parecía preocuparle lo más mínimo su seguridad. Aun así decidí seguir a mi objetivo durante un día.

No podía permitirme el lujo de volver a fastidiar otro trabajo. Había que tener cuidado con los objetivos fáciles; otra lección que nos habían enseñado en la fase de entrenamiento.

Dediqué el resto del día a seguir al señor Matsuda. Dan me prestó su coche. Mantuve una distancia prudencial para que mi objetivo no me viera. Temía que pudiera reconocerme. Temía que pudiera reconocer el coche de Dan. Sin embargo, me parecieron unas medidas innecesarias. El señor Matsuda se pasó el día atendiendo sus asuntos. Fue un día lleno de nada, sin peligro, sin prisas, sin miedo. La vida del señor Matsuda parecía normal, espantosa y terriblemente normal. Fuimos al supermercado. Paramos en la farmacia. Paramos a poner gasolina y salió del coche a limpiar el parabrisas. Paramos a comer en un restaurante cercano. Jim pidió un sándwich de atún. Yo una hamburguesa con queso. Regresamos a Crystal Ponds y fue a ver a varios amigos. Paramos en el banco. Había un cajero en el exterior, pero Jim no lo usó. Prefirió entrar, flirteó con las cajeras, ingresó unos cheques y sacó algo de dinero. Luego nos fuimos a casa. Podría haberlo eliminado fácilmente en cualquier momento del día. Alrededor de las seis decidí que ya había visto suficiente. No estaba aprendiendo nada nuevo. No había nada que aprender, así que regresé a casa de Dan. Fue entonces cuando se torcieron las cosas.

Cuando llegué a casa, Dan estaba sentado en una silla, de cara a la puerta principal. Tenía la mirada vacía, un rostro inexpresivo. La silla en la que estaba sentado no se encontraba en su lugar habitual. La había movido, la había puesto de cara a la puerta para sentarse a esperar hasta que yo llegara. Sabe Dios cuánto tiempo llevaba así. En el regazo, tenía el sobre acolchado que contenía los detalles de mi misión. Debía de haberlo encontrado en el escritorio. Permanecí en silencio. Ninguno de los dos dijo nada durante un rato. Dan se quedó sentado, mirándome fijamente como si fuera un animal del zoo. Al final rompí el silencio.

—Sabes que no deberías haberlo mirado —dije, reprendiendo a un hombre mayor como si fuera un niño que había cometido una travesura. No me pareció lo más adecuado, pero es lo que hice—. No es seguro.

—Lo sé —contestó, con la voz quebrada y débil por las flemas de la garganta. Me tendió el sobre—. Toma. He visto suficiente.

Cogí el sobre y me lo puse bajo el brazo.

—¿Qué has visto? —le pregunté.

El hombre que estaba sentado en la silla ante mí era una versión desvaída del que me había recogido en el aeropuerto. Parecía más pequeño.

—No quería causar problemas. —Hablaba en voz baja, como si se dirigiera al aire.

El sol empezaba a ponerse y los colores vivos del atardecer se colaban por las ventanas.

—Es que aquí los días..., todos se confunden unos con otros. Quería volver a sentir que formaba parte de la acción. Quería recordar lo que se sentía.

—¿Qué has visto, Dan? —pregunté, mirando el sobre abierto, intentando averiguar si las hojas estaban ordenadas tal y como las había dejado—. ¿Qué hacías?

—Mataron a mi hija, Joe. Mataron a mi mujer y a mi hija. —Me miró, con los ojos hinchados pero secos. Hacía años que había agotado todas las lágrimas. Sin embargo, no dejaba de mirar el sobre por el rabillo del ojo—. Quería saber quién era. Solo quería saber quién era el pez gordo que querían eliminar y que los había obligado a tomarse la molestia de enviar a un asesino profesional. Quería ver el nombre del tipo al que ibas a matar y quería sentirme bien. Quería sentirme como si fuera una venganza —dijo las últimas frases entre dientes.

—Entonces, ¿has mirado el contenido del sobre? —pregunté, aunque no tenía ninguna duda sobre la respuesta.

Dan asintió. Abrió la boca.

—Solo quería sentirme bien de nuevo.

—Bueno, ¿qué sientes ahora que has mirado en el sobre?

Me había vuelto loco. Sabía de sobra que no tenía derecho a hacer lo que estaba haciendo.

—Sabía que no devolvería la vida a mi hija ni a mi mujer, pero pensé que me la devolvería a mí.

—¿Que te devolvería qué?

—Que me devolvería la vida, Joe. Quería que me recordara lo que era estar vivo. —Empezó a frotarse las manos en el regazo.

—¿Y de qué te ha servido? —Mi ira se desvaneció rápidamente—. Solo es un nombre. Es uno de ellos. Lo eliminaré. El mundo será un lugar mejor y tú habrás contribuido a ello. ¿No crees que eso ya es algo? ¿No me dijiste anoche que no se podía negociar con ellos?

—No lo entiendes, Joe. Me da igual contribuir a la causa.

—Entonces, ¿cuál es el problema? —pregunté. Seguramente debería haberlo imaginado, pero nunca se me ha dado bien interpretar los sentimientos de la gente.

—Es mi mejor amigo, Joe. —Se quitó las gafas y se frotó los ojos—. Es uno de los pocos amigos que me queda. Y vas a matarlo.

Creo que, de quedarle alguna lágrima, habría llorado.

—¿Jim Matsuda?

Eran amigos. Maldito Allen. Maldito cabrón de mierda.

—Sí —respondió—. Empezó como una tradición militar. El ejército de tierra contra la marina. Pero cuando llegas a nuestra edad, todas esas estupideces desaparecen y ves al otro como un viejo soldado. Nuestra relación se cimentó en ese vínculo. Supongo que tenemos más en común de lo que creía. —Dan bajó la mirada—. Sinceramente, no sé qué voy a hacer sin él.

—No lo sabía —dije, aunque tampoco importaba.

—Luchó por su país en dos guerras. Dos guerras. Yo participé en una. Él y yo estuvimos en el mismo bando, luchando contra esos cabrones. —Esbozó una sonrisa mientras hablaba—. Luchamos contra los malos en el mismo equipo, defendiendo juntos a nuestras familias. Así es como arraigó nuestra amistad, gracias a las viejas historias de guerra. —Empezó a negar con la cabeza—. Creía que lo conocía.

—¿Qué quieres que haga? —No sabía qué podía hacer.

No podía negarme a cumplir con la misión, y Dan lo sabía, pero si me lo hubiera pedido, lo habría intentado.

—Defendió nuestro país, Joe. Nuestro país. Juego a póquer en su casa. Él ha estado aquí, en la mía, justo donde estás tú. He compartido mi whisky escocés con él. He celebrado mi setenta cumpleaños con él. Es un buen hombre. ¿Cómo es posible que sea de los malos?

No esperaba que respondiera.

—¿Qué quieres que haga? Dime lo que quieres que haga.

—Esta Guerra me ha quitado muchas cosas. —Cerró los ojos y negó de nuevo con la cabeza. Creí que iba a arrancarse la piel de las palmas por el modo en que las retorcía.

Doblé una rodilla ante él. Le separé las manos y le agarré cada una por separado con las mías. Cuando Dan abrió los ojos y me miró, le pregunté de nuevo:

—¿Qué quieres que haga? —En ese momento habría hecho lo que me hubiera pedido, fuera lo que fuese, por muy alto que hubiera sido el coste. Solo quería que alguien en quien confiaba me dijera qué podía hacer. No quería tener que tomar decisiones—. ¿Qué quieres que haga, Dan?

—Tu trabajo. Haz tu trabajo. —No me miró cuando respondió. Mantuvo la mirada clavada en el suelo. Cuando la habitación volvió a quedar en silencio, se levantó de la silla, cogió una cerveza de la nevera, se fue a su dormitorio y cerró la puerta sin decir una palabra más.

Después de esa conversación se me pasó por la cabeza la idea de ir a casa de Jim y acabar con todo aquello de una vez, pero recapacité y cambié de idea. Tenía que seguir con el plan establecido. No podía permitirme el lujo de cometer el más mínimo error.

Dan no salió de su habitación por la mañana, al menos al principio. Yo me levanté pronto y salí a correr. Esta vez no me acerqué a la casa de Jim. Apenas aparté la mirada del suelo y limité los saludos al mínimo que exigía la cortesía. La red ya estaba lo bastante enredada. No quería arriesgarme a complicarlo todo aún más. Al llegar a casa, me duché. Cuando salí del baño, Dan estaba en la cocina.

—Buenos días, Dan —le dije.

—Buenos días, Joe. —Dan revolvía con una cucharilla la taza de café que tenía en las manos—. Anoche no saliste, ¿verdad?

—No —contesté—. Pensé en ello, pero al final decidí no hacerlo. Me pareció que sería más sensato seguir con el plan original.

—Seguramente tienes razón. —La voz de Dan no revelaba emoción alguna. Era neutra, monótona—. ¿Cuándo vas a hacer el trabajo?

—Esta noche. En cuanto oscurezca. —No volví a preguntarle qué quería que hiciera. Le había dado una oportunidad. El destino estaba escrito. Él también lo sabía.

—De acuerdo. —Asintió—. Sabe que estás aquí.

En cierto modo no me sorprendió.

—¿Cómo? —pregunté.

—O sea, no sabe quién eres ni por qué has venido, pero le dije que iba a tener visita.

—Me alegra saberlo. —Era información útil de verdad.

—Se alegró por mí. —Tomó el último sorbo de café y dejó la taza en el fregadero—. Se alegró de que tuviera visita.

Dan había envejecido diez años de la noche a la mañana. Cuando lo vi en el aeropuerto por primera vez, sabía que era mayor, pero era un hombre mayor y fuerte. Ahora parecía frágil.

—¿Tiene algún motivo para sospechar que perteneces al otro bando o que sabes quién es?

—No.

—Entonces todo debería salir bien. —Me sentí horrible al utilizar la palabra «bien». Nada iba bien. Nada iba bien nunca. Podía contar las horas de mi vida en que todo había ido bien con los dedos de una mano.

—Bueno —dijo Dan—. Estaré todo el día fuera. Probablemente no te veré hasta la noche. ¿Te las apañarás sin el coche?

—Sí, Dan, estaré bien. —Otra vez la maldita palabra.

Dan cogió las llaves del colgador de la pared y se dirigió

hacia la puerta que daba al garaje. La misma puerta por la que había entrado yo dos días antes.

—Y, Dan...

Se volvió hacia mí, pero yo no sabía qué quería decirle. Lo único que me salió fue:

—Tranquilo.

Por la mañana fui a la ferretería, compré una cuerda y la pagué en efectivo. De camino a casa comí un bocadillo. Pasé el resto del día sentado en el porche de Dan, mirando el estanque que había en el jardín trasero, y que no tenía un agua cristalina, sino más bien de un color verde turbio. Cuando el sol empezó a ponerse bajo los tejados de las casas de alrededor, entré en mi habitación y me preparé. Me puse un par de pantalones largos y un camiseta fina de manga larga. Intentaba ir tan tapado como fuera posible para minimizar el riesgo de sufrir arañazos. Sin embargo, no podía abrigarme demasiado para no despertar sospechas. Preparé la mochila con la cuerda, un par de guantes y un paquete de toallitas húmedas por si necesitaba limpiar algo una vez finalizado el trabajo. Dejé todo lo demás: la ropa, el pasamontañas y la pistola. No lo iba a necesitar. Este trabajo iba a ser difícil, pero por las razones erróneas. En cuanto desapareció por completo el sol del cielo y empezó el chirrido de los grillos y el croar incesante y habitual de la noche de Florida, salí de casa y emprendí el paseo por Crystal Ponds, en dirección a la casa de Jim Matsuda.

Cuando llegué a la casa de mi objetivo, el cielo estaba oscuro. No tenía un plan muy elaborado. A decir verdad, no me parecía que lo necesitara. Me detuve en la calle, delante de la casa, en el mismo lugar donde había establecido contacto visual con mi objetivo la mañana anterior. Permanecí inmóvil y miré por las ventanas. Las luces del interior estaban encendidas y vi una sombra que se movía dentro. Si no estaba solo, tendría que regresar más tarde. Si estaba solo, imaginé que llevaría a cabo el trabajo en menos de media hora. Llevaría a cabo el trabajo, pensé, y podría volver junto a ti. Paso a paso, Joe, paso a paso.

Por desgracia, desde el lugar en el que me encontraba en la calle, me resultaba imposible saber si Jim tenía compañía o no. Al cabo de diez minutos me cansé de esperar y decidí seguir adelante con el plan. Siempre podía suspenderlo y reorganizarme si era necesario. De modo que eché a caminar por el camino de grava que conducía a la puerta delantera. El plan, si podía calificarse como tal, consistía en llamar a la puerta, contar unas cuantas mentiras, entrar y estrangularlo. Después, lo limpiaría todo y me iría a casa. Fuera un héroe de guerra o no, en lo que atañía a mis objetivos, el señor Matsuda no era más que un anciano.

Recorrí el camino a paso ligero, no porque tuviera miedo de que Jim pudiera verme, sino porque no quería llamar la atención de sus vecinos. Toda la zona estaba en silencio; el único sonido que se oía era el de los grillos y las ranas. Llegué a la puerta y llamé al timbre. Oí unos ruidos en el interior, gente que hablaba. Entonces Jim apagó el televisor y el único sonido que quedó fue el de un anciano pequeño que arrastraba los pies hacia la puerta.

Jim abrió la puerta. Llevaba unos pantalones azul claro, un polo a rayas y las mismas zapatillas que le había visto el día anterior. Abrió la puerta de par en par, sin comprobar antes quién había llamado. Me miró de pies a cabeza y preguntó:

—¿En qué puedo ayudarle?

—Espero no molestarle ni interrumpir nada —dije, intentando echar un vistazo al interior de la casa para asegurarme de que estaba solo.

—No. No. En absoluto. Solo estaba viendo la tele. ¿En qué puedo ayudarle, joven?

—Usted es Jim Matsuda, ¿verdad?

Asintió.

—Me llamo Joe. He venido a pasar unos días en casa de Dan.

—Sí, sí, me dijo que iba a tener visita. Encantado de conocerte, Joe. —Me tendió la mano para que se la estrechara.

Nunca había matado a un hombre después de estrecharle la mano. La miré unos instantes, como paralizado. Pero se la estreché enseguida puesto que no quería levantar sospechas.

—El placer es mío, señor Matsuda. ¿Le importa que entre?

—Por supuesto que no, por supuesto. ¡Qué modales! Por favor. —El señor Matsuda señaló hacia el interior del apartamento con el brazo estirado para darme la bienvenida. Una vez dentro, cerró la puerta y nos aisló del resto del mundo.

Tenía todas las ventanas cerradas y el aire acondicionado a todo trapo. A menos que hubiera alguien con la oreja pegada a la puerta, nadie oiría nada. Los modales impecables del señor Matsuda lo condenaron desde el principio.

—Bueno, ¿de qué conoces a Dan? —me preguntó mientras me acompañaba a la sala de estar.

—Es un viejo amigo de la familia —contesté. Ni tan siquiera lo consideré una mentira.

—Pues me alegra ver que Dan tiene visita. Parece que la fortuna no le ha repartido una buena mano de cartas.

No me lo recuerdes, pensé.

—Me alegra saber que aún hay gente en el mundo que se preocupa por él. A veces tengo la sensación de que aquí todos vivimos en nuestro propio mundo, flotando en el espacio. Sin embargo, cuando viene un familiar o un amigo, alguien joven como tú de visita, recordamos que aún estamos sometidos a la realidad. ¿Te apetece beber algo?

—Un poco de agua, gracias.

Jim se fue a la cocina y lo oí abrir un armario para coger un vaso. Aproveché su ausencia para examinar la sala de estar y comprobar si había algo que Jim pudiera utilizar como arma. El objeto que parecía más letal era una lámpara. No estaba preocupado. La sala tenía dos salidas, una daba a la cocina y la otra a un pasillo que debía de conducir al baño y a los dormitorios. Jim no podría huir. Había una ventana que daba al jardín trasero, pero tenía las persianas bajadas.

Al cabo de un par de minutos volvió Jim con dos vasos de agua, ambos con cubitos de hielo. Me ofreció uno.

—¿Te apetece sentarte? —preguntó, señalando uno de los sillones que había junto a la pared.

—No, gracias —respondí—. De momento prefiero estar de pie.

—¿Te importa que me siente? Las piernas ya no me aguantan como antes.

—Faltaría más —contesté.

Jim se sentó en un sillón. Mientras no tuviera una pistola escondida entre los cojines, no podía estar en peor posición.

—Antes me ha dicho que Dan no ha tenido una vida fácil. ¿Y usted? —pregunté. No sé por qué me molesté en darle conversación.

Jim se sentó y meditó antes de responder. Cuando se decidió a hacerlo, me miró a los ojos y me lanzó la misma mirada clarividente que me había dirigido la mañana anterior.

—Creo que la fortuna ha sido algo más benévola conmigo. No me he casado ni he tenido hijos, pero he llevado una vida rica en experiencias. Incluso ahora intento mantenerme ocupado.

Seguro que sí, pensé.

—Trabajo como asesor militar de vez en cuando. Sin embargo, envejecer nunca resulta fácil para nadie. He participado en tres guerras, joven, y me atrevería a decir que envejecer es lo más duro que he hecho jamás.

Jim clavó la mirada en mí, lo que me provocó un escalofrío.

—Bueno, Joe, ¿a qué debo esta visita?

—¿Tres guerras? —pregunté—. Dan me dijo que era un veterano de dos guerras.

—Bueno, supongo que hasta hace poco Dan solo conocía dos de las guerras. —Jim revolvió el hielo del vaso y tomó otro trago—. Pero son tres: Corea, Vietnam y esta maldita Guerra que estamos librando tú y yo ahora. Tres guerras, durante más de cincuenta años, y aún no tengo ni la más remota idea de los motivos que nos llevaron a involucrarnos en ellas.

Lo sabía. Sentí que el sudor empezaba a manar por los poros de mi piel. Alcé el vaso de agua delante de mi cara y le di vueltas para comprobar si había algo dentro. Jim se rió de mí.

—Tranquilo. No te he puesto nada en el agua. Aunque debo decir que no has hecho un trabajo muy cuidadoso.

Mis sentimientos pasaron rápidamente del temor a ser envenenado a la vergüenza.

—¿Desde cuándo lo sabes?

—Hace años que sé que Dan es uno de los vuestros, pero también sabía que no nos estaba causando ningún daño. No había actuado contra nosotros desde que matamos a su hija. Fue entonces cuando lo retiraron, sin preguntarle si quería o no. Y me cae bien. Es un buen amigo.

Había algo en sus palabras que me repugnaba. Fue un acto reflejo.

—¿Tuviste algo que ver con la muerte de su hija?

—No. Eso sucedió mucho antes de que lo conociera. Pero desde que conozco a Dan he oído muchas historias. Al parecer su hija era muy brava. Creo que no teníamos muchas más opciones.

—¿Crees que no tuvisteis más opción que matar a la hija de tu amigo?

Por primera vez el tono de Jim no fue muy agradable.

—Ya te lo he dicho, Joe, no tuve nada que ver con ello. Pero esto es la guerra, y en la guerra pasan cosas feas. Poco podemos hacer al respecto tú o yo.

—Bueno, podríais haber puesto fin a la Guerra.

—Dios mío. ¿Todavía crees que vosotros sois los buenos y nosotros los malos? Es lo que me inculcaron cuando era joven, hace más de medio siglo. Es lo que me inculcaron sobre los chinos y los norvietnamitas. Los buenos y los malos. Policías y ladrones. Indios y vaqueros. Todo eso son cuentos de niños.

No estaba de humor para sermones. Las palabras de Jared resonaron en mi cabeza. Son ellos o nosotros. O Jim es el malo o lo soy yo.

—¿Eres consciente de que voy a matarte? —Esperaba que esta pregunta pusiera fin al sermón.

—Empecé a sospechar desde el momento en que supe que

Dan iba a tener un invitado. Alguien de quien nunca había oído hablar. Un hombre del que Dan desconocía su pasado. Por eso salí ayer a verte después de que pasaras por primera vez por delante de mi casa. Creía que tal vez eras el joven al que habían enviado a eliminarme.

—¿Vas a oponer resistencia?

—¿Tiene algún sentido? —Jim acabó el agua y dejó el vaso en la mesita.

El líquido era más espeso de lo que yo creía. A mí me había dado agua, pero él bebía vodka.

—No. No tiene sentido ofrecer resistencia. No estás entrenado para esto.

—No digas tonterías, Joe. Me he estado preparando para esto toda la vida.

—¿Así que piensas oponer resistencia?

Jim se rió.

—No me he preparado para luchar, Joe. Me he preparado para morir. Tres guerras, un sinfín de muertes. Algunas a manos mías, otras en mis brazos. Ya he visto suficiente.

Yo también. Me quité la mochila. La abrí, cogí los guantes y me los puse. Luego saqué la cuerda, a la que ya le había hecho un lazo que no se podía deshacer sin soltar el nudo. Era lo bastante grande para pasarlo por la cabeza de un hombre, y quedaba un poco más de espacio por si la víctima oponía resistencia. Me acerqué a Jim y me situé detrás del sillón. Le puse el lazo alrededor del cuello.

—Me preocupa cómo podría afectar esto a Dan —dijo. Esas fueron sus últimas palabras.

—Yo de ti no me preocuparía por eso —le susurré al oído mientras tensaba la cuerda.

Jim forcejeó un poco cuando empezó a notar que se le iba la vida, pero no intentó arañarme ni golpearme, sino que luchó contra su propia voluntad de sobrevivir. Los reflejos intentaban actuar y empezaba a levantar las manos hacia la cuerda que tenía alrededor del cuello, pero él mismo luchaba contra ellos y se reprimía antes de que las manos llegaran a la soga. La cara le empezó a brillar de sudor a causa del esfuerzo.

Durante los momentos finales, pareció que los ojos le iban a salir de las órbitas y sufrió un espasmo tan fuerte que estuvo a punto de caer del sillón. Al final, lo abandonaron las fuerzas, los brazos cayeron inertes a ambos lados y perdió hasta la última gota de voluntad. Un momento antes de expirar, abrió la boca como si fuera a decir algo, pero puesto que el aire no le llegaba a la garganta, tampoco pudo emitir sonido alguno. A continuación un velo le cubrió los ojos y murió. En cuanto me aseguré de que estaba muerto, deshice el nudo y le quité la soga del cuello. Tuve que acercarme al cadáver, lo que me permitió ver la sangre que le había hecho la cuerda al quemarle la piel. A pesar de que él no quería, su cuerpo había opuesto mucha resistencia. Siempre sucede lo mismo.

Dejé el cuerpo inerte de Jim en el sillón. No pude evitar preguntarme cuánto tiempo pasaría antes de que alguien lo echara de menos, antes de que alguien se diera cuenta de que había muerto. Tiré el resto del agua al fregadero y limpié el vaso con las toallitas húmedas que había llevado. Guardé la cuerda con pequeñas manchas de sangre en la mochila y me dirigí a la puerta. Después de cerrarla, me quité los guantes y también los guardé en la mochila. A continuación tan solo tenía que volver a casa de Dan sin que me viera nadie. Matar a alguien no debería ser tan fácil.

No esperaba ver a Dan cuando llegué a su casa. No me habría sorprendido que me hubiera evitado hasta mi marcha. No lo habría culpado. De modo que me extrañé un poco al encontrarlo sentado junto a la encimera de la cocina, con una cerveza en las manos, cuando entré por la puerta. Me miró. Había recuperado parte de las fuerzas. No tenía una mirada tan sombría como el día anterior. Preferí no decir nada. Era él quien debía romper el silencio. Tomó un sorbo de la cerveza.

—¿Ya está?

—Sí —contesté. Pasé junto a él y me dirigí a mi habitación, donde dejé la mochila. No quería darle la más mínima oportunidad de que pudiera ver alguna de las pruebas.

—¿Te apetece una cerveza? —me preguntó cuando salí.

—Claro —respondí.

Me senté en un taburete junto a Dan, que se levantó, fue hasta la nevera y me trajo una botella de cerveza. Cuando abrió la puerta de la nevera me di cuenta de que solo quedaba una cerveza, lo que significaba que me había guardado la última. También significaba que había bebido mucho durante las últimas veinticuatro horas.

Me dio la botella y tomé un trago de inmediato a pesar de que, en realidad, no me apetecía. Beber después de una misión me parecía una falta de respeto. Pero mientras tuviera la botella en los labios, tenía una excusa para no hablar.

Así pues, permanecimos sentados uno junto al otro, en silencio. Fue el silencio más atronador que había sentido jamás. Al final ambos acabamos las cervezas. Cuando las botellas ya estaban vacías, Dan se volvió hacia mí.

—Me voy a la cama —dijo—. Ha sido un día muy largo.

Asentí y lo miré mientras se dirigía a su dormitorio. Justo antes de cerrar la puerta, por fin reuní el valor necesario para hablar.

—Jim quería morir —dije—. Estaba esperándome.

Dan me miró y asintió para que supiera que me entendía. Entonces cerró la puerta. Me alegro de haber dicho algo. Ojalá hubiera bastado.

Permanecí sentado junto a la encimera veinte minutos más antes de irme a dormir. No recuerdo qué pensé durante ese tiempo. Antes de irme a mi habitación, apagué todas las luces. Me gustaba la oscuridad. Cuando llegué a la cama, me desvestí hasta quedarme en calzoncillos. Tenía la costumbre de ducharme después de un trabajo, pero esta vez no fue necesario. Permanecí inmóvil en la oscuridad y cerré los ojos.

Me desperté al oír un estruendo. Fue un sonido muy fuerte y horrible. Recuerdo que me incorporé muy rápido, con la espalda recta, el corazón desbocado y la respiración entrecortada, antes de recordar lo que me había sobresaltado. Entonces lo recordé. El estruendo. Salté de la cama y corrí hasta el tocador. Abrí el primer cajón. Mi pistola no había desaparecido.

La cogí y la llevé conmigo mientras inspeccionaba la casa. El estruendo. ¿Lo habían descubierto ya? ¿Habían venido a vengarse? Me moví por la casa sin encender la luz. Si había alguien, quería sorprenderlo. Actué con rapidez, sosteniendo la pistola a la altura de la cabeza para disparar rápido si era necesario. Empezaba a sentirme peligrosamente cómodo con la pistola en las manos. La sala de estar estaba vacía, al igual que la cocina. Vi una luz en la habitación de Dan. Me acerqué lentamente y en silencio. Giré el pomo de la puerta y la abrí. La habitación estaba vacía y la cama, deshecha. Había seis o siete botellas de cerveza vacías en la mesita de noche. La luz se filtraba por debajo de la puerta de su baño.

—¿Dan? —grité.

No hubo respuesta ni percibí ningún movimiento. Con la pistola en alto, abrí la puerta del baño.

El linóleo blanco estaba cubierto de sangre, que también había salpicado las baldosas de la pared. Había empezado a caer hacia el suelo, creando una serie de largas franjas rojas sobre la pared blanca. El cuerpo de Dan estaba apoyado en la pared, la cabeza inclinada y la mandíbula abierta. Tenía un viejo revólver en la mano y se había reventado el occipital. Miré la pistola. Aún le quedaban cinco balas. La única que faltaba era la que había entrado por la boca de Dan, había salido por la parte posterior de la cabeza y se había incrustado en la pared.

No tenía tiempo para compasión, ira ni ningún otro sentimiento que se supusiera que debía tener en ese momento, mientras observaba el cuerpo sin vida de Dan. Tenía que salir de allí. Tenía que actuar con rapidez. Cualquiera podía haber oído el disparo y llamar a la policía, que quizá ya estaba de camino. No resultaría muy difícil encubrir el suicidio de Dan, pero al final también acabarían descubriendo el cuerpo de Jim. Tenía que irme, y tenía que eliminar mi rastro. Me fui a mi habitación y cogí mi mochila y mi talego. Iba a marcharme a pie, por lo que prefería llevarme el mínimo imprescindible. Cogí los guantes y me los puse. Saqué también de la mochila la cuerda que había utilizado para estrangular a Jim. A continuación dejé la mochila y el talego cerca de la puerta trasera y regresé al baño donde yacía Dan. Me arrodillé junto al cadáver, con cuidado de no pisar la sangre que había caído al suelo. No quería dejar ninguna huella que despertara sospechas. Le quité la pistola a Dan. Le agarré ambas manos y froté con ellas la cuerda que había utilizado para matar a su mejor amigo. Paré cuando vi que empezaba a tener quemaduras.

—Siento manchar tu buen nombre, pero no me has dejado muchas opciones —dije a lo que quedaba de la cabeza de Dan.

Algunas fibras de la soga y quizá incluso algunos restos de la sangre de Jim debían de haberse transferido ya a las manos de Dan. Cuando acabé, volví a ponerle la pistola en la mano. Cogí la cuerda y la dejé en la mesita de noche, cerca de las botellas de cerveza vacías que lo incriminarían. A continuación recogí mis pertenencias y salí por la puerta trasera.

Crystal Ponds no me ofrecía una vía de escape discreta. Las palmeras y los arbustos no habrían servido de nada ni tan siquiera a un grupo de niños de diez años para jugar al escondite. Menos aún iban a servirle a un adulto. Así pues, decidí avanzar de casa en casa pegado a las paredes exteriores no iluminadas para ocultarme, intentando no pasar por delante de ninguna ventana. Al final, salí de la comunidad y llegué a la autopista, junto a la que había un gran bosque, que me permitiría ocultarme para huir de Crystal Ponds.

Esperaba llegar al centro de la ciudad antes de que empezara a salir el sol para poder confundirme entre la multitud. Quizá incluso podría encontrar un lugar donde descansar durante un par de horas. Un par de horas y luego largarme de allí. De camino al centro, pasé junto a una urbanización nueva. Solo había unas cuantas casas acabadas, pero una de ellas tenía un cartel fuera que decía «Casa piloto». Decidí comprobar si era cierto lo que anunciaba y tuve suerte ya que la puerta corredera de la parte de atrás no estaba cerrada con llave. Entré en la casa con la idea de permanecer escondido durante unas cuantas horas, hasta que pasara un poco el calor. Llamaría menos la atención caminando con mi talego durante el día que a las cuatro de la madrugada.

La casa estaba amueblada. Incluso había unas galletas y agua embotellada en la nevera. Bebí dos botellas y las tiré al cubo de la basura que había bajo el fregadero. No encendí la luz ni ningún aparato, pero programé la alarma del despertador del dormitorio para las seis y media. Necesitaba tres horas de sueño. Por desgracia, cuando me tumbé, fue como descorchar una botella. Todos los sentimientos que había reprimido al ver el cuerpo de Dan tirado en el suelo se apoderaron de mí lentamente. Sentía dolor, pero no sabía si era debido a la ira o a la pena. Quería enfurecerme con Dan por no haber esperado un día más para que pudiera marcharme con la conciencia tranquila. Pero lo que sentía era pena, pena por ese pobre viejo al que le habían arrebatado todo lo que le importaba. ¿Qué había hecho yo? Primero había estado a punto de matar a un civil en Montreal y ahora esto. Intenté pensar en ti para ver si se me despejaba un poco la cabeza, pero no podía borrar la imagen del cuerpo de Dan tirado en el suelo, con los regueros de sangre corriendo por las paredes. Pensé en las fotografías del estante de Dan, recuerdos de una vida en la que casi todo había salido mal.

—Lo siento, Dan —susurré en la oscuridad.

Esperaba que, de algún modo, pudiera oírme. Cerré los ojos pero no concilié el sueño. Me quedé ahí tumbado durante tres horas, deseando que pasara el tiempo. Pensé en el primer brindis de Dan, cuando me llevó a beber: «Por que les partas el cuello a esos cabrones antes de que ellos nos lo partan a nosotros». Supongo que el orden no importaba, ¿verdad, Dan? Un cuello roto es un cuello roto.

Me levanté a las seis, media hora antes de que sonara la alarma. No tenía sentido pasar más rato en la cama. Busqué un teléfono en la casa. Había uno en la pared, cerca de la cocina. Descolgué y me dio tono. Marqué el número de Inteligencia. Jimmy Lane, Sharon Bench, Clifford Locklear. Me pasaron con Allen.

—No me hables a menos que hayas cumplido la misión —dijo Allen en cuanto cogió el teléfono. Sin saludos de cortesía ni nada.

—He cumplido con la misión, pero ha habido complicaciones —contesté.

—Eres el puto rey de las complicaciones. —Allen tenía ganas de bronca—. ¿Está muerto?

—¿Mi objetivo? —pregunté.

—Sí.

—Sí, está muerto.

—Bueno, pues no me parece que haya habido ninguna complicación. En realidad, parece que ha sido un trabajo muy simple.

Joder, cómo lo odiaba.

—No es el único que está muerto. Mi anfitrión también. Se ha pegado un tiro en la cabeza.

—Bueno, pues le está bien empleado por confraternizar con el enemigo.

Allen lo sabía. El muy cabrón lo sabía. Que la gente supiera más que yo empezaba a convertirse en una costumbre muy desagradable.

—¿Cómo lo has solucionado? —preguntó. Era una prueba.

—Le he endosado la prueba del asesinato a mi anfitrión. He intentado que pareciera un asesinato-suicidio.

Eso es lo que dirían los periódicos y la policía, «asesinato-suicidio». En el fondo, tendrían razón, pero con las etiquetas puestas al revés.

—Buen trabajo, muchacho. Muy listo. Quizá aún podamos hacer algo contigo.

—Bueno, ahora tengo que largarme de la ciudad. He hecho el trabajo. Estoy listo para volver a Montreal.

—Te enviaré a Montreal, muchacho, pero te llevará un tiempo. Alquila un coche y dirígete hacia el norte. Tendrás que hacer unos cuantos trabajitos más a lo largo del trayecto.

Me entraron ganas de quejarme, pero recordé que la última vez no me había servido de nada. Allen me dio el siguiente código: Mary Joyce. Kevin Fitzgibbon. Richard Klinker. Luego colgó.

10

Los trabajos que me encargó Allen me llevaron casi tres semanas y el número de cadáveres ascendió a cuatro. Después de los dos primeros, ya tenía ganas de dejarlo. Le dije a Allen que no podía continuar. Le pregunté si podía dar clase, que tenía ganas de trabajar en otros ámbitos. Me dijo que no iba a dar ninguna clase en el futuro próximo, que tenía que aclararme las ideas antes de que me permitieran influir en las siguientes generaciones.

—Necesitamos a hombres que puedan enseñar a los hombres del mañana —me dijo—. Ahora mismo no eres lo bastante hombre para ese trabajo.

De modo que me obligó a seguir matando a gente, algo para lo que sí era lo bastante hombre.

Primero fue un hombre de treinta y cinco años de Georgia. Era un asesino del otro bando que se había retirado hacía poco. Se había ido a vivir con su nueva esposa y estaba a punto de formar una nueva familia. Su mujer no nació en el fragor de la Guerra. Se vio involucrada en ella al casarse. Allen me dio la «opción» de eliminarla también a ella, pero la rechacé.

La segunda víctima fue una mujer de Tennessee. Solo era una telefonista. Le pregunté a Allen por qué nos tomábamos la molestia de matar a alguien de su categoría. Se limitó a contestarme que eso era la Guerra y que ella trabajaba para el enemigo, y que queríamos que todos los que trabajaban para el otro bando temblaran de miedo al pensar en nosotros.

—Hasta que los hayamos derrotado, todos los miembros

del bando enemigo son un objetivo. Ellos matan a los nuestros, y debemos contraatacar.

Supongo que eso significaba que una de nuestras telefonistas, una de aquellas mujeres con voz jovial que me pasaba de una persona a otra cuando llamaba a Inteligencia, había sido asesinada. A mí me parecía una pérdida horrible para nuestro bando y el suyo.

La tercera víctima fue un chico negro de veintiún años de Washington D. C. Era pobre. Vivía en un edificio de apartamentos en Southeast con toda su familia. Se defendió con uñas y dientes. Pasé dos días en la habitación de un hotel para recuperarme. Tenía una pequeña herida de cuchillo, así como varios arañazos y cardenales por todo el cuerpo. Había empezado a matar para ellos cuando tenía dieciocho años y ya tenía un historial de asesinatos impresionante. Era despiadado. Cuando se dio cuenta de que no iba a sobrevivir, hizo todo lo que pudo para llevarme con él. Antes de morir le pregunté por qué lo había hecho. Por qué había luchado por una gente que no le había dado nada. Su respuesta fue: «Me han dado esperanza». Esas fueron sus últimas palabras.

Al segundo día de mi breve período de recuperación en el hotel, mientras intentaba limpiarme y restablecerme de las secuelas de mi último trabajo, recibí una llamada. Cuando sonó el teléfono de la habitación, no supe cómo reaccionar. Nunca me llamaban. Se suponía que nadie sabía dónde estaba. Allen lo sabía, pero era imposible que hubiera decidido romper el protocolo de aquel modo. Sin embargo, el aparato no dejaba de sonar. Si alguien hubiera marcado un número equivocado, ya habría colgado. Al séptimo u octavo timbrazo cogí el teléfono.

—Joe —dijo una vieja voz familiar—, por un instante creía que no ibas a responder.

—Jared —contesté—, no te imaginas cuánto me alegro de que me hayas llamado. ¿Cómo me has encontrado?

—Eso olvídalo. Mira, estoy en la ciudad. ¿Tienes planes para esta noche?

¿Planes? ¿Qué tipo de planes iba a tener?

—Bueno, pensaba pedir algo al servicio de habitaciones y quizá ver una película en *pay-per-view*.

Jared se rió.

—¿Crees que podrás cancelar esos planes y quedar conmigo para tomar algo?

Nada me lo habría impedido. Estaba en uno de los momentos más bajos de mi carrera. Fue como si, de algún modo, Jared lo supiera. Fue como si siempre supiera cuándo debía ponerse en contacto conmigo. Propuso que nos encontráramos en un viejo bar de Georgetown. Me dijo que el local quedaba en un sitio un poco apartado, pero esa era la ventaja. Estaríamos tranquilos y podríamos hablar.

Cuando llegué, Jared estaba sentado a una mesa en una esquina, al fondo del bar. Era un local oscuro. El suelo, la barra y las mesas eran de madera antigua y oscura. Frank Sinatra sonaba en la máquina de discos. No hizo falta que Jared me saludara con la mano. Lo vi de inmediato. Sabía en qué mesa iba a estar, en la más alejada del resto de los clientes. Debía de haber unas seis personas más, y todas estaban sentadas a la barra, viendo un partido de baloncesto. Pasé junto a ellas y me dirigí a la mesa de Jared. Cuando me vio acercarme, se puso en pie y me dio un abrazo. Yo aún no caminaba bien después del último trabajo. Los cardenales tardarían algún tiempo en desaparecer.

—¿Estás bien? —me preguntó mientras nos sentábamos.

—Sí —respondí—. Es que me estoy recuperando de un trabajo un poco duro.

—Eso he oído —dijo Jared.

—¿De verdad?

Era raro que dijera algo así. En teoría no sabíamos nada de los trabajos de los demás. Debíamos concentrarnos en los nuestros.

—¿Qué puedo decir? Tengo buenos contactos. —Jared aún no había pedido nada y le hizo un gesto a la camarera para que se acercara a tomar nota.

Yo no dejaba de darle vueltas a lo que me había dicho.

Jared pidió un Manhattan. Decidí no dejarlo solo y pedí un whisky escocés con hielo ya que, al parecer, íbamos a beber en serio. Esperé a que la camarera se alejara antes de decir algo.

—¿Por eso estás aquí? —pregunté de repente, confuso—. ¿Te han enviado?

Los ojos de Jared brillaban en la luz tenue del bar. Sonrió.

—No te pongas tan paranoico —respondió—. Estoy aquí porque quería venir. Estoy aquí porque estaba preocupado por ti. Quería verte.

Me alegró oír eso. Me alegró poder pasar ni que fueran unos pocos minutos con alguien en quien podía confiar. La camarera volvió con las bebidas.

—Lo siento —dije—. No pretendía insinuar nada. Me alegro mucho de verte. —Pensé en levantar el vaso para brindar, pero entonces recordé la última noche que había salido con Dan y cambié de opinión—. He pasado dos semanas un poco duras.

—Lo sé —dijo—. Estoy al tanto de lo que te ha pasado desde lo de Long Beach. Sé lo de Montreal. Sé lo de Naples. Llevas una mala racha.

—¿Cómo sabes todo eso? —pregunté—. Por lo que sé, se supone que no disponemos de información sobre los demás. Yo tuve que sudar sangre para poder hablar por teléfono con Michael después de lo sucedido en la playa.

Jared volvió a sonreír. Fue una sonrisa tan amplia que a pesar de la oscuridad vi cómo le brillaban los dientes.

—Me han ascendido, Joe. Ya no me dedico solo a acatar órdenes.

—¡Uau! —exclamé—. No tenía ni idea. —Me volví hacia la barra y levanté la mano para llamar a la camarera—. ¿Nos traes dos chupitos de tequila? —le pedí cuando estaba a medio camino—. ¿Ascendido? Es increíble. —Debía admitir que estaba un poco celoso. No me parecía bien que lo hubieran ascendido antes que a mí. Crecimos juntos. Pasamos la fase de entrenamiento juntos. Yo hacía todo lo que me ordenaban.

Vino la camarera con los chupitos de tequila. Levanté el mío; al diablo con los fantasmas.

—Felicidades —dije.

—Gracias, tío —respondió Jared cuando entrechocamos los vasos.

A continuación nos bebimos el tequila de un solo trago.

—¿Y ahora de qué te encargas? —pregunté.

—Soy un asesor —me dijo.

Había oído hablar del rango, pero nunca había conocido a uno. Seguía siendo una posición de primera línea, de soldado, pero ya no te dedicabas únicamente a matar. Aparte de eso, no sabía qué más hacía un asesor.

—Vaya —contesté, apoyado en el respaldo del banco de la mesa—, eres un asesor. —Mis celos empezaban a desvanecerse. Poco a poco empezaba a alegrarme por mi amigo.

—No sabes qué hace un asesor, ¿verdad? —Jared se rió.

—No tengo ni puta idea —respondí, y negué con la cabeza mientras tomaba otro sorbo de whisky.

—Es bastante sencillo. Me asignan una lista de soldados y debo ayudarlos a salir del problema en que se hayan metido.

—Entonces, ¿ya no tienes que matar a nadie más? —pregunté.

Jared volvió a reírse.

—¿Crees que es posible sacar a alguien de un apuro sin matar a nadie?

No lo sabía. Quizá sí se podía. Sin embargo, Jared no habría dejado de matar aunque le hubieran ofrecido la posibilidad.

—Bueno, pues felicidades de nuevo. Es increíble. —Negué con la cabeza. Debería haberlo visto venir. Jared era el mejor. El más disciplinado. El más fiable—. Te lo mereces de verdad —dije—. Pero aun así, ¿cómo sabes todo eso de mí?

Me miró. Tomó un sorbo del Manhattan. Sabía que me costaría aceptar lo que iba a decirme.

—Me han asignado a ti.

Me reí. No supe reaccionar de otro modo. Cuando dejé de hacerlo, volví a mirar a Jared.

—¿Qué demonios significa eso?

La serie de canciones de Frank Sinatra llegó a su fin y empezó a sonar una de Otis Redding.

—Significa que cuando te metas en problemas debo echarte una mano.

—Entonces, ¿estás aquí por motivos de trabajo o porque querías verme?

—Por ambas cosas —respondió sin dudar.

—Y ¿en qué tipo de problemas se supone que me he metido?

—Hay gente preocupada por ti.

Me pregunté quién era esa gente que se preocupaba tanto por mí, porque yo tenía la sensación de que a nadie le importaba lo que me pasara.

—¿Por qué están tan preocupados?

—Porque has tenido una mala racha.

Una mala racha no me parecía motivo suficiente. Me quedé sentado y no dije nada.

—Mira, Joe, no te cabrees conmigo. Quiero ayudarte de verdad. Y quiero que te alegres por mí de verdad.

—Lo siento —me disculpé por segunda vez esa misma noche—. Pero ¿cómo vas a ayudarme a acabar con mi mala racha?

Jared dejó su vaso vacío en la mesa y le hizo un gesto a la camarera para que nos trajera otra ronda.

—Me ofrecieron el trabajo de Montreal —dijo sin levantar la mirada de sus manos vacías—. Creían que no eras la persona ideal después de lo que había sucedido la última vez. Querían que lo acabara yo.

No podía creer lo que estaba oyendo.

—Lo rechacé. Sé que es un trabajo importante para ti. Les dije que hablaría contigo, que necesitabas que te subieran la moral.

La camarera dejó las copas en la mesa y me bebí medio whisky de un trago.

—Escucha —dijo al tiempo que se inclinaba sobre la mesa, hacia mí—, tienes un gran futuro aquí. Y no malinterpretes mis palabras. Los nuestros no malgastan energía en causas perdidas. Todo el mundo cree que te aguarda un futuro brillante. Quizá yo haya tomado la vía rápida, pero mucha gente opina que tú eres el que tiene potencial de verdad. Lo he oído en un sinfín de ocasiones. Dicen que actúas con una pasión de la que carece la mayoría de gente.

Relajé los músculos.

—Si tanto me aprecian, ¿por qué apartaron a Brian de mi caso? —Utilicé el nombre de Brian con plena conciencia porque sabía que podía confiar en Jared.

—No fue un castigo. Sé que lo más probable es que tu nuevo contacto en Inteligencia te haya dicho que lo fue, pero solo lo dice porque es un chulo. A Brian lo relevaron de tu caso porque los de arriba creen que no pueden confiar en él.

—¿Qué? ¿Creen que es un espía?

Negó con la cabeza.

—Nadie está seguro de nada —respondió—. Así que cuanto menos se hable del tema, mejor. Solo quería que supieras que no fue un castigo. De hecho, te aseguro que Allen es muy bueno, aunque sea un chulo. Te lo han asignado a propósito. Tiene fama de hacer ascender a la gente rápidamente. Te las puede hacer pasar canutas, pero logra resultados.

—¿Qué me estás diciendo?

De repente Jared habló muy serio.

—Te estoy diciendo que nadie te culpa de lo sucedido en Montreal. De hecho, hay mucha gente impresionada porque salvaste a ese tipo. Te aseguro que todo el mundo cree que dejarás de ser un soldado raso dentro de poco. Ya sabes, mandíbula arriba, haz tu trabajo y ya verás cómo todo mejorará muy pronto.

—¿Esto es una charla de motivación? —Al final pude sonreírle de nuevo.

—Es lo que quería decirte —respondió.

—¿Y cómo es que a ti te han ascendido mientras que Michael y yo tenemos que seguir matándonos a trabajar?

Jared soltó una carcajada.

—Me han ascendido antes que a Michael porque nuestro amigo, bendito sea, es un inútil. Es un gran asesino, pero lo suyo es un don. Ya está donde tiene que estar. Ya está donde puede rendir más. Y me han ascendido antes que a ti porque tienes que aclararte las ideas. En cuanto lo hagas, pasarás a verme por el espejo retrovisor. —Tomó un sorbo de su Manhattan. Ahora era él quien estaba celoso—. Deberías oír lo que dicen de ti. Creen más ellos en ti que tú mismo.

Me entraron ganas de preguntarle por qué. Quise preguntarle qué había oído exactamente, pero no tuve valor.

—Entonces, ¿te alegras por mí o no? —preguntó Jared.

—Venga —respondí—. Ya sabes que sí.

—El hecho de me hayan asignado a ti es muy importante para mí, y no solo porque seamos buenos amigos. Significa mucho para mí por lo que podríamos llegar a conseguir juntos. Creo de verdad que podemos marcar la diferencia.

Yo sabía que hablaba en serio.

—¿Recuerdas esa misión que nos dejaron hacer en grupo? —preguntó.

La recordaba. Entre los dos eliminamos a los cuatro ocupantes de un piso franco. Dos de ellos tenían una misión al día siguiente, pero no pudieron llevarla a cabo.

—Fuimos unos putos bailarines. Fue algo precioso.

Tenía razón. Asentí con la cabeza.

—Bueno, ¿qué quieres que haga? —pregunté.

—Que escuches a Allen —dijo—. Acepta tu destino. No olvides que te cubro la espalda. Y no la jodas. —Se rió, y yo también.

Pedimos otra ronda. Me prometí a mí mismo que volvería a entregarme a la causa por la mañana. Supuse que se lo debía a Jared.

—¿Y qué hay después de esto? —pregunté.

—Después de esto estaré al mando de una unidad. Empezaré a trabajar con los de Inteligencia en asuntos de estrategia. —Sonrió. Estaba en su salsa.

Yo no acababa de estar convencido de que hubieran acertado conmigo, pero Jared iba a llegar lejos.

—¿De verdad dicen eso de mí? —pregunté.

—Sí —afirmó, y asintió con la cabeza—. ¿Y sabes qué? Hace

mucho que te conozco, y no me extraña. Solo necesitas un poco de disciplina. Una cosa tengo clara, y es que no me gustaría tener que enfrentarme a ti en una pelea.

A la mañana siguiente, recibí las órdenes de mi último trabajo antes de que me dieran permiso para regresar a Montreal. Mi última víctima era una mujer negra de Boston, estudiante del MIT. Se había convertido en un objetivo debido exclusivamente a su potencial.

—Hay que arrancarlos de raíz —dijo Allen— y acabar con ellos antes de que puedan hacernos daño de verdad.

Cumplí con mi misión. Durante tres semanas apenas dormí, bañado en muerte y sangre. Al final, después del cuarto asesinato, Allen me dijo que creía que estaba listo para regresar a Montreal. Me dio una semana para cumplir la misión y me advirtió que no la fastidiara esta vez. Me dijo que ni tan siquiera lo llamara cuando hubiera liquidado a mi objetivo. Que ya lo sabría. Tenía sus fuentes de información.

—Cuando hayas acabado —dijo—, te habrás ganado un descanso. Haz lo que quieras durante dos semanas. Me da igual siempre que no te metas en problemas. Llámame dentro de tres semanas, listo para trabajar de nuevo. Y, muchacho...

—¿Sí? —pregunté. Estaba exhausto, al borde del colapso. Las fuerzas que me había dado la charla de motivación de Jared no habían durado ni un día. Lo único que me había animado a seguir adelante durante las últimas tres semanas había sido la idea de volver a Montreal para estar contigo.

—Has hecho un buen trabajo. Paul Acker. Herman Taylor. Preston Strokes. —Entonces Allen colgó.

A lo largo de las tres semanas que pasé en la carretera, quise llamarte, pero no pude. No lo habría soportado. Después de lo que le sucedió a Dan, los asesinatos me hacían sentirme peor. El bien y el mal. Tras cada víctima me costaba más creérmelo. Intenté usar el mantra de Jared para no desfallecer. «O son ellos los malos, o bien lo somos nosotros. Y estoy convencido de que yo no soy malo.» Pero cada día que pasaba aumentaba mi incertidumbre; quizá todos éramos malos, los de ambos bandos. Lo único a lo que podía aferrarme era al hecho de que me amabas y a la esperanza de que aún estuvieras esperándome.

Después de que Allen me dijera que podía ir a Montreal, sentí una sensación de aturdimiento. Por fin reuní el valor necesario para llamarte. Respondiste con un rápido: «¿Diga?».

—¿Maria? —pregunté. El mero hecho de oír tu voz me hizo concebir ilusiones. ¿Qué clase de ilusiones? No lo tenía muy claro.

—¿Joe? ¿Eres tú? ¿Dónde has estado? ¿Por qué no me has llamado?

—Lo siento —contesté, con la esperanza de que de momento eso bastara como respuesta a tus preguntas—. Quería llamarte, pero no he sido capaz. Te lo explicaré cuando llegue a Montreal.

—¿Vas a volver?

—Sí. Estaré ahí mañana. Siempre que quieras que vuelva.

Rompiste a llorar. Nunca te había oído llorar, y tener que sufrirlo por teléfono fue desgarrador. Quería consolarte.

—Te dije que te esperaría. Ven rápido.

—Nos vemos mañana —te aseguré.

—Mañana —repetiste.

Por primera vez ambos colgamos sin decirnos «te quiero». En ese momento, la palabra «mañana» significó lo mismo. No hizo falta decir nada más.

11

En esta ocasión no me asignaron un piso franco. Considerraron que la misión era demasiado peligrosa, sobre todo después de que la fastidiara la última vez. Debería haberme sentido insultado, pero me lo tomé como una bendición. Desde lo sucedido en Naples, los pisos francos se habían convertido en una carga. Me pasaría el día observando a mis anfitriones, preguntándome por qué no se involucraban de forma directa en la Guerra si tanto les emocionaba. Quizá así verían las cosas de un modo distinto. No es fácil sujetar un pompón en una mano y una pistola en la otra.

En lugar de un piso franco, me dieron una identidad nueva y me dijeron que me alojara en un hotel. Cuando llegué a Montreal decidí que el hotel podía esperar. Creían que estaba en la ciudad para hacer un trabajo; solo yo sabía el verdadero motivo que me había llevado allí. Fui directamente a tu apartamento. Dejé el coche de alquiler mal aparcado, en la esquina de la manzana donde vivías. ¿Qué demonios me importaba? No era mi coche. No era mi dinero el que iba a gastar para pagar las multas de aparcamiento. Y el coche ni tan siquiera estaba a mi nombre. En cuanto aparqué me dirigí a tu edificio. El corazón me latía tan acelerado que notaba el pulso en las venas. Llegué a tu puerta y apreté el botón del interfono. No iba a parar hasta que alguien me dejara entrar. Por extraño que parezca, el zumbido del interfono tuvo un efecto tranquilizador. Entonces oí tu voz.

—¿Sí?

Fue como música.

—Maria, soy yo —dije, aunque en realidad fue un susurro ya que no pude llenar los pulmones de aire.

No dijiste nada. Te limitaste a apretar el botón y a dejarme entrar. Oí la cerradura de tu puerta y empecé a subir las escaleras. Todo lo que había hecho durante el último mes, todo por lo que había pasado me vino a la cabeza mientras subía el primer tramo de escalones. Me sentía mareado y aturdido. Me dije a mí mismo que después de este instante no existía el futuro. No existía el pasado antes de él. Este momento era la vida. Tú, de pie tras la puerta, esperándome. Yo, subiendo los escalones hacia ti. Todo había valido la pena para poder vivir este momento. Intenté olvidar mi promesa de contártelo todo. Ya no importaba. Tan solo intenté recordar tu rostro, tus labios. Cuando subí los tres tramos de escaleras levanté los nudillos para llamar a tu puerta. Abriste antes de que pudiera tocar la superficie. Debías de haber estado esperándome, escuchando mis pasos.

Abriste la puerta. Llevabas una falda y un jersey negro. Era la primera vez que te veía con falda. Tenías un aspecto muy femenino. Embelesado, te admiré durante unos segundos. Mis ojos recorrieron tu cuerpo y se recrearon en las piernas. No pude evitar detenerme ahí, en tu piel desnuda. Entré en el piso. Levanté la mirada y por fin te miré a la cara. Te habías recogido tu pelo alborotado en una coleta, pero varios mechones rebeldes colgaban a ambos lados y te enmarcaban el rostro. Parecías algo nerviosa.

—Hola, Maria —dije.

Aún no había recuperado el aliento. A duras penas pude pronunciar esas palabras. Me agarraste del cuello de la camisa y tiraste de mí. Nos besamos. Tú lo hiciste con los ojos abiertos. Te imité y te miré a los ojos, infinitos, sin fondo, mientras nos besábamos.

—Hola, Joe —dijiste cuando nos separamos un instante.

Entonces, cerré los ojos, te agarré con fuerza y te besé más apasionadamente. Sentía cómo fruncías los labios mientras te devoraba. Me pusiste una mano en el pecho y me apartaste, pero solo unos centímetros, dejando el espacio suficiente para agacharte. Empezaste a desabrocharme el cinturón. Estiré el brazo hacia atrás y cerré la puerta. Entonces, de repente, te agachaste un poco más y abriste las piernas, lo justo para que viera tu ropa interior negra mientras la falda trepaba por tus muslos. Me levantaste la camisa y empezaste a besarme en el estómago. Deslizaste la lengua con dulzura por mi abdomen. Y me desabotonaste el pantalón.

—¿Y tu compañera de piso? —susurré, y me arrepentí en el acto de la pregunta.

—Está fuera. —Tus ojos azules me miraron con picardía.

Gracias a Dios, pensé, y volví a creer en Dios por primera vez desde que era niño. Me quitaste el cinturón y lo tiraste por encima del hombro. Me bajaste la cremallera y tiraste con fuerza de los pantalones y los bóxer. Volví a mirarte pero en lugar de recrearme en las braguitas oscuras que me ofreciste al abrir las piernas, observé tus ojos cuando te llevaste a la boca mi miembro erecto. No tuve fuerza de voluntad para detenerte. Me sentía culpable. Creía que debería haber impedido que continuaras para decirte que toda mi vida era una mentira, pero me sentía impotente mientras sentía el roce de tus labios. Empezaste a lamerme. Ahora sé qué pretendías. Estabas ejerciendo tu poder sobre mí. Estabas asegurándote de que no volviera a dejarte nunca más. Estabas utilizando todas las herramientas a tu alcance para lograr el objetivo. Pero era innecesario. Ya era tuyo. Lo había sido desde el primer momento que te vi. Nada cambiaría eso. Me había prometido a mí mismo que no te dejaría nunca más. No te obligaría a pasar por eso de nuevo. No me obligaría a pasar por eso de nuevo.

—Para —te supliqué, sin acabar de creer las palabras que había pronunciado. Si no te hubiera detenido, todo habría acabado muy pronto.

—No me importa seguir —contestaste, mirándome.

Me sentía culpable. No me lo me merecía. Después de lo que había hecho, no me lo merecía.

—Quiero que pares —dije, te levanté y besé tus labios húmedos.

Entonces te rodeé los hombros con un brazo, lo deslicé hacia abajo, con el otro brazo te agarré por detrás de las rodillas, te levanté y te llevé al dormitorio sin dejar de mecerte. Estaba decidido a recuperar el control, pero tu determinación por conquistarme era aún más firme. Caímos en la cama. Intenté ponerme encima de ti. Intenté deslizarme por debajo de tus piernas, pero fuiste más lista. Te sentaste a horcajadas encima de mí y empezaste a moverte. Con las prisas no te habías quitado las braguitas, y tan solo las apartaste a un lado cuando nos molestaron. Me pusiste las manos en el pecho, y con los brazos acercaste los pezones a mi boca. Te cogí los pechos con las manos. Mi lengua se deslizó por tus pezones. Diste un grito ahogado. Entonces me obligaste a apoyar la cabeza en la cama. Te movías arriba y abajo, sin dejar de mirarme a los ojos a medida que incrementabas el ritmo. Mis ojos recorrieron todo tu cuerpo. Intenté mirarte a los ojos y, sin embargo, no podía apartar la mirada de tu piel. Pálida pero inmaculada. Se aceleró tu respiración. Te echaste hacia atrás, arqueando la espalda, y te apoyaste con una mano para no perder el equilibrio. Ahí estabas, en todo tu esplendor, desnuda ante mí. Si tu plan era reclamar tu propiedad sobre mí, si tu plan era marcarme con un hierro candente para que fuera siempre tuyo, habría funcionado, de no ser porque ya lo habías hecho antes. Entonces acabó todo, mis espasmos desencadenaron los tuyos y nos abrazamos. Caíste encima de mí. Nuestros cuerpos relucían por el sudor.

Permanecimos en silencio. Te abracé con más fuerza, tu cuerpo desnudo contra el mío, y me pregunté si iba a ser esa la última vez que me quisieras. A cada instante estaba más convencido de que cuando te contara mis secretos huirías. Permaneciste inmóvil; tenías miedo de que cuando me contaras tu secreto fuera yo el que huyera de ti. Al final, nuestros secretos no nos separaron. Nos unieron aún más.

Esa noche ninguno de los dos reunió el valor necesario para hablar. Fingimos que todo era normal. Nos levantamos de la cama para comer. Al final nos agotamos mutuamente. Fuiste la primera en dormirte. Sentía los latidos de tu corazón sobre mi piel. A tu lado, sintiendo el calor de tu cuerpo en contacto con el mío, cerré los ojos y también me dormí.

A la mañana siguiente recuerdo que me desperté con los ojos aún cerrados. Permanecí acostado durante unos minutos. No quería levantarme. No quería que llegara la mañana, porque con ella llegaría el momento de saldar las deudas pendientes, de revelar las verdades secretas. Te oía a mi lado. Estabas despierta. Entreabrí los párpados y te miré. Estabas sentada en la cama, envuelta con las sábanas para no tener frío. Vi el miedo reflejado en tu rostro: miedo y determinación. Abrí los ojos lentamente.

No perdiste ni un segundo.

—Tenemos que hablar —me dijiste en cuanto viste que estaba despierto.

Parecías nerviosa. Vi que tus ojos saltaban de mi cara al techo.

—Lo sé —admití—. Te prometí que te lo contaría todo. —No sabía qué decir, de modo que me quedé callado. Se hizo el silencio.

—¿Pero? —añadiste.

—Pero nada —contesté—. Si de verdad quieres saberlo, entonces te lo contaré. —Me quedé paralizado de nuevo.

—Claro que quiero saberlo. Desapareces durante varias semanas. Apenas me llamas. No me dices en qué andas metido. Hasta te cuesta decirme dónde estás. Cuando llamas, lo haces en mitad de la noche. Tengo que saberlo, Joe.

Estabas al borde de las lágrimas. Vi la angustia reflejada en tu mirada. Era tangible. No sabía por dónde empezar. Pensé en todas las clases a las que había asistido. Pensé en el modo en que los de Inteligencia mostraban esas fotografías a los chicos. Primero les mostraban imágenes de sus enemigos. Luego les mostraban fotografías de los cuerpos, cuerpos y más cuerpos. Para acabar les mostraban imágenes de sus aliados. Tenían un sistema. Y ese sistema funcionaba. Pero tú eras distinta. Todos esos niños de las clases, todos y cada uno de ellos, habían crecido y habían aprendido a vivir con una sensación de recelo y desconfianza. El mundo que los rodeaba carecía de sentido hasta que alguien les mostraba las fotografías y les daba las explicaciones necesarias. Para ellos, la Guerra hacía que todo lo demás tuviera más sentido. Sin embargo, tu mundo ya tenía sentido. Lo único que no encajaba era yo.

—¿De qué tienes miedo? —me preguntaste.

De muchas cosas, pensé.

—Tengo miedo de que no me creas —decidí decirte al final.

Querías ayudarme. Querías creerme. Siempre he oído decir que los monstruos dan más miedo cuando no los ves. Que el monstruo que imaginas es más aterrador que la verdad. ¿Qué sucede cuando ese no es el caso? ¿Qué sucede cuando el monstruo es más horrible de lo que imaginabas?

—¿Y si prometo creerte? —preguntaste, como si tal promesa fuera posible.

—Me temo que eso podría ser peor —contesté. Tenía la boca seca. Intenté mirarte para armarme de valor, pero aquello no hizo sino empeorarlo todo. Esta Guerra me había arrebatado muchas cosas. Y no quería perderte a ti también.

—Tienes que decírmelo —exigiste, mientras las lágrimas empezaban a brotar de tus ojos.

—Lo sé —respondí. Me había quedado sin excusas. El resto de mi vida dependía de ese momento. Lo único que podía hacer era lanzarme al vacío. Y salté—. Todo lo que estoy a punto de decirte te parecerá absurdo.

Abriste la boca para hablar, para darme confianza, para hacerme más promesas que no podías hacer. Levanté la mano para detenerte antes de que empezaras.

—Todo lo que estoy a punto de decirte te parecerá absurdo. Creo que a estas alturas confías en mí, de modo que no creo que pienses que miento. Sin embargo, es probable que pienses que estoy loco. —Te miré y vi que me observabas fijamente con una mirada incrédula—. En primer lugar, te prometo que no estoy loco. Aunque, cuando haya acabado, desearás que lo esté. —Seguí mirándote para intentar adivinar tus reacciones. Ese era el modo en que pensaba navegar por esas aguas.

Unas arrugas te surcaron la frente. Te asaltaron las primeras dudas, tal vez no querías saber la verdad, pero ya era demasiado tarde. No había vuelta atrás. Sin embargo, esas dudas eran un buen comienzo. Dudas eran lo que tenían esos chicos que asistían a las charlas. Dudaban que el mundo tuviera sentido. Dudaban de casi todo. Los más fuertes dudaban de todo salvo de sí mismos. Había que hacer que se derrumbaran para ayudarlos a levantarse de nuevo. Todo habría sido mucho más fácil con la ayuda de las malditas diapositivas.

Duda, luego la muerte. El siguiente paso era cuando el tipo de Inteligencia les pedía que alzaran la mano aquellos que tenían algún familiar cercano que había muerto asesinado. Inevitablemente, más de la mitad levantaban la mano. A ti, sin embargo, debo contarte mi relación con la muerte.

—Sé que te parecerá raro —empecé—, pero tengo que explicarte algo de mi familia.

Primero te hablé de mi madre; de esa mujer dulce e ingenua que vivía sola en su casa de Nueva Jersey. Sonreíste cuando la describí. Tu sonrisa me lo puso todo más difícil, pero logré seguir adelante.

—Ella es toda la familia que tengo. Todo lo que me queda. —Esperé un momento para que asimilaras la información—. Los demás miembros, mis abuelos, mi tía, mis tíos, mi hermana, todos ellos han muerto.

Tu piel pálida se puso aún más blanca.

—Fueron asesinados. No fue un asesinato múltiple. Los mataron por separado. Y de forma deliberada.

Tu miedo dio paso a la confusión.

—¿Por qué?

—Ahí es adonde voy —respondí, pero antes de hacerlo tenía que arrastrarte a la muerte. Tenía que explicarte el cómo antes del porqué. Tenía que mostrarte los detalles, como las horripilantes diapositivas que les enseñábamos a esos chicos en su primera clase.

»Mi padre fue asesinado cuando yo tenía ocho años. Un día no volvió a casa del trabajo. Me dijeron que había muerto en un accidente de tráfico. Supongo que técnicamente fue cierto. No conocí los detalles hasta que cumplí los dieciocho años. La verdad era que otro conductor lo echó de la carretera a propósito. Esperaron a un día en que conducía por una carretera sinuosa que bordeaba un gran barranco. Se acercaron por detrás, lo embistieron y se despeñó. Para mí, una noche estaba ahí, y a la siguiente ya no. Así fue como empezó. Yo solo había conocido a uno de mis abuelos, de modo que mi padre supuso el principio de todo. —Entonces te hablé de mi tío. Te conté la misma historia que cuento en las clases, con la diferencia de que en tu caso omití la segunda mitad, la parte en la que explico qué le hice al hombre que mató a mi tío. Esa parte podía esperar. Luego te hablé de mi hermana.

»Mi hermana era cinco años mayor que yo. Siempre había estado a mi lado. Siempre me había protegido. Mi madre, a pesar de todas sus virtudes, nunca ha sido la mujer más fuerte del mundo. De modo que cuando murió mi padre, mi hermana asumió su papel. Me enseñó a ser fuerte. La quería muchísimo. Cuando yo tenía catorce años, mi madre aún no me dejaba quedarme solo en casa de noche. Nunca entendí por qué. Resultaba bastante embarazoso. Había muchos niños de la escuela que podían quedarse solos en casa. Mi madre era una paranoica. Son las secuelas de este tipo de vida. Sin embargo, un sábado por la noche unas amigas la invitaron a jugar al bridge. Ese año mi hermana había empezado a ir a la universidad, a Rutgers. Mi madre le preguntó si podía venir a casa a cuidar de mí y pasar la noche. Mi hermana dijo que sí, por supuesto. Habría hecho lo que fuera por mí. De modo que pedimos una pizza y vimos una película.

»Llegaron a las once. Lo recuerdo. Yo miraba el reloj cuando de repente vi un reflejo en el televisor. Estaba al otro lado de la mosquitera, mirándonos. Quise gritar, pero el miedo me dejó paralizado. No fue necesario chillar. Antes de que mi hermana viera a los hombres que rondaban por fuera, vio el miedo en mis ojos. Eran tres, pero a mí me pareció que eran cien. Rodearon la casa. Mi hermana me agarró de la mano y salimos corriendo, pero había un hombre detrás de cada puerta. Como no sabíamos qué hacer, nos dirigimos a la puerta trasera. Mi hermana la abrió. Uno de los hombres esperaba fuera. No recuerdo el aspecto de ninguno de ellos. En mi memoria solo son gigantes envueltos por las sombras. Jessica se abalanzó sobre uno de ellos, que la agarró. Mi hermana empezó a gritar: «Corre, Joe, corre». De modo que corrí. No miré atrás. Oí gritar a Jessica cuando el hombre la metió de nuevo en casa, pero no miré. Pasé la noche escondido en el bosque. Recuerdo que no paré de temblar, pero no sé si fue de frío o por otro motivo. No volví a casa hasta la mañana siguiente. Al llegar, mi madre estaba allí. Mi hermana había desaparecido. Murió porque había aceptado hacerme de canguro. Mi madre debería haberlo sabido. A mí no podían matarme.

—¿Por qué no? —preguntaste.

—Porque no había cumplido los dieciocho años.

—No lo entiendo.

—Lo sé. —¿Cómo ibas a entenderlo?—. Te lo explicaré. —Diapositivas del enemigo, en todas las clases a las que había asistido, eso era lo que iba a continuación. Les hablábamos de la muerte y luego les mostrábamos a los asesinos—. Hay un grupo de gente que quiere matarme, a mí, a mi familia y a mis amigos.

Se te demudó el rostro. Esta vez, después de que la confusión se convirtiera en miedo, el miedo se transformó en incredulidad.

—¿Por qué? —preguntaste.

Solo tenía una respuesta, aunque ni yo mismo me la creía a pie juntillas.

—Porque son malvados —respondí. Nada de otras historias. Nada de la historia sobre la rebelión de esclavos. Nada de la historia sobre los cinco ejércitos. Nada de los tratados de paz rotos. Tenía que convencerte de que el enemigo era malvado para que no me abandonaras cuando te contara todo lo que había hecho.

Reaccionaste con la incredulidad pertinente.

—¿Me estás diciendo que ahí fuera hay un grupo de esa gente malvada que está asesinando a tu familia y a tus amigos y nadie se da cuenta?

—Hay mucha gente que se da cuenta —respondí—. Pero lo tapan todo. Y no solo son mi familia y amigos. Va más allá. Va mucho más allá. ¿Sabes cuántas muertes se atribuyen a accidentes en Estados Unidos cada año?

Negaste con la cabeza.

—Más de cien mil. —Sabía las cifras. Todos las sabíamos—. La gente no es tan propensa a tener accidentes. La mayoría de esas muertes no son accidentes.

—¿Qué me estás contando? —preguntaste. No estabas segura de si me creías o no.

—Es una guerra —respondí.

Ahora lo entendiste. Por primera vez lo entendiste. Lo vi en tus ojos.

—¿Y tú qué haces?

—Lucho contra ellos.

—¿A qué te refieres cuando dices que luchas contra ellos? —preguntaste.

—Los busco, los encuentro y me aseguro de que no puedan volver a matar. Me aseguro de que no puedan volver a hacer lo que le hicieron a mi hermana.

—¿Los matas? —Tu cara había perdido todo el color.

—Cuando es necesario —respondí.

—¿Y sucede con frecuencia?

No quería responder a esa pregunta, pero te lo había prometido.

—Sí, muy a menudo. Es una guerra, Maria.

—¿Hay más?

No pude reprimir una risita al oír la pregunta. Solo la habrías planteado si hubieras creído que quizá estaba loco, que era una especie de superhéroe solitario y loco que luchaba contra un enemigo imaginario.

—Miles de personas más —respondí. No tenía ni idea de la cifra exacta. ¿Cientos? ¿Miles? ¿Cientos de miles? Nunca me lo habían dicho, aunque quizá Jared lo supiera.

—Pero ¿por qué luchas? —preguntaste. En ese momento apenas podías hablar.

—Por mi hermana —respondí, con la esperanza de que,

después de todo lo que te había contado, sintieras algo de empatía.

—Vale, tú luchas por ese motivo. Pero ¿y los demás?

Era la primera vez que me planteaban esa pregunta.

—Porque todo el mundo tiene una historia como esa, Maria. Mi amigo Jared fue testigo de cómo estrangularon a su hermano. Mi amigo Michael nunca conoció a sus padres. Lo crió una de sus tías. Todo el mundo tiene un motivo para luchar.

—Pero no tiene sentido. Todo esto tiene que haber empezado por algún motivo. Tienes que luchar por algo. ¿Poder? ¿Territorio? ¿Dinero? Algo. —Tus ojos reflejaban compasión.

Detrás del miedo se ocultaba la compasión, lo que me hizo enfadar porque me sentí como un estúpido. Entonces se me pasó por la cabeza la posibilidad de contarte las historias, de hablarte de la rebelión de los esclavos y de que nos sublevamos para que el resto del mundo fuera libre. Pensé en contarte cómo se rompieron los tratados de paz, pero supe que no supondría ninguna diferencia. Aunque esas historias fueran ciertas, no te concernían. Es algo que no se puede entender hasta que tienes tu propio motivo para luchar. Todos queremos conocer la historia. Todos queremos saber que somos los buenos. Pero la historia no lo soluciona todo. De modo que te di la mejor respuesta que me vino a la cabeza.

—Supervivencia —fue lo único que se me ocurrió.

—Eso no tiene sentido —dijiste con los ojos arrasados en lágrimas.

—No lo entiendes —repliqué—. No asesinaron a tu familia. ¿Cómo ibas a entenderlo?

Rompiste a llorar.

—No puedes librar una guerra por la supervivencia, Joe. No tiene ningún sentido. Si el objetivo de ambos es sobrevivir, lo único que tenéis que hacer es dejar de luchar.

—Ojalá fuera tan fácil.

—Entonces, ¿cuándo parará? —preguntaste. Sabías la respuesta sin que yo tuviera que decir nada. Las lágrimas te corrían por las mejillas—. ¿Acabará alguna vez esto?

No te respondí. Empezaba a cansarme de responder a preguntas para las que no tenía respuesta.

—¿Cuántas? —preguntaste. El torrente de lágrimas comenzó a disminuir. Querías saber a cuánta gente había matado.

Tampoco iba a responder esa pregunta.

—A tantas personas como ha sido necesario —respondí.

—¿Cuántas? —insististe con denuedo.

Me limité a negar con la cabeza. Te diste cuenta de que no ibas a obtener más información.

—¿Qué se supone que debo hacer? —Me miraste. Tus ojos azules parecían dos lunas.

—Confía en mí —te supliqué, y me arrodillé ante ti—. Soy una buena persona, Maria. Confía en mí. —Al pronunciar esas palabras supe que no tenías ningún motivo para confiar en mí. De no haber sido por tus propios secretos, estoy convencido de que habrías huido. Y no te habría culpado por ello.

—¿Y qué pasa conmigo? —preguntaste.

—Si te quedas conmigo, te conviertes en parte de esto. Hay ciertas reglas que te protegerán, al menos al principio.

—¿Reglas?

—Sí. —Me di cuenta de inmediato de lo ridículo de todo aquello—. ¿Recuerdas que te he dicho que no pudieron matarme cuando asesinaron a mi hermana porque no había cumplido los dieciocho? Pues esa es una de las reglas. —Entonces no me percaté de lo importante que iban a ser las reglas—. Otra regla es que no se puede matar a transeúntes inocentes. De modo que no pueden tocarte, a menos que nos convirtamos en una familia. Si eso sucede, te protegeré. —Debería haberte dicho que huyeras. Debería haberte suplicado que te mantuvieras tan alejada de mí como fuera posible. Si hubiera sido valiente, te habría dejado yo a ti. En lugar de eso, murmuré—: No puedo pedirte que te quedes. Lo único que puedo hacer es prometerte que haré todo lo que esté en mis manos para protegerte.

Hubo un silencio largo y doloroso. Me dolía todo el cuerpo. Te tocaba hablar a ti. Tomaste mis manos entre las tuyas. Les diste la vuelta para poder verme las palmas.

—Matas a gente. Matas a gente con estas manos.

Ahora fui yo el que lloró. Apoyé la cara en tu hombro y lloré.

Debiste de pensar que lo mejor era dejarme. Y habría sido una locura que no lo hubieras hecho. Sin embargo, me di cuenta de que el objetivo de tus preguntas no era que me derrumbara. Tan solo intentabas formarte una idea general de la situación. ¿Vas a quedarte con un hombre que es un asesino o vas a abandonarlo? Al final dejé de llorar.

—¿Confías en mí? —pregunté, haciendo acopio de todas las fuerzas que me quedaban.

—Creo que no tengo otra opción —respondiste.

Ahora era yo el que estaba confuso.

—¿A qué te refieres?

—Estoy embarazada.

Al final son nuestros secretos los que nos unen.

—¿Qué? —Me levanté sorprendido.

—Estoy embarazada, Joe.

—¿Cómo? —No encontraba las palabras.

—Ya sabes cómo —me espetaste.

No estaba reaccionando como tú deseabas. Acababa de decirte que me dedicaba a matar a gente y ahora tú me decías que ibas a dar a luz a una criatura, y yo me estaba comportando como un imbécil.

—¿Y qué pasa con los métodos anticonceptivos?

—¿Qué pasa, Joe? Quizá no sea el mejor momento para mencionar el tema por primera vez. —Cada vez parecías más furiosa.

—Estás en la universidad. ¿Qué tipo de universitaria no toma la píldora? —Fue un comentario estúpido, pero sin él no me habría dado cuenta del lío en el que nos habíamos metido.

—Sí, voy a la universidad, pero no tomo la píldora.

—¿Por qué no?

—Porque tengo diecisiete años —contestaste.

Los pensamientos se me agolpaban en la cabeza. ¿Diecisiete? ¿Cómo podías tener diecisiete años? Empecé a hacer cálculos. Diecisiete más nueve meses. ¿Cuánto era diecisiete más nueve meses?

—Pero me dijiste que estabas en segundo.

—Así es, te dije que estaba en segundo. Es lo único que me preguntaste. Nunca mostraste interés por saber mi edad. Acabé el instituto antes de tiempo. Siempre he ido avanzada con respecto a los chicos de mi edad. —Ahora gritabas—. Tenía diecisiete años, estaba en la universidad y me sentía sola, entonces te conocí. Siempre he sido distinta. Era distinta de mis compañeros de clase del instituto. Era distinta de mis compañeros de clase de la universidad. Entonces te conocí y tú también eras distinto. Nuestra unión también nos hacía distintos. —Ahora me suplicabas.

Lo único que yo quería era hacer los cálculos mentalmente. Diecisiete más nueve meses, ¿cuánto era diecisiete más nueve meses?

—¿Cuándo es tu cumpleaños?

—¿Y eso qué importa? —Habías pasado de estar furiosa por mi reacción a sentirte confusa.

Te miré. Mi mirada debió de asustarte porque parpadeaste.

—¿Cuándo cumples años? —insistí.

—Cumplí los diecisiete hace dos meses.

Dos meses. ¿Qué significaba eso? La cabeza me iba muy rápido.

—¿De cuánto estás? —Era una pregunta estúpida. No podía pensar con lucidez.

—¿Tú qué crees? —replicaste.

Fue hace un mes. Até cabos. Hacía un mes que habíamos pasado el fin de semana juntos. Ibas a dar a luz dentro de ocho meses. Faltarían dos para que cumplieras dieciocho años. No había forma de salvarlo. Era imposible retrasar el parto dos meses. Me quedé paralizado.

—¿Joe? —gritaste para llamar mi atención mientras yo miraba al vacío.

Te miré. Parecía que estabas a punto de romper a llorar de nuevo.

—¿Eres feliz?

Aún no podía responder a tu pregunta.

—¿Sabes qué vas a hacer?

—¿A qué te refieres?

Debería haber tenido más tacto, pero creía que no había tiempo para andarse con rodeos.

—¿Vas a tenerlo?

Te echaste a llorar. Tus lágrimas dejaron muy claro que iba a ser padre. Iba a ser el padre del hijo de una mujer de menos de dieciocho años. Mi hijo iba a ser mi enemigo. Eso era lo que decían las reglas.

Me acerqué a ti para intentar abrazarte, intentar consolarte para poder explicarte mi reacción. Intenté estrecharte entre mis brazos, pero me diste un bofetón que me dolió. Sin embargo, no había tiempo para el dolor. Te agarré a pesar de tu forcejeo hasta que logré apretar tu cuerpo contra el mío.

—Lo siento. Lo siento. Lo siento —dije como si fuera una oración.

Esas palabras eran un mantra. Las repetí hasta que dejaste de forcejear y permitiste que te abrazara sin resistirte. El secreto que acababa de revelarte empezaba a desvanecerse, pero no podía permitirlo. No podía permitir que te olvidaras de la Guerra, del papel que desempeñaba yo en ella. No podía permitir que olvidaras nada de eso porque aún debía contarte algo más. Me habías preguntado por qué luchaba. No podía responderte, no de un modo que te permitiera entenderlo. Pero ahora había un nuevo motivo para luchar.

—Claro que soy feliz —te dije para intentar calmarte—, pero eres una cría. Solo tienes diecisiete años. ¿Estás segura de lo que haces?

—¿Una cría? Vete a la mierda. Hasta ahora no me has tratado como a una cría. Anoche no me trataste como a una cría. Quizá no has elegido un buen momento para empezar a tratarme como a una puta cría.

Diecisiete años. Joder. Te miré. Tenías razón. Si uno de los dos actuaba como un crío, ese era yo.

—Perdóname —supliqué—. Perdóname por haberte llamado cría. Perdóname por mi reacción. Perdóname por todo. Estaba sorprendido. Me has cogido con la guardia baja.

Te echaste a llorar en mi camisa, que se empapó y se me pegó a la piel. Decidí que iba a decirte lo que creía que querías que te dijera.

—Estoy contento de que vayamos a tener un hijo. Soy muy feliz. —Aún estaba demasiado aturdido para ser convincente. Lo sabía. Sin embargo, tenías tantas ganas de creerme que no dudaste—. Quiero tener un hijo contigo, pero debo decirte una cosa más. —Te aparté de mí para poder mirarte a los ojos. Empezabas a calmarte, por fin mis palabras estaban a la altura de lo que querías oír.

—No creo que pueda asimilar nada más —dijiste, haciendo gala de una clarividencia mayor de lo que podías imaginar.

—Lo siento. Pero hay una cosa más.

¿Diecisiete? Yo solo tenía dieciséis cuando me soltaron la bomba de la existencia de esta Guerra. Me parecía que era muy joven y que había sucedido mucho tiempo atrás. Sin embargo, logré sobrevivir a todo aquello. Tú eras más fuerte que yo. Te hablé de las reglas de nuevo, las reglas que yo siempre había considerado un refugio contra la locura de la Guerra. Ahora, esas mismas reglas me parecían de una crueldad inmensa. Regla número uno: Prohibido matar a transeúntes inocentes. Regla número dos: Prohibido matar a menores de dieciocho años. Solo me faltaba explicar la tercera regla. Las chicas menores de dieciocho años que tuvieran un bebé, debían entregarlo al otro bando. Diste un grito ahogado cuando te lo dije porque enseguida entendiste lo que implicaba.

—Te recomendaría que huyeras, pero te encontrarían —dije. Era cierto. Huir sin mí ya no era una opción factible—. Te encontrarían y te quitarían a nuestro hijo. Si te quedas conmigo, puedo protegerte.

—Tiene que haber otra forma.

—No. No la hay. Si vamos a tener este bebé, estas son las reglas.

Negaste con la cabeza, incrédula. Ojalá tuviera una respuesta mejor. Pero no existían respuestas mejores.

—Entonces, ¿qué hacemos? No pienso entregar el bebé, Joe. —Hablabas con obstinación, con fuerza, mucha más de la imaginable en ese momento.

Yo tampoco estaba por la labor de querer entregar a nuestro bebé.

—Huiremos —te dije—. Huiremos. —Aún no, pero pronto.

El resto del día se transformó en un vago recuerdo. Ambos estábamos exhaustos, agotados emocionalmente. Pasamos el día intentando asimilar el giro que habían dado nuestras vidas. Sabíamos que nada volvería a ser igual. De vez en cuando me preguntabas algo, o te lo preguntaba yo, intentando aclarar algún detalle, disipar incertidumbres, para conocernos mejor el uno al otro. Resultaba difícil creer que solo habíamos pasado cinco días juntos.

—¿Has ido al médico? —recuerdo que te pregunté.

—¿Por qué? ¿Dudas que esté embarazada? —Volviste a sonreír—. ¿Aún intentas librarte del lío en el que te has metido?

—No. No. No. Confía en mí. Solo quiero asegurarme de que te cuidas bien, de que cuidas bien de mi hijo.

—Estamos en Canadá —contestaste—. Claro que he ido al médico.

—¿Cuál es la fecha prevista del parto? —Empecé a contar con los dedos.

—Julio —dijiste, antes de que pudiera acabar de contar.

—Julio —repetí, y sonreí.

—¿Y qué pasa con mi familia? —preguntaste en cierto momento.

Apenas te había oído hablar de tu familia hasta entonces.

La había mitificado. Eran una serie de personas normales. Al fin y al cabo, te habían criado a ti.

—Si la gente cree que tu familia sabe algo, su vida dará un vuelco. Ahora mismo son espectadores inocentes, de modo que no les pueden causar daño físico, pero pueden herirte de muchas formas sin hacerte daño físicamente.

—Entonces, ¿ni tan siquiera puedo ponerme en contacto con ellos? ¿No puedo decirles dónde estoy?

—Bueno, hay ciertas formas de hacerlo. Podremos comunicarles que estamos a salvo, quizá incluso podamos enviarles alguna fotografía. Pero no podremos verlos en persona. —Me di cuenta de que estaba preocupada.

—¿Nunca? —Volviste a utilizar un tono enérgico, y entendí que estabas dispuesta a hacer cualquier sacrificio con tal de proteger a nuestro hijo.

—Un día, después de nuestra huida, ambos bandos se olvidarán de nosotros. Nos dejarán en paz. Entonces podremos ir a visitar a tu familia. —Quizá, pensé. Quizá podamos huir—. Me gustaría conocerla. —Sonreí para intentar alegrarte—. Estoy seguro de que tendrán ganas de conocer a su nieto.

—No lo entenderán —dijiste, con voz triste.

Intenté pensar en algo sensato que te hiciera sentirte mejor, pero no se me ocurrió nada.

—¿Y tú qué eres, una especie de genio? —te pregunté.

—No —contestaste—. Mis padres me educaron en casa y siempre lograron que fuera por delante de los chicos de mi edad. Ahora que voy a clase me sorprende lo inteligentes que son los demás estudiantes.

—Pero eres dos años más joven que ellos.

—¿Y qué tiene que ver la edad con eso?

—Joder, ¿por qué no admites que eres muy inteligente? —pregunté.

—No digas palabrotas.

—Quizá si me hubieran educado en casa hablaría mejor —repliqué, burlándome de ti.

—Cierra el pico. —Cogiste un cojín y me lo tiraste a la cabeza.

—Qué emoción. Mi hijo tiene un cincuenta por ciento de posibilidades de ser un genio —dije después de esquivar el cojín.

Sonreíste por primera vez en todo el día.

—¿Todos tenéis que matar a gente? —Era una pregunta justa. Querías saber si me había ofrecido voluntario para hacer este trabajo.

—No. Hay varios rangos.

—¿Cómo acabaste dedicándote a esto, entonces?

—Fue después de hacer un examen de aptitud —contesté.

—Me estás tomando el pelo.

—Ojalá, pero no. Podrían haberme enviado a Inteligencia, a Genealogía o a cien sitios distintos. Pero analizan tu reacción durante el entrenamiento inicial. Después de analizar la mía, hice un examen y el resultado fue que soy un buen asesino. —Te miré. No te gustó que usara esa palabra—. Pero voy a ser honesto. Cuando tenía diecisiete y dieciocho años, me habría ofrecido voluntario para ese puesto. Estaba muy furioso.

—¿Y ahora?

—Ahora desearía tener las manos limpias, pero siento la misma ira.

—¿Hacia ellos?

—Sí, hacia la gente que asesinó a mi familia.

—¿Crees que soy una mala persona? —pregunté después de reunir el valor necesario.

—No. —Lancé un suspiro de alivio—. Pero no te conozco.

Te miré. Sí que me conocías, aunque no lo sabías. Me conocías mejor que cualquier otra persona del mundo. Sin embargo, eso no te lo podía explicar. Tendría que demostrártelo y eso me llevaría tiempo.

—Y creo que lo que has hecho está mal, por mucho que intentes justificarlo.

Lo acepté. No habías vivido mi vida.

—Y me das un poco de miedo. Y quiero que dejes de matar.

—Es justo —accedí.

No podía pedir mucho más que eso. Durante toda mi vida había vivido con miedo. Era natural que tú también estuvieras asustada después de lo que te había contado. Habría preferido no infundirte miedo, pero el tiempo se encargaría de solucionarlo. Lo importante era que no creías que fuera una mala persona. Con eso me bastaba.

—¿Lo harás?

—Si haré qué.

—Dejar de matar.

—Sí, lo haré —contesté—, si me dejan.

—¿Adónde vamos a ir? —preguntaste.

No lo había planeado. Íbamos a intentar encontrar un lugar donde no se les ocurriera buscarnos.

—No lo sé. ¿Al sur?

—¿Por qué al sur?

—Quiero llevarte a algún sitio cálido.

—Si vamos a un sitio cálido, ¿para qué te necesitaré? —replicaste.

Tenía la sensación de que nuestra primera noche ya quedaba muy lejos. Absorto en mis pensamientos, recordé tu mirada cuando me pediste que me metiera bajo el edredón contigo.

—¿En qué piensas? —preguntaste.

—En ti —respondí, y no añadí nada más.

Fuera, empezaba a anochecer.

—¿Cuándo nos iremos?

—Pronto —contesté—. Tengo que solucionar un asunto que nos dará un poco más de tiempo. Luego podremos irnos.

No hiciste ninguna pregunta más. Creo que sabías lo que debía hacer. Me habías pedido que dejara de matar y yo te había prometido que lo haría. Pensaba cumplir la promesa, pero aún no podía empezar. Tenía que hacer un trabajo más que nos proporcionara algo más de tiempo para huir. Y ello requería cierta planificación.

Esa noche, cuando ya no sabíamos qué más preguntarnos el uno al otro, me registré en un hotel con el nombre falso que Allen me había dado. De pronto era importante que nada se saliera de lo normal. Estaba convencido de que me controlaban para asegurarse de que esta vez estaba a la altura de la misión. Recordé lo que me había dicho Jared, que tenían grandes planes para mí, pero sabía que toda precaución era poca. En toda mi carrera, solo había echado a perder una misión, pero no quería que volviera a suceder. Además, ya iba con un día de retraso. Me habían dicho que me registrara en el hotel la noche anterior. A partir de entonces, todos mis movimientos debían ajustarse a lo esperado. Registrarme en el hotel. Hacer el trabajo. Luego dispondríamos de dos semanas de ventaja, el tiempo que me habían dado de descanso. En dos semanas podíamos estar en la otra punta del mundo. Y, por lo que sabía, era lo que íbamos a tener que hacer para huir.

Elegí un hotel al azar y al final me registré en uno del barrio antiguo que en el pasado había sido un banco. Al cabo de tan solo tres horas de haberme registrado, y como para constatar la teoría de que me estaban vigilando, recibí un paquete en la habitación. Debían de controlar las tarjetas de crédito que me habían dado porque estaba seguro de que no me había seguido nadie. El paquete contenía un informe actualizado sobre mi objetivo. No había mucha información nueva: dos días a la semana de clases, una visita al club de striptease, un almuerzo en Chinatown. El australiano gigante había dejado el trabajo al salir del hospital. Según la información de que disponían, se había recuperado por completo y había regresado a Australia. Mi objetivo había contratado a un nuevo guardaespaldas para sustituirlo. Esta vez era uno de los suyos. En la ocasión anterior había dedicado una semana a preparar un plan que no funcionó. Ahora tenía dos días para concebir otro y debía tener en cuenta la probabilidad de que tanto el objetivo como sus empleados estuvieran en alerta máxima. Un asesino había entrado en su casa, había estado a escasos metros de la puerta de su dormitorio, y lo sabía. Era inconcebible que no estuvieran prevenidos. Daba igual cómo lo enfocara, este trabajo iba a ser muy jodido. Pero también era el último que iba a hacer. Tenía que entrar, salir y huir. Entonces sería libre. Ambos seríamos libres y podríamos estar juntos.

Saqué las notas de la última vez. Quería comprobar si encontraba algún punto débil que se me hubiera pasado por alto. La casa estaba descartada. Seguro que habían aumentado las medidas de seguridad desde mi último intento. Además, me sentiría como un idiota si fastidiaba el mismo trabajo, del mismo modo, en dos ocasiones. Tenía que elegir otro lugar. En el club de striptease había demasiadas medidas de seguridad. Pensé en la universidad, pero me preocupaba que fuera demasiado cerca de ti. Confiaba en que nadie supiera de tu existencia y quería que siguiera siendo así. Además, en el campus había demasiados ojos, demasiada gente joven y atenta que podía arruinarlo todo. Tenía que intentar aislar al máximo a mi objetivo. Tenía que elegir un entorno con poca gente.

Solo me quedaba una opción, el restaurante chino al que iba a comer una vez a la semana. Era un local pequeño, con unas veinte mesas. A los lados había dos reservados pequeños, que estaban separados de la sala general por unas cortinas de cuentas de madera. Mi objetivo y sus socios siempre ocupaban uno de estos reservados y los guardaespaldas adoptaban la misma estrategia cada vez: se separaban. Uno comía con mi objetivo, sentado a su lado. El otro comía solo en la sala grande para vigilar lo que sucedía en el restaurante. La situación distaba de ser ideal, pero era la mejor de las opciones, todas malas. Así pues, ya había elegido el lugar. Ahora necesitaba un plan.

¿Veneno? Habría sido de una gran justicia poética matarlo con uno de sus propios venenos. Sin embargo, la idea era demasiado complicada. ¿Cómo podía envenenarlo sin correr el riesgo de envenenar a los demás comensales? Chocaba una y otra vez contra el mismo problema. Matar a gente era fácil. Matar a la persona que querías era difícil.

Empecé a preguntarme qué haría Michael en mi lugar. No podía evitar pensar que la primera vez había pecado de un exceso de planificación. Había intentado hacerlo al estilo de Jared, pero yo no estaba a su altura. Era él a quien habían ascendido. Así pues, ¿qué haría Michael en mi lugar? Seguramente entraría, sacaría la pistola, se cargaría al guardaespaldas de la sala grande, entraría en el reservado, eliminaría al otro guardaespaldas, al objetivo, y saldría como si nada. Era su estilo. Contradecía todas las enseñanzas que nos habían inculcado, pero mi objetivo también las conocía. Era lo mismo que le habían enseñado a él. Iba a tener que ser muy cuidadoso para no disparar a ningún inocente e iba a tener que ser rápido. Tendría que salir antes de que el resto de los clientes se diera cuenta de lo que estaba sucediendo. Era arriesgado, pero debía empezar a acostumbrarme a correr riesgos.

El almuerzo en Chinatown era al día siguiente. Intenté concentrarme en el trabajo. No iba a ser fácil.

A la mañana siguiente me levanté temprano y me dirigí a la casa de mi objetivo. Había decidido que los seguiría durante todo el día, hasta que fueran al restaurante. Quería asegurarme de que podía estudiar al nuevo guardaespaldas durante unas cuantas horas. Su imagen debía quedarme grabada en la cabeza. Esta vez mi objetivo tenía que ser el acertado. No podía permitirme el lujo de dudar después de haber disparado.

El nuevo guardaespaldas había pasado la noche en la casa de mi objetivo. Era rubio y tenía unos ojos azules y penetrantes. No era tan grande como el australiano, pero tenía algo que me ponía nervioso. Parecía un poco loco. Medía, como mucho, un metro setenta. No tenía el físico imponente de los otros guardaespaldas. Los de Inteligencia no me habían proporcionado mucha información sobre él, tan solo que era uno de los suyos y que lo habían hospitalizado en diversas ocasiones, al menos en tres, debido a heridas de bala. De modo que sabía de antemano que no iba a ser fácil eliminarlo.

Mientras seguía a mi objetivo, me di cuenta de que iba a ser mi último asesinato, mi último trabajo. Después de este no tendría que volver a oír la voz de Allen. Podría ir a donde quisiera. Podría ir a buscarte y huir a cualquier lugar del mundo. Podríamos tener un hijo que no tendría que vivir preocupado por la muerte, el asesinato y la guerra. Seríamos libres. Esa idea empezó a asustarme. Sin embargo, lo que me aterraba no era el hecho de huir, sino lo que sucedería a partir de entonces. Empecé a dudar de mí mismo de un modo que no fui capaz de explicarte entonces. De pronto, la idea de convertirme en padre resultaba aterradora. Solo sabía hacer..., solo me habían enseñado a hacer una cosa. Hasta ese momento, matar era toda mi vida. Respiré hondo para intentar calmar los nervios. Noté el peso de la pistola en la mochila, algo que me reconfortó.

Seguí a mi objetivo y a sus guardaespaldas hasta el centro y los observé cuando entraron en el mismo edificio de oficinas que unas semanas antes. Al igual que la última vez, entré en el café que había en la acera de enfrente a esperar. Recordé que en esa ocasión me aburrí y que prácticamente me dediqué a contar los segundos que iban pasando. Esta vez estaba aterrado y deseaba que el tiempo pasara más lentamente para recuperar la calma. Las preguntas se agolpaban en mi cabeza. Miré hacia el edificio de oficinas y vi la puerta inmóvil. Recé para que no se abriera nunca. Dejé la mochila sobre mi regazo. Metí la mano dentro para sentir el peso de la pistola. Pensé en el momento, unos meses antes, en que estaba sentado en el aparcamiento de ese centro comercial de Nueva Jersey, esperando a que Jared y Michael fueran a recogerme. Recordé que me dediqué a mirar a la gente en su ir y venir, que envidié sus vidas. No mostraban miedo. Iban al centro comercial el fin de semana a comprar algo y luego regresaban a sus casas de las afueras, a ver la televisión y a esperar a que llegara el lunes por la mañana, cuando se despertarían y se dirigirían a trabajos que odiaban. Envidié sus vidas, sus vidas «normales», sus vidas normales, aburridas y sin sentido. ¿Era eso a lo que estaba destinado? ¿Y Michael y Jared? ¿Y las demás personas de mi bando? ¿Y los chicos a los que había enseñado? Recordé lo que me había dicho Jared unas noches antes. Creían más en mí que yo mismo. ¿Podía abandonar esta Guerra? ¿Abandonar la única lucha que, tal y como me habían inculcado, me importaba? ¿Estaba preparado para esto? Acaricié la empuñadura de la pistola. Quizá me gustaba matar. Quizá había visto tanta muerte que era lo único que me hacía sentir cómodo. Intenté desechar estas ideas.

Con la bebida en la mano, no aparté la mirada de la puerta principal del edificio, esperando a que salieran, esperando a que mi destino saliera por esa puerta a la calle y se dirigiera hacia Chinatown. Tenía miedo, pero era un miedo que no había sentido antes. Ni tan siquiera cuando estaba arrodillado en esa playa de Nueva Jersey, con las manos atadas a la espalda y una pistola apuntándome a la cara, sentí un miedo como este. El miedo de la playa era simple. Tenía miedo de morir, pero solo era por mí. Lo único que podía perder era mi lamentable vida. Pero a partir de ahora, si fracasaba, te fallaba a ti y a nuestro hijo. Hasta este momento, había sido un soldado de una guerra que era más grande que yo. Era un peón. Lo sabía. Mi única responsabilidad era la muerte. Incluso si fracasaba, acababa en muerte. Un trabajo culminado con éxito significaba que ellos morían, un fracaso significaba que moría yo. Ahora también era responsable de otras vidas. Era aterrador. Justo entonces, sentado solo en ese café, con la culata de la pistola en la mano, tuve que recordarme a mí mismo que la única habilidad que poseía iba a serme útil, al menos una vez más.

Al cabo de unas horas, mi objetivo y su séquito salieron del edificio: el nuevo guardaespaldas delante, mi objetivo en el centro y el estadounidense detrás. El tipo nuevo escudriñaba la calle mientras avanzaba. Por un instante se volvió hacia mí y noté que su mirada se clavaba en mis entrañas. Los tres hombres abandonaron el edificio y echaron a caminar por la calle. Había llegado el momento de ponerse en marcha. De repente, las dudas se desvanecieron. El miedo se desvaneció. Iba a cumplir por última vez con una misión. Ya tendría tiempo para dudas cuando hubiera acabado.

No los seguí hasta el restaurante por miedo a que detectaran mi presencia. Sabía adónde se dirigían. Lo único que debía hacer era averiguar cuál de los dos guardaespaldas iba a quedarse en la sala grande, y en cuál de los dos reservados se encontraría mi objetivo. Entonces entraría por la puerta, me acercaría disimuladamente hasta el primer guardaespaldas, le dispararía a quemarropa, entraría en el reservado, dispararía al segundo guardaespaldas y luego a mi objetivo. Luego saldría del restaurante por la cocina y desaparecería para siempre. Si todo salía bien, sería un trabajo del que presumir, aunque sabía que mis días de fanfarrón se habían acabado. Después de este trabajo, sabía que no volvería a ver a Michael ni a Jared. No podía ponerlos en ese compromiso. No podía pedirles que se saltaran las reglas por mí.

Mientras me dirigía al restaurante, seguí imaginando cómo se desarrollarían los acontecimientos. Intenté visualizarlo desde todos los ángulos, intenté asegurarme de que no se me pasaba nada por alto. Supuse que ningún cocinero intentaría detenerme. Era lógico. Yo tendría una pistola en la mano y habría demostrado que estaba dispuesto a utilizarla. Intenté imaginar todos los escenarios. Primero, mi objetivo estaría en el reservado de la derecha. Segundo, en el de la izquierda. Intenté imaginar qué sucedería con cada guardaespaldas en distintas posiciones. Esperaba que el nuevo estuviera en la sala principal. Era el primero que quería quitarme de encima.

Cuando llegué al final de la manzana, me detuve en la esquina y eché un vistazo para comprobar si podía ver al séquito. Los tres se encontraban frente al restaurante, esperando. El nuevo guardaespaldas le estaba dando una larga calada a un cigarrillo. En lugar de abrir la boca después de inhalar el humo, lo expulsó por la nariz. Volví a esconderme detrás del edificio, apoyado en la pared para asegurarme de que no me vieran. Agucé el oído, pero ninguno de los tres abrió la boca. No dejé de mirar a mi alrededor, consciente de que tendría que actuar si me parecía ver llegar a los socios de mi objetivo. Tuve suerte. Llegaron por el otro lado. Oí cómo los saludó mi objetivo. Reconocí su voz al instante, de la clase de la universidad. Primero hubo un saludo general, seguido de algunas presentaciones. No hablaron de negocios fuera, ese tema lo tratarían en el interior del restaurante. Sabía por qué estaban aquí esos hombres: estaban comprando armas, pero no sabía para qué guerra. En realidad, no me importaba.

Quería echar un buen vistazo a los compradores antes de que entraran. Tenía que estar seguro de que podría diferenciarlos de mis objetivos. Di un paso adelante para echar otro vistazo disimulado, y miré hacia ambos lados de la calle, fingiendo que buscaba a alguien. Fue entonces cuando vi las caras de los compradores. Eran cuatro. Iban vestidos de forma similar: llevaban pantalones negros, una camisa oscura y una corbata chillona. Además, llevaban una chaqueta de cuero negra en lugar de una americana. Todos tenían el pelo oscuro. Parecían hermanos. En cuanto alcancé a verlos fugazmente, me oculté de nuevo en las sombras. Ya no corría el riesgo de confundirlos. Ahora mi única preocupación era que estuvieran armados. Si alguno de ellos tenía una pistola y decidía hacerse el héroe, yo lo iba a pasar muy mal. No era Harry el Sucio. No estaba preparado para liarme a tiros.

Me quedé donde estaba durante un rato, con la espalda apoyada en la pared de ladrillos, y presté atención para oírlos cuando entraran en el restaurante. Quería ver qué mesa les daban para saber en qué lado del restaurante iban a estar. En el izquierdo sería más fácil ya que estaba más cerca de la cocina, pero en realidad cualquiera de los dos me iba bien. Lo único que importaba era que lo supiera. Si después de entrar y de pegarle un tiro a un hombre en la cabeza me equivocaba de reservado, aquello podía ser un desastre. Esperé hasta que oí los últimos pasos en las escaleras que conducían a la puerta principal del restaurante, a continuación doblé la esquina y eché un vistazo por las ventanas. El local era bastante pequeño. El edificio en sí era de color rojo brillante y tenía un dragón tallado en el arco de entrada, sobre la puerta. La fachada tenía ventanas a la altura de la cintura que se abrían los días más calurosos de verano. Miré a través de los cristales y observé cómo acompañaban a mi objetivo a su mesa. Tuve suerte. El guardaespaldas nuevo entró el último, así que le tocaba sentarse en la sala grande. Mientras acompañaban al resto del grupo al reservado de la izquierda (parecía que la suerte estaba de mi lado), otra camarera le hizo un gesto al guardaespaldas de los ojos azules para mostrarle una mesa vacía, situada en el rincón derecho de la sala principal. El tipo asintió y se sentó.

Podría haber abandonado. Podríamos haber huido. Podría haber renunciado a cumplir la misión, regresar contigo y podríamos habernos ido esa misma tarde. Aun así habríamos tenido cierta ventaja. Seguramente tardarían un día o dos en darse cuenta de que no iba a hacer el trabajo. Tardarían un día o dos en empezar la búsqueda. Podríamos llegar bastante lejos en dos días. Podríamos haber tomado un avión a Europa o Asia. Podríamos haber ido a visitar al gigante australiano a su ciudad natal. El mundo era pequeño. Un día o dos podrían haber bastado para huir y escondernos, pero habríamos dejado un rastro demasiado claro. Nuestro olor no habría desaparecido de lo que hubiéramos tocado. No importaba adónde pudiéramos llegar, porque ellos podrían alcanzarnos sin ningún problema. Necesitábamos más tiempo. Necesitábamos más tiempo no solo para huir, sino para perdernos.

Respiré hondo. Un trabajo. Eso era todo. Saqué la pistola de la mochila y me la guardé en el bolsillo de la chaqueta. Me eché la mochila al hombro, que contenía dos cargadores, tres pasaportes con tres nombres distintos y unos cuantos cientos de dólares en metálico. Estaba preparado para abandonar la misión y desaparecer para siempre. Esperaba que no fuera necesario, pero estaba preparado. Metí la mano en el bolsillo de la chaqueta y agarré la pistola. Deslicé el dedo sobre el gatillo y lo acaricié con suavidad. El silenciador estaba en el cañón. No lo había quitado en ningún momento. El seguro no estaba activado. Había llegado el momento de ponerse en marcha.

Me dirigí a la puerta del restaurante. Subí los escalones,

abrí la puerta y me acerqué a la maître. Mientras caminaba miré al frente, pero vi por el rabillo del ojo al guardaespaldas de los ojos azules, que a su vez me miraba a mí. Di dos pasos hacia la maître. Me sonrió y estaba a punto de preguntarme para cuántos quería la mesa. Sin embargo, antes de que pudiera pronunciar una palabra, vi que el guardaespaldas se movía. Se quitó lentamente la servilleta del regazo y la dobló sobre el plato. Era raro. ¿Por qué se tomaba su tiempo para doblarla? Pasé de largo de la maître. Vi su semblante confuso. Me dirigí a grandes zancadas hacia el nuevo guardaespaldas que, por entonces, ya estaba de pie. Tenía algo en la mano izquierda. Me acerqué aún más. Empezó a levantar la mano izquierda hacia mí. Me encontraba a tres metros de él cuando saqué la pistola del bolsillo. Actué rápido, con mucha más rapidez que él. Lo apunté y disparé. Un único disparo. Le di en la cabeza. No entre los ojos, pero sí en la cabeza. El tipo había levantado los brazos unos setenta grados. La sangre salpicó la pared que tenía detrás y cayó al suelo.

Ninguno de los presentes en el restaurante se movió. La maître, que notó que algo no iba bien cuando pasé por su lado, contuvo un grito. Aparte de eso, el lugar se quedó como un museo, como una funeraria. Me había imaginado que todo se movería lentamente. Me había imaginado que el tiempo se ralentizaría. Me había imaginado que lo vería todo a cámara lenta. Durante unos instantes, fue así. Sin embargo, en cuanto apreté el gatillo la primera vez, todo pasó a hipervelocidad.

Crucé el restaurante rápidamente y me dirigí hacia las mesas. Ninguno de los clientes se movió. Intenté no perder la concentración. Todas las imágenes que se hallaban fuera del pequeño túnel de mi visión se volvieron borrosas. Avancé con la pistola en alto. Aparté la cortina de cuentas que había en la entrada del reservado con la mano derecha y me dirigí hacia la larga mesa rectangular. Los seis comensales alzaron la vista y me miraron. Mi objetivo y su guardaespaldas estaban sentados de cara hacia mí. Los cuatro compradores permanecieron en sus sillas de espaldas a mí, pero se volvieron para mirarme cuando entré. No me molesté en devolverles la mirada. Levanté la pistola y le descerrajé un disparo en el pecho al guardaespaldas estadounidense, que me miró por un segundo y luego se miró el pecho, confundido. A continuación me volví hacia mi objetivo. Lo apunté directamente a la cabeza y disparé. Luego disparé otra vez. Y otra. No recuerdo cuántas veces apreté el gatillo. Los dos primeros disparos le dieron en la cabeza. Después tan solo lo acribillé a balazos. A cada impacto su cuerpo daba una sacudida, y cada vez que se movía temía que quizá no estuviera muerto. Todo dependía de que muriera. Cuando dejé de apretar el gatillo me di cuenta de que podría haber matado a cinco personas como él.

Fue entonces cuando oí un estallido detrás de mí. Perdí la concentración y dejé de disparar. Miré a todos los que estaban sentados a la mesa. El estadounidense permanecía en su sitio, con la mirada vidriosa, inmóvil. Mi objetivo estaba encorvado sobre la mesa; casi tocaba el plato con la cara. Toda la planificación y el trabajo que había invertido en la planificación del primer intento para quitarle la vida, y ahora resultaba que había sido tan fácil matarlo. Había sido muy sencillo. Entonces miré los rostros feos y serios de los compradores. Parecían estoicos. No pensaban implicarse en batallas ajenas. Uno cogió la cuchara y siguió tomando la sopa.

Oí otro estallido detrás de mí y de repente sentí un dolor agudo y ardiente en la parte trasera de la pierna izquierda. Me volví y miré a través de la cortina de cuentas. Ahí estaba el guardaespaldas de ojos azules, de pie, sujetando la pistola. Tenía media cara ensangrentada, y un ojo cerrado para que no le entrara sangre en él. Avanzó a trompicones y apretó de nuevo el gatillo. Esta vez la bala me pasó rozando la cabeza e impactó en la pared, detrás de mí. Oí un grito y vi que varias personas corrían hacia la puerta. El guardaespaldas levantó el arma de nuevo, pero antes de que pudiera apretar el gatillo, me abrí paso por la cortina de cuentas y me dirigí hacia la cocina. No me acordé del dolor de la pierna hasta que di el primer paso, pero en cuanto eché a andar sentí un dolor atroz. Me habían disparado en la parte posterior del muslo, por suerte a unos cuantos centímetros por encima de la rodilla.

Me precipité hacia la cocina tan rápido como pude. Oí otro estallido y un zumbido me rozó el oído. Tenía que salir de allí.

Atravesé rápidamente la cocina, con la pistola en alto. Los cocineros se apartaron de mi camino. Me dirigí hacia la puerta trasera cojeando. Salí del edificio cerca de los contenedores que había en la parte posterior. Olía a carne podrida. El aroma del garaje en combinación con el dolor atroz de la pierna casi me hizo vomitar. Tragué saliva. Tenía que seguir andando. Tenía que alejarme de la escena. Había llegado a la mitad del callejón cuando oí que la puerta de la cocina se abría detrás de mí. Miré hacia atrás y ahí estaba el guardaespaldas de los ojos azules, andando a trompicones como un zombi de una película de terror de bajo presupuesto. Era una pesadilla andante. Vi el lugar donde le había impactado la bala: le había rozado la parte superior de la cabeza y le había arrancado parte del cráneo. No había sido un impacto directo. Me apuntó con la pistola y disparó de nuevo. La bala me pasó rozando y oí ruido de cristales rotos. El tipo ya no tenía puntería. Se estaba desangrando y cada vez estaba más débil. El ojo cerrado debía de haberle hecho estragos en la percepción de la profundidad. No obstante, si lanzas suficientes dardos con los ojos cerrados, es probable que acabes dando en la diana. Y yo no pensaba quedarme allí y dejar que me utilizara como blanco de prácticas.

Intenté correr para doblar la esquina y huir, pero apenas podía apoyarme en la pierna izquierda. Tuve que avanzar cojeando, seguido de cerca por aquella pesadilla andante. A pesar del balazo, tenía unas piernas más fuertes que las mías. Logré doblar la esquina antes de que se me acercara demasiado. Entonces esperé.

Lo oí caminar, arrastrando los pies como un borracho. Me miré los vaqueros. De la rodilla hacia abajo, en la parte de atrás, solo veía una mancha de color púrpura oscuro. Mierda, pensé. Tenía mala pinta. El monstruo se acercó a la esquina. Avanzaba de forma implacable. Si hubiera sido un poco sensato, habría tomado otra ruta, o habría abandonado para intentar salvarse. Sin embargo, siguió persiguiéndome. Lo primero que asomó fue la mano izquierda, aferrada a la pistola. Estiré el brazo y le agarré la muñeca. Le levanté la mano por encima de nuestras cabezas para evitar que pudiera apuntarme, lo que nos obligó a acercarnos. Chocamos con el pecho y nuestras caras quedaron separadas por pocos centímetros. El guardaespaldas no tenía mucha fuerza.

Lo miré a los ojos y vi muerte. ¿Cuántas veces había visto ya esa expresión? Me aguantó la mirada. Solo Dios sabe qué vio. Entonces habló.

—Me han enviado aquí a matarte —me dijo, con la cara ensangrentada.

Mientras hablaba la sangre le entraba en la boca y se acumulaba en la comisura de los labios. Era tan espesa que costaba entenderlo, parecía como si hablara bajo el agua. Me miró fijamente a los ojos.

—Me han enviado aquí a matarte. Sabían que volverías. Lo sabían.

A cada palabra que pronunciaba, yo notaba que las fuerzas lo abandonaban. Levanté mi pistola y lo apunté al pecho. A pesar de lo débil que estaba, no apartaba la mirada de mí. Le clavé el cañón en las costillas. Estoy seguro de que lo notó, pero siguió mirándome fríamente.

—Me han enviado aquí a matarte —repitió, salpicándome de sangre.

Apreté el gatillo y le disparé una bala en el corazón. Dio un grito ahogado. De pronto, ya no forcejeábamos. Le agarraba con fuerza la muñeca y lo sostenía en pie. No era la primera vez que veía morir a alguien y supe que su muerte era inminente. Seguí aguantándolo. Decidí dejarlo morir de pie. Con el último aliento, me miró de nuevo. Un velo de confusión le cubría los ojos, como si no pudiera entender lo que estaba sucediendo, como si hubiera olvidado por completo quién era yo. Entonces se estremeció y murió.

Dejé el cuerpo en el callejón. Me agaché, y con la única parte de su camisa que no estaba sucia, me limpié la sangre de la cara. Tras el esfuerzo realizado, el dolor de la pierna volvió con ganas. Tenía que regresar al hotel. Tenía que curarme la herida dentro de lo posible. Tenía que ir a buscarte y luego teníamos que irnos. Todo parecía muy apremiante. Debería haberte preparado para eso de antemano. Debería haberte dicho que me esperaras en el hotel. Las palabras del guardaespaldas de ojos azules no dejaban de resonar en mi cabeza. «Sabían que volverías. Lo sabían.» Lo oía pronunciarlas una y otra vez, con los labios manchados de sangre. Lo saben, pensé. Siempre lo saben, joder. Si íbamos a huir, debíamos aprovechar el tiempo al máximo. Tendríamos que huir y escondernos, huir y escondernos hasta que no pudieran seguirnos el rastro. Era la única forma.

Cogí la pistola y la guardé en la mochila. Me miré la pierna. Vi el agujero que había hecho la bala en los vaqueros. Delante no había orificio, lo que significaba que la bala aún estaba alojada en la pierna. Tenía que regresar al hotel, limpiar la herida y hacerme un torniquete para cortar la hemorragia. Estaba prácticamente convencido de que podría hacerlo. Sentía dolor, pero no creía que la bala hubiera tocado ningún hueso. Tan solo estaba alojada en el músculo. Debía limpiar la herida, asegurarme de que no se infectaba, cortar la hemorragia, y todo iría bien. Con eso y medio frasco de analgésicos podría seguir adelante con el plan.

Eché a caminar cojeando y me miré en un escaparate para asegurarme de que tenía un aspecto presentable. De la rodilla hacia arriba, estaba bien. Me brillaba un poco la piel por culpa del sudor, pero no era nada exagerado que pudiera delatarme. Aún no había oído ninguna sirena, pero esperaba oír el rugido de los coches de policía de un momento a otro. Sin embargo, no fue así, lo cual no tenía sentido, pero no pensaba poner en duda mi buena suerte. Más tarde leí que los compradores, que iban armados hasta los dientes, habían advertido a todos los clientes del restaurante que no llamaran a la policía. No querían verse obligados a tratar con agentes canadienses. Permanecieron en el restaurante quince minutos más, con las pistolas sobre la mesa, sentados frente a dos cadáveres, y se acabaron la comida. Cuando se fueron, le dijeron al resto de los clientes que esperaran veinte minutos antes de llamar a la policía. Los amenazaron con que encontrarían a todo aquel que desobedeciese. Pidieron veinte minutos y les dieron diez. A buen seguro esos diez minutos me salvaron la vida.

La pierna me dolía a cada paso que daba. Me mordí el labio inferior y no dejé de caminar. Las inevitables sirenas, las que no habría de oír hasta que estuviera a media manzana del hotel, me sirvieron de acicate para seguir andando. El hotel solo estaba a diez manzanas del restaurante, quizá unos ochocientos metros. Tardé casi veinte minutos. Cuando ya me aproximaba a mi destino, oí sirenas por primera vez. Iban a llegar unos cuantos minutos tarde para atrapar a alguien y veinte minutos tarde para salvar a alguien. Cuando llegué al hotel, apreté los dientes e hice un gran esfuerzo para cruzar el vestíbulo sin cojear. Me dirigí directamente al ascensor y apreté el botón de subida. Esa espera, viendo cómo los números descendían de forma tan lenta mientras el ascensor llegaba al vestíbulo, fue el momento más doloroso. Me volví para que nadie pudiera verme los vaqueros manchados de sangre. Al cabo de treinta segundos sonó el timbre y entré en el ascensor. Una vez dentro apreté con fuerza el botón para cerrar las puertas.

Cuando se abrieron de nuevo, salí tambaleándome y me dirigí a mi habitación. Saqué la tarjeta, abrí la puerta y casi tropecé al entrar. Me tiré al suelo e intenté quitarme los vaqueros de inmediato. La sangre de los pantalones había empezado a coagular, de modo que no me quedaba más remedio que arrancármelos. Todo habría ido bien de no ser porque el orificio de la bala había empezado a cicatrizar, de modo que cuando me quité los tejanos, también me arranqué la costra. La herida, que casi había dejado de sangrar, volvió a hacerlo en abundancia. Entré en el baño y abrí el agua caliente de la bañera. Me metí bajo el agua, que casi quemaba, y empecé a frotarme la herida con jabón. Iba a tener que apañármelas con los escasos recursos de los que disponía. Después de frotarme la herida, me acerqué al minibar. Dejé el agua abierta. Abrí la nevera, cogí todas las botellas de licor que había y me las llevé a la bañera. Me puse boca abajo, dejando que el agua me corriera por la espalda y, una tras otra, abrí las botellitas de vodka, whisky y ginebra y me las eché en la herida de la parte posterior de la pierna. Cada botella escoció un poco menos. Cuando se me acabó el alcohol, volví a frotarme con agua y jabón. Seguí sangrando. Salí de la bañera y me sequé. Cogí una camiseta vieja, me envolví la pierna con ella y la até con fuerza alrededor del orificio de entrada de la bala para cortar la hemorragia. Después cogí un frasco de analgésicos y me tomé un puñado. Servirían para aliviar un poco el dolor, pero iba a necesitar algo más fuerte si quería olvidarme de él.

¿Qué más podía hacer? Me senté en una silla, desnudo salvo por la camiseta atada en la pierna, y descansé un momento. «Me han enviado aquí a matarte. Sabían que volverías. Lo sabían.» ¿Qué coño significaba eso? Los pensamientos se me agolpaban en la cabeza. Quería tumbarme y dormir. Quería olvidar las caras de los muertos. Cogí el teléfono y marqué tu número. Sonó dos veces. Contestaste tú.

—Maria. Soy yo. Tenemos que irnos.

—Lo sé —dijiste con voz triste y resignada, pero sin un tono apremiante.

Necesitaba ese apremio.

—No, Maria. No lo sabes. Debemos irnos ahora.

—¿Ahora?

—Sí.

—¿Por qué? ¿Qué ha pasado? ¿Por qué ahora?

—Confía en mí. Debemos irnos ahora. Ven a mi hotel. Trae todo lo que creas que puedas necesitar, pero no más de lo que puedas llevar tu sola.

—Esto es una locura. No podemos irnos ahora. ¡No podemos coger y largarnos de este modo!

Era una locura. No te imaginabas hasta qué punto. Ni tan siquiera yo me lo imaginaba.

—No tenemos elección. —Intenté mantener un tono calmado pero firme. Debería haberte preparado mejor para este momento. Pero daba igual. Por muy bien que te hubiera preparado, no habrías estado lista.

Después de decirte dónde estaba, me vestí. Me dejé la camiseta con la que me había hecho el torniquete, aunque estaba casi seguro de que la hemorragia ya había parado. Metí todas mis pertenencias en una bolsa. Llamé a recepción y les dije que estaría fuera durante unos días, pero que seguiría pagando la habitación y que me gustaría que me la guardaran. Se mostraron encantados de satisfacer mi deseo. Cuando habían pasado casi diecinueve minutos después de que hubiéramos colgado, alguien llamó a la puerta.

Tomamos un autobús en dirección a Boston. Dormiste durante gran parte del trayecto, con la cabeza apoyada en mi pecho. Tal y como te había pedido, viajabas ligera de equipaje, con unas cuantas mudas y el neceser. Te miré la cara mientras dormías, la cabeza, que se movía con el traqueteo del autobús. No te despertaste a pesar de las sacudidas. Tenía que protegerte. No quería convertirme en lo peor que te había pasado en la vida. Albergaba la esperanza de que un día creerías que habarme conocido había sido una bendición. Me despertaba todas las mañanas con esa esperanza.

No tuvimos ningún problema en la frontera. Te advertí que viajaba con un pasaporte y una identidad falsa. La mentira no te desconcertó, lo cual era un buen presagio para nuestro futuro.

Cuando llegamos a Boston alquilamos un coche. El resto del trayecto lo haríamos en coche. Nos dirigimos a Nueva Jersey. Creía que estaríamos a salvo. No llamé a mi madre para avisarla de nuestra llegada. Después de este viaje sabía que era poco probable que volviera a verla. Sin embargo, antes de eso quería que conociera a la madre de su nieto. Tan solo quería que, por un instante, nos sintiéramos como una familia normal.

Durante el viaje de Boston a Nueva Jersey apenas hablaste. La única pregunta que hiciste en todo el trayecto fue:

—¿Estás seguro de que podrás hacerlo, Joe?

—¿Hacer qué? —te pregunté, intentando adivinar a qué te referías.

—¿Estás seguro de que podrás dejar atrás la Guerra?

Pensé en ello. Pensé en lo que significaba para mí la Guerra. Pensé en mis familiares asesinados. Pensé en mi padre y mi hermana. Pensé en lo que había dicho Jared sobre mi futuro. Pensé en los amigos que iba a dejar atrás. Sabía que no volvería a encontrar a unos amigos como ellos.

—Estoy seguro —respondí.

—¿Cómo puedes estarlo? —Percibiste mis dudas, sabías que no había renunciado a la Guerra.

Te miré. Te miré la barriga, que aún ocultaba el secreto que cambiaría mi vida para siempre.

—Antes tenía un buen motivo para luchar. Ahora tengo un motivo mejor para huir.

12

Cuando llegamos a casa de mi madre, situada al norte de Nueva Jersey, ya había oscurecido. Llevábamos casi cinco horas en la carretera. Me hacía sentir incómodo superar el límite de velocidad. Los tipos de Inteligencia podrían seguirnos el rastro hasta Boston, donde alquilamos el coche utilizando uno de los pasaportes falsos que me habían dado. Sin embargo, tenía la esperanza de que mientras pagáramos en efectivo y no nos metiéramos en problemas acabarían perdiéndonos la pista. Aún faltaban dos semanas para que volviera a ponerme en contacto con ellos. Disponíamos de todo ese tiempo para perdernos entre la masa.

Aparqué en el camino de entrada de la casita de mi madre y apagué las luces. Estabas dormida cuando paré el coche. Habías dormido mucho. Hasta entonces, era el único síntoma de que estabas embarazada. Supe que mi madre no nos había oído llegar porque no la vi mirar por la ventana de la cocina, tal y como hacía siempre que recibía visita. Iba a ser una sorpresa. Te miré, dormida en el asiento del acompañante, y me di cuenta de que no iba a ser la única sorpresa. Intenté recordar cuándo había sido la última vez que había visto a mi madre. ¿Tres años antes? ¿Cinco? ¿Cuándo fue la última vez que la había visto? Ni tan siquiera lo recordaba. Miré hacia la casa. Tenía tantos recuerdos de ese lugar..., unos buenos, otros horribles.

Me incliné hacia ti y te desperté.

—Ya hemos llegado.

Abriste los ojos lentamente, miraste por la ventanilla y volviste la cabeza para hacerte una idea de dónde estabas. Sin embargo, lo único que veías desde el coche eran árboles y bosque.

—¿Esto es Nueva Jersey?

—Sí —susurré, y te besé en la frente. Me sentía feliz, tan feliz como podía estar en aquellas circunstancias. Feliz de estar en casa, feliz de llevarte a casa conmigo—. No todo son vertederos de residuos tóxicos y autopistas.

—Es bonito —dijiste. Abriste la puerta y bajaste del coche.

Soplaba un aire fresco, pero aun así era más cálido que el de Montreal. Olía a pinos y madera quemada. Mamá tenía la chimenea encendida. Desde el camino no se veía otra casa, solo bosque.

—¿Creciste aquí?

—Durante gran parte de mi infancia, sí. Nos trasladamos aquí cuando murió mi padre. Iba a ser nuestro pequeño escondite. Seguramente también deberíamos habernos trasladado cuando asesinaron a mi hermana, pero creo que mi madre pensó: A la mierda. Si querían ir también a por ella, que fueran, pero no volvieron. Mi amigo Jared vivía a solo diez minutos de aquí, y mi amigo Michael un par de pueblos más allá. Los conocí cuando vivía en esta casa, por eso no todos los recuerdos son malos. El lugar donde crecieron ellos es un poco más civilizado.

—¿Aquí es donde mataron a tu hermana?

Asentí. Te abrazaste y te frotaste los brazos para entrar en calor.

Cerré el coche con un portazo, tal y como había hecho todas las noches al volver a casa cuando era adolescente. Era una señal convenida entre mi madre y yo. Teníamos que hacer ruido al llegar a casa porque sabíamos que ellos nunca lo harían. Diste un respingo cuando cerré la puerta porque rompí la paz que transmitía el aire frío de la noche.

—Lo siento.

—No pasa nada.

Permanecí inmóvil unos instantes, mirando hacia la ventana de la cocina, esperando. La cara de mi madre apareció en el momento justo. Apartó las cortinas y nos miró. Parecía mayor, mayor y cansada. La saludé mientras nos observaba. Cuando se dio cuenta de quién era, se le dibujó una sonrisa. Entonces desapareció de nuevo. Sabía que iba a darle un último repaso a la casa para ordenarla. Quería que tuviera buen aspecto para los invitados. Debíamos de ser los primeros que tenía desde hacía años.

—Vamos —te dije por fin.

Echaste a caminar por el camino de piedra que conducía a la puerta principal.

—Por ahí no —te advertí mientras te alejabas—. Somos de la familia. Entraremos por la puerta lateral. —Te llevé hacia el otro lado de la casa, hasta la puerta que daba a la cocina.

Cuando llamé te escondiste detrás de mí para permanecer fuera del campo de visión de mi madre hasta que yo pudiera hacer la presentación oficial.

Mi madre llegó a la puerta en un abrir y cerrar de ojos, la abrió y me dio un fuerte abrazo antes de que pudiera saludarla. Al cabo de un minuto, por fin me soltó, pero solo un poco. Mientras seguía aferrada a mí dijo:

—Es una sorpresa maravillosa. Absolutamente maravillosa.

—Me alegro de verte, mamá —dije cuando me soltó del todo.

—Ahora entra, que fuera hace frío —ordenó.

Fue entonces cuando me puse a un lado para que pudiera verte.

—¿Y quién es esta chica? —preguntó con una sonrisa radiante.

—Mamá —proseguí con la presentación formal—, es mi novia, Maria. Maria, mi abrumadora madre. —El adjetivo me hizo merecedor de un golpe cariñoso en el brazo por parte de mi madre.

Le tendiste la mano, esperando que te la estrechara, pero al cabo de unos segundos te habías convertido en la presa de un abrazo casi tan largo como el que me había dado a mí. Te miré a la cara por encima del hombro de mi madre. Estabas aturdida. Te había hablado tanto de los horrores de mi vida, que mi madre debió de parecerte un anacronismo.

Cuando por fin te soltó, retrocedió un par de pasos y te miró de pies a cabeza como si estuviera admirando una obra de arte.

—¡Pero qué guapa eres! —exclamó—. Bueno, Maria, puedes llamarme Joan. Encantada de conocerte.

No contestaste, todavía aturdida por el recibimiento.

—Venga, ahora entrad antes de morir congelados.

Nos hizo pasar a la cocina. Subí los escalones cojeando.

—Oh, Joseph, ¿estás bien? —preguntó mi madre casi gritando cuando vio que cojeaba. La herida estaba curando bien, pero el dolor no había desaparecido por completo; había disminuido, pero se había extendido por toda la pierna.

—Solo es un pequeño accidente laboral —contesté.

Lo entendió como una señal para dejar el tema para más tarde.

El lugar estaba tal y como recordaba. Hasta las espátulas seguían en el mismo sitio. Mi madre nos acompañó hasta la pequeña sala de estar. Te sentó justo delante del fuego para que entraras en calor. No llevaba una chica a casa desde los diecisiete años. No sabía cómo iba a reaccionar mi madre. Me senté en el confidente, frente a mi madre, que se decantó por el sofá. Estábamos, como mucho, a un metro y medio el uno del otro. Mi madre nos miró de nuevo sin abrir la boca, como si intentara formarse una imagen mental. Al final, rompió el silencio:

—Bueno, ¿a qué debo el placer de esta visita?

Te miró cuando hizo la pregunta y tú me miraste a mí. Quizá deberíamos habernos preparado en el coche para las preguntas. Esperaba que no creyera que habíamos ido a anunciar un compromiso.

—Tengo un par de semanas de vacaciones y hemos decidido pasarlas juntos. —Vi tu expresión de alivio cuando respondí, alivio de que no tuvieras que hablar aún—. Quería que te conociera. —Sabía que esta última parte haría muy feliz a mi madre y esperaba, en vano, que detuviera de forma temporal el aluvión de preguntas.

—¿De dónde habéis salido? —Mi madre te miró de nuevo al formular la pregunta y de nuevo respondí yo.

—Hemos venido de Boston hasta aquí en coche, después de un viaje en autobús desde Montreal. Maria estudia en la universidad en Montreal.

La conversación era una especie de baile en el que ni tú ni mi madre sabíais a ciencia cierta qué podíais decir. Mi madre manejó la situación haciendo preguntas; tú preferiste no abrir la boca.

—¿De verdad? ¿Una universitaria? Es maravilloso. No nos vendría nada mal un poco de educación por aquí. ¿Y qué estudias, cariño?

Me miraste para asegurarte de que podías responder a la pregunta. Asentí para que supieras que podías hacerlo sin miedo.

—Aún no sé qué elegir, estoy entre psicología y religión. Mi madre asintió.

—Como todos —añadió mi madre, entre risas—. Me parecen dos elecciones muy buenas. ¿Montreal? ¿Eres canadiense?

—Voy a preparar un poco de comida, mamá —os interrumpí—. ¿Tienes algo en la nevera?

—¡Oh, pero qué modales los míos! —Mi madre hizo el ademán de levantarse—. Os habéis pasado el día entero de viaje. Debería haberos ofrecido algo.

—Siéntate, mamá —le dije—. Ya sé dónde está todo en la cocina. Quédate aquí y hazle compañía a Maria. Cuando vuelva, seguro que sabes tú más de ella que yo. ¿Tienes hambre, Maria?

—Mucha —respondiste. Cuando te dirigías a mí bajabas la guardia. Habíamos parado a picar algo en Connecticut, de camino aquí, pero no nos habíamos sentado a comer un plato en condiciones.

—¿Tú quieres algo, mamá?

—Bueno, no voy a dejar que mi hijo y su novia coman solos.

La voz de mi madre sonaba exultante por el mero hecho de pronunciar la palabra «novia». Por un momento pensé que la iba a repetir para convencerse de que no era un sueño. Me fui a la cocina y os dejé con vuestra conversación. Mi madre sabía las reglas. No iba a decir nada controvertido. Lo dejaría todo para cuando pudiéramos charlar más tarde los dos. Yo solo quería que pudierais hablar con tranquilidad. Quería que os conocierais. Sabía que estos momentos fugaces serían probablemente los únicos que podríais pasar juntas. A pesar de todo lo que sucedió, aún atesoro esos momentos.

Tal y como era de esperar, la nevera estaba vacía. Mi madre casi había dejado de comer cuando nos trasladamos a aquella casa. Sin embargo, en los armarios encontré suficiente comida para preparar una buena cena. Os oía a las dos, aunque sobre todo a mi madre, charlando en la sala de estar mientras yo preparaba unos espagueti. La casa era cálida. Era acogedora. Puse la mesa para que pudiéramos comer en la cocina. La mesa estaba contra la pared, de modo que si no la movíamos había sitio para tres personas. Más que suficiente para esa noche. Lo dispuse todo para que te sentaras a mi lado y mi madre al otro. Mientras se cocía la pasta, abrí una lata de tomates triturados y cogí varios condimentos para preparar una salsa.

—¿Hay vino para la salsa de los espagueti, mamá? —grité desde la cocina, interrumpiendo la conversación en la que os habíais enfrascado.

—Claro —contestó mi madre. Se levantó del sofá y vino a la cocina. Cogió una botella de vino del pequeño botellero—. Tendremos que abrir una botella, pero no creo que tengamos una mejor ocasión para ello. —Me dio la botella, se inclinó hacia mí y me besó en la mejilla—. Parece una chica adorable —dijo mi madre con un susurro—. Te has superado.

—Lo sé.

Entonces me miró. Fue una mirada rápida, pero supe que significaba que quería hablar conmigo más tarde, a solas.

—¿Por qué no me habías hablado de ella? —preguntó con una sonrisa.

Me limité a encogerme de hombros y enarqué las cejas. Esa fue toda mi respuesta. Sabía que luego habría más preguntas, pero quería que te conociera un poco antes de tener que responderlas. Yo solo había tardado diez minutos en enamorarme de ti. Por lo tanto, imaginé que a ella no le llevaría más de una hora encariñarse contigo.

Descorché el vino y eché medio vaso en la salsa. Mi madre regresó a la sala de estar y ambas seguisteis charlando. Nunca me dijiste de qué hablasteis mientras yo cocinaba. Luego el tema de mi madre habría de convertirse en tabú. Cuando la cena ya estaba lista y os llamé, estabais contentas. Me miraste antes de sentarte a la mesa y te brillaban los ojos.

—Míralo, mi hijo el cocinero —exclamó mi madre, orgullosa, mientras nos sentábamos—. No has tardado mucho en domesticarlo, ¿verdad, Maria?

—A mí no me mires —contestaste, mirando la comida—. Es la primera vez que cocina para mí.

—Qué vergüenza, Joey. ¿Es que no te enseñé cómo se trata a una mujer?

—Sentaos, comed y comprobemos si es comestible antes de que sigáis quejándoos de que nunca cocino.

Mi madre se levantó cuando iba a sentarme. Se puso en pie y se acercó a un armario a coger tres copas.

—Antes de empezar —dijo mientras volvía a la mesa—, un brindis. —Llenó las copas con lo que quedaba de la botella de vino que había utilizado para preparar la salsa de espagueti—. Supongo que me toca compensar a mí los malos modales de mi hijo. —Nunca había visto tan feliz a mi madre. Al menos le regalé este momento. Levantó la copa—. Por mi hijo, al que veo menos de lo que me gustaría, y por su nueva amiga, a la que espero ver más veces. —Entrechocamos las copas—. ¿Quieres añadir algo más, Joey? —Me miró.

No tenía ni idea de qué esperaba que dijera.

—Por los que no beben solos —añadí, sin poder recordar casi dónde había oído ese brindis antes.

—Qué elegante —me reprendió mi madre, pero los tres entrechocamos las copas de nuevo.

Mi madre y yo tomamos un sorbo de vino, pero tú dejaste la copa en la mesa. Mi madre se dio cuenta. Era imposible que se le pasara por alto.

—¿Tú no bebes, cariño?

—No me gusta demasiado el alcohol, Joan —respondiste.

—Bueno, solo un sorbo. No es un brindis de verdad si no tomas un sorbo —te presionó mi madre, que no te quitaba el ojo de encima.

—Eso pasa con los deseos de cumpleaños y las galletas de la suerte, mamá —tercié, y miré a mi madre para que dejara el tema—. Ha sido un día muy largo. Cenemos.

Serví los espagueti. Empecé con porciones iguales. Mi madre no se acabó los suyos, pero yo repetí una vez y tú, dos. Me sorprendió lo mucho que ya eras capaz de comer.

No dejamos de hablar durante la cena. Mi madre nos preguntó cuánto tiempo pensábamos quedarnos. Aún no habíamos hablado del tema. Le dije que íbamos a quedarnos dos noches. Le pareció bien. Quería enseñarte unas cuantas cosas de la ciudad antes de irnos. Me pareció que dos días no era demasiado tiempo. Nos quedarían diez más para huir. Luego mi madre nos preguntó adónde íbamos de vacaciones. De nuevo, no lo sabía. Me miraste como si te estuvieras haciendo la misma pregunta. Aunque hubiera sabido adónde íbamos, no se lo habría dicho. No iba a decírselo a nadie. Cuanto menos gente lo supiera, mejor, para ellos y para nosotros. Al sur, dije. Quizá iríamos a Graceland. A ti pareció encantarte la idea.

—No permitas que te obligue a alojarte en un hotel barato, cielo —te dijo mi madre, que estiró el brazo y puso una mano sobre la tuya—. Algún día tendrá que aprender a tener un poco de clase.

—Sí, señora —contestaste con una risa.

Esperé que recordaras que no estábamos de vacaciones, que debíamos actuar con cautela. Pero de momento lo pasé por alto.

Cuando acabamos de cenar ayudaste a mi madre a recoger

la mesa. Ambas insististeis en que podía descansar un poco porque había cocinado yo. Cuando acabasteis de limpiar la cocina, me dijiste que estabas cansada y que querías irte a la cama. Mi madre te acompañó a la antigua habitación de mi hermana. No la había tocado desde su muerte. Había fotografías de ella y de sus amigos del instituto enmarcadas, en las estanterías. También había unas cuantas fotos de sus amigos de la universidad, colgadas con tachuelas en la pared, sobre el escritorio. Su premio de francés del instituto aún ocupaba un lugar destacado, como si lo hubiera ganado ayer. Te subí la bolsa y la dejé en la habitación.

—Bueno, supongo que esta noche voy a dormir sola, ¿no? —me preguntaste mientras dejabas tu bolsa, casi vacía, a los pies de la cama.

—Creo que sí. Mi madre está chapada un poco a la antigua. ¿Estarás bien?

—Sí, esta zona es muy tranquila. —Te pusiste de puntillas y me besaste en los labios—. Tu madre es muy dulce.

—Sí, contigo —bromeé—. Ahora que te vas a dormir, me dejas solo ante el tribunal de la Inquisición.

—Entonces, ¿vamos a quedarnos dos días?

—Sí, me parece una buena idea.

—¿Y luego nos vamos a Graceland?

—Ya veremos.

Cuando bajé, mi madre estaba esperándome.

—Es adorable —me dijo mi madre antes de que hubiera bajado el último escalón.

—No lo sabes tú bien —añadí con una sonrisita. Volvía a ser un niño, que le enseñaba a su madre la gema que había encontrado en el bosque.

—¿Cuánto tiempo lleváis juntos? —Intentaba averiguar si íbamos en serio. Debería haberlo sabido por el mero hecho de que te había llevado a casa.

—Lo bastante como para saber que no querré estar con nadie más.

—Bueno. —Hizo una pausa, sorprendida por mi respuesta. Entonces se sentó en el sofá y yo enfrente—. ¿Y eso cuánto tiempo es? —Volvió a sonreír.

—Unos cuantos meses, pero parece que hace más. Fue un amor a primera vista.

—Es joven, Joe. Es muy joven para asumir un compromiso de ese tipo.

Creí que quería protegerme.

—Es joven en ciertos aspectos, pero no tanto en otros. Es más lista que yo. A veces tengo la sensación de que es mayor que yo.

—¿Cuántos años tiene?

—Está en segundo año en la universidad. No es tan joven como crees. —Recurrí a la misma media verdad que habías utilizado conmigo.

Mi madre me había puesto a la defensiva. Había algo que no acababa de encajar.

—¿Es una de los nuestros? —Al final formuló la pregunta que se moría por hacer, no me cabe la menor duda, desde el primer momento en que te vio.

—No, mamá. No lo es. Es una persona normal. No es una de los nuestros... ni de los suyos.

—¿Sabe algo? —Se refería a la Guerra, aunque nunca utilizaba esa palabra.

—Sí.

—¿Se lo has contado? —Por un instante desvió la mirada hacia la ventana y se quedó mirando la noche oscura. No esperaba que respondiera la pregunta de nuevo—. Bueno, supongo que ya no hay vuelta atrás.

—Ya te lo he dicho, mamá. Es la chica de mi vida. Aunque pudiera volver atrás, no lo haría. —Quería que se alegrara por mí.

—La estás arrastrando a una vida muy dura —me dijo. Parecía triste. Mi madre era la personificación de lo dura que podía llegar a ser esa vida. Supongo que pensaba en mi padre, en mi hermana, en sus padres. Todos habían muerto de forma violenta, todos antes de que les hubiera llegado la hora, lo que la había obligado a envejecer sola, escondida en una casita, en un rincón perdido del mundo.

—¿Habrías cambiado algo, mamá? —pregunté.

—¿A qué te refieres?

—¿Habrías cambiado tu vida por una vida normal, sabiendo que no podrías haber vivido con papá, que no habrías conocido a Jessica, que nunca me habrías tenido?

Al parecer, la horrorizó el mero hecho de que me hubiera atrevido a plantear la pregunta.

—Por supuesto que no. —La voz de mi madre recuperó parte de la fuerza—. He tenido una vida muy dura, sin duda, pero para nosotros el sacrificio vale la pena. Ya lo sabes.

—Pues, entonces, alégrate por mí, mamá. —Me levanté, me acerqué a ella y me senté a su lado en el sofá. Le puse un brazo sobre el hombro—. El mundo no es perfecto, mamá, pero para mí se convierte en un lugar mejor cuando tengo a Maria cerca.

—Entonces me alegro por ti —me dijo mi madre. Sabía que era cierto, pero solo en parte—. Es que me preocupo por ella.

—Creo que sabe dónde se mete. —En ningún momento me creí lo que acababa de decir.

—Esperemos —añadió mi madre. Entonces se volvió hacia mí, con los ojos brillantes, como si estuviera conteniendo las lágrimas. Me abrazó otra vez. El abrazo de la puerta fue por el pasado; este, por el futuro.

—Escucha, mamá —dije al final, zafándome de su abrazo—. Mañana quiero enseñarle la ciudad a Maria, quizá la lleve hasta Rocky Point. Me gustaría dormir un poco. Estoy exhausto. —Me levanté y me dirigí hacia las escaleras cojeando. Sentía punzadas en la pierna.

—De acuerdo, Joe —contestó mi madre, que no me pidió más información sobre la herida. Sabía que no debía preguntarme por los detalles de mi trabajo—. Buenas noches —dijo, sin moverse mientras yo me disponía a subir los escalones lentamente. Cuando estaba a punto de poner un pie en el primero, me llamó—: ¿Joseph? —Adiviné por el tono que había algo más que quería decirme desde hacía rato, algo que había reprimido hasta entonces.

Me volví. Estaba sentada en el sofá, con las manos entrelazadas en el regazo. Parecía nerviosa.

—¿Sí, mamá? —pregunté.

—Está embarazada.

No sé cómo lo adivinó. Pero lo sabía.

—Lo sé. —Durante unos instantes me quedé inmóvil al pie de las escaleras, planteándome si decía algo más o no. Al final decidí no hacerlo. Subí las escaleras cojeando y me fui a la cama.

A la mañana siguiente me desperté con el aroma del beicon frito que subía desde la cocina. Me sentí como si fuera sábado por la mañana y volviera a tener doce años. Me incorporé. La pierna estaba mejor. Aún me dolía, pero menos. Cogí los analgésicos de mi bolsa y me tomé unos cuantos sin agua. Me levanté, me vestí y me dirigí hacia el piso de abajo. Antes de empezar a bajar las escaleras llamé a la puerta de tu habitación para comprobar si ya te habías despertado. No oí nada, por lo que pensé que aún dormías. Bajé los escalones solo, tarea que resultó el doble de dolorosa que subirlos la noche anterior. Sin embargo, lo único que podía hacer era apretar los dientes y aguantar.

Cuando llegué abajo, me sorprendió oír tu voz en la cocina. Al parecer, ya estabas despierta y reforzando los vínculos con mi madre. Ahora que sabía que estabas embarazada, los vínculos me asustaban. No sé por qué. Era un típico caso de paranoia. Tendría que haber recordado que debía confiar en ella.

Mi madre te había puesto a trabajar duro, mezclando la masa de las tortitas mientras ella freía el beicon en la sartén con un tenedor. Ambas parecíais felices, sin preocupaciones. Decidí unirme a la diversión, al menos por el momento. Sonreí y me senté a la mesa de la cocina.

—Me alegra ver que mi madre ya te está enseñando a adaptarte a la vida doméstica.

—Buenos días, Joseph —me dijo mi madre, que se volvió mientras yo te observaba. Estabas muy ocupada trabajando. Era la primera vez que te veía cocinar. Tenías un aspecto peligroso.

—Olvídate de la universidad, de trabajar, lo único que debes aprender a hacer en este mundo de hombres es a cocinar y a limpiar, ¿verdad, mamá?

Me fulminaste con la mirada. Mi madre se acercó hasta mí y me pegó con un trapo en el hombro.

—¿A qué hora os habéis despertado? —pregunté.

—Me he levantado pronto para ir a la tienda y asegurarme de que había comida para el desayuno. Cuando he llegado, Maria ya estaba levantada. Y ha tenido la amabilidad de ofrecerse a ayudarme a cocinar. —Mi madre llevaba un delantal. Parecía salida de un anuncio de las masas Bisquick de la década de los cincuenta.

Me acerqué a la sartén y cogí un trozo de beicon con las manos, con un gesto rápido para no quemarme con el chisporroteo de la grasa.

—¿No puedes esperar diez minutos? —exclamó mi madre mientras me llevaba una tira de beicon muy caliente a la boca.

—Podría esperar tres días —contesté—, pero preferiría no hacerlo.

Aún no habías abierto la boca.

—¿Te ha tratado bien mi madre? —Te pregunté al final, medio en broma.

—Ha sido muy buena —respondiste, en un tono más serio de lo que yo esperaba. Un tono que rozaba la tristeza. Quizá algún día me cuentes en qué pensabas.

Nos sentamos juntos a la mesa y desayunamos. Tal y como había sucedido durante la cena, mi madre apenas probó bocado y tú comiste el doble que yo. La conversación pasó de un tema intrascendente a otro; ninguno de los tres reveló sus secretos. Nos dedicamos a hablar sobre todo de los planes que teníamos para pasar el día. Le dije a mi madre que debíamos hacer unos recados y que luego pensaba llevarte a la cima de Rocky Point, un peñasco donde Jared, Michael y yo acostumbrábamos a acampar cuando éramos niños. Parecías muy emocionada ante la idea de ver directamente un lugar de mi infancia.

—¿Estás seguro de que es una buena idea? —terció mi madre—. Teniendo en cuenta... —E hizo una pausa. Una pausa atronadora, que hacía clara referencia al «estado de María». Sin embargo, al final mi madre acabó la frase con un—: Teniendo en cuenta cómo tienes la pierna.

—No nos pasará nada, mamá. El aire fresco y el ejercicio nos vendrán bien. —Puse una mano encima de la tuya, sobre la mesa. El simple hecho de tocarte me hacía sentirme bien.

No tardamos en terminar el desayuno. Poco después, subimos al coche y nos dirigimos a la ciudad. Dejamos nuestras cosas arriba porque sabíamos que íbamos a volver al cabo de unas horas. Mi madre se quedó sola en casa.

Lo primero que tuvimos que hacer fue comprar provisiones para cuando nos marcháramos de Nueva Jersey. Fuimos a un banco y saqué cuatrocientos dólares en el cajero, la cantidad máxima que podía sacar en un día. Era mi cuenta de gastos. Tenía la tarjeta bancaria y el número secreto, pero la cuenta no estaba a mi nombre y no tenía control alguno sobre ella. Eran los de la central los que se encargaban de gestionarla. Yo solo sacaba dinero, y siempre había. Nos decían que no derrocháramos, que si lo hacíamos nos cerrarían el grifo. Es lo único que sabía. Además de esa tarjeta, tenía cinco tarjetas más de crédito, cada una con un nombre distinto. Nunca me llegó ningún extracto de tarjetas de crédito. Iban directamente a la central. Tampoco había tenido ningún problema al usarlas. Las reglas eran las mismas que para la tarjeta bancaria: haz tu trabajo y no llames la atención. No podíamos llevar un tren de vida como el de James Bond. Allen se había asegurado de dejarlo muy claro, pero nunca teníamos que preocuparnos del dinero. Era algo que yo siempre había dado por supuesto, pero eso no iba a durar mucho más. Mi plan consistía en sacar cuatrocientos dólares cada tres días hasta que tuviéramos más de mil seiscientos en efectivo. Cargaríamos a las tarjetas de crédito las compras de todas las provisiones que fuéramos a necesitar durante la huida. Esperaba que todo ese gasto no despertara sospechas. A fin de cuentas, se suponía que estaba de vacaciones. Al cabo de dos semanas, lo tiraríamos y abandonaríamos todo. Se acabaría el vivir de las rentas porque mientras siguiéramos utilizando sus tarjetas, sabrían dónde estábamos. Mientras siguiéramos utilizando su dinero, no podríamos ser libres.

Después del banco, fuimos al supermercado. Compramos como si fuéramos a irnos de acampada: ningún alimento perecedero; muchas cosas que se pudieran preparar fácilmente; muchas cosas que pudiéramos comer sin cocinar; mucha agua embotellada. Compramos barras de cereales, cecina y fideos ramen. También compré vitaminas prenatales, suficientes para que duraran todo el embarazo. Ahora era el momento de gastar.

Llenamos casi todo el maletero con las provisiones del supermercado. Luego tomamos la carretera principal para ir a una tienda que vendía artículos de acampada. Compramos dos sacos de dormir, dos linternas, un kit de primeros auxilios y una tienda.

Las compras nos ocuparon el resto de la mañana y parte de la tarde. Sin embargo, quería enseñarte el lugar donde me había criado antes de que nos fuéramos para que vieras el mundo que conocí cuando aún era inocente. Quería que vieras lo mejor de mí. Aparqué el coche al final de una calle sin salida. Cruzamos el jardín trasero de una casa vieja y caminamos por el bosque durante un rato. Te pregunté varias veces si estabas bien, pero enseguida me di cuenta de que era mi pierna la que nos impedía avanzar más rápido y no tu estado. Rebosabas energía. Cruzamos un pequeño arroyo y empezamos la subida. Nada había cambiado. Era como si el bosque se hubiera mantenido inalterado con el paso del tiempo. Yo había cambiado. Mi mundo había cambiado. Pero el bosque no. Mientras nos adentrábamos en la espesura, los árboles eran más altos aunque cada vez más escasos. El bosque se abría, y solo algún que otro rayo de sol se filtraba por la bóveda forestal.

—Qué bonito es —dijiste mientras subíamos la cuesta, cada vez más empinada.

—Aún no has visto nada —añadí.

A cada paso que daba sentía una punzada en la pierna, pero valía la pena soportar el dolor. Después de recorrer en treinta minutos la distancia que antes solo me llevaba quince, llegamos a la base de la roca. Desde allí, se alzaba en vertical casi cincuenta metros. Estiraste el cuello y miraste hacia la cima, que sobresalía por encima de los árboles.

—Uau —exclamaste cuando llegamos a la roca, alargando la exclamación. Te acercaste al peñasco y lo tocaste para sentir su textura—. Es increíble. ¿Cuánto mide?

—Casi cincuenta metros. Cuando éramos pequeños lo escalábamos.

—¿De verdad? —preguntaste, sorprendida de no saberlo.

—Sí.

Recordaba la primera vez que lo había escalado como si fuera ayer. Jared había leído todos los libros y había hecho todo el trabajo de preparación, de modo que se ofreció a encargarse de la cuerda durante el primer ascenso. Michael y yo tuvimos que decidir quién subía primero. Me ofrecí voluntario para intentarlo. Michael no quería. «Es tu roca, Joe. Tú nos has traído hasta aquí. Sube tú primero.» La primera vez tardamos más de dos horas. Subí lentamente, suspendido a treinta metros del suelo, aferrado a pequeños salientes. Jared y Michael no pararon de gritarme para darme ánimos. Aún faltaba más de un año para que cumpliéramos los dieciocho. El mundo todavía era un lugar simple.

—¿Cómo vamos a llegar a la cima? —preguntaste. Me lanzaste una mirada pícara que no había visto desde el fin de semana que nos conocimos.

—Hay un camino lateral. Es bastante empinado. ¿Crees que podrás?

—¿Crees que podrás impedírmelo, tullido?

Empezamos a subir. Notaba punzadas en la pierna. Tuviste que volverte un par de veces para darme la mano y ayudarme. Intenté no tirar demasiado fuerte por miedo a hacerte daño. Al final, llegamos arriba juntos. Desde la cima teníamos la sensación de que veíamos medio estado de Nueva Jersey extenderse a nuestros pies. Nos acercamos al borde y nos sentamos, con las piernas colgando a cincuenta metros de altura; las copas de los árboles apenas nos rozaban los pies. Te inclinaste hacia mí y me apoyaste la cabeza en el hombro.

—¿Cuándo empezaste a subir aquí?

—Cuando tenía siete años. Venía cuando quería evadirme. Tras la muerte de mi padre, empecé a hacerlo más a menudo. Venía en bicicleta desde la casa nueva. Cuando Michael, Jared y yo descubrimos la existencia de la Guerra, empezamos a venir los tres. Aquí solo éramos nosotros..., sin Guerra..., sin muerte.

—Suena bonito.

—Lo era.

Pasamos veinte minutos más observando el mundo, los coches pequeños como cajas de cerillas que recorrían las calles, la gente diminuta que correteaba por su jardín. Nos quedamos allí sentados, con tu cabeza apoyada en mi hombro, observando un mundo del que ya no formábamos parte. A medida que avanzó la tarde empezó a hacer frío y decidimos que debíamos irnos.

Llegamos a casa al atardecer. Cuando entramos fui a darle un abrazo a mi madre. Ella me lo devolvió, pero con cierta desgana. Algo iba mal, pero no hice caso de mi presentimiento. No quise enfrentarme a ello. Fuimos a la sala de estar. Te sentaste en el sofá y encendí la televisión. Me disculpé para ir al baño de arriba y echar un vistazo al agujero de la pierna. Entré en el baño y me quité los vaqueros. Me miré la pierna en el espejo de cuerpo entero de la pared. No había sangre ni pus. Parecía que estaba curando bien.

Llevaba unos cinco minutos en el baño cuando alguien llamó a la puerta.

—¿Quién es? —pregunté.

—Tu madre, Joseph. Tenemos que hablar.

—Espera un momento. Déjame ponerme los pantalones. —Me subí los tejanos y abrí la puerta. Mi madre me estaba esperando de pie, a menos de diez centímetros de la puerta. Tenía los ojos arrasados en lágrimas y le temblaba el labio superior. Todo se venía abajo. El tiempo se detuvo.

—Tiene diecisiete años —me dijo mi madre, con voz temblorosa.

La última vez que la había visto llorar fue cuando mataron a Jessica.

—¿Cómo lo sabes? —repliqué, intentando mantener la calma.

—Su pasaporte —respondió con frialdad.

—¿Has husmeado en sus cosas?

—He tenido que hacerlo. Sabía que algo no encajaba. Solo me preocupaba por ti. Tiene diecisiete años, Joseph. ¿Sabes lo que eso significa?

—Baja la voz, mamá. Está abajo.

—Está durmiendo. Está durmiendo en nuestro sofá. ¡Tiene diecisiete años, está embarazada y está durmiendo en nuestro sofá!

—No lo supe hasta que ya era demasiado tarde —le dije.

—¿Lo sabías? —Mi madre torció el gesto. Nunca la había visto así—. Es una cría. Te has acostado con esa pobre cría y ahora vas a arruinar su vida y la tuya.

—Es tan cría como yo.

—¡Entonces los dos sois unos críos, unos niños malcriados que estáis echando a perder vuestra vida!

—Escucha, mamá, no lo sabía —repetí.

—No puede tener el bebé. —Hablaba con amargura y frialdad.

—Va a tenerlo.

—¿Vas a permitírselo? —exclamó.

—Vamos a tenerlo juntos. Es lo que ambos queremos. —Estaba convencido de mis palabras.

—¿Y qué piensas hacer? ¡Ya conoces las reglas!

No respondí de inmediato. Quería que se calmara. Confiaba en que si yo mantenía la calma, ella también lo haría.

—Vamos a huir, mamá. Por eso hemos venido. Quería presentarte a la madre de tu nieto y luego despedirme. —Me entraron ganas de llorar, pero me prometí que, si mi madre no lloraba, yo tampoco lo haría.

—¿Estás seguro de que sabes lo que haces? Si huyes... —No pudo acabar la frase. Los labios no dejaban de temblarle—. Si huyes, renunciarás a todo. ¡Renunciarás a todo por lo que luchó tu padre, todo por lo que luchó tu abuelo! Renunciarás a tu futuro. ¡Renunciarás a todo por lo que has estado luchando! —Fue alzando la voz poco a poco.

—Y, exactamente, ¿por qué estamos luchando? —pregunté—. Dímelo.

Se quedó horrorizada. La miré a los ojos y no la reconocí.

—Lo siento, mamá, pero ya hemos tomado una decisión. —La dejé junto a la puerta del baño y salí al pasillo.

—Creo que no lo habéis pensado detenidamente, jovencito —me dijo mientras me alejaba de ella.

Me volví y le dirigí una mirada fulminante para que le quedara muy claro que habíamos pensado en ello con detenimiento y que no iba a impedírmelo.

—Tu padre estaría muy decepcionado contigo —me dijo mientras la miraba fijamente.

Fue como si me hubiera dado un bofetón.

Mantuve la calma y le dije sin alzar la voz:

—Me alegro de haber podido verte estos dos días. Maria y yo nos quedaremos una noche más. Dejaré que medites sobre esto durante la noche. Si mañana no has cambiado de opinión, nos iremos a primera hora. —Entonces bajé las escaleras. Quería estar cerca de ti. Sentía la irresistible necesidad de protegerte.

Cuando te despertaste, te propuse ir a cenar fuera. Te pareció extraño, pero aceptaste. Durante la cena comí despacio, sin embargo tú devoraste. Tal y como esperaba, cuando llegamos a casa mi madre estaba encerrada en su dormitorio, con las luces apagadas. No obstante, yo sabía que no estaba dormida.

Cuando subimos al piso de arriba, nos dimos un beso de buenas noches y te dirigiste a la antigua habitación de mi hermana.

—¿Maria? ¿Puedes hacerme un favor? —te pregunté mientras te alejabas.

—Claro, Joe. ¿Qué quieres? —preguntaste, algo confusa.

—Cierra la puerta con el pestillo.

—¿Por qué? —preguntaste, desconcertada.

—Por si acaso —contesté—. ¿Te importa dormir con el pestillo puesto?

—Me estás asustando. ¿Ha pasado algo?

—Por favor, Maria. Cierra la puerta con pestillo. Estoy seguro de que no pasará nada.

—De acuerdo —dijiste, y preferiste no preguntar nada más por miedo.

Me fui a mi habitación y me eché en la cama. Durante gran parte del tiempo me quedé tumbado sin hacer nada. Miles de pensamientos se agolpaban en mi cabeza, pero ninguno era coherente. No hacía más que oír voces. «¿Y qué piensas hacer? ¡Ya sabes las reglas, jovencito! O son ellos los malos, o lo somos nosotros. Pero ¿por qué luchas? Estoy embarazada, Joe. ¿Quién coño te crees que eres? ¿Crees que eres alguien? No eres nadie. Lo sabían. No puede tener el bebé. Buenos y malos. Policías y ladrones. Vaqueros e indios. Todo son cuentos de niños, Joe. He venido a matarte. Mataron a mi hija, Joe. Mataron a mi mujer y a mi hija. Tu padre estaría muy decepcionado contigo. No me he preparado para luchar, Joe. Me he preparado para morir. Tiene diecisiete años. Tengo diecisiete años.» Entonces oí unos lloros, que interrumpieron las voces. Al principio creí que era otro sonido atrapado en mi cabeza. Una voz más, que no podía pronunciar bien las palabras. Pero como los lloros no cesaron, volví a recuperar la conciencia. Había alguien que lloraba de verdad. No eran imaginaciones mías, era real.

Salté de la cama y me precipité hacia la puerta. Lo primero que se me ocurrió fue que mi madre había entrado en tu habitación, que te había hecho algo. No se me ocurría qué podía haberte hecho. Pensé que quizá te había despertado. Quizá te estaba echando un sermón porque me habías arruinado la vida. Me arrepentí de no habértelo contado todo. Debería haberte dicho que mi madre lo sabía y debería haberte contado su reacción.

Las luces de la sala de estar estaban encendidas. Bajé las escaleras. Mi madre estaba sentada en el sofá sollozando, con el teléfono inalámbrico en el regazo.

—¿Qué pasa, mamá? —pregunté. Habría supuesto lo peor si pudiera haber imaginado qué era lo peor.

Mi madre se limitó a negar con la cabeza. No lograba inspirar suficiente aire entre sollozo y sollozo para hablar.

—¿Qué ha pasado?

Al final, se calmó un poco y pudo pronunciar unas palabras.

—Lo siento, Joseph —fue lo único que pudo decir antes de volver a sollozar.

—¿Qué es lo que sientes? —Dirigí la mirada del rostro lloroso de mi madre al teléfono que tenía en la mano—. ¿Qué has hecho?

Dejó de llorar. Fue como si de repente la hubiera poseído una persona completamente distinta.

—He hecho lo que debía hacer —dijo, intentando hablar con voz firme.

—¿Qué has hecho, mamá? —pregunté de nuevo, suplicándoselo.

—Se lo he dicho. —Levantó el teléfono—. He hecho lo que tú ya deberías haber hecho. He hecho lo que tu debilidad te ha impedido hacer. Se lo he dicho. He hecho lo que debía.

—¡Te das cuenta de lo que significa eso! —le grité.

Se volvió y apartó la mirada.

—¡Vendrán a buscarnos a Maria, a nuestro hijo y a mí!

—He hecho lo que debía, Joseph —insistió. No estaba dispuesta a mirarme de nuevo.

—¿Que has hecho lo que debías? ¡Ese bebé es tu nieto!

—¡No digas eso! —replicó a gritos, señalándome con un dedo pero incapaz de mirarme a los ojos.

—¡Ese bebé es tu nieto! —repetí, más fuerte para que las palabras resonaran en sus oídos mucho tiempo después de que nos hubiéramos ido—. ¡Tu nieto!

Al final, se volvió hacia mí. Tenía los ojos hinchados y rojos.

—Ese bebé no es nada de lo que dices. No es mi nieto. ¡Ese bebé es uno de ellos!

Miré a mi madre a los ojos. La mujer a la que conocía había desaparecido.

Ya había malgastado suficiente tiempo. Me volví, subí corriendo las escaleras y empecé a llamar a tu puerta con el puño.

—¡Maria! ¡Maria! ¡Despiértate! ¡Recoge tus cosas! ¡Tenemos que irnos! ¡Tenemos que irnos ahora!

Era el segundo simulacro de incendio al que te sometía en los últimos tres días. Y no iba a ser el último. Abriste la puerta.

—Recoge tus cosas. Tenemos que irnos ahora —te dije, bajando la voz.

Te limitaste a asentir con la cabeza. Estabas lista para huir. Poco a poco te ibas acostumbrando a ello. Empezaste a preparar la bolsa. Fui corriendo a mi habitación y metí todo lo que tenía en mi bolsa; todo salvo la pistola. La saqué de la bolsa y me la guardé en la parte de atrás de los pantalones.

Cuando llegamos abajo, mi madre seguía sentada en el sofá, agarrando el teléfono. Se le marcaban los tendones de la mano como si fuera a morirse si soltaba el aparato. Alzó vista cuando bajamos las escaleras. La miré a los ojos por última vez. Volvía a ser mi madre. Fuera cual fuese la criatura que la había poseído, ya se había ido. Era una pena que fuese demasiado tarde. Iban a enviar a alguien a buscarnos. Teníamos que irnos.

Nos dirigimos a la puerta. Estuviste a punto de volverte para decirle algo a mi madre, pero te di un empujón suave en el hombro para que siguieras caminando. Entendiste la indirecta y no te paraste. No me preguntaste qué había sucedido. Supuse que lo habías imaginado. Cuando estaba a punto de salir por la puerta, mi madre se levantó del sofá. Las lágrimas le corrían por la cara.

—Te quiero, mamá. Siempre te querré —dije, antes de salir por la puerta de la cocina.

Ella asintió. Tiramos las bolsas en el asiento trasero del coche y nos sentamos delante. Encendí el motor y salimos derrapando. Mientras nos alejábamos miré por última vez a la vieja casa. Mi madre estaba de pie junto a la ventana, llorando, con una mano levantada por encima del hombro. Nos estaba diciendo adiós.

13

Salimos del pueblo sin más contratiempos. Siempre que pude tomé carreteras secundarias, cambié de dirección con frecuencia y me fijé en todos los coches con los que nos cruzábamos. Tenía un ojo en la carretera y otro en el retrovisor trasero para asegurarme de que no nos seguían. Cada vez que veía las luces de freno de un coche con el que acabábamos de cruzarnos, me estremecía, pensando que tal vez iba a dar la vuelta. No tenía ni idea de cuánta información les había dado mi madre. No sabía qué les había revelado. Tuve que suponer que ahora sabían tu nombre. Tuve que suponer que sabían qué coche conducíamos. Imaginé que teníamos, como mucho, una hora de ventaja para poner tierra por medio entre nosotros y mi pueblo natal. Después, no tenía ningún plan. Teniendo en cuenta la situación, no valía la pena pensar más allá de una hora.

Permaneciste sentada en silencio durante un rato, observándome, observándome mientras miraba los retrovisores, observándome mientras pensaba. No dijiste nada hasta que empecé a calmarme.

—¿Qué ha pasado? —preguntaste al final.

Después de que te arrancara de la cama de una casa extraña, en mitad de la noche, y de que te dijera que recogieras tus cosas para meterte en un coche y llevarte a sabe Dios dónde, aún esperaste una hora para hacerme una pregunta. Cada vez se te daba mejor aquel juego. Sabías cuándo había que preguntar y cuándo había que correr para sobrevivir. Poco antes de que hicieras esa pregunta, tomamos una carretera principal. Eran casi las dos de la madrugada. La carretera estaba casi vacía. De momento parecía que habíamos logrado huir.

—Nos están buscando —contesté. Tenía la mirada clavada en la carretera que se extendía ante nosotros. No te dije nada que no supieras ya.

—¿Qué significa eso? —preguntaste al cabo de unos momentos.

—Significa que lo saben. Saben que existes. Saben que estás embarazada. Saben que estamos huyendo.

—No, Joe. ¿Qué significa eso? —repetiste—. ¡Para nosotros!

Te miré. No parecías asustada, solo nerviosa. Te puse una mano en la pierna y la froté con suavidad.

—En realidad, no cambia muchas cosas. Tarde o temprano íbamos a tener que escondernos. Ahora tenemos que hacerlo antes.

Asentiste. Parecías fuerte. Parecías mucho más fuerte que yo. Pero ahí estábamos, en la carretera, sin que nadie nos dijera adónde debíamos ir; no había gente esperando para morir. Estábamos solos siempre que no nos matáramos.

—Estamos en la Ruta Ochenta —te dije mientras seguíamos avanzando, sin apartar la mirada de la carretera—. Empieza en Nueva Jersey, desde el puente de George Washington, que es el que conduce a Nueva York —proseguí.

—Ya sé cual es el puente de George Washington. Soy canadiense, no una retrasada —me espetaste.

—Vale, lo pillo. Bueno, la carretera va desde el puente de George Washington hasta el Golden Gate. De Nueva York a San Francisco, cruza todo el país. Y esta noche es nuestra.
—Pusiste una mano sobre la que todavía no había quitado de tu pierna.

—¿Adónde vamos?
—Estaba pensando en Chicago.
Si lo hacíamos de un tirón podíamos llegar a Chicago en unas doce horas. Podríamos haber llegado por la tarde. Sin embargo, creía que era mejor no tener tanta prisa por ir a una

ciudad. La llamada de mi madre habría disparado todas las alarmas. Durante el primer día, todo iba a ser muy difícil. Todo el mundo nos estaría buscando. A medida que pasara el tiempo, surgirían otras cosas y pasaríamos a un segundo plano, al menos para aquellos que no tuvieran un interés personal en encontrarnos.

—¿Por qué Chicago?

—No lo sé. —Me encogí de hombros—. Nunca he estado en Chicago. —Era cierto, pero solo explicaba en parte por qué había elegido ese destino. El verdadero motivo era porque nunca había hecho un trabajo en Chicago.

—Pues a Chicago vamos.

—A Chicago —repetí, asintiendo. Sonaba bien—. Creo que esta noche deberíamos dormir un poco. Conduciré un par de horas más para adentrarnos en Pensilvania. Quizá entonces podamos encontrar un buen sitio donde descansar hasta la mañana. Pero si quieres puedes dormir mientras conduzco.

—No creo que eso vaya a suceder —dijiste—. Esta noche no. —Parecías más fuerte de lo que te sentías.

Pasamos junto al desfiladero de Delaware y entramos en Pensilvania. Al dejar atrás el cañón recordé que mi abuelo me llevaba allí cuando era pequeño. Salíamos de casa los domingos por la mañana muy temprano, antes de que saliera el sol, para poder bajar al desfiladero y soltar las palomas mensajeras que criaba mi abuelo. Mientras bajábamos, las palomas arrullaban en las jaulas, en la parte de atrás de la camioneta de mi abuelo. Parábamos junto al río, salíamos del coche y mi abuelo sacaba las jaulas. Entonces nos sentábamos y esperábamos un rato. Mientras, oía cómo se movían las palomas, alborotadas. Sabían lo que iba a suceder. Sabían que dentro de poco serían libres, que podrían echar a volar. Mi abuelo era un tipo bastante estoico. Ahora que lo pienso, no recuerdo el sonido de su voz. Ni tan siquiera recuerdo oírlo hablar. Sin embargo, sí recuerdo que me llevaba al desfiladero a soltar a las palomas.

A continuación las jaulas empezaban a moverse como si

estuvieran vivas. Mi abuelo quería esperar a que las palomas alcanzaran el punto máximo de excitación antes de abrirles las jaulas. Cuanto más alteradas estaban, más rápido volaban. Cuando el movimiento en el interior de las jaulas ya no podía ir a más, las abríamos y las palomas salían volando. Salían disparadas hacia arriba. Entonces trazaban un giro muy amplio en grupo, hacia el cielo, intentando orientarse. Subían y subían hasta convertirse en unas manchas en el cielo del amanecer. Batían las alas con fuerza y se alejaban. Todo sucedía en un instante, desaparecían en un abrir y cerrar de ojos. Cuando ya no veíamos a ninguna paloma, mi abuelo y yo cargábamos las jaulas en el coche, nos sentábamos y nos dirigíamos de nuevo hacia la autopista. De camino a casa, parábamos a desayunar y yo devoraba las tortitas y el beicon, y bañaba en jarabe todo lo que tenía en el plato. Mi abuelo siempre pedía huevos revueltos, muy hechos. No recuerdo su voz, pero sí lo que comía. Es curioso cómo funcionan los recuerdos. Cuando acabábamos de desayunar, volvíamos al coche y retomábamos el camino de vuelta a casa.

El viaje, incluido el desayuno, duraba unas dos horas. En ese tiempo recorríamos unos ochenta kilómetros. Al llegar a casa, íbamos al jardín trasero. Había dos sillas que mi abuelo siempre tenía puestas de cara al palomar que había construido. Nos sentábamos y las esperábamos. Aún era temprano, por lo que el rocío de la hierba apenas había empezado a secarse. Tomábamos asiento, y mi abuelo sacaba el reloj y su libreta y esperábamos. Por lo que recuerdo, nunca tuvimos que esperar demasiado. Al cabo de poco, regresaban una a una las palomas que una hora antes se mostraban ansiosas por salir de sus jaulas y echar a volar. Una a una aterrizaban en el palomar y regresaban a sus jaulas. Podrían haber ido a cualquier parte. Sin embargo, ahí estaban, descendiendo del cielo, retornando al pequeño palomar que mi abuelo les había hecho en el jardín trasero. Mi abuelo las conocía a simple vista. A medida que iban llegando apuntaba la hora para poder compararla con la de las semanas anteriores. Sonreía cuando una de sus favoritas llegaba la primera. Se preocupaba cuando alguna tardaba más de lo esperado. Al final, todas volvían. Nunca perdió una paloma. Atravesaban fuertes rachas de viento, la lluvia y cualquier obstáculo que encontraran en su camino. Cuando habían llegado todas, mi abuelo se acercaba al palomar, cerraba la puerta y corría el pestillo. De niño siempre me preguntaba por qué las palomas realizaban semejante esfuerzo para acabar de nuevo enjauladas. Esa noche, al dejar atrás Nueva Jersey contigo, por fin me pareció entenderlo.

Al cabo de unos minutos, cruzamos el desfiladero y dejamos atrás Nueva Jersey para siempre. Entramos en Pensilvania, y cuanto más avanzábamos, más rural era el entorno. Estábamos rodeados de árboles. La carretera de dos carriles parecía extenderse ante nosotros hasta el infinito. Tenía la sensación de que no íbamos a llegar a ninguna parte. Seguíamos moviéndonos, avanzando. No sobrepasé el límite de velocidad para no llamar la atención. De vez en cuando nos adelantaba un camión o veíamos los faros de otro que se dirigía hacia el lugar de donde veníamos. Sin embargo, durante gran parte del tiempo solo veíamos árboles.

Intenté seguir a rajatabla el horario que había establecido. Disciplina. Eso era lo que íbamos a necesitar. Siempre había que seguir el plan al pie de la letra. Siempre había que estar listo para cambiar el plan en cualquier momento. A las tres y media de la madrugada tomé una salida de la autopista que llevaba a un pueblecito de Pensilvania. La idea era abandonar la carretera en algún lugar, sacar los sacos de dormir e intentar descansar de verdad durante unas horas, antes de que saliera el sol. El cielo estaba despejado. Hacía frío, pero era soportable. No íbamos a tener que montar la tienda. Paramos a repostar en una vieja gasolinera. Había tres coches destrozados, sobre bloques de hormigón, junto al garaje. Detuve el coche en el aparcamiento.

—¿Por qué paramos aquí? —preguntaste. No habías dormido. Pensé que lo harías, a pesar de tus miedos. Pero no. Señalé los tres coches que había en el límite de la propiedad—. ¿Vamos a robar un coche? ¿Vamos a robar uno de esos? —preguntaste con incredulidad.

—Los coches no —respondí—. Si robas un coche, empezarán a buscarlo. —Hurgué en mi bolsa de lona, que estaba en el asiento trasero, y saqué mi navaja—. Solo vamos a llevarnos las matrículas. —Los que nos estaban buscando sabían qué coche conducíamos. Sabían la marca, el modelo y, probablemente, la matrícula. Desatornillé las matrículas de Pensilvania de uno de los coches. Luego cogí la matrícula posterior de un segundo coche, y la puse en la parte delantera del primero para que no fuera tan obvio que las habíamos robado. Las probabilidades de que alguno de los trabajadores de la tienda se diera cuenta de que las dos carracas compartían matrícula eran bastante reducidas. Saltaba a la vista que nadie había tocado esos trastos desde hacía años. Cogí nuestras matrículas de Massachusetts, las guardé en el maletero y puse las nuevas. Ahora ya podíamos pasar un poco más desapercibidos.

Seguimos conduciendo. Fui tomando carreteras secundarias hasta que encontramos una casi impracticable, que se abría paso entre un bosque y un campo de maíz. Cuando dimos con un claro entre los árboles lo bastante grande para meter el coche, nos detuvimos. Nos habíamos alejado el máximo posible de la carretera, pero estábamos a menos de diez metros de ella. Un coche gris como el nuestro sería perfectamente visible a plena luz del día, pero en la oscuridad de la noche estábamos bien resguardados.

Saqué los sacos de dormir nuevos del maletero.

—Deberíamos haber comprado almohadas —dijiste al ver que me dirigía con los sacos hacia un pequeño claro.

—Bueno, no se puede pensar en todo —dije.

Sacaste dos jerséis de tu mochila y los envolviste en las bolsas de plástico que nos habían dado el día anterior al hacer la compra.

—Almohadas —me dijiste, y me tiraste una de las bolsas.

Tendimos los sacos en el suelo y nos metimos dentro. Estábamos a un metro el uno del otro. Dejé la mochila a mi lado. Dentro tenía, entre otras cosas, la pistola, por si acaso. Puse el cojín debajo del saco, apoyé la cabeza y cerré los ojos. Me iba a costar conciliar el sueño, pero sabía que lo necesitábamos.

—¿Joe? —preguntaste, tumbada de lado y con la cabeza apoyada en el brazo.

Abrí los ojos.

—Tenemos que dormir —te dije—. Al menos debemos intentarlo.

—Solo una pregunta rápida. —Continuaste antes de que pudiera replicarte—. ¿Qué va a pasar ahora?

—¿A qué te refieres? —pregunté.

—Sé que estamos huyendo y que debemos escondernos, pero ¿qué hacen ellos?

—Nos buscan.

—¿Cómo? ¿Ha sucedido esto alguna vez?

—¿Esto en concreto? —me pregunté en voz alta, mirándote la barriga—. No lo sé. Seguro que sí. Pero nunca he oído ninguna historia parecida, ningún detalle concreto.

Parecías aliviada, aunque no duró demasiado.

—Sé que una vez un tipo huyó. Se llamaba Sam. Sam Powell. Era uno de ellos. Un asesino del otro bando. Algo salió mal durante una misión. Fue a un restaurante de Long Island. Se suponía que tenía que matar al cocinero. Esperó en el aparcamiento que había detrás del local, cuando ya habían cerrado. Era de noche. Había examinado el restaurante durante unos cuantos días, y el cocinero siempre salía con unas bolsas grandes de basura y las tiraba en los contenedores que había en el aparcamiento. De modo que sabía que iba a salir cargado con dos bolsas grandes, solo, en mitad de la noche. Sabía que estaría indefenso. Nadie sabe por qué lo querían eliminar. Nunca supe quién era o por qué era importante. Imagino que querían matarlo porque sí.

»De modo que esa noche era muy oscura, y Sam Powell se situó detrás del contenedor con un cuchillo. Su plan era esperar a que saliera el cocinero y cuando estuviera a punto de tirar la primera bolsa de basura, en ese momento en que era más vulnerable, clavarle el cuchillo. Al parecer Sam era todo un experto en estas lides. Solo iba a necesitar una puñalada. Así pues, esperó y escuchó, y cuando oyó los sonidos correctos, los sonidos que había oído las dos noches anteriores, el sonido del cocinero al inclinarse para intentar meter la bolsa de basura en el contenedor, Sam sacó el cuchillo y lo degolló. El tipo murió en menos de un minuto. El problema fue que no era el cocinero. Por algún motivo, esa noche el encargado de sacar la basura fue un lavaplatos. Tenía la misma complexión que el cocinero, pero era un pobre inmigrante. Y era un civil.

»El protocolo establece que cuando matas a un civil, debes entregarte. Te entregas a los de tu propio bando, que a su vez pueden entregarte al otro bando, cosa que nunca sucede, o llevar a cabo la ejecución ellos mismos.

Al oír esto te estremeciste. Al parecer no eras partidaria de la pena capital.

—Así que Sam acababa de degollar a un pobre desgraciado y se suponía que debía sacrificarse en el altar de la justicia. Se suponía que debía renunciar a su vida por la causa. Sin embargo, en lugar de eso huyó. Es el único caso del que tengo conocimiento.

Llevaba hablando cinco minutos cuando te miré. Parecías horrorizada. La gente que dice que imaginar un monstruo da más miedo que verlo, no creo que haya visto un monstruo jamás. Los niños tienen miedo de la oscuridad por desconocimiento. Si fueran inteligentes, tendrían miedo de la luz.

—¿Qué sucedió? —preguntaste.

La expresión de tu rostro casi me obligó a callar, pero necesitabas saber la verdad. Si queríamos seguir adelante con la huida, debías saber de qué huíamos. Proseguí:

—La policía de Long Island no sabía cómo enfrentarse al caso. Era un acto violento fortuito más. De esos que nunca se solucionan. Un mexicano muere apuñalado en la parte posterior de un restaurante. No hay pistas, no hay móvil. La historia acaba desvaneciéndose. Pero nosotros no tardamos en darnos cuenta de lo que había pasado. El cocinero lo supo de inmediato. Los del otro bando sabían que Sam tenía que llevar a cabo esa misión, y había desaparecido. De modo que empezó a correr la voz. Estoy seguro de que ambos bandos pusieron el caso en manos de algunos de sus hombres. Seguramente tuvieron que hacerlo para mantener las apariencias, al menos por eso. Pero ese no fue el problema. Para Sam, el problema fue que cuando se corrió la voz se quedó solo. Nadie de su bando podía protegerlo. No solo eso, sino que publicaron toda la información de la que disponían sobre él. Enviaron, literalmente, varios paquetes que contenían su fotografía e incluían todos sus alias conocidos. Y eso no es todo. Lo sé porque recibí uno de esos paquetes de Sam. Tal y como te he dicho, estoy seguro de que había varias personas trabando oficialmente en el caso, pero el paquete también lo recibieron un puñado de tipos más, e incluía una lista con todos los trabajos que había hecho Sam a lo largo de toda su vida. Todos los hombres y todas las mujeres a los que había asesinado aparecían en el paquete. Todas las muertes en las que había estado involucrado. Y enviaron el paquete a todos aquellos a los que podía interesar la información. Yo nunca había oído hablar de Sam Powell antes de recibir el paquete. Pero resultó que había participado en el asesinato de mi padre. Había asesinado a mucha gente. No fui el único que recibí el paquete por lo de mi padre. Todo aquel que había mantenido una relación estrecha con mi padre lo recibió. La lista de trabajos de Sam era bastante larga, por lo que mucha gente disponía de la información. Sabía qué aspecto tenía. Sabía dónde vivía. Sabían mucho de él. Todos recibieron ese paquete que, hablando en plata, decía: «Intenta capturarlo y no te detendremos». Y todo aquel que lo recibió tenía algún motivo para encontrarlo.

»Sam era un verdadero profesional. No lo digo con admiración. Tan solo es un hecho. Duró seis días. Su familia recibió el cuerpo, procedente de Holanda. No conozco los detalles, pero sé que en el funeral el ataúd estuvo cerrado.

—¿Intentaste encontrarlo?

—No. Tenía trabajo. —Hice una pausa—. Nunca me consideré una especie de superhéroe vengador.

—¿Y eso qué significa para nosotros?

—Para empezar piensa en todos los pecados que has cometido. Piensa en todas las personas con las que has sido injusta. Ahora imagina que toda esa gente tiene la oportunidad de vengarse de ti por esos pecados, sin remordimientos y sin repercusiones. ¿Me sigues?

Asentiste.

—Ahora finge que lo que hiciste a esas personas es algo imperdonable.

Te miré a los ojos. Estabas asustada. Eso era bueno. El miedo nos resultaría muy útil.

—Vendrán a buscarnos. Vendrán a buscarnos e intentarán matarme. Intentarán matarme e intentarán quitarnos a nuestro hijo. Para ser sincero, no sé qué te sucederá.

—¿Quiénes son ellos? —preguntaste, pero lo que querías decir era «¿Es muy larga tu lista?».

—No sé quiénes son —contesté—, pero son muchos. No confíes en nadie, Maria.

Ambos permanecimos despiertos durante un rato después de la conversación, escuchando a los grillos, escuchando cualquier sonido extraño que pudiera llegar del bosque. Al final, nos quedamos dormidos.

A la mañana siguiente desayunamos en el maletero, cereales y agua. No quise sacar el tema del dinero para no agobiarte con problemas. Ya habías asimilado bastantes cosas. Sin embargo, el dinero no tardaría en convertirse en un problema. Entre los dos teníamos menos de quinientos dólares. Yo tenía tarjetas de crédito, pero no me atrevía a utilizarlas. A partir de ese momento, solo podíamos tirar de efectivo. Hacía siete horas que nos habíamos ido de mi casa. Con ese margen de tiempo podíamos haber llegado a Montreal, Cleveland y Richmond, en el estado de Virginia. Era un círculo muy amplio. No obstante, íbamos a necesitar dinero, y un médico para que controlara tu estado. Tarde o temprano iba a tener que buscar trabajo. Eso o empezar a robar, pero nunca me había considerado un ladrón.

Estábamos a unas nueve horas de Chicago, pero no quería

llegar allí hasta al cabo de dos días. Una vez en la ciudad, quizá pudiera encontrar trabajo. Quizá pudiéramos encontrar un apartamento barato. Quizá podríamos quedarnos allí durante una temporada. Sonaba bonito, pero había demasiados quizás.

Durante los próximos dos días el plan consistía simplemente en evitar las ciudades e intentar pasar desapercibidos. No quería obligarte a hacer trayectos muy largos de un tirón. No era bueno para tu salud. Había empezado a darme cuenta de los cambios que ibas sufriendo poco a poco. Necesitabas más horas de sueño. Tenías un apetito voraz. Al ritmo que llevabas, íbamos a acabar con las provisiones en dos días. Eso nos obligaría a ir a comer a algún restaurante, pero solo a los que estuvieran lejos de la carretera principal, que era un lugar peligroso. Seguro que había varias personas buscándonos. Intentaste ocultármelo, pero me di cuenta de que tenías náuseas. No vomitabas, pero te vi agarrarte el estómago con cara de dolor. Supuse que era normal. Esperaba que lo fuera.

Ese primer día fue agradable y no sucedió nada digno de mención. Tampoco por la noche. Desayunamos en una pequeña cafetería de un pueblo rodeado de campos de maíz, en mitad del estado. Tomamos de nuevo la autopista durante unas horas, y avanzamos en dirección oeste. La autopista me ponía nervioso. Me sentía mucho mejor cuando la dejábamos. Paramos en una gasolinera y compré un mapa detallado del estado. La gasolina se iba a llevar gran parte de nuestro presupuesto, y muy rápido, pero no teníamos elección. Llegado el momento, podíamos intentar robar gasolina de otro coche durante la noche. En cualquier caso lo haríamos más adelante. De momento, teníamos que ser invisibles.

Dormiste gran parte del viaje. Durante el día paramos una vez. Te di el mapa y lo devoraste. Marcaste todas las salidas. Anunciaste todos los lugares de interés turístico por los que pasamos, tanto si se veían de la carretera como si no. Te dije que creía que debíamos hacer un poco de ejercicio, por lo que me hiciste salir de la autopista y me llevaste a un parque forestal que habías visto en el mapa. Dimos un paseo de tres kilómetros por un riachuelo. Nos vino bien estirar las piernas. La herida estaba curando bien. La caminata te dejó fuera de combate. De vuelta en el coche, te quedaste dormida al cabo de unos minutos con el mapa desplegado sobre el regazo.

Llevaba la cuenta de las horas que habíamos logrado pasar desapercibidos. Cada hora que pasaba era una hora menos que faltaba para que se olvidaran de nosotros. No era una cuestión de distancia, sino de tiempo. Esa tarde entramos en Ohio. Tomamos otra salida al azar para encontrar un lugar barato donde cenar. El dinero disminuía rápidamente. Volvía a hacer una noche despejada, por lo que buscamos otro lugar desierto cerca de una carretera secundaria para pasar la noche. Te miré mientras dormías. Me sentía muy culpable. Tenías diecisiete años, estabas embarazada y no tenías un hogar. Deambulábamos por los bordes de la civilización, con la esperanza de que no nos encontrara nadie. Un día te devolvería a la civilización, pero no sabía cuándo.

Esa noche, hicimos el amor por primera vez desde que nos habíamos contado nuestros secretos. Te metiste en mi saco de dormir. Estábamos mucho más calientes si utilizábamos un solo saco. Nos desnudamos con torpeza el uno al otro de cintura para abajo, y nos dejamos las sudaderas puestas para soportar mejor el frío aire de la noche. Nos besamos. El saco se ceñía a los dos. Nuestros movimientos estaban limitados, pero bastaban. Nos movimos lentamente, con cuidado. Fue distinto. Éramos dos personas distintas. Antes éramos dos inocentes que se habían involucrado en un juego peligroso. Ahora éramos dos personas peligrosas y estábamos realizando el acto más inocente y primario que podíamos imaginar. Casi al final te mordiste el labio inferior y te estremeciste, pero no emitiste ningún sonido. El saco entero se estremeció contigo. Cuando acabamos lloraste.

El día siguiente transcurrió igual. Teníamos que hacer un trayecto de doce horas y estábamos intentando estirarlo durante tres días sin detenernos en ningún lado. Encontraste otro lugar en el mapa donde podríamos matar un poco el tiempo. Era un faro en el lago Erie. Pasamos unas cuantas horas en el parque que había alrededor del faro. Volvimos a comer en el maletero. Te merecías algo mejor que todo eso, pero no te quejaste en ningún momento.

En uno de los descansos compré el periódico. Eché un vistazo a los titulares y a las noticias policiales, en busca de algo que pudiera resultarnos interesante, cualquier cosa que pudiera darme una pista de lo que estaba sucediendo en mi antiguo mundo. Todo estaba muy tranquilo. Comprobé el tiempo. Esa noche habían previsto lluvias. Cuando llovía, las criaturas empezaban a asomar bajo el barro.

Empezó a llover a última hora de la tarde. Incluso antes de que cayeran las primeras gotas, vimos las nubes altas y oscuras que avanzaban hacia nosotros por la llanura. El aire se volvió denso y húmedo. Poco después los nubarrones cubrieron el cielo y taparon el sol. Se hizo la oscuridad. Bajó la temperatura y empezó a soplar el viento. Las hojas de los árboles que había a nuestro alrededor susurraban. Así pues, paré el coche en la cuneta y nos sentamos en el capó mientras se acercaban las nubes. Sentimos la niebla y el viento. Justo antes de que rompiera a llover te pregunté:

—¿Ya está?

Dijiste que sí y volvimos al coche. Teníamos la ropa húmeda por culpa de la niebla y encendí el motor y la calefacción para que pudiéramos secarnos. La lluvia azotaba el coche. Apenas nos oíamos por culpa del golpeteo de las gotas. Nos quedamos sentados un rato, esperando a que amainara un poco para poder ver algo.

—De donde yo vengo no llueve así —dijiste.

—Deberíamos encontrar un lugar para cenar —dije cuando pude arrancar el coche y nos pusimos en marcha de nuevo.

Aún llovía a cántaros y después de cada pasada de los limpiaparabrisas apenas tenía tiempo de ver fugazmente la carretera, antes de que el mundo desapareciera engullido por el agua.

—¿Dónde vamos a dormir esta noche? —preguntaste mientras veíamos cómo nos caía el cielo encima.

—Primero preocupémonos por la cena. Luego ya veremos dónde dormimos.

No podía ir a más de veinte kilómetros por hora debido a la lluvia. Adelantamos a otros coches que se habían parado en la cuneta a esperar hasta que pasara la tormenta. Tal vez habría hecho lo mismo si en algún momento hubiera parecido que el temporal iba a amainar. Al final encontramos una pequeña cafetería a pie de carretera. Entramos en el aparcamiento y detuve el coche al lado del local.

—¿Por qué aparcamos aquí, Joe? —preguntaste—. ¿Hay sitio delante.

Había decidido aparcar a un lado para que no lo viera nadie, a pesar de que estábamos en una carretera muy poco transitada. No quería dejar nada al azar. Pero tampoco tuve el valor de decírtelo, así que di marcha atrás y aparqué delante.

Nos sentamos junto a la barra. A pesar de que había varias mesas libres, preferiste sentarte en un taburete. No entendías que la gente pudiera ir a una cafetería como esa y no quisiera sentarse junto a la barra. Hablabas como si estuvieras de vacaciones, de turismo. Nos sentamos en los taburetes rojos, grandes y afelpados, de espaldas a la puerta, frente a la cocina. Uno de los dos cocineros vino a tomarnos nota. Parecía el prototipo del cocinero de restaurante de carretera: un tipo corpulento, cincuentón, con un delantal blanco lleno de manchas de grasa. Pedí una Coca-Cola y tú un batido con jarabe y helado. No tenían de esos, por lo que pediste uno de chocolate. A veces olvidaba lo joven que eras.

De cena pedí una hamburguesa con queso y patatas fritas; tú, un sándwich caliente de queso y sopa de tomate. Me pusiste la mano en la espalda y empezaste a moverla en pequeños círculos entre los omóplatos. Creo que notaste lo tenso que estaba, a pesar de que no sabías el motivo. Ni tan siquiera yo lo sabía. Era una sensación general de inquietud. Hasta el momento todo había ido demasiado bien. El roce de tu tacto me calmó por el momento.

A media comida, se abrió la puerta y entró una ráfaga de viento que silbó y barrió todo el restaurante. Oí el ruido fuerte y persistente de la lluvia al chocar contra el suelo. Entró un chico, que cerró rápidamente la puerta tras de sí y nos aisló del mal tiempo. Era un chico larguirucho. Vestía unos tejanos y una sudadera con capucha empapada. No era la ropa más adecuada para la lluvia. Llevaba una mochila al hombro. Se sentó a dos taburetes de ti. Cuando se sentó, introdujo el brazo por la otra correa de la mochila, que le colgaba de los hombros. Pidió una Coca-Cola y cogió el menú. Me pareció que debía de tener unos quince años. Lo cierto es que era al menos un año mayor que tú. Tenía la piel casi tan grasa como el pelo. Tenía acné en la barbilla y en la frente. Después de pedir la comida se puso a dar vueltas en el taburete. Estuvo así unos dos minutos, hasta que volvió a salir el cocinero, que le gritó:

—Es un taburete, no un puto tiovivo.

El chico dejó de dar vueltas.

—Lo siento —dijo. Centró toda su atención en la Coca-Cola y se puso a jugar con la pajita.

Casi me dio pena. De pronto, reclamaste mi atención.

—Bueno, ¿dónde vamos a dormir esta noche? —preguntaste de nuevo.

La lluvia no había remitido ni un poco. Arremetía con fuerza contra las ventanas del restaurante.

—Ya te lo he dicho, Maria. No lo sé.

—Podríamos quedarnos en un hotel —dijiste con un deje de esperanza.

Negué con la cabeza.

—Tenemos que ahorrar dinero. La comida y la gasolina nos están obligando a gastar mucho, y tiene que quedarnos un poco cuando lleguemos a Chicago. Es más fácil no tener un techo aquí que en una gran ciudad. —Mis propias palabras me deprimieron.

—¿Y si encontramos algo muy barato? —preguntaste. Sí, justo lo que quería, llevar a mi novia embarazada, de diecisiete años, a un motel de mala muerte de Ohio. De pronto tuve la sensación de que todo lo que había dicho Allen sobre mí era cierto.

—Quizá —dije. Solo quería zanjar la conversación. Había comido la mitad de la hamburguesa y tú habías devorado la sopa y el sándwich—. ¿La quieres? —pregunté, ofreciéndote mi plato medio vacío.

—Eres todo un caballero —dijiste, con sarcasmo.

—¿La quieres o no? —repliqué.

—Claro.

Te acerqué el plato.

Necesitaba estar a solas un momento.

—Voy al baño —dije—. Enseguida vuelvo.

Miré al chico antes de irme. Había algo extraño en él. Supe que se había dado cuenta de que había clavado los ojos en él, pero no me miró. Supuse que como iba a estar poco tiempo en el baño, no habría tiempo para que surgieran problemas. Entré en el lavabo y cerré la puerta. Era diminuto. Había un retrete a un lado, y un lavamanos y un espejo al otro. Era un poco más grande que el de un avión. Me puse en pie, abrí el agua fría y me lavé la cara. Me miré en el espejo. Parecía mayor. En comparación con el chico de fuera, parecía un anciano.

No recuerdo cuánto rato estuve allí dentro. Perdí la noción del tiempo. No pudieron ser más de cinco minutos. Pero fue demasiado, un error. El chico se había movido. El chico, un manojo de tics y nervios, se había sentado en el taburete que había a tu lado. Estabais charlando. Me entraron ganas de reñirte, de decirte que no debías hablar con desconocidos. Seguramente solo quería ligar contigo. Sabe Dios que yo lo habría intentado. Sin embargo, tenía la sensación de que todo aquello iba a acabar en violencia.

A pesar de mi premonición, puse mi mejor cara. Me dirigí a mi taburete, me senté y te volviste hacia mí.

—Joe —dijiste—, este es Eric. Nos ha oído hablar y me ha dicho que conoce un sitio bonito y barato donde podemos pasar la noche.

Le tendí la mano para estrechársela.

—Encantado de conocerte, Eric. —Entonces observé su reacción.

Hizo una pausa y me miró la mano. Dudó, no sabía qué

hacer. Fue solo una fracción de segundo, pero vaciló. No quería tocarme. Era uno de ellos. No me cabía la menor duda. Era uno de ellos y sabía quién era yo. Tardó una fracción de segundo en recuperar la confianza, pero en ese breve margen de tiempo lo reveló todo.

—¿Así que conoces un buen sitio donde podemos pasar la noche? —le pregunté, mirándolo a los ojos, intentando comprobar si podía aguantarme la mirada.

—Sí —contestó, y desvió la mirada de inmediato hacia el refresco—. Conozco a un tipo que tiene una habitación libre en su casa. Hace tiempo que quiere alquilarla, pero no ha tenido suerte. Estoy seguro de que os la puede dejar por veinte pavos.

Me lanzaste una mirada muy ansiosa que casi me permitió leerte el pensamiento en tus grandes ojos azules. Una cama, era lo único que querías.

—Bueno, el precio está bien —dije. Sabía que te haría feliz. Valía la pena aunque solo fueran diez minutos de felicidad. Solo Dios sabía cuántas oportunidades más íbamos a tener de hacernos feliz el uno al otro—. ¿Dónde vive?

El chico estaba masticando la pajita, que le colgaba de la boca como un palillo. No había previsto esta pregunta.

—Podríais seguirme. Os acompaño hasta allí y le cuento a mi amigo el trato que he hecho con vosotros. —Sonrió. Fue una sonrisa sincera. Le gustaba su plan.

—¿Cómo se llama tu amigo? —pregunté.

—Pete —contestó de inmediato. Para él todo encajaba. Era joven pero no era estúpido.

—¿Y tú qué ganas con todo esto? —pregunté. Lo miré fijamente. Quería asustarlo. Quería que huyera corriendo. Quería que abandonara su plan antes de ponerlo en marcha. Le estaba ofreciendo una salida. En ese momento, era más de lo que creía que merecía. Lo hacía por ti, no por él.

—Joe —me interrumpiste, sin entender lo que estaba haciendo—. No es muy amable de tu parte. —Intentaste fingir que te estabas burlando de mí, pero yo sabía que estabas enfadada. Creías que iba a echarlo todo a perder.

—No. No. No pasa nada —dijo el chico en mi defensa—. Solo quería echaros una mano. —Esta vez me miró a los ojos. Fue una mirada fulminante y fría, siempre en la medida de sus posibilidades.

Me pareció ver algo en él: una audacia y una ira desenfrenadas.

—Aquí la gente es muy amable —prosiguió.

No sé en qué pensaba el chico. ¿Creía que podía desenfundar más rápido que yo? ¿Creía que estábamos en el viejo Oeste?

—A algunos les cuesta acostumbrarse a esta hospitalidad. —Se volvió hacia ti y te lanzó una gran sonrisa.

Se la devolviste, lo que hizo que aumentara el odio que sentía hacia él.

—Bueno, pues supongo que no podemos rechazar un gesto de hospitalidad como ese —dije.

Te volviste y me diste un abrazo rápido. Deseé que no fuera el último. No era el chico quien me asustaba, sino tú. No sabía cómo ibas a reaccionar. Sin embargo, lo había intentado. Le había ofrecido una vía de escape y no la había aprovechado. Peor para él. Eran casi ya las nueve de la noche. Llevábamos casi dos horas sentados a la barra.

—Imagino que es mejor que nos pongamos en marcha. —Miré el plato que tenías delante. Te habías zampado la mitad de mi hamburguesa y las patatas fritas—. ¿Ya has acabado de cenar, Eric?

—Sí —respondió—. Solo tengo que pagar.

—Tranquilo, no te preocupes. Nos has encontrado un lugar para pasar la noche. Lo mínimo que podemos hacer es invitarte a cenar. —Le hice un gesto al cocinero para que trajera nuestra cuenta y la de Eric.

Parecías sentirte orgullosa de que de repente hubiera recuperado los buenos modales. No tuve el valor de decirte que no me importaba nada de eso. No era una muestra de generosidad. Tan solo supuse que al cabo de unas horas todo el dinero de Eric acabaría en nuestras manos. Por lo general, no me gustaba robar, pero necesitábamos el dinero. Si iba a tener que eliminar al chico, no tenía sentido dejar que malgastara el dinero.

—Muchas gracias, Joe —dijo el chico—. Es un detalle.

Cogí las dos cuentas, dejé la propina en la mesa y pagué en la caja. Le hice un gesto con la cabeza al chico. Esta vez evité el contacto visual. No quería recordar su cara. Quería olvidar lo que estaba a punto de hacer incluso antes de hacerlo. Había llegado el momento de volver a enfrentarse a la tormenta.

Salimos fuera. Me aseguré de que el chico se dirigiera a su coche antes que nosotros. No quise que ninguno de los dos le diera la espalda en ningún momento. Curiosamente había aparcado a nuestro lado. En la parte de delante. Tenía un coche rojo destartalado, con los guardabarros oxidados. No debía de tener más de siete años, pero alguien lo había machacado. Seguro que no le había costado más de doscientos dólares. Tenía matrículas de Ohio, lo cual era una buena señal. Quizá nos había encontrado por suerte. Quizá no nos estaba buscando. Aun así, si él había dado con nosotros, no había duda de que también podía encontrarnos gente con más experiencia.

Antes de meterse en el coche, el chico se volvió y nos gritó:

—Está muy cerca de aquí. Iré despacio para que podáis seguirme.

Le hice un gesto con la mano mientras nos resguardábamos de la lluvia bajo el tejado de zinc del restaurante. ¿Qué pretendía? ¿Quería tendernos una emboscada? ¿O solo quería llevarnos a campo abierto donde pudiera atacarnos? No entendía cuál era su plan. Quizá no tenía ninguno. Quizá solo improvisaba. Daba igual. Ya podía darse por muerto. En otras circunstancias, tal vez me habría caído bien. Tenía más valor que cabeza.

Hasta el tercer intento no arrancó el coche. Cuando logró poner en marcha el motor y encender las luces, corrimos hasta el nuestro. Te sentaste en el asiento del acompañante y yo en el del conductor. Giré las llaves en el contacto, encendí las luces y me situé detrás del chico. No te dije nada mientras salíamos a la carretera, que estaba encharcada. El chico, fiel a su palabra, condujo despacio para que pudiéramos seguirlo. Ni tan siquiera te miré cuando giramos la primera vez. Cada segundo que pasaba, el mundo a nuestro alrededor se volvía más desolado. Noté cómo me clavabas los ojos, pero no me atreví a mirarte. Aún no estaba preparado para enfrentarme a ti.

—¿Qué pasa, Joe? —preguntaste al final.

—¿No desconfías? —Deberías haber desconfiado. Si íbamos a tener que sobrevivir durante dos semanas más, tenías que recelar de la gente.

—¿Desconfiar de qué? —preguntaste con incredulidad.

—¿No desconfías ni lo más mínimo? —repetí, esta vez con más insistencia.

—¿De él? ¿De Eric? Es un chico, Joe. Debe de tener diecinueve años. —Te enfrentaste a mi ira con la tuya.

—Bueno, eso significa que es dos años mayor que tú.

—Vete a la mierda —me espetaste.

Intenté mantener la calma.

—No es un insulto. Yo tenía su edad cuando maté a mi primera víctima. Es uno de ellos. Ese chico es uno de ellos.

—¿Qué coño significa eso? Está intentando ayudarnos, Joe.

Negué con la cabeza.

—¿Cómo sabes que es uno de ellos?

—Lo sé. No quería estrecharme la mano. Ha dudado.

—No me lo creo. —Miraste hacia la lluvia. No querías creértelo.

—¿Ah, sí? Pues mira. —De repente giré bruscamente a la izquierda y me metí por un pequeño camino de tierra—. ¿Si no tramara algo, crees que nos seguiría?

—¿Qué estás haciendo? —gritaste. Te volviste para mirar hacia la carretera, para ver los faros del coche de Eric, para comprobar si iba a dar la vuelta y seguirnos.

—¿Me creerás si nos sigue?

—¡Para ya, Joe! —chillaste.

Recorrimos unos quinientos metros por el camino de tierra y detuve el coche a un lado.

—¿Me creerás si nos sigue? —Te pregunté de nuevo, girando la cabeza y mirándote a los ojos—. ¿Por qué iba a seguirnos si no es uno de ellos?

Miraste de nuevo hacia la carretera, hacia los faros del chico. Había parado el coche. No se movía. Estaba evaluando la situación. Te miré. Empezaste a mover los labios. A pesar de que no pronunciaste ningún sonido, te los leí. Repetías una y otra vez: «No vengas. No vengas. No vengas». Sabía que no servía de nada. Estiré el brazo hacia el asiento trasero y cogí mi mochila. Saqué la pistola.

—¿Qué estás haciendo? ¿Qué vas a hacer?

—Es uno de ellos, Maria. Es uno de ellos y sabe dónde estamos. Si no nos libramos de él, se nos echará todo el mundo encima. Tiene una oportunidad. Si no nos sigue hasta aquí, es libre. Si nos sigue, no tenemos muchas opciones.

Mirabas frenéticamente a la pistola y al coche del chico. De repente, el chico dio marcha atrás. Venía a por nosotros.

—Siempre hay una alternativa —dijiste. Era un esfuerzo a la desesperada.

—Eso es un tópico. A veces la gente elige por ti. A veces no tienes alternativa. —Te miré. Quería que supieras que no era algo que quisiera hacer. Era algo que tenía que hacer. No me creíste.

—¿Y si te equivocas? ¿Y si solo es un chico amable? —preguntaste.

El chico tomó el camino de tierra en el que nos encontrábamos. Detuvo el coche a menos de cinco metros de nosotros y puso las largas. La luz nos cegó. Fue su primera decisión profesional. Ahora podía vernos y nosotros a él no.

—Ponte el cinturón —te ordené.

—¿Qué?

—Que te pongas el cinturón —repetí.

Me abroché el mío, como si quisiera enseñarte cómo se hacía, sin soltar la pistola que sostenía con la mano derecha. Cuando me viste hacerlo, creo que te diste cuenta de que hablaba en serio y también te lo pusiste. En cuanto oí el chasquido del tuyo, puse la marcha atrás. Menos de cinco metros. En el barro. Esperaba que hubiera suficiente distancia. Entonces, pisé el acelerador a fondo. Las ruedas giraron en el barro unas cuantas veces antes de agarrarse, pero el coche acabó saliendo disparado. Fuimos directos hacia la luz. Habíamos alcanzado una buena velocidad cuando nos empotramos contra el capó del coche de Eric. Esperé que hubiera sido suficiente. El coche del chico patinó hacia atrás. El capó quedó aplastado como una lata de refresco. Uno de los faros se rompió y se apagó. El otro quedó colgando de los cables y, con una luz más débil, iluminaba el campo azotado por la lluvia.

Abrí la puerta y salí. Me acerqué al coche del chico y abrí la puerta del conductor. El impacto había sido lo bastante fuerte. Le había saltado el airbag. Tenía un corte en el labio inferior del que le salía un hilo de sangre. No llevaba puesto el cinturón. La mochila estaba en el asiento de al lado, medio abierta. Estaba hurgando en ella antes del choque. Cuando le abrí la puerta se volvió hacia mí. Tenía la mirada perdida. Aún no podía enfocar bien. No perdí el tiempo. Lo agarré del hombro y lo saqué del coche. Lo arrastré hacia la luz que desprendía uno de los faros y lo tiré al barro. Entonces regresé al coche. No le quité los ojos de encima. Cogí su mochila y se la tiré al lado. Me quedé frente a él, mientras la luz del único faro que funcionaba nos iluminaba como un foco. La lluvia atravesaba la luz y arrojaba sombras como un millón de dagas diminutas. Lo apunté con la pistola. Se arrodilló y me miró. Por fin volvía en sí. Ahora ya veía bien y se dio cuenta de lo que estaba a punto de suceder.

Al principio no me miró, no podía apartar los ojos del cañón de la pistola. Su cara me sonaba, pero no sabía de qué. Entonces me miró. No parpadeé. Me miró a los ojos. No vi miedo en ellos; aún no, al menos. Solo había odio y dolor. Tenía la misma mirada que todos los chicos de dieciséis años a los que les había hablado de la Guerra. Tenía la misma cara que tenían esos chicos cuando les mostrábamos por primera vez las diapositivas de muerte y destrucción. El hecho de que estuviera mirando a la persona que lo iba a matar no cambiaba nada.

Oí un portazo. Supe que habías salido del coche. No sabía si ibas a huir o si te dirigías hacia nosotros. No alcé la mirada. No aparté los ojos del chico. No quería enfrentarme a ti, al menos hasta que hubiera hecho lo que tenía que hacer. Sabía que si huías, volverías. No sabía cómo reaccionarías si te quedabas.

—¿Quién eres? —pregunté. Me corroía por dentro. ¿De qué me sonaba ese chico?

—Que te follen —respondió, mirando la pistola.

Su reacción no me cabreó. La respetaba. Sin embargo, no me era de gran utilidad. Apoyé el pie izquierdo en el barro y le di una patada en el estómago con todas mis fuerzas. Oí un grito ahogado, pero no fue del chico. Te habías quedado. Habría preferido no hacerlo ante ti, pero tarde o temprano ibas a tener que presenciar escenas de violencia.

El chico se desplomó en el barro. Le faltaba el aire. Abrió la boca, pero solo tragó lluvia, lo que le provocó un ataque de tos. Esperé a que se le pasara y volvió a ponerse de rodillas.

—¿Quién eres? —pregunté de nuevo, inclinándome hacia él. Esta vez le hablé con voz más suave.

Se limitó a mirarme. Sus ojos repitieron la respuesta que me había dado antes, pero esta vez prefirió no malgastar el aliento.

—¿Qué pasa? ¿Crees que eres una especie de vaquero? —le grité—. ¿Creías que podrías traernos hasta aquí para que nos batiéramos en una especie de duelo? ¿Doce pasos a medianoche? ¿Es eso lo que creías? Eres un estúpido. Y vas a morir como un estúpido.

El chico parecía avergonzado, pero no asustado. Me puse derecho de nuevo y lo apunté con la pistola a la cabeza. Quería acabar rápido con todo aquello.

—No tenía por qué acabar así. Podrías habernos dejado en paz. Podrías haber huido. Podrías haber seguido alejándote con el coche. Ojalá lo hubieras hecho. —Tensé el dedo alrededor del gatillo y empecé a apretar. Como si hubiera ensayado el momento, volvió la cabeza a un lado para que la bala no le entrase por la cara.

—¿Qué haces, Joe? —De pronto tu voz atravesó el estruendo de la lluvia. Creías que había ido de farol. Creías que estaba fingiendo. No sabías que nunca voy de farol.

No pensaba correr ningún riesgo con nuestras vidas. Aflojé el dedo del gatillo. El chico te miró, a través de la lluvia. Yo no me atreví a hacerlo. No aparté los ojos de Eric.

—¿Qué haces?

—Es uno de ellos, Maria. —Lo apunté de nuevo. No quería que me convencieras de que no lo hiciera. Matarlo era lo más inteligente.

—¡Solo es un chico! —gritabas, presa del pánico.

—No, no lo es —repliqué. Miré al chico mientras hablaba—. Es un soldado. Y es responsable de sus actos.

Eric me miró por el rabillo del ojo. Por fin había algo más en su mirada aparte de odio. Era orgullo.

De repente te volviste hacia el chico y le gritaste:

—¡Díselo! ¡Dile que no sabes de qué habla!

Ahora nos suplicabas a ambos que paráramos, que pusiéramos fin a esa locura. Pero no podíamos hacer nada, ambos estábamos implicados en ello.

—Venga, dime que no sabes de qué hablo —le dije al chico.

Me lanzó una mirada. Sin dejar de apuntarlo a la cabeza, me acerqué a su mochila, que estaba en el barro, empapada por la lluvia. La cogí y hurgué en el interior. Tal y como esperaba, estaba llena de papeles. Debajo de los papeles había una pistola, la saqué y la tiré lejos, a un lado. Desapareció en la oscuridad. Por culpa de la lluvia ni tan siquiera oí el ruido que hizo al caer. Era como si no existiese nada fuera del pequeño triángulo de luz que proyectaban los faros rotos del coche. Al igual que la pistola, el resto del mundo había desaparecido.

Dejé caer la mochila, ya sin armas, al suelo, junto al chico.

—Enséñale qué hay en la mochila, Eric.

Me miró. No se movió. Insistí con mi tono de voz más amenazador.

—Sé que eres un chico orgulloso y que no te da miedo morir, pero soy muy capaz de matarte lentamente. Así que enséñale lo que hay en la puta mochila.

Al final el chico obedeció. Abrió la cremallera, metió la mano dentro, sacó un gran montón de papeles y los tiró al barro. Había páginas y más páginas impresas. Párrafo tras párrafo llenos de detalles. Desde donde estábamos no podíamos leerlos. Pero a mí no me hizo falta. Sabía lo que decían. Lo había visto antes. Además de las páginas impresas, había fotografías. A pesar de que estaban lejos, las podíamos ver bien. Había cinco o seis fotos de mí. En unas salía con perilla, en otras recién afeitado; había fotografías antiguas y una que debían de habérmela tomado en los últimos tres meses. También había una de nuestro coche, del que teníamos detrás, con las matrículas de Massachusetts, de las que nos habíamos deshecho en Pensilvania. Y, como colofón, había dos fotografías tuyas. La primera parecía una ampliación de la fotografía de tu carnet de la universidad. No debías de tener más de quince años. Es la edad que aparentabas. Habías crecido mucho en dos años. La segunda era más reciente; estabas de pie frente a un lago, junto a un hombre mayor que te había puesto el brazo sobre el hombro. Debía de ser tu padre. Habían conseguido la fotografía a través de alguien de tu familia. Habían estado en casa de tus padres. Oí cómo se te alteraba la respiración mientras mirabas las fotografías, que se arrugaban bajo la lluvia.

De repente el chico habló.

—Joe no puede quedarse a tu hijo, Maria —te dijo. Te habló directamente a ti—. Tu hijo es uno de los nuestros. Puede tener una oportunidad de hacer algo bueno por el mundo.

Al oírlo, rompiste a llorar. Te llevaste una mano al estómago, en un gesto instintivo de protección del bebé. Te inclinaste hacia delante y apoyaste la otra mano en el maletero abollado de nuestro coche. Tus sollozos se interrumpieron un instante cuando intentaste recuperar el aliento. Entonces retomaste la palabra y te dirigiste al chico, muy furiosa:

—¿Qué te hemos hecho? —gritaste—. ¿Por qué no nos dejas en paz? —Volvieron lo sollozos y te inclinaste hacia delante. Cuando recuperaste el aliento, repetiste con más serenidad—: ¿Por qué no nos dejas en paz? —Miraste de nuevo al chico y, como si la pregunta pudiera poner fin a todo aquello, le preguntaste—: ¿Qué te hemos hecho?

—Ese cabrón —contestó el chico, que tuvo el atrevimiento de señalarme mientras lo apuntaba a la cabeza con una pistola cargada—, ese cabrón asesinó a mi hermano. —Te hablaba como si yo no estuviera allí—. Entró en mi casa —dijo con un tono cada vez más furioso— cuando yo tenía trece años. Entró en mi casa cuando mi hermano y yo estábamos solos. Primero me cogió a mí porque mi hermano estaba arriba. Me cogió y me ató los pies y las manos y me tapó la boca con cinta adhesiva. Luego subió y oí cómo estranguló a mi hermano. —No dejó de señalarme en ningún momento—. Eso es lo que me hizo.

Por eso había recibido el paquete el chico. Por eso me sonaba de algo. Su hermano fue el objetivo de mi tercer trabajo. Vivía en Cincinnati, a tres horas de donde estábamos. No recuerdo el motivo por el que me ordenaron que lo asesinara.

No reaccionaste. Era demasiado. Empecé a preocuparme por el bebé. Tenía que poner fin a todo aquello. El chico no dejaba de hablar.

—Tu bebé, Maria, puede aspirar a algo mejor.

Ya había oído bastante. También era mi bebé. Me eché un poco hacia atrás y le di una patada en la cara. Se desplomó hacia un lado y cayó de cara en el barro. Lentamente logró ponerse a cuatro patas. En ese momento lo odié. Intentaba convencerte de que me abandonaras. Ni tan siquiera le importaba morir.

—¿Porque tú no eres un asesino? —le grité al final. Era igual que yo cuando tenía su edad.

Levantó la cabeza y por primera vez desde hacía varios minutos me miró de nuevo. Con una mirada de desdén y una voz teñida de odio respondió:

—Porque no soy como tú —dijo—. Soy una persona justa.

Apreté el gatillo. El disparo atravesó el aire de la noche como si fuera a resonar durante varios días. La cabeza del chico dio una sacudida hacia atrás. Luego el cuerpo cayó en el barro, inmóvil. Me arrepentí de inmediato. Por primera vez podía recordar, y sentí remordimientos.

Gritaste y huiste hacia la oscuridad. Recorriste unos seis o siete metros antes de caer al suelo. Oí las arcadas que te entraron antes de vomitar. Eché a caminar hacia ti. Salí del triángulo de luz. Una vez fuera me di cuenta de que la oscuridad no era tan absoluta. A pesar de que no veía con claridad, podía distinguir perfiles, formas y sombras en la zona gris que nos rodeaba. Vi tu forma, agachada en el suelo. Me acerqué. De pronto te pusiste de pie y te diste la vuelta. Estiraste los brazos hacia mí. Al principio creí que ibas a darme un abrazo. Entonces me di cuenta de que habías encontrado la pistola del chico.

La sostenías ante ti. Me apuntaste al pecho. Me detuve. No me atreví a acercarme más a ti. En ese momento no estaba seguro de lo que eras capaz de hacer. Todavía llorabas. No querías que me acercara.

—¿Por qué lo has hecho? —gritaste. Tu melena, alisada por la lluvia, colgaba lacia sobre tus hombros. La ropa, húmeda, se ceñía a tu cuerpo.

—Tenía que hacerlo, Maria.

No pudiste reprimir un sollozo cuando hablé.

—Sé que crees que había otra alternativa, pero no es cierto. Esto no acaba con él. Si lo hubiera dejado marchar, le habría dicho a todo el mundo dónde estamos. Y si hubiera dicho dónde estamos, todo habría acabado. Estaríamos atrapados.

Mi lógica no te convenció. No entendías que fuera necesario asesinar.

—Me prometiste que dejarías de matar.

Tenías razón. Y había sido una promesa firme. La había hecho antes de matar a cuatro personas más.

—No quería matarlo, Maria. —Di otro paso hacia ti.

—Quieto. —Levantaste la pistola y me apuntaste a la cabeza en lugar del pecho—. No te acerques a mí.

—Maria, por favor. Vuelve al coche. Estás empapada. Tienes frío. Tienes que ponerte ropa seca. Tienes que entrar en calor. Esto no es bueno para el bebé.

—Quieto.

—Maria, por favor. Ven. Sécate. Abrígate. Si quieres dejarme por la mañana, te llevaré a donde quieras.

Bajaste el brazo a regañadientes. No caminaste hacia mí. Te dirigiste hacia el coche. Te seguí a unos cuantos pasos de distancia. Antes de instalarme en el asiento trasero, echaste un último vistazo al cuerpo del chico, que yacía boca abajo en el barro. Luego tiraste la pistola lejos.

Me acerqué al cuerpo del chico. Lo cogí y lo llevé hasta su coche. Abrí la puerta trasera y dejé el cuerpo en el asiento. Me quité la chaqueta y la camisa, que utilicé para limpiarle el barro de la cara. La bala había entrado y salido por las sienes. Tenía el rostro intacto. Una vez limpio, apagué el único faro que aún funcionaba. Me puse de nuevo la chaqueta, y dejé la camisa sucia en el barro, junto al coche.

—Lo siento —le dije a su cuerpo sin vida—. Siento también lo de tu hermano. —Entonces cerré la puerta, dejé el cadáver a resguardo de la lluvia y regresé a nuestro coche.

Antes recogí los papeles y las fotografías que había tirados en el suelo. Dejé la mochila. Dejé el dinero. No me pareció bien cogerlo, a pesar de que lo necesitábamos. Dejé todo aquello que no pudiera incriminarnos. Metí los papeles y las fotografías en nuestro maletero abollado; no quería dejar ninguna prueba en el barro. Los daños de nuestro coche eran mínimos, por lo que no levantarían sospechas. Sin embargo, tenían imágenes de él. No podíamos tardar mucho en cambiarlo.

No me dirigiste la palabra durante los siguientes tres días, pero tampoco me abandonaste.

14

Llegamos a Charleston, Carolina del Sur, el día después de matar al chico en Ohio. Conduje toda la noche. Al final te quedaste dormida en el asiento trasero. En cuanto nos cruzamos con Eric me di cuenta de que ya no podíamos ir a Chicago. Al salir de Nueva Jersey habíamos seguido una línea recta que llevaba directamente a Chicago. Cuando encontraran el cuerpo del chico, no tardarían en adivinar adónde nos dirigíamos. Teníamos que cambiar de ruta.

Nunca había estado en Charleston. Eso fue lo que me hizo decidir. Nunca me habían asignado una misión allí, nunca había tenido que dar una clase en esa ciudad. Por lo que sabía, no había nadie en Charleston que tuviera algún motivo para desear verme muerto. Si nos encontraban sería porque habían ido a buscarnos. Esperaba que fuera una ciudad lo bastante grande de modo que, me permitiera a mí encontrar trabajo y a ambos pasar desapercibidos.

Llegamos a Charleston con unos doscientos dólares y un coche abollado. Aún nos quedaba un poco de comida, pero no demasiada. Teníamos que conseguir un coche nuevo. Teníamos que encontrar una forma de ganar dinero. Yo estaba dispuesto a trabajar, pero mi lista de habilidades no me abría muchas puertas del mercado laboral. No pensaba empezar a trabajar de sicario. No estaba bien. Además, te había hecho una promesa. Necesitábamos un lugar en el que pasar la noche. Tenía que asearme si quería encontrar trabajo. Pero no me gustaba la idea de quedarnos demasiado tiempo en un mismo sitio. Decidí que cambiaríamos cada tres noches. No nos quedaríamos en ningún hotel durante más de tres noches. Íbamos a tener que cambiar constantemente. Fue lo único que se me ocurrió. No podíamos cambiar de ciudad, no sin dinero. Me habría gustado compartir mis planes contigo, pero no me dirigías la palabra. Supuse que necesitabas tiempo. Creo que el hecho de ver lo que viste en Ohio hizo que entendieras en qué situación nos encontrábamos. Aquello iba en serio. Pasamos la primera noche en un motel barato, a unos sesenta kilómetros de Charleston. De día íbamos a la ciudad, para ir conociéndola e intentar encontrar trabajo.

El segundo día en Charleston por fin volviste a dirigirme la palabra.

—¿Qué crees que le habrá pasado? —me preguntaste.

Estábamos sentados en un banco del parque Waterfront. Yo hojeaba los anuncios de ofertas de trabajo de uno de los periódicos locales gratuitos. Tenías un rostro inexpresivo. Al principio no me atreví a abrir la boca. Te miré con miedo a que cualquier cosa que pudiera decir provocara que dejaras de hablarme de nuevo. Mirabas fijamente al mar.

—Me refiero a qué crees que le ha pasado al cuerpo. —Ya no había tristeza en tu voz, solo curiosidad.

—Sus padres y amigos no tardarán en darse cuenta de que ha desaparecido, si no lo han hecho ya. Enviarán a alguien a buscarlo. Al final, encontrarán el cuerpo. Llamarán a la policía. Como no hay sospechosos ni móvil, cerrarán el caso como asesinato no resuelto, un acto violento fortuito. Sus padres y sus familiares sabrán la verdad.

Soplaba una brisa fría que venía del océano. Olía a pescado podrido.

—Y habrán perdido otro hijo —dijiste. Me miraste en busca de algún atisbo de remordimientos por mi parte.

—Sí —admití, de nuevo presa del sentimiento de culpabilidad por haber disparado al chico. La culpa me hacía sentirme bien. Empezaba a hacerme sentir como un humano.

—¿Y por eso estamos en Charleston y no en Chicago?

—Y por eso estamos en Charleston y no en Chicago.

No hiciste más preguntas. De momento, ya habías hablado suficiente.

Después de dos noches en un motel, dormimos dos noches en el coche. Intentamos mantenernos lejos de las carreteras principales. Aún no sabía cómo íbamos a conseguir un coche nuevo. Empezábamos a andar mal de provisiones y de dinero. Cuatro días en Charleston y aún no había encontrado trabajo. Pero también eran cuatro días sin incidentes, lo cual era todo un avance en mi opnión. Cuatro días en Charleston. Íbamos a pasar cuatro meses. Quizá en el siguiente lugar llegaríamos a quedarnos cinco meses, luego seis, y con el paso del tiempo, se olvidarían de nosotros y podríamos echar raíces.

La búsqueda de trabajo resultó dolorosa. Sabía que iba a ser así. No tenía papeles y ninguna habilidad especial. El único punto a mi favor era que estaba dispuesto a trabajar por un sueldo bajo. Sabía que tenía que empezar en algún lado. Incluso en la Guerra, había empezado desde abajo. De modo que cada día recorría las calles, iba a pedir trabajo a sitios aunque no tuvieran ninguna vacante, y respondía a anuncios de periódico que pedían mano de obra no cualificada. No tenía suerte. Me miraban de arriba abajo, un chico de veinticinco años sin historia, sin pasado, y todos me rechazaban. Aunque tampoco podía culparles por ello. Desprendía un tufo a problemas que yo mismo podía percibir.

Siempre había sabido que iniciar una nueva vida no sería tarea fácil, pero no esperaba que me lo recordara todo el mundo. Después de tres días decidimos que tú también debías empezar a buscar trabajo. No me hizo mucha gracia que anduvieras por ahí sola, pero necesitábamos el dinero y parecías más inocente que yo. No estabas ni de dos meses. Aún no se te notaba la barriga. Sin embargo, ambos sabíamos que los cambios no tardarían en empezar. No podía pedirte que siguieras durmiendo en el coche durante mucho más tiempo. Era muy incómodo. A medida que te creciera la barriga, la cosa no haría sino empeorar. Teníamos que encontrar una cama, aunque fuese una distinta cada pocas noches.

Después de que pasaras varios días buscando trabajo, decidimos instalarnos en un hotel situado a las afueras de la ciudad que tenía una parada de autobús delante. El hotel no era lujoso, ni mucho menos, pero aun así supuso un duro golpe para nuestra maltrecha economía. Tú necesitabas descansar y yo, una ducha.

Ya estabas en la habitación del hotel cuando volví tras un largo día de rechazos. Recuerdo que introduje la llave en la cerradura y solo oí silencio. Recuerdo que pensé que aún no debías de haber vuelto, y que hacías frente al rechazo mejor que yo.

Giré el pomo de la puerta y entré. Estabas sentada en el borde de la cama. Tenías las manos apoyadas en el regazo y mirabas fijamente la pared. La televisión estaba apagada. No te moviste cuando abrí la puerta. Podrías haber sido un maniquí. Me puse a tu lado para ver qué estabas mirando. Detrás del televisor, sobre el tocador, había un espejo. Te estabas mirando a ti misma.

—¿Estás bien? —pregunté.

—No —contestaste, con la voz apagada y los ojos aún secos.

—¿Qué ha pasado? —pregunté. Apartaste los ojos de tu reflejo y los posaste en mí.

—No sé si podré hacerlo, Joe.

—¿Qué ha pasado? —insistí.

—¿Quién es esa? —preguntaste, señalando tu reflejo en el espejo.

—Es Maria —respondí. Te cogí la cara con las manos y te besé en la frente—. Es Maria. Siempre será Maria.

—Entonces, ¿por qué doy otro nombre cuando me presento a alguien? —preguntaste. Habíamos decidido utilizar seudónimos. Era más seguro.

—El nombre que le des a la gente no cambia quién eres.

—Pero tampoco me reconozco a mí misma. No es solo el nombre. Camino por la calle y la gente me mira y no me ve. Ven a otra persona.

Sabía que decías la verdad. Era algo que yo mismo había tenido que soportar durante gran parte de mi vida. Solo había un puñado de gente en todo el mundo que me mirara y me viera. Los demás veían un espejismo, una ilusión. Tu vida era igual a la mía ahora. Era doloroso, pero tu identidad debía ser secreta para el resto del mundo. Para mí, siempre serías Maria.

—No te conocen. Da igual lo que vean.

—A mí no me da igual, Joe. Porque tengo miedo de que un día olvide quién soy y pase a ver lo que ven los demás.

—¿Qué ha sucedido? ¿Qué es lo que ha desencadenado todo esto?

—Estaba en una tienda, una tienda de ropa del centro. —Mirabas de un lado a otro de la habitación, como si temieras que alguien nos estuviera observando—. Decidí pedir trabajo, ver si necesitaban otra dependienta. La mujer con la que hablé era mayor. Empezó a hacerme preguntas, ya sabes, las habituales en las entrevistas de trabajo, sobre mi experiencia y todo eso. Pues me puse muy nerviosa. No dejé de pensar para mí, ¿sabe quién soy? Entonces me sonrió y me asusté mucho. —Me miraste con unos ojos que suplicaban que pusiera fin a todo aquello. Te temblaba la voz—. Me dijo: «Tu cara me resulta muy familiar, cielo. ¿Por qué me suenas tanto?». Y no podía dejar de pensar en que esa mujer quería robarme el bebé. —Empezaste a temblar—. No puedo hacerlo, Joe. No puedo vivir así. Ese pobre chico de Ohio. Parecía muy bueno. Fue muy bueno conmigo. Fue muy bueno conmigo, pero lo único que quería era robarme el bebé. Y ahora está muerto y lo veo en la cara de la gente con la que me cruzo por la calle y no me siento culpable, solo tengo miedo.

Me puse en pie.

—Es la paranoia, Maria —te dije—. Es buena. A mí me pasa lo mismo. Una de las primeras cosas que me enseñaron fue que solo los paranoicos sobreviven. Es el miedo lo que te mantiene alerta. Aprendes a vivir con él. —Me fui al baño a lavarme la cara. Me fui al baño a lavar los pecados que me manchaban la piel.

—¡Todo lo que te enseñaron es una locura! —me gritaste para que te oyera a pesar del agua.

Salí del baño. Me acerqué hasta ti y te besé en la mejilla.

—Todo excepto eso —añadí en voz baja.

Al día siguiente, encontré trabajo.

Vi un anuncio en el periódico de un carpintero que necesitaba un ayudante. Era el octavo al que llamaba esa mañana. El tipo que cogió el teléfono fue brusco y no se anduvo con rodeos. Le gustó el hecho de que hablara inglés. Me preguntó si tenía herramientas. Le dije que no, pero que estaba dispuesto a comprarlas. Pagaba diez dólares la hora.

—¿Cuándo empiezo?

—Mañana a las seis de la mañana —respondió, y me dio la dirección a la que tenía que ir.

Las herramientas se iban a llevar el resto de nuestros ahorros, pero era una inversión. No podía permitirme el lujo de rechazar una oferta de trabajo. Diez dólares la hora. Tardaría dos días en recuperar el dinero que me habían costado. Pero después de todo por lo que habíamos pasado, diez dólares la hora me parecía una fortuna.

Tal y como me habían dicho, me presenté en el lugar acordado con un cinturón de herramientas nuevo, un martillo nuevo, una cinta métrica nueva y una palanca. Cuando fui a la ferretería a comprarlo todo, tuve que preguntarle al dependiente para qué servía la palanca.

—Es para sacar clavos. Metes esta punta bajo el clavo, tiras del otro extremo haciendo palanca y sacas el clavo.

—De acuerdo —dije. Solo tenía ganas de salir de allí—. Me la llevo. —Después de gastar todo el dinero, sabía que volveríamos a dormir en el coche durante un par de días. Me pagarían al final de la semana y tendría casi tanto dinero como cuando habíamos empezado, aunque esta vez sería nuestro, sería dinero que habíamos ganado. Tuve la sensación de que era el inicio de algo. Tuve la sensación de que era el inicio de una vida normal.

El trabajo era bastante sencillo. Íbamos a derruir una casa para construir una nueva sobre los cimientos de la antigua. Solo éramos dos, Frank y yo. El primer día me presenté con veinte minutos de antelación. Cuando llegué, aparqué de culo para que Frank no viera el maletero abollado. Luego me senté en el capó y esperé. El aire era frío y húmedo, pero sabía que iba a hacer calor. Reinaba el silencio. Entonces oí un coche.

Frank tenía unos cuarenta años. Conducía una camioneta blanca con los laterales un poco oxidados. Tenía una barba pelirroja, muy recortada, pero que ocultaba casi todo el cuello. Llevaba vaqueros y una camiseta. No se molestó en mirarme cuando llegó. Se dirigió a la parte posterior y subió a la plataforma. Me acerqué.

—Coge estos tres barriles —me dijo, y señaló tres cubos—, y llévalos a la casa.

Cogí el primero. Pesaba. Miré dentro. Estaba lleno de clavos. Lo llevé hacia la casa y encontré una pequeña extensión de tierra seca donde dejarlo. Regresé a la camioneta. Miré en el siguiente barril. Estaba lleno de unos clavos que eran la mitad más grandes que los del primero.

—Aquí nada de holgazanear. —Me miró cuando volví a la furgoneta—. Puedes llevar dos a la vez. Hoy tenemos mucho trabajo.

Cogí los dos cubos por el asa. El tercero era más de lo mismo, lleno de clavos, esta vez incluso más pequeños que los del primero. Dejé los dos cubos junto al primero y regresé a la furgoneta.

—De acuerdo, ahora ayúdame a bajar esto —dijo, y señaló un generador de gasolina. Lo empujó hasta el borde y lo agarré por un extremo. Él lo agarró por otro y lo transportamos hasta el lugar donde había dejado los cubos de clavos.

Cuando lo dejamos en el suelo, Frank se puso derecho.

—Me llamo Frank —me dijo, y me tendió la mano sin apartar la mirada de la casa.

Se la estreché con fuerza.

—Soy Jeff —respondí. Era el nombre que había utilizado desde que había llegado a Charleston. Me gustaba que tuviera una jota. Me hacía sentir que no me había olvidado por completo de mi familia.

—Bueno, Jeff, no has llegado tarde, eso ya es algo. Pareces fuerte y veo que tienes herramientas nuevas. —Frank me miró el cinturón y rió para sí—. De modo que si trabajas, te pagaré por lo que hagas, y ya veremos cuánto dura esto.

—¿En qué consiste el trabajo? —pregunté, con ganas de empezar.

—Lo estás viendo —dijo Frank señalando la casa—. Vamos a derribarla y a construir una nueva encima. Ampliaremos un poco los cimientos, pero principalmente nuestro trabajo consiste en construir una casa.

—¿Solo nosotros dos? —pregunté.

—Sí —respondió.

Ese primer día sopló un aire muy caliente. Creo que nunca había sudado tanto. A mediodía, había trabajado más, físicamente, que en toda mi vida. Al principio nos limitamos a dar martillazos para arrancar las planchas de madera viejas del armazón de la casa. Se me hinchó el antebrazo derecho de tanto martillear. Cuando paré aún notaba que me vibraba. Pero a mediodía ya había ganado cincuenta pavos.

Alrededor de las cinco y media Frank se volvió y me dijo:

—Ayúdame a subir todo esto a la camioneta.

Lo ayudé a llevar el generador, unas cuantas herramientas y los cubos de clavos, y lo cargamos todo. A las seis ya habíamos acabado de recoger. No dejamos ni rastro de nuestro paso por allí, salvo por la casa, de la que solo quedaba la estructura.

Antes de que Frank se fuera, se volvió y me dijo:

—¿Volverás mañana? —Creo que se dio cuenta de lo cansado que estaba.

—¿A las seis? —pregunté.

—A las seis —respondió. Asintió con la cabeza y se fue.

Esa noche me dijiste que querías prepararme la cena, la cena de un hombre de verdad, dijiste. Aprecié el detalle, pero íbamos a dormir en el coche. No teníamos dinero para salir, de modo que preparaste sándwiches de mantequilla y mermelada e improvisamos un picnic sobre el capó del coche. Sin embargo, me dijiste que estabas orgullosa de mí y con eso me bastó.

Lo único que hice durante esa primera semana fue dormir y trabajar. El viernes cobré. Frank no tenía ningún problema en pagar en efectivo.

—Es tu dinero —me dijo—. Te lo has ganado. No es asunto mío que quieras darle o no una parte al gobierno.

Dejé que creyera que lo único que pretendía era no pagar impuestos. No le conté el verdadero motivo por el que necesitaba que me pagara en negro. Cuando cobré, volvimos a alojarnos en moteles. Fue el momento adecuado. Empezaba a dolerte la espalda y me alegré de poder darte una cama de verdad.

A la semana siguiente también encontraste trabajo. Últimamente habías pasado mucho tiempo en la biblioteca, leyendo. Al cabo de cuatro días te preguntaron si te interesaba un trabajo a media jornada. El sueldo no era extraordinario, pero el trabajo no era muy exigente físicamente y significaba que íbamos a ganar ciento cincuenta dólares más a la semana. Con nuestros ingresos combinados pudimos empezar a ahorrar un poco. Necesitábamos tener ahorros porque no podíamos saber cuándo tendríamos que huir de nuevo. Iba a suceder tarde o temprano. Era solo cuestión de tiempo.

A medida que fueron pasando los días, Frank empezó a confiar más en mí y me encargó tareas más exigentes que derribar paredes y acarrear cubos de clavos. Poco a poco fui aprendiendo cosas de él, cosas prácticas. Al principio me puso a medir y cortar madera. Me dio una hoja de papel con una serie de medidas. Maderos de seis pies y diez pulgadas, y dos por cuatro; de ocho pies y dieciocho pulgadas, y dos por doce. Me senté sobre un montón de madera con una cinta métrica y un lápiz para marcarla, y la corté con la sierra circular. Intentaba recordar todo lo que me decía Frank, sin importarme qué otra información tuviera que eliminar de mi memoria.

—La hoja de la sierra circular tiene un grosor de unos tres milímetros —me dijo Frank esa segunda semana antes de confiarme la tarea de empezar a cortar la valiosa madera—. No puedes cortar sin tener en cuenta el tamaño de la hoja. Esos tres milímetros, desaparecen. Se convierten en serrín. Cuando cortas la madera, no hay vuelta atrás. —Cogió la sierra para enseñarme cómo se hacía; puso la hoja en el lado exterior de la línea que había trazado con lápiz—. Así, cuando cortes —gritó para que lo oyera por encima del chirrido de la sierra— tienes que hacerlo por fuera de la línea o el madero te quedará muy corto. —Serró el madero para que pudiera ver los tres milímetros que desaparecieron sin más—. Nunca te quedes corto. Es muy cara.

Después de cortar los maderos, los llevaba a la base de la casa. Me pasé varios días cortando y arrastrando madera.

Cada semana, todo resultaba más fácil. Mi cuerpo empezó a acostumbrarse al calor. De noche estaba menos cansado. Me di cuenta de que podía aliviar el dolor del antebrazo si agarraba el martillo con menos fuerza. Los días iban pasando. A ti te iba bien en la biblioteca. Intentábamos acordarnos de cambiar de motel cada tres días. A veces nos quedábamos una o dos noches más. Todo parecía ir bien. Una noche, cuando llegué a la habitación del motel, me diste una bolsa de papel marrón. Era este diario. Me pediste que lo escribiera para ti. Me dijiste que querías entenderme. Recuerdo que te dediqué una mirada escéptica bien merecida. Mi vida era un secreto. Siempre había sido así. Así era como se suponía que debía ser. Sin embargo, me hiciste prometer que lo intentaría.

Al cabo de dos noches, cuando te dormiste, abrí el diario y escribí sobre la mujer que había estrangulado en Brooklyn. Ponerlo por escrito me resultó más fácil de lo que creía. También ayudó el hecho de que me sentía como si estuviera escribiendo sobre la vida de otra persona.

Los días se convirtieron en semanas y las semanas en meses. Todos los días eran iguales. Lo único que marcaba el paso del tiempo era el hecho de cambiar de motel y tú. Cada día te crecía la barriga. Te cambiaba el cuerpo. No esforzamos para no bajar la guardia, pero no siempre resultaba fácil. A veces teníamos que recordarnos que no había cambiado nada. Aún había gente que estaba buscándonos. No podía ser tan fácil. Lo sabía. Incluso tú lo sabías. Sin embargo, a menudo era muy fácil olvidar que aún estábamos huyendo. En ocasiones, solo lo recordaba cuando dormía. Soñaba, pero en mis sueños nunca huía. Siempre era yo el que perseguía a la gente, que huía para salvar la vida. Cuando soñaba eso me despertaba empapado en un sudor frío. Y cuando me despertaba así, escribía este diario para ti. Era como una purga.

Un día trajiste un libro a casa que explicaba todo lo que te estaba pasando, a ti y a nuestro bebé, semana a semana. No podíamos permitirnos las visitas al médico, por lo que dependíamos del libro. De él aprendimos que el volumen de tu sangre había aumentado un cincuenta por ciento, un dato que me dejó de una pieza. Pasamos por la época de náuseas matinales. Te salieron erupciones que desaparecieron al cabo de poco. La ropa ya no te servía. Ibas a tener que comprarte más, lo que afectaría a nuestro limitado presupuesto. Mientras, el bebé crecía. Se le empezaba a formar el esqueleto, el cerebro, el corazón. Se estaba convirtiendo en una persona. Dentro de poco podríamos notar cómo se movía. Aquello hizo que resultara más fácil olvidar todo lo demás.

Después de dos meses de trabajo, pude pagar la reparación del maletero del coche de alquiler. Podríamos haber intentado ofrecerlo como parte del pago para comprar otro, pero sin papeles habría sido muy difícil. Así nos ahorramos algo de dinero. Repararon las abolladuras y le dieron una mano de pintura para tapar los arañazos. Cuando acabaron, parecía casi nuevo.

En el trabajo empecé a habituarme a cierta rutina, y Frank empezó a relajarse. Me enseñó muchas cosas: a medir y poner los montantes del muro a la distancia adecuada; dónde poner el pie cuando estaba clavando los clavos en los montantes, para que me quedaran todos a nivel. A veces trabajábamos juntos para asegurarnos de que el armazón de la casa estaba nivelado; tirábamos, empujábamos y encajábamos los maderos. Algunas lecciones las aprendí más rápido que otras. Frank me enseñó a clavar un madero combado hasta que quedara a nivel con uno recto. Había que alinear las tablas, clavar el clavo en diagonal en el madero combado y darle con el martillo hasta que la pieza combada quedaba recta. Así las tablas no tardaban en quedar a nivel. A veces había que utilizar más de un clavo. Sin embargo, si se hacía bien, al acabar apenas se notaba dónde acababa un madero y empezaba el otro.

No siempre me salía bien. Una tarde, estaba bregando con dos tablas y no podía alinearlas.

—Eh, Frank. ¿Qué haces cuando no puedes alinear las tablas ni después de haber clavado varios clavos?

Frank me miró. No dijo nada. Cogió su martillo y se lo colgó del cinturón de herramientas. Entonces se acercó hasta mí. Me quitó el martillo de las manos. Lo sopesó para tantear el peso. Levantó el brazo y dio cuatro martillazos, dos a cada uno de los clavos con los que había intentado alinear las tablas. Con cuatro golpes, Frank había logrado lo que yo no había hecho con veinte. Me devolvió el martillo. Miré las dos tablas, que ahora formaban un único bloque.

—A veces —dijo Frank, mientras se alejaba y sin molestarse en volver la cabeza— no hay trucos. A veces solo tienes que usar la fuerza.

Cuando llevábamos poco más de tres meses en Charleston, cumplí veintiséis años. Si cuando tenía veinte años me hubieras preguntado si llegaría a los veintiséis, me habría reído de ti. Ahora, no solo lo había logrado, sino que iba a ser padre. Me llevaste al cine para celebrarlo. Fue el mejor cumpleaños de mi vida.

Al cabo de una semana, cuando llegué al motel te encontré encerrada en el baño. Estabas de veinte semanas. Llamé a la puerta pero no me abriste. Alcé la voz para preguntarte qué te pasaba. Apenas podías hablar. Me dijiste que tenías calambres y que sangrabas. Noté el pánico en tu voz. En cuanto me dijiste lo que sucedía, cogí el libro y consulté tus síntomas. No era normal, no en esa fase del embarazo. No tenías que estar sangrando. El libro que tantas buenas noticias nos había dado durante los últimos cuatro meses, me dijo entonces que te llevara al hospital. Te grité para que salieras y pudiera llevarte a urgencias. No tuve que repetírtelo.

15

El motel en el que nos alojábamos no estaba lejos del hospital. Me guiaste mientras conducía. Habías memorizado la ruta. No sé cuándo. Me pregunto si habías hecho lo mismo con todos los moteles en los que habíamos estado, sin decírmelo. Aparte de darme indicaciones, no hablaste. Ni siquiera me respondiste cuando te pregunté cómo estabas. En lugar de decir nada, me lanzaste una mirada que fue suficiente respuesta para mí. No volví a preguntar.

La sala de urgencias ya estaba repleta cuando llegamos. La mujer de recepción nos dio unos papeles para que los rellenáramos. Te los pasé a ti. Era imposible que lo hiciera yo. Apenas podía ver bien. Me levanté y paseé, y cada pocos minutos me acercaba a la enfermera que nos había dado los papeles para preguntarle cuándo nos vería un médico.

—Todos los demás están esperando.

Fue la única respuesta que me dio. Todos los demás no me importaban. Solo me importabas tú. Tus calambres habían remitido, pero continuaban. No había ningún sitio al que pudieras ir para ver si seguías sangrando. Estaba a punto de decir algo cuando te llamaron y te dijeron que había un médico listo para examinarte. Les habías dado tu nombre verdadero. Estoy seguro de que ni siquiera pensaste en eso. No podía culparte, aunque sabía que era un error. En un momento así, es difícil priorizar los miedos.

Pasamos por las puertas de la sala de espera al interior de la sala de urgencias. Dentro parecía una enfermería. La luz de los fluorescentes era de una crudeza implacable. Oía su zumbido a pesar del murmullo de las enfermeras y los gritos de los pacientes. Los pacientes se alineaban a lo largo de ambas paredes, tumbados en camillas y con cortinas provisionales como único elemento que separaba a una persona de la siguiente. Seguimos a una enfermera por el pasillo central de la sala hasta que llegamos a tu camilla. Te pidió que te quitaras la ropa y te pusieras una bata de hospital. Yo corrí la cortina y te ayudé a desvestirte. Fue entonces cuando vi la ropa interior empapada de sangre. Era de un color granate oscuro. Te temblaban las manos cuando te inclinaste para desnudarte y te ayudé. ¿Dónde demonios estaba el médico?

Te ayudé a cambiarte y a ponerte en la camilla. Minutos después vino un médico. No parecía mucho mayor que yo. Nos preguntó por qué estábamos allí. Tú le hablaste con calma. Le contaste tus síntomas.

—¿Te ha estado visitando un médico? —te preguntó.

—No —contestaste, negando con la cabeza.

Me miré las manos, impotente. Habíamos hablado de llevarte al médico, pero no creía que pudiéramos costeárnoslo. Necesitábamos ahorrar. Sabía que habría emergencias. Solo que esa no era la clase de emergencia a la que estaba acostumbrado.

—Vamos a tener que hacerte algunas pruebas —dijo el doctor antes de apartar la cortina y alejarse otra vez.

—Les has dado tu nombre verdadero —te dije sin pensar en cuanto salió el médico.

—No me hagas esto ahora, Joe —respondiste.

Lo dejé estar. Supuse que ya tendríamos tiempo para preocuparnos de eso más tarde. Ojalá aún tuviéramos algo por lo que preocuparnos.

El médico volvió con una enfermera. Te sacaron una muestra de sangre. Él te pidió que abrieras las piernas para poder examinarte. Yo miré hacia otro lado cuando lo hizo. Entonces otra enfermera entró empujando una máquina con ruedas que parecía un televisor. La había visto antes en las películas. Era una máquina de ecografías. Me volví otra vez. No quería mirar a la pantalla por si acaso algo iba mal. El médico empezó a pasar el escáner por tu abdomen.

—Veamos qué está pasando ahí —dijo.

Entonces esperamos. Esperamos lo que pareció una eternidad, aunque probablemente no fue más de un minuto o dos.

—¿Qué está pasando, doctor? —preguntaste al fin.

El médico no respondió durante un momento. Se limitó a mover el escáner sobre tu abdomen y observar la pantalla.

—Ahí está —dijo al fin.

Levanté la mirada. No pude evitarlo. Necesitaba verlo, aunque no quisiera.

—¿Has dicho que estás embarazada de casi cinco meses? —preguntó el médico.

—Sí —respondiste, al borde de las lágrimas—. ¿Está todo bien?

—Bueno —dijo el doctor—, ¿ves el movimiento en la pantalla?

Yo miré la pantalla. Lo veía. Era un minúsculo parpadeo. Noté que se me aceleraba el pulso.

—Eso es el latido del corazón de tu bebé.

Te miré. No podías apartar los ojos de la pantalla. Yo también volví a mirarla. Allí estaba otra vez el parpadeo, latiendo de manera constante. Sentía que mi propio corazón se aceleraba hasta que pareció latir exactamente al mismo ritmo que el del bebé.

—¿Va todo bien? —preguntaste otra vez al médico.

—El latido parece correcto —respondió el doctor—, pero quiero ver los resultados de los análisis que te hemos hecho y tenerte un rato en observación. Te vamos a trasladar arriba.

—No tenemos seguro —dije.

El doctor sabía a qué me refería. Sabía que significaba que no podríamos pagar nada.

—Dejaré que la gente de arriba se preocupe de eso —respondió antes de alejarse.

Te llevaron hasta el ascensor sin hacerte bajar de la camilla. Yo caminaba a tu lado, sosteniéndote la mano. En la sala de urgencias pasamos junto a gente que tosía, gritaba o pedía calmantes mientras lloraba. Luego entramos en el ascensor, las puertas se cerraron detrás de nosotros y todo quedó en silencio.

Cuando llegamos arriba, te llevaron a tu propia habitación. Había otra cama, pero estaba vacía. Un equipo completo de personas empezó a atenderte. Llegaron las enfermeras y te conectaron a un par de máquinas. Había un monitor cardíaco y un gota a gota, así como algunas otras máquinas cuya finalidad se me escapaba. No importaba cuántas veces preguntábamos, nadie quería decirnos si todo era normal. Nadie quería decirnos nada. Me senté en la silla de al lado de la cama.

—Todo irá bien —te dije.

—Eso no lo sabes —repusiste—. No te atrevas a decirme eso a menos que sepas que es cierto.

Así que me callé otra vez y esperé. En un momento entraron a hacerte más pruebas. Perdí la pista de todo lo que te hicieron. Quería ver ese parpadeo otra vez. Quería asegurarme de que seguía ahí. De repente ese parpadeo se había convertido en mi vida entera.

Enseguida terminaron con las pruebas, aunque te mantuvieron conectada a un par de máquinas. Tal vez una hora después llegó otro médico. Este era mayor. Llevaba ropa de calle debajo de la bata blanca. Me miró de pies a cabeza por encima de sus gafas en cuanto entró en la habitación. Llevaba su tablilla delante de él. No me gustó el modo en que me miró. Pensé de inmediato que era uno de ellos. La única razón de que no hiciera nada al respecto fue que era nuestra única esperanza. Lo necesitábamos para que salvara a nuestro hijo. Después de eso, se acabaron las reglas.

—¿Puedo hablar con usted a solas, señora...? —El médico pronunció tu apellido, tu verdadero apellido.

La sospecha que sentía se hizo más fuerte. Tú me miraste. No querías que me fuera. Lo veía en tu cara. No tenías que preocuparte. No pensaba irme a ninguna parte.

—Él puede quedarse —respondiste tú.

—Preferiría hablar a solas con usted, señora... —Repitió tu apellido.

—No. —Tu respuesta fue firme—. Se queda.

—De acuerdo. —El doctor cedió por fin—. Tengo un par de preguntas para usted y un par de cosas que puedo decirle yo. —Bajó la mirada al gráfico que tenía en las manos—. Las buenas noticias son que el latido de su bebé es fuerte y que al parecer todo va bien. El bebé tiene buen tamaño y en apariencia crece a un ritmo adecuado. En cuanto se refiere al embrión, todo parece en orden.

Oí que exhalabas un suspiro parcial de alivio. Todavía tenías preguntas.

—Entonces, ¿qué ocurre? —preguntaste.

El médico se puso el gráfico bajo la axila para poder hablar contigo directamente.

—La hemorragia y los calambres se deben a una afección llamada desprendimiento prematuro de placenta.

Traté de recordar cada palabra, pensando que, si sabía cuál era el problema, podría ayudar a solucionarlo.

—Eso significa que en algún momento de su embarazo, su placenta se separó parcialmente de la pared del útero y la sangre se ha acumulado entre la placenta y el útero.

—¿Es peligroso? —preguntaste.

Ibas por delante de mí con todas las preguntas, planteándolas antes incluso de que yo pudiera procesar adecuadamente mis pensamientos.

—Puede serlo —respondió el médico—. Puede perder mucha sangre y eso es peligroso para el bebé y para usted. También podría causar un parto prematuro, lo cual, en este momento de la gestación, no sería bueno, porque su bebé todavía no es viable.

Me miraste. Estabas asustada. Te di la mano y me la agarraste con fuerza.

—¿Por qué está pasando esto? —preguntaste.

Me estabas mirando a mí, como si yo pudiera responderte, pero sabías que yo no tenía ninguna respuesta.

—Por eso quería hablar con usted a solas —respondió el doctor—. Para alguien como usted, en su primer embarazo, una mujer que no fuma ni se droga, la causa es normalmente alguna clase de trauma. —El médico me miró otra vez.

Era la misma mirada que me había dedicado cuando entramos por la puerta, la mirada que me hizo pensar que era uno de ellos. Ahora sabía que no era uno de ellos. Tenía otras razones para mirarme así.

—¿Me está acusando de pegar a Maria? —le pregunté, sabiendo perfectamente bien lo que estaba insinuando.

—Nadie está acusando a nadie de nada —respondió el médico—. Es solo que en casos donde no hay otras causas de trauma obvias, la violencia doméstica no es una causa infrecuente. —El médico te miró otra vez—. Solo queremos asegurarnos —dijo.

—Joe no es así —respondiste negando con la cabeza—. No es violento en ese sentido.

Lo decías en serio. Supongo que era verdad. No era violento en ese sentido. Una oleada de culpa me arrolló aun antes de conocer el alcance de las cosas sobre las que tenía que sentirme culpable.

—Muy bien —dijo el médico—. ¿Se le ocurre algún otro trauma que pueda haber sufrido? —Bajó la mirada e hizo unas cuantas marcas en la hoja que tenía en la tablilla.

Se me ocurría uno. Ojalá no se me hubiera ocurrido.

—Chocaron con nuestro coche por detrás —le indiqué al doctor.

Era una verdad a medias. La verdad era mucho más desagradable. Volví a pensar en la imagen del cuerpo de ese chico yaciendo en el barro delante de su coche destrozado, bajo la lluvia que salpicaba en los charcos de alrededor.

—Pero eso fue hace meses —añadí.

—Bueno, eso podría ser —dijo el médico, anotando algo más en la hoja. Se volvió otra vez hacia ti—. ¿Tiene un historial de hipertensión en la familia, Maria? —preguntó.

Negaste con la cabeza.

—Porque su presión es extremadamente alta. El accidente de coche que sufrió podría haber causado el desprendimiento y puede que no tuviera síntomas hasta ahora y que se hayan exacerbado de repente por su hipertensión. ¿Ha vivido situaciones de estrés últimamente? —preguntó el doctor.

Te miré. No sabías cómo responder su pregunta. El estrés ni siquiera de lejos describía la situación que estabas pasando, Maria. No importaba que no hubiéramos tenido ningún problema en meses.

—Un poco —respondiste, a medio camino entre la verdad y una mentira alevosa.

El médico asintió con la cabeza.

—Voy a mantenerla un par de horas más tomando solo líquidos —dijo el médico—. Parece que la hemorragia ha remitido, pero también queremos monitorizar eso. Voy a prescribirle una medicación para la hipertensión. Más allá de eso, ha de hacer todo lo posible para eliminar el estrés. —El médico me miró otra vez, como si yo fuera la causa de tu estrés. Supongo que esta vez tenía razón—. También debería tratar de estar de pie lo menos posible. Soy consciente de que el reposo en la cama en una fase tan temprana de su embarazo probablemente no es posible, pero haga lo que pueda. Y desde luego, ninguna actividad que genere tensión.

Quería preguntarle qué deberíamos hacer si eso no era posible. ¿Qué deberíamos hacer si teníamos que correr físicamente para salvar la vida? ¿Y si, hiciéramos lo que hiciésemos para evitar el estrés, supiéramos perfectamente que el estrés iba a encontrarnos? Quería respuestas factibles a preguntas que ni siquiera tenía el valor de plantear.

—¿Nada más? —Fue lo único que se me ocurrió.

—Nada más —respondió el médico—. Sigan estos consejos y esperemos que dé resultado. —Nos volvió a mirar desde su tablilla y sonrió—. La buena noticia es que el latido es fuerte. El bebé es fuerte. —Hizo una pausa—. ¿Le han dicho el sexo del bebé cuando le han hecho la ecografía abajo?

—No —respondí, finalmente adelantándome a ti.

—No siempre podemos saberlo tan pronto, pero esta vez tenemos una imagen muy clara. ¿Quieren saberlo? —te preguntó.

Nos miramos el uno al otro. Dejé que respondieras tú.

—¿Cree que el bebé estará bien, doctor?

—No puedo hacer promesas. El embarazo siempre es delicado. Las posibilidades de que llegue a término no son muy altas. Pero su bebé parece fuerte. Lo está intentando. Solo necesita un par de meses más para ser viable.

—Entonces quiero saberlo —respondiste.

—Su bebé es un niño —dijo el doctor.

Es un niño, Maria. Vamos a tener un niño. Quería estar entusiasmado, pero de repente los riesgos me parecían casi insoportables. Desprendimiento prematuro de placenta. Otro nombre para mi creciente lista de enemigos. Y tampoco podía olvidar al resto de nuestros enemigos. Todavía estaban en alguna parte. Todavía nos estaban buscando. Así que ¿cómo se supone que he de aliviar tu tensión y evitar que hagas nada estresante? ¿Cómo voy a aprender a hacer lo imposible?

16

Deberíamos haber salido de Charleston en cuanto llegamos del hospital. Deberíamos haber vuelto al motel, recogido nuestras cosas y abandonado la ciudad para siempre. Habría sido lo más inteligente. Les diste tu nombre verdadero. Deberíamos haber escapado enseguida, pero tenía miedo. Tenía miedo de lo que pudiera ocurrir si te obligaba a huir otra vez. El miedo había sido mi aliado durante tanto tiempo que no sabía cómo actuar una vez que se convirtió en nuestro enemigo. Miedo equivalía a estrés. Nadie lo sabía mejor que yo. Me descentré. Me asustaba lo que el miedo podría hacerle a nuestro hijo. Quería que nuestro hijo estuviera a salvo. Así que traté de actuar como si todo fuera bien, pero no era así. Habías dado tu nombre verdadero en el hospital. En el fondo sabía que ya solo era cuestión de tiempo.

Solo habían pasado cinco días desde que habíamos salido del hospital y ya habían cambiado muchas cosas. Habían pasado casi cuatro meses desde nuestra llegada a Charleston, antes de que tuviéramos que huir. Tal vez lograríamos pasar aún más tiempo esta vez. Trataba de mantener una actitud positiva por ti. Sigo escribiendo en este diario porque puedo explicar cosas que no me atrevo a decirte. Puedo decir lo asustado que estoy ahora. Un día te daré este diario, pero primero quiero que nazca nuestro hijo. Primero quiero saber que está a salvo. Hasta entonces, lo único que quiero hacer es protegeros a los dos. Hay cosas que has de saber de Charleston, sobre cómo salimos de Charleston. Hay detalles que te oculté porque no los entendía. Sigo sin entenderlos.

Después de volver del hospital, sabía que algo iba a suceder. No sabía ni qué ni cuándo, así que esperé como un tonto. Podría haber sido peor. Si no hubiéramos recibido esa llamada telefónica, ni siquiera habríamos logrado salir de la habitación del motel.

Esa noche me desperté antes incluso de que sonara el teléfono. No puedo explicar por qué. Algo iba mal. Lo percibía. Puede que hubiera comenzado a no hacer caso de algunos de mis instintos, pero todavía no estaban muertos. Estaba empapado en sudor. Tenía taquicardia. Traté de recuperar el aliento. Sentía que te movías debajo de las sábanas a mi lado. Te movías mucho al dormir últimamente, tratando de encontrar una posición cómoda a pesar de tu creciente barriga. Respiré profundamente varias veces. No te despertaste. Todavía no. Miré hacia la ventana, tratando de recordar lo que me había despertado. Las persianas estaban bajadas. Un par de cortinas feas y amarillas cubrían la ventana que daba al aparcamiento del motel. Empecé a pensar que tenía que haber alguien allí, alguien esperando al otro lado de nuestra ventana. Supuse que los había escuchado y que fue eso lo que me despertó. Pensé en acercarme a la ventana para mirar, pero no quería despertarte. No podía permitirme el lujo de asustarte a menos que estuviera seguro de que estábamos en peligro. Además, si estaban fuera, ya era demasiado tarde.

Así que me quedé allí tumbado, paralizado por una especie de miedo irracional que resultó ser demasiado racional. Sentí un gran peso que me empujaba hacia abajo en la cama. Me quedé allí tumbado, esperando a que ocurriera algo. Eché un vistazo al reloj que había al lado de la cama. Eran las dos y media de la madrugada. La habitación estaba a oscuras. Lo único que veía era la luz que se colaba por una rendija, justo por debajo de las cortinas. Examiné el techo y las paredes. Observé una cucaracha que corría de un extremo del techo al otro. No llegué a ver ninguna señal de que algo iba mal. Solo eran mis instintos desbocados.

Oí un clic procedente del teléfono antes de que empezara a sonar. Fue un sonido mínimo, pero lo oí. Al cabo de un instante sonó el teléfono. Salté por encima de la cama y levanté el auricular. Contesté antes del segundo tono. No tenía ni idea de qué esperar. Lo único que quería eran respuestas. Sostuve el auricular pegado a la oreja y me senté en la cama. Tú apenas te moviste.

—¿Diga? —susurré.

La voz que me habló desde el otro extremo de la línea utilizó un tono apagado pero apremiante.

—Tienes que irte.

Aquella voz me sonaba de algo, la recordaba. Era una voz que había oído antes en el teléfono.

—¿Quién es? —pregunté.

—Joe —respondió—, tienes que largarte de ahí.

Lo reconocí cuando dijo mi nombre.

—¿Brian?

—No digas mi nombre, Joe. No te preocupes por quién soy ni de por qué te estoy llamando. Solo lárgate. Ahora. —Percibí el miedo en su voz. Era real.

—¿Qué está pasando? —pregunté, confundido.

Estaba seguro de que era Brian. No entendía por qué me estaba llamando. Me habían echado.

—Lo saben —dijo Brian—. Saben dónde estás, Joe. Lo saben todo. No tienes tiempo. Tienes que salir de ahí. —Le temblaba la voz.

Por fin me di cuenta de que estaba tratando de ayudarme.

—¿Adónde puedo ir? —pregunté, con la esperanza de que Brian tuviera más respuestas, de que tuviera algún tipo de plan.

Confiaba en que Brian me dijera qué hacer y adónde ir, igual que hacía antes, cuando las cosas eran más sencillas.

—No puedo ayudarte, Joe. Si descubren que te he llamado, soy hombre muerto. Vete. Por favor, vete. No puedo hablar más. Tú vete y no mires atrás.

—¿Qué es lo que saben? —pregunté, tratando de sacar el máximo de información posible antes de colgar.

—Todo, Joe. Saben dónde trabajas. Saben qué coche llevas. Lo saben todo y van a por ti. No estás a salvo. Van a por ti ahora mismo.

Quería seguir preguntando. Abrí la boca, pero antes de que pudiera decir nada más oí un chasquido y luego un tono de marcar. Brian había colgado. O eso, o alguien nos había cortado la línea.

Sostuve el teléfono pegado a la oreja durante unos segundos más, escuchando el zumbido. Era el momento de huir de nuevo, solo que esta vez la apuesta era más alta. Esta vez, la vida de nuestro hijo también estaba en juego. Miré tu cuerpo mientras dormías. No quería despertarte. No quería obligarte a huir de nuevo, pero sabía que la única cosa más peligrosa que correr era quedarse quieto.

Me levanté deprisa. Cogí una bolsa de deporte y comencé a meter dentro todo lo que pensé que podríamos necesitar. Entré en el cuarto de baño, metí la mano bajo el fregadero y saqué el dinero que habíamos guardado allí. Habíamos logrado ahorrar algo en los últimos meses. Gastamos una buena parte de nuestros ahorros en medicamentos para la presión arterial. No quedaba demasiado dinero, pero tenía la esperanza de que bastara para ayudarnos a escapar. Abrí un cajón, saqué ropa y la metí también en la bolsa. Luego cogí la pistola. La sopesé un segundo. No la había sostenido desde que maté a ese chico en Ohio. Me gustaba. Fuera cual fuese la razón, sentir su peso me tranquilizó.

No encendí las luces por si acaso nos estaban vigilando. Podían estar esperando fuera. Por lo que sabía, el destello de las luces podía ser el detonante que pusiera en marcha todo su plan. Quería estar preparado antes. No intentaba no hacer ruido. Ibas a tener que despertarte de todos modos; mejor que te despertara el ruido que tener que zarandearte. Cuando por fin abriste los ojos, te me quedaste mirando, y yo sostenía la pistola.

—¿Qué está pasando? —preguntaste mirándome con los ojos entornados a través de la oscuridad.

—Nos vamos —te contesté.

—¿Qué? —preguntaste.

—Nos vamos. Ahora —contesté.

—No podemos, Joe. Es demasiado peligroso. —Bajaste la mirada a tu vientre.

Cogí un puñado de tus prendas del vestidor y las lancé a la cama a tu lado.

—Vístete —rogué—. Por favor.

—No podemos hacerlo, Joe. Es demasiado peligroso. —Pusiste la mano abierta sobre tu vientre como si trataras de protegerlo—. Hemos de tener cuidado.

Me acerqué a la ventana. Levanté ligeramente las cortinas y miré a la calle. No logré ver nada. El aparcamiento estaba en calma. No se movía nada. Todo estaba como debería estar. Traté de mirar hacia el exterior desde la habitación del motel. El ángulo no era bueno, pero no parecía que hubiera nadie esperándonos. A lo mejor Brian se equivocaba, o quizá era una trampa.

—Me han llamado por teléfono —te dije—. Era una advertencia.

—¿De quién? —preguntaste.

—De un amigo —contesté. Tenía que creer que Brian era un amigo. Tenía que confiar en alguien—. Por favor, ponte las zapatillas.

—Pensaba que te habían expulsado. Pensaba que ya no tenías amigos.

—Yo también —fue la única respuesta que pude darte.

Te sentaste al borde de la cama y empezaste a ponerte las zapatillas.

—No puedo correr. Ya lo sabes.

Lo sabía. Ninguna actividad estresante. Teníamos que salir sin hacerte correr.

—Nos estamos escapando, Maria. No te pido que corras.

—¿Sabemos al menos de quién huimos? —preguntaste.

No lo sabía. Brian podía tener información confidencial o haber oído rumores procedentes del otro lado. No teníamos tiempo para intentar comprenderlo.

—Sí —respondí—, de quien nos esté persiguiendo.

Miré a mi alrededor en la habitación en busca de alguna otra cosa que pudiéramos necesitar. Guardé nuestro dinero y la mitad de tu ropa. Me acerqué al armario y cogí el cinturón y las herramientas. Las eché en la bolsa de deporte con nuestra ropa y corrí la cremallera. Sentí el peso de la bolsa. Habría sido más fácil si tú pudieras llevarla, pero era demasiado pesada. No podía pedirte eso. Me colgué la bolsa al hombro y verifiqué que la pistola estaba cargada.

—Hemos de llegar al coche —te dije.

Asentiste.

—No estoy seguro de que no corramos peligro al salir.

El médico me había dicho que tratara de limitar tu estrés. Algunas cosas son más fáciles de decir que de hacer.

Sostuve la pistola con la derecha y te mantuve pegada a mi espalda con la izquierda. Abrí la puerta de la habitación de nuestro motel, medio esperando que se nos echaran encima. No pasó nada. La puerta se abrió con un chirrido. Una vez que la puerta dejó de moverse, el chirrido fue sustituido por los sonidos huecos de la noche. La luna estaba en cuarto creciente pero el aparcamiento exterior del motel estaba iluminado por una farola. Más allá de eso, la noche estaba llena de sombras.

—Parece que no hay peligro —susurré por encima del hombro sin mirarte—. ¿Estás bien?

—Lo estoy intentando —me respondiste con la máxima sinceridad posible.

—Aquí están las llaves del coche —te dije, pasándote las llaves a mi espalda.

Sentí que las cogías. Tu mano estaba caliente.

—Quédate detrás de mí hasta que lleguemos al pie de la escalera. Cuando lleguemos abajo, agáchate y dirígete al coche. Te seguiré. Te protegeré.

Caminamos juntos lentamente. Cuando llegamos al pie de la escalera, bajaste la cabeza por debajo de los hombros y te fuiste corriendo al coche. Lo único que podía pensar era: No corras mucho, Maria. Te agachaste junto a la puerta del acompañante y la abriste. Yo caminé deprisa detrás de ti, tratando de mirar a todas partes al mismo tiempo mientras corría. Lo único que vi fue más de lo mismo, más de nada. En ese punto, la nada era lo que empezaba a asustarme más. Eché la bolsa de deporte en el asiento de atrás y subí al coche.

Me pasaste las llaves del coche. Las puse en el contacto y arranqué. El motor aceleró.

Saqué el coche del aparcamiento. El cerebro me iba a mil, tratando de dar cierto sentido a las cosas. Sabía que alejarme no iba a ser tan fácil. Lo sabía.

—¿Ahora qué? —me preguntaste—. ¿Solo tratamos de alejarnos?

Veía en tus ojos que estabas empezando a preguntarte si realmente necesitábamos huir.

Sopesé nuestras opciones. Las palabras de Brian resonaban mi cabeza. «Saben qué coche llevas.» Finalmente tendríamos que deshacernos del vehículo, pero todavía no. Nuestro primer objetivo era salir de la ciudad.

—Esa es una opción —respondí—. Pero saben qué coche llevamos.

—Bueno, ¿tenemos otras opciones? —preguntaste.

—No lo sé.

Ni siquiera sabía adónde me dirigía. Solo seguía huyendo, adentrándome cada vez más en ninguna parte. La noche era tranquila y apacible. Nada se movía salvo nosotros. Recorrí la calle vacía de tres carriles, girando una y otra vez, y sin ver nada.

—Solo conduce —dijiste—. Lleguemos a la carretera y sigamos. Conocen nuestro coche. ¿Y qué? Aquí no hay nadie, Joe.

Veía la sombra de cada árbol que pasábamos flotando sobre tu cara, dibujando franjas alternas de oscuridad y luz.

—¿Cómo van a encontrarnos cuando ni siquiera están aquí?

—A lo mejor tienes razón —dije. Era un alivio solo de pensarlo. Simplemente alejarnos—. Podemos abandonar el coche después. Podemos perdernos otra vez.

Doblé otra esquina y nos dirigimos otra vez a la larga carretera de dos carriles que se alejaba de Charleston, que se alejaba de nuestra vida. Lo único que tenía que hacer era meterme en esa carretera y pisar el acelerador. Durante un dulce momento todo parecía muy sencillo.

Entonces oímos un estruendo. Surgió de repente y resonó a través de la calma del aire nocturno como un trueno.

—¿Qué demonios ha sido eso? —gritaste, volviéndote en tu asiento, sin darte cuenta de la dirección de procedencia del ruido.

Sonó casi como una explosión. Procedía de la carretera, la carretera hacia la que nos dirigíamos.

—No lo sé —dije, frenando para poder oír mejor.

Segundos después del estruendo se oyó un motor que aceleraba y luego el chirrido de unos neumáticos. Procedía de la carretera. El volumen empezó a aumentar. Fuera lo que fuese, fuera quien fuese, se dirigían hacia nosotros. Sin parar el coche, apagué los faros. Íbamos circulando en la oscuridad. El sonido no cesaba. Ahora estaba más cerca. Di un volantazo a la derecha y aparqué más allá del arcén, colándome a duras penas entre dos árboles. Justo cuando apagué el motor, un coche pasó a toda velocidad por la carretera. Miré en el espejo retrovisor. Pasó en un abrir y cerrar de ojos. Solo una fracción de segundo después, otro coche lo siguió, persiguiendo al primero. El parachoques delantero del segundo coche estaba aplastado. Había chocado con algo. Solo Dios sabría con qué. Nos quedamos en silencio unos momentos antes de atreverme a arrancar otra vez. Ninguno de los dos respiró.

—¿Crees que nos estaban buscando? —preguntaste.

Puse el coche en marcha otra vez, y encendí los faros. Luego volví a tomar la carretera, ahora vacía.

—¿Hay alguna otra explicación? —te pregunté.

Negaste con la cabeza. Conocías la verdad. Estaban ahí. Estaban cerca. E iban a por nosotros.

—¿Qué hacemos ahora? —preguntaste, y el temor que segundos antes estaba ausente se abrió paso en tu voz.

—Eso no cambia nada. Ya sabíamos que estaban aquí.

Poco a poco, aceleré el coche. Nos dirigíamos a la carretera. Cuando llegamos a la curva, miré por la carretera oscura. Era larga, recta y vacía. El final simplemente desaparecía en la oscuridad. Me metí en la carretera. Lo único que quería era conducir. Pisé el acelerador, pero solo duró un instante.

—¡Joder! —gritaste—. ¿Qué es eso?

Yo también lo vi. Apenas llegué a atisbarlo en el borde del haz de luz de nuestros faros. Era algo que se movía desde un lado de la carretera. Fuera lo que fuese, no parecía humano. Por segunda vez en cuestión de minutos, me salí de la carretera y apagué los faros.

—Quédate aquí —te dije.

No me hiciste caso. Cuando bajé del coche, ya estabas de pie fuera. El aire era caliente. Flotaba un olor cáustico que reconocí, aunque no logré situar. Saqué la pistola del cinturón y empecé a caminar hacia lo que fuera que se estaba moviendo al lado de la carretera. Tú caminabas muy cerca detrás de mí. Casi podía sentir tu cuerpo contra el mío. Sentía tu respiración en mi cogote. Antes de ver nada, noté que contenías un grito detrás de mí.

—¡Oh, Dios mío!

Miré al frente. La hierba de delante de nosotros estaba oscurecida por algo.

—Es sangre —gritaste—. Hay sangre en todas partes.

Ese era el olor. Era el olor de la sangre.

—Silencio —te susurré—. No importa lo que veamos, hemos de permanecer en silencio.

El rastro de sangre empezaba en la calzada y llevaba hasta lo que fuera que habíamos visto desde la carretera. Todavía se estaba moviendo. Di otro paso para acercarme más y pude verlo mejor. Era un hombre, pero tenía un aspecto horrible. Había visto hombres muertos con mejor pinta. Yacía boca abajo en la hierba. Iba todo vestido de negro. Llevaba el uniforme de un asesino, el mismo que yo había llevado en incontables ocasiones. Los movimientos de su cuerpo eran totalmente antinaturales. Movía los brazos en direcciones en las que se suponía que no tenían que moverse. Puede que solo fueran espasmos musculares. Ni siquiera podía estar seguro de que aún estuviera vivo. Dimos unos pasos hacia él. Entonces oí su quejido.

No teníamos tiempo para eso. Nos estaban persiguiendo. Ya no me cabía ninguna duda. Ese hombre tenía algo que ver con eso. No lograba entender cómo había terminado junto a la carretera, no podía ni imaginármelo.

—Hemos de dejarlo —te dije.

Me di la vuelta y empecé a caminar hacia el coche.

—¿Qué? —preguntaste—. No podemos dejarlo aquí sin más. —Miraste el cuerpo—. Morirá.

Eso era cierto. No sabía qué relación guardaba con nosotros.

—Nos vamos.

—¡No podemos dejarlo sin más! —gritaste.

Me llevé la mano a los labios otra vez para pedirte silencio y bajaste la voz.

—¡Me prometiste que no habría más muertos!

—Esto no es culpa mía —dije, señalando con el cañón de la pistola al cuerpo que se retorcía.

Era mentira. En cierto modo era mentira. Sus quejidos se hicieron más altos y más claros. Nos estaba oyendo hablar y trataba de decirnos algo. La voz murmuró con la boca llena de hierba húmeda. No pude comprender lo que estaba diciendo. Por fin logró pronunciar dos palabras que sí comprendí:

—¡Por favor!

Me miraste. Incluso en la oscuridad, vi el dolor en tus ojos. Volví a dirigirme al cadáver.

—Ten cuidado —susurraste al pasar a tu lado.

Caminé hacia el cuerpo. Te quedaste a solo unos pasos de mí. Seguí apuntando con la pistola al cuerpo que se retorcía. Me dije a mí mismo que era imposible que fuera una trampa. Había demasiada sangre para que fuera una trampa. Aunque no sabía qué pensar. Los quejidos se hicieron más silenciosos, como si el hombre hubiera gastado toda la energía que le quedaba para hablar con nosotros. «Por favor.» Ahora solo quejidos suaves y silenciosos salían del cuerpo que temblaba bajo mis pies. Metí un pie bajo uno de sus hombros y lo levanté. Pesaba como un muerto. Necesité todas mis fuerzas, pero logré darle la vuelta sin ensuciarme las manos. Ahora estaba tumbado sobre su espalda.

Estaba cubierto de sangre. Estoy casi seguro de que no toda era suya. Tenía las piernas retorcidas bajo el cuerpo, enroscadas, no estaban dobladas de una manera natural. No podía moverlas. Se había roto el cuello. Una vez que lo puse boca arriba, abrió los ojos. Tenía cortes en la cara. La sangre le cubría la mayor parte del rostro, pero cuando abrió los ojos, estos aún tenían un color verde brillante. Incluso en la oscuridad pude ver el color.

—¡Ayú...! —dijo ahora, más claramente.

Quería decir «Ayúdame», pero no tuvo fuerza para acabar la palabra. Pulmones perforados. Costillas rotas. Podía diagnosticar todo un cargamento de lesiones que yo era incapaz de curar. Me rodeaste y te arrodillaste en la hierba a su lado. Le quitaste parte de la tierra de la cara.

Establecí contacto visual con él.

—¿Estabas en el choque de coches que hemos oído? —pregunté.

Movió ligeramente la cabeza, lo más parecido a una señal de asentimiento que íbamos a sacar de él.

—¿Esto te pasó en el choque?

Otro asentimiento. Era claramente la víctima de una persecución.

—¿Y luego te tiraron del coche? ¿Te dejaron aquí?

Una vez más, movió la cabeza; esta vez, vi la tristeza en sus ojos. Hiciste una mueca, porque no eras capaz de imaginar que alguien pudiera ser tan frío. Yo sí. Era un lastre. Estaba frenando una misión. La misión consistía en encontrarnos. Cuando ves muertos a diario, una muerte más no significa tanto para ti. Probablemente ni siquiera se lo pensaron dos veces antes de tirarlo del coche.

—Tenemos que hacer algo, Joe —dijiste al tiempo que te volvías hacia mí, sosteniendo la mano del hombre moribundo entre las tuyas.

El hombre levantó la mirada cuando le apartaste el cabello manchado de la frente.

—No podemos hacer nada, Maria.

Sabías que tenía razón. Aun así, tus ojos rogaban que lo intentara. Me arrodillé al otro lado de él.

—¿Puedes mover las piernas? —pregunté.

Veía la tensión en la cara del hombre. Le miré las piernas. No hubo movimiento.

—¿Los brazos? ¿Puedes mover los brazos?

Otra vez se tensó su cara. Esta vez uno de los brazos se movió. El otro se quedó quieto. Parecía roto. Al mover el brazo, dejó escapar otro gemido de dolor.

De repente, oí otro coche que venía por la carretera. No había tiempo de encontrar un escondite mejor.

—Agáchate —te dije.

Nos tumbamos lo mejor que pudimos. El cielo de la noche se iluminó cuando los faros pasaron más allá de nosotros. El sonido de grava pisada se hizo más alto y luego otra vez más silencioso. El coche aceleró alejándose. Al cabo de poco lo único que quedó fue el sonido de nuestra respiración y el silbido del cuerpo.

—Hemos de irnos, Maria. Es peligroso estar aquí.

Noté que el pánico se abría paso en mi pecho. Iban a pillarnos porque eras demasiado amable.

—No podemos dejarlo aquí, Joe —respondiste, con las lágrimas acumulándose en tus ojos.

—Escucha, Maria, vas a tener que tomar una decisión. ¿Quieres intentar salvar a este hombre o quieres salvar a tu hijo? Porque no vamos a poder hacer las dos cosas.

Lo comprendiste. Lo vi en tu expresión.

La cabeza del hombre moribundo se quedó quieta en tu regazo. Bajaste la mirada al hombre y le dijiste:

—Lo siento.

Le levantaste la cabeza para quitarla de tu regazo. Estabas conteniéndote para no llorar, lo cual solo te llevó a sollozar. Te apartaste del hombre y empezaste a caminar otra vez hacia el coche. Bajé la mirada hasta el hombre, tumbado allí. Sus ojos te siguieron cuando caminabas hacia el coche.

Yo también le di la espalda. Empezaba a seguirte al coche.

Entonces oí otro gemido, este más alto. No quería que lo dejaran solo. Seguramente sabía que iba a morir, pero no quería morir solo. Me volví hacia el cuerpo.

—Si encuentro un teléfono, pediré ayuda para ti —le dije.

Cerró los ojos lentamente, consciente de que la ayuda nunca iba a llegar.

Cuando volví al coche, tú ya estabas sentada dentro. Las lágrimas se habían detenido. Ya solo había determinación en tu rostro. Volví a arrancar el coche y regresé a la carretera. Empezamos a circular en la otra dirección.

—¿Adónde vamos? —preguntaste.

Ya tenía un plan. El hecho de ver al hombre agonizando en el suelo me ayudó a concebirlo. Sabían dónde estábamos. Eso seguro. No sacrificaban hombres así por nada. Sabía que estaban cerca. Pensé que podíamos aprovecharlo. Podía usarlo para conseguir dinero antes de irnos. Necesitábamos el dinero. Solo nos quedaban cien dólares. Tardaríamos un tiempo en establecernos allí donde termináramos, y tendríamos que llevarte al médico si nuestro hijo lograba sobrevivir.

—Vamos al centro —respondí.

—¿Qué? ¿Por qué?

El centro no estaba cerca. Tú solo querías irte. En retrospectiva, quizá habría sido la decisión correcta.

—Todavía tengo mi tarjeta. Aún no la hemos usado, porque temía que delatara nuestra posición. Bueno, ahora ya saben dónde estamos. Podría ser nuestra última oportunidad para conseguir dinero durante un tiempo. Si lo hacemos en el centro, no tendrán ni idea de adónde hemos ido después.

Te miré. Parecías escéptica.

—Hemos de hacerlo —dije.

Sabías que tenía razón.

—Vale —respondiste, sellando tu destino.

Pisé el acelerador y pusimos rumbo a la ciudad.

Durante el recorrido, todo permaneció en una calma casi espeluznante. Todo estaba en silencio. Divisábamos las luces de la ciudad en la distancia. Todavía era noche cerrada. La ciudad estaría dormida, pero las luces estaban encendidas.

Cruzamos el puente que llevaba a la ciudad. Mi plan consistía simplemente en doblar la esquina de una calle con un banco, aparcar, sacar el máximo dinero posible, volver a meterme en el coche y arrancar. Tenía que confiar en que mi tarjeta bancaria aún funcionaba. Querrían que la usara, porque sabían perfectamente que eso me delataría.

Las calles de la ciudad estaban casi vacías. Cada dos o tres manzanas, veíamos a alguien caminando por la calle, dirigiéndose a casa desde el domicilio de un amigo o después de una noche de fiesta. Estábamos en la zona rica de la ciudad, llena de casas grandes y antiguas fortunas. Ni siquiera había pensado en qué dirección íbamos. Paso a paso, pensé. Tú estabas sentada en silencio en el asiento del acompañante. No sabía si estabas pensando en el hombre moribundo que habíamos dejado al lado de la carretera o si simplemente tratabas de tener la mente en blanco.

Eché un vistazo a una calle larga y vi un banco con cajero automático. Frené y aparqué en un sitio libre frente al banco. Miré alrededor después de aparcar el coche. La calle estaba vacía. O al menos pensé que lo estaba. Me quité el cinturón y me volví hacia ti.

—Espera aquí —dije.

Asentiste.

—Esta vez en serio. Quédate en el coche.

Abrí la puerta del conductor y salí. Intenté actuar con rapidez; fui corriendo hasta la puerta del banco y metí la tarjeta en la ranura para abrir la puerta. Eché una última mirada para asegurarme de que estabas a salvo y entonces entré.

—Vamos. Vamos. Vamos —susurré para mis adentros al deslizar la tarjeta por la ranura y marcar el número secreto.

La pantalla se encendió y me preguntó cuánto dinero quería retirar. Tecleé mil dólares, pero no me dejó sacar tanto dinero. Después marqué quinientos. Esperé. Oí el sonido de los billetes en el interior de la máquina. A continuación me escupió veinticinco billetes de veinte dólares. Nos serviría para conseguir un poco más de tiempo.

Salí para volver al coche. Aún te veía dentro. Estabas bien.

Parecías a salvo. Estaba a punto de abrir la puerta del banco y volver hacia ti cuando vi el teléfono al otro lado de los cajeros automáticos. No era solo un teléfono de asistencia para clientes del banco, sino un teléfono público de verdad. Decidí cumplir la promesa que había hecho. Me guardé los quinientos dólares en el bolsillo, caminé hasta el teléfono público, levanté el auricular y marqué el 911. No pude reprimir la sensación de que ya había pasado por eso antes. Se me hizo un nudo en el estómago. Contestó una operadora.

—Ha habido un accidente horrible —dije.

—¿Dónde? —preguntó la operadora.

—Hay un hombre en la cuneta de la carretera —respondí—. Lo ha atropellado un coche. Necesita ayuda ahora.

Le dije a la operadora el nombre de la carretera donde encontrarían al hombre.

—¿Puede mantenerse en línea? —preguntó la mujer.

—No —contesté.

Estaba a punto de colgar el teléfono cuando el primer estruendo resonó en el aire. El disparo fue seco y ruidoso. Al principio, no reconocí el sonido. Fue muy parecido a un petardo. Luego estalló otro disparo. El sonido fue menos claro esta vez, más amortiguado. Procedía de una pistola diferente. De repente, me di cuenta de lo que estaba ocurriendo. Miré al coche. Tú todavía estabas en el asiento delantero, pero estabas agachada, tratando de quedarte por debajo de la ventana. Una bala ya había hecho añicos la ventana trasera derecha, justo detrás de ti. No sabía si estabas bien. Empecé a correr hacia la puerta. Justo al hacerlo oí otro disparo y el cristal del cajero automático estalló en un millón de fragmentos minúsculos. Seguí corriendo hacia la puerta, corriendo hacia ti. Sentía que se me aceleraba el corazón. En ese momento, si hubiera visto una bala que se dirigía hacia ti habría saltado para interponerme en su trayectoria, pero ni siquiera estaba lo bastante cerca para hacer eso. Hubo otro estruendo y una bala agujereó nuestro neumático trasero. Ni siquiera sabía desde dónde estaban disparando. Cuando salí me di cuenta de que las balas procedían de direcciones opuestas. También te oí gritar. Eso no era bueno. El estrés no era bueno. Por desgracia, la noche no había hecho más que comenzar.

Corrí hacia el coche. Oí el silbido de otra bala que me pasó rozando la cabeza. Traté de determinar de qué dirección venían las balas. Parecían proceder de todas partes a la vez. La realidad era que probablemente solo se habían disparado cinco o seis tiros, pero me sentía atrapado en medio de una batalla. Llegué a la puerta del lado del conductor y la abrí.

—¿Estás bien? —te grité al tiempo que subía.

—¡No! —me respondiste con otro grito.

Inmediatamente bajé la cabeza por debajo de la ventanilla, arranqué y pisé el acelerador. Solo quería alejarme de las balas. Teníamos que abandonar el coche ya. Nos faltaba una rueda trasera. Seguro que lo habían hecho a propósito. No podíamos salir de la ciudad así. Sin embargo, podíamos salir de la línea de fuego. Después nos tocaría ir a pie. No había otra forma.

Pisé el acelerador, levantando la cabeza lo justo para ver por encima del salpicadero. No podía permitirme chocar con nada. No podía permitirme otro accidente. En cuanto el coche empezó a moverse, noté el traqueteo de la rueda trasera. La gente empezó a encender las luces en las casas que daban a la calle. Traté de no hacerles caso. Solo teníamos que huir.

El coche avanzó dando tumbos. Traté de controlar el volante, pero la rueda pinchada lo dificultaba mucho. Después de cuatro o cinco manzanas, ya no oía disparos. Me detuve a un lado.

—Tenemos que bajar —te dije.

Me miraste como si estuviera loco.

—Somos como dos patitos de feria aquí, Maria. Tenemos que dejar el coche.

Te estiraste para desabrocharte el cinturón. Luego reptaste sobre la parte central del salpicadero para poder salir por la misma puerta que yo. Abrí la puerta del conductor y bajé. Esperé una fracción de segundo, temiendo oír otro disparo, temiendo oír el silbido de otra bala junto al oído, pero no oí nada. Te agarré por la muñeca para ayudarte a ponerte en pie en la acera y entonces echamos a correr por la calle de al lado.

Recorrimos dos manzanas antes de localizar un hueco junto a una de las casas. Nos metimos rápidamente dentro de uno de los pocos jardines que no tenían una verja. Me llevé un dedo a los labios para indicarte que te mantuvieras en silencio. Había oído algo. Alguien estaba corriendo por la calle. Oí pisadas que resonaban en el asfalto. Teníamos suerte de haber encontrado refugio en las sombras en ese momento. De repente, un hombre pasó corriendo a nuestro lado. Le miré las manos mientras corría. Empuñaba una pistola.

—¿Qué hacemos, Joe? —me susurraste cuando dejamos de ver al hombre.

—No lo sé.

—¿Cómo salimos de aquí ahora?

—No lo sé.

Traté de pensar. No contábamos con muchas opciones.

—¿Estamos muy lejos de la estación de autobuses? —te pregunté.

Conocías la ciudad mejor que yo.

—A unos diez kilómetros —respondiste.

Lejos. La noche era oscura y llena de peligros. Aún así, era nuestra única oportunidad.

—Tenemos que llegar a la estación de autobuses —te dije.

Entonces oí algo más. Me estiré y te puse la mano en la boca para asegurarme de que no hablaras. Había alguien más cerca de nosotros. No corría. Caminaba. Silbaba mientras caminaba. Nos agachamos juntos lo más cerca posible del suelo. Tratamos de permanecer a cubierto. El hombre iba caminando en la misma dirección que el que había pasado corriendo con la pistola. No llevaba pistola, pero sí un cuchillo largo. Iba silbando la canción de Louis Armstrong *What a wonderful world*. Contuvimos el aliento cuando pasó a nuestro lado. Transcurrieron otros diez minutos hasta que estuvimos seguros de que se había ido.

Retomaste la conversación en el mismo punto en que la habíamos dejado.

—No puedo correr, Joe —dijiste, poniendo las dos manos sobre el vientre.

—Lo sé —respondí.

Solo Dios sabía el daño que le habíamos causado ya a nuestro hijo. No hablamos de eso.

—¿Qué hora es? —te pregunté.

Miraste tu reloj.

—Son las cuatro de la mañana —dijiste.

—Escucha. —Tragué saliva con fuerza, sin acabar de creerme lo que iba a proponer—. El primer autobús probablemente salga a eso de las siete. ¿Crees que puedes caminar diez kilómetros en tres horas?

—¿Tengo elección? —preguntaste.

—No.

—Puedo hacerlo —dijiste, asintiendo con la cabeza.

—Esa es mi chica.

Traté de sonreírte. No sé cómo me salió. No estaba de humor para sonreír. Volví a sacar la pistola del cinturón.

—Cógela —dije, entregándote nuestro único medio de protección.

—No puedo cogerla —dijiste, sosteniendo la pistola sin fuerza entre los dedos—. No sé usarla.

—Coge la puta pistola y ya está —respondí, exasperado—. Por favor, cógela. Es fácil de usar. Le he quitado el seguro. Lo único que tienes que hacer es apuntar a cualquier cosa que te asuste y apretar el gatillo.

Miraste la pistola que tenías en la mano. No te sentías cómoda. Tus manos parecían demasiado pequeñas para el arma.

—¿Para qué la necesito? —preguntaste—. ¿Por qué no la llevas tú?

Negué con la cabeza.

—Nunca conseguiríamos recorrer los diez kilómetros juntos. Necesitamos algo más.

—Entonces, ¿qué vas a hacer? —preguntaste, sintiendo que fuera cual fuese el plan, no iba a gustarte.

—Voy a distraerlos —dije.

Pude ver todo lo que querías decirme en la expresión de tu cara. Querías decirme que mi idea era ridícula. Querías maldecirme solo por haber pensado en ello. Querías decirme que podíamos lograrlo juntos. Vacilaste, porque sabías que nada de eso era cierto.

—Por favor, Maria. No sé qué más hacer. Es la única manera.

—Vale —concediste por fin.

Sabías que era la única oportunidad que tenías de salvar a nuestro hijo. Estabas agarrando la pistola con las dos manos. Ahora ella era tu protector.

—¿Sabes el camino que debes seguir? —pregunté. Me quedé bloqueado en el momento de dejarte.

—Sí —respondiste.

Entonces recordé el dinero. Saqué el billetero del bolsillo.

—Toma esto también —dije, pasándote casi mil dólares en efectivo. Ahora ya no tenía nada.

—Nos vamos a encontrar en la estación de autobuses, ¿verdad?

—Por supuesto —respondí, sabiendo que las probabilidades de que los dos lo lográramos eran escasas—. Pero si no estoy allí, súbete a un autobús. Sube a un autobús que vaya lejos.

Me volví y miré las calles que nos rodeaban. Estaban vacías otra vez. Ni siquiera oí un coche de policía. Todos debían de haber tomado los disparos por petardos que debían de haber tirado unos niños. Estaba despejado y podía empezar a correr. Me volví hacia ti.

—Dame cinco minutos de ventaja —dije—. Quédate en las sombras y avanza en silencio. No dejes que nadie te vea.

Asentiste con la cabeza.

—Voy a tratar de que me persigan a mí.

Incluso al decirlo, la idea sonó ridícula. ¿Cuánto tiempo iban a tardar en cazarme? ¿Durante cuánto tiempo podría esquivar las balas? No estaba tratando de sobrevivir. Tenía que ser realista. Solo estaba tratando de sobrevivir el tiempo suficiente. Respiré hondo y me preparé para saltar desde las sombras a la luz de la calle. Antes de hacerlo, me cogiste la cara entre las manos y me atrajiste hacia ti. Tenías la pistola en la mano derecha y sentí el metal en la mejilla. Me besaste suavemente en los labios, luego más fuerte. Y tuve que irme.

—Nos vemos a las siete —dije.

Eché a correr. Salí a la calle y corrí como si no hubiera un mañana, porque para mí, probablemente, no la habría.

No miré atrás. Solo corrí. Corrí hacia el sur, alejándome de la estación de autobuses. Unos segundos después de salir de las sombras, oí los primeros pasos que me perseguían. Cada pisada resonaba con fuerza. Apenas había pausa entre las pisadas. Quien fuera que tuviese detrás se movía deprisa. No me atrevía a mirar por encima del hombro. Tenían pistolas. Lo único que tenía yo era miedo.

Sabía que debía mantenerme por delante de la persona que me perseguía, pero tampoco podía permitirme despistarlo. Necesitaba que me persiguiera. Necesitaba que todos me persiguieran. La única cosa que temía más que me atraparan era que te atraparan a ti. Entonces oí el segundo conjunto de pisadas, más lejos pero claras. Era como escuchar el latido de dos tambores desacompasados. Me pregunté cuántos había. ¿Eran solo tres antes de dejar a su compañero en la cuneta o eran más? Si eran más, ¿estabas a salvo? No tenía forma de saberlo. Nunca había oído de nadie que trabajara en grupos de más de cuatro. Aun en el caso de que hubiera originalmente cinco, ya habían perdido uno en el accidente. Eso significaría que había dos que me seguían y otros dos acechando en alguna parte.

Esperaba oír disparos por detrás de mí, pero nadie disparó. Puede que no quisieran jugársela con la policía. Seguramente pensaban que no les resultaría tan fácil atraparme. Había recorrido seis manzanas antes de darme cuenta de que estaba a punto de entrar en la zona sur de Charleston. En el extremo sur de la ciudad, solo había agua. Ya había jugado a ese juego, escondiéndome en el agua negra por la noche. La única razón por la que sobreviví fue porque Michael me salvó. No iba a cometer ese error otra vez. Doblé en la primera calle que pude girar y seguí corriendo en una dirección diferente.

Estaba empezando a quedarme sin energía. Mis piernas, brazos y pulmones se estaban cansando muy deprisa. Necesitaba encontrar un lugar para esconderme y descansar, aunque solo fuera unos minutos. Las calles seguían vacías, iluminadas únicamente por farolas pasadas de moda que se alineaban en las aceras. A cada lado de la calle había una fila de casas viejas, que llegaban hasta la acera. La mayoría tenían una puerta cerrada que daba a sus jardines particulares. Los únicos huecos entre las casas eran iglesias viejas y cementerios atestados. Todavía no había oído ningún conjunto de pisadas doblar la esquina detrás de mí. Vi una valla delante. Era una valla alta de hierro forjado con pinchos arriba. Debía de medir casi tres metros. Di dos pasos hacia ella y salté. Al hacerlo estiré el brazo y me agarré a uno de los pinchos. Planté el pie derecho entre dos barrotes y me impulsé por encima. La pernera izquierda de mis tejanos se enganchó un momento en el pincho, y caí al suelo con una pirueta. Aterricé de espaldas. Durante un segundo no pude respirar. Me había quedado sin aire. Entonces se me abrió el pecho e inspiré, dejando que el aire frío de la noche me llenara los pulmones. Tuve que recordarme que todavía iban tras de mí.

Me di la vuelta con rapidez para poder mirar a través de los barrotes de metal de la valla y escuchar. No oí pisadas. Todo estaba en silencio. Por un segundo, me preocupó que hubieran vuelto a por ti. Hasta que localicé a uno de ellos. Iba caminando por la calle, mirando en los callejones. No empuñaba una pistola, pero tenía un cuchillo con una hoja serrada de ocho centímetros en la mano. Era alguna clase de cuchillo de caza. Miré a mi alrededor para ver si podía encontrar un sitio mejor para esconderme.

Fue entonces cuando me di cuenta de que estaba en un pequeño cementerio. Había saltado una valla que habían erigido para impedir el paso a turistas y visitantes de cementerios. Había una tumba a solo un metro de mí con una gran lápida orientada hacia la calle. Sería un escondite perfecto. Miré al hombre del cuchillo. Esperé a que desviara la mirada y me oculté rápidamente detrás de la lápida. Me pegué a la losa y me agaché. Notaba el granito frío en contacto con mi piel. Bajé la mirada al grabado de la lápida. Estaba demasiado oscuro para leerlo. Podía estar sentado en la tumba de cualquiera. Entonces me asomé por encima de la lápida para mirar hacia la calle. El hombre del cuchillo aún estaba allí, todavía me buscaba. Parecía que iba a rendirse. Se volvió. Pensé que regresaría a por ti. Me pregunté por un momento cómo te iba, cuánto habías avanzado, cómo se defendía nuestro hijo. Aún más que tú o yo, sabía que haría falta un milagro para que nuestro hijo sobreviviera a la noche. Quizá si te movías despacio y mantenías la calma todo iría bien. Quizá si podía mantenerlos a raya durante unas horas, todo lo que habíamos pasado no sería en balde. Solo esperaba un milagro.

Entonces oí otra vez pisadas en la calle, que se dirigían hacia el hombre del cuchillo. Lo miré. Él también oyó las pisadas. Miró en su dirección. Le cambió la expresión de la cara. Se le dilataron las pupilas. De repente estaba asustado. Se volvió y echó a correr. Corría deprisa, aún más deprisa que cuando me perseguía a mí. Si hubiera corrido tanto cuando me perseguía, me habría atrapado. Solo un momento después, vi que otro hombre pasaba corriendo con una pistola en la mano. Parecía que estaba persiguiendo al primer hombre, pero eso no tenía sentido. Nada tenía sentido. Observé al segundo hombre que pasó corriendo y traté de comprender qué estaba sucediendo. Otro sonido, un sonido nuevo, interrumpió mis pensamientos. Era un sonido metálico y procedía de detrás de mí. Miré por encima de las lápidas centenarias. Alguien estaba escalando la valla del otro lado del cementerio. La lápida que tan bien me ocultaba en una dirección, me dejaba completamente al descubierto en la otra. Ni siquiera me había molestado en mirar a mi espalda. Me habían visto. Estaban subiendo la valla, venían a por mí.

Miré la valla, temblando, cuando un hombre trepó hacia los pinchos. Otro hombre estaba tratando de ayudarlo a subir, empujándolo por los pies. Vi una pistola en la mano del que trataba de entrar. No sabía si el otro estaba armado. Seguro que lo estaba, aunque no tenía su arma a mano. Podía intentar trepar de nuevo por la valla que había saltado, pero sin carrerilla sería un ascenso agotador y torpe. No tenía tiempo para eso. El hombre de la pistola podría derribarme de un solo tiro fácilmente, como si estuviera disparando a una lata sobre una cerca. Necesitaba coger carrerilla. Así que corrí. Corrí directamente hacia la valla por la que estaban subiendo los dos hombres. Vi que el de abajo me miraba. La expresión de su rostro era de asombro absoluto. Contaba con eso, con el desconcierto y con el caos. Corrí por encima de las tumbas, esquivando una o dos lápidas. El cementerio solo ocupaba una manzana, así que en cuestión de segundos me encontré a unos metros de la verja que estaban escalando los hombres. El de la pistola había alcanzado la parte superior de la valla antes de que se fijara siquiera en que corría hacia él. Estaba de pie en lo alto, a punto de saltar al suelo. Yo salté, plantando un pie entre dos barrotes, justo como había hecho la primera vez. En esta ocasión no me agarré a ninguno de los pinchos, sino al hombre de la pistola. Estiré el brazo y lo agarré por la rodilla, propulsándome en el aire. Al elevarme, derribé al hombre de la pistola. Cayó deprisa. Sacudió la pierna cuando tiré de ella y su cuerpo se precipitó. La parte posterior del muslo tocó en uno de los pinchos. Oí el sonido que hizo este al desgarrarle la piel y partirle el hueso. A continuación superé la valla. Esta vez caí de pie. No miré al hombre al que acababa de empalar. Tampoco a su compañero. Solo me volví hacia la derecha y corrí tan rápido como pude.

Ya sabía que ellos eran al menos cinco. Había visto a cinco. Dos de ellos estaban fuera de combate. El hombre de la cuneta estaba muerto o casi y el hombre de la valla, aunque sobreviviera, no iba a perseguir a nadie esa noche. Lo estaba intentando, Maria. Quería decírtelo a gritos. Quería decirte que siguieras avanzando. Y al mismo tiempo esperaba que no pudieras oírme si lo hacía, esperaba que estuvieras demasiado lejos.

Traté de adivinar cuánto tiempo había pasado. ¿Veinte minutos? ¿Media hora? ¿Más? No sabía cuánto tiempo había estado en el cementerio. Levanté la mirada hacia el cielo. Todavía estaba completamente negro. Doblé una esquina para ver si conseguía recuperar el aliento. Encontré un espacio impreciso entre dos de las casas y me metí allí. No me permitía ocultarme, pero tendría que servir por el momento. Traté de calmar la respiración. Entonces vi a otro tipo. Iba caminando por el otro lado de la calle. Llevaba tejanos negros y una sudadera también negra con la capucha puesta. Empuñaba una pistola. Traté de recordar si era uno de los hombres que había visto antes, pero me pareció que no. Eso significaba que había al menos seis y quedaban al menos cuatro. Seis. ¿Por qué iban a enviar a seis personas a capturarme? No tenía sentido.

Me quedé en silencio y observé al hombre que iba caminando, esperando que no reparara en mí. Mientras no doblara por la calle hacia mí, estaría a salvo. Pasó de largo y desapareció al doblar una esquina. Había visto a seis personas. Me dije a mí mismo que no podía haber más. Si tenía razón, entonces todos los hombres disponibles estaban conmigo. Si tenía razón, quizá tú estabas a salvo.

Agucé el oído. Volvía a reinar el silencio. Salí de las sombras y empecé a caminar lentamente por la calle. Traté de avanzar sin hacer ruido, confiando en que oiría a cualquiera antes de que él me viera. Ya no sabía qué hacer. No podía correr toda la noche. No tenía energía para eso. Empecé a preguntarme si debía ir a buscarlos, si debería empezar a perseguirlos. No tuve que preguntármelo mucho más. No era tan fácil convertirse en el cazador cuando eres la presa.

Tuve suerte de verlo unos segundos antes de que me viera él a mí. Dobló la calle en la que yo estaba y empezó a caminar hacia mí. Tuve el tiempo justo para agazaparme entre las sombras de un umbral antes de que mirara en mi dirección. Empezó a caminar hacia mí. Si se acercaba demasiado, era hombre muerto. No había ningún sitio donde esconderme en la calle. Pensé en correr, pero si lo hacía, iría directamente hacia los otros. Estaba atrapado.

Busqué a tientas detrás de mí en el umbral y agarré un pomo. Empecé a girarlo. Afortunadamente, la puerta no estaba cerrada. La entreabrí y me colé en la casa. Dentro estaba oscuro y reinaba la calma. Incluso en la oscuridad, veía la cocina y el salón desde donde estaba. Había juguetes esparcidos por el salón. Me adentré en la casa. Todavía estaba buscando un lugar donde esconderme. Había un armario para abrigos en el salón. Abrí la puerta del armario y me metí dentro. En lugar de cerrar la puerta, dejé abierto un resquicio para poder mirar hacia fuera. El corazón me latía con fuerza en el pecho. Esperar era casi más agotador que correr. Veía el portal a través de la rendija que había dejado en la puerta del armario. Lentamente, empezó a abrirse. La oscuridad de la calle era igual a la oscuridad de la casa. El hombre que me estaba persiguiendo entró silenciosamente. Empuñaba la pistola en la mano derecha, cerca de la oreja, para poder apuntar rápidamente si tenía que hacerlo. Echó un rápido vistazo a las habitaciones. Miré a mi alrededor para ver si había algo que pudiera utilizar como arma, algo como un bate o una sartén, cualquier cosa. No había nada. Entonces me fijé en un interruptor situado a poco más de medio metro de la puerta del armario. Era mi única oportunidad.

El hombre se adentró en la casa. Trató de caminar sin hacer ruido. Parecía que iba a pasar por delante de mí hacia la cocina. No lo creí ni por un segundo. Ahora estaba a poco más de un metro. Le veía la cara. Parecía pálido en la oscuridad. Sabía que él sabía dónde estaba. Sabía que estaba tratando de engañarme. Lo miré. Memoricé su posición, dónde estaba, en qué postura. A continuación, estiré el brazo y pasé la mano por la pared hasta que encontré el interruptor. Encendí la luz. La habitación se iluminó de golpe. Contaba con eso. El hombre pálido trató de apuntarme con la pistola, pero sus pupilas todavía no se habían acostumbrado a la luz. Estaba casi ciego. Yo tampoco veía nada más que destellos de color, pero no lo necesitaba. Salí del armario, levanté el pie derecho y golpeé donde recordaba que estaba la rodilla del hombre. Noté que se le doblaba la pierna al instante y que caía al suelo. Al caer disparó una vez. Oí cristales rotos cuando la bala atravesó la ventana de la cocina. Al momento, se encendieron las luces de la escalera. Oí gritos. Por fin mis ojos se adaptaron a la luz. Levanté la mirada hacia los gritos. Había una mujer en camisón agarrada a la barandilla de encima de la escalera y gritando a pleno pulmón.

Corrí otra vez. Empecé a sentirme como un desastre andante, que corría de un sitio a otro, sembrando el caos por donde pasaba. Empecé a sentir que esa noche era una metáfora de toda mi vida. Salí corriendo a la calle. Huí de la mujer que gritaba en lo alto de la escalera. Huí del hombre tullido con la pistola. Esta vez era demasiado escándalo. Los otros lo oirían. Todos los que acechaban en la oscuridad confluirían en ese único sitio. Tenía que largarme. Llegué a la calle y empecé a correr otra vez hacia el sur. El cielo estaba empezando a cambiar de color. Tenía un tono morado oscuro cuando salí de la casa. Faltaba poco para el amanecer. Recorrí dos manzanas antes de que uno de ellos empezara a perseguirme otra vez. Corría en dirección a la casa mientras yo corría para alejarme de ella, pero cuando me vio, vino a por mí. A ese lo reconocí. Era el segundo hombre de la valla del cementerio. Me pregunté si había dejado atrás a su colega igual que habían abandonado al hombre en la cuneta de la carretera. Me pesaban las piernas. Llevaba mucho rato corriendo. No podía correr mucho más.

No importaba. No quedaba mucho espacio para correr. Había un parque en el extremo sureste de Charleston con robles y una pequeña glorieta. Más cerca del agua había viejos cañones y una gran estatua conmemorativa de la guerra de Secesión. Más allá, el agua. Cuando llegué al agua, cuando me quedé sin ningún otro sitio al que huir, estaba exhausto.

El hombre que me perseguía había reducido la distancia que nos separaba y estaba a menos de diez metros de mí. Cuando me acerqué al borde del agua, me volví hacia él. No lo reconocí. No se parecía a nadie que recordara. No se parecía a nadie que hubiera matado. Podría haberle preguntado por qué me perseguía. Podría haberle preguntado por qué estaba dispuesto a arriesgarse tanto para matarme. Se lo había preguntado a ese chico en Ohio. Ahora estaba demasiado cansado para que me importara.

El morado oscuro del cielo empezaba a teñirse de un rojo intenso. El sol no tardaría en elevarse detrás de mí. El hombre levantó la pistola y me apuntó. Me pregunté si te habría dado suficiente tiempo. Me pregunté si nuestro hijo resistiría. Te imaginé subiendo a un autobús y dirigiéndote al oeste. Te imaginé bajando del autobús sin que te persiguiera nadie. Me alegré al pensar que ibas a lograr huir, pero me entristecía saber que estarías sola. Me entristecía pensar que, si nuestro hijo sobrevivía, nunca iba a conocerlo. Lo que habría dado en ese momento por un solo día con nuestro hijo. Levanté la cabeza y miré el cañón de la pistola de mi asesino. Recordé la última vez que había estado tan cerca de la muerte, flotando en el agua de Long Beach Island. Recordé el puro instinto de supervivencia que había sentido entonces, aunque no se me había ocurrido ningún motivo concreto por el que valiera la pena seguir con vida. Esta vez, no solo sabía que quería vivir, sino que sabía por qué. Nuestro hijo hacía que la perspectiva de morir fuera mucho peor.

No dije ni una palabra a mi asesino. ¿Qué le iba a decir? Él tampoco me dijo ni una palabra. Solo oí el disparo y no sentí nada. Entonces oí que disparaba otra vez. Y otra. Seguí sin sentir nada más que la brisa del agua. Abrí los ojos. Las balas no eran para mí. Los primeros dos disparos le dieron a mi asesino en el pecho. El tercero en la cabeza. Abrí los ojos y vi que mi asesino aún estaba de pie, que la sangre le manaba de las heridas. Se le escapó la pistola de la mano. Establecimos contacto visual solo un momento antes de que cayera al suelo. No parecía asustado, solo perplejo. Él tampoco sabía qué estaba ocurriendo. Miré a mi alrededor. No logré determinar de dónde habían llegado los disparos. No vi a nadie. Por alguna razón, me había salvado cuando mucha gente ya había muerto a mi alrededor. Por alguna razón, en ese momento no me importaba mucho saber el porqué.

Empecé a correr otra vez, con energía y ánimos renovados. Por última vez esa noche, corrí. Había al menos once kilómetros hasta la estación de autobuses pero sabía que lo lograría. Me habían dado otra oportunidad.

Estabas en la estación de autobuses cuando llegué. Estabas escondida en un rincón, tratando de que no te vieran. Ya habían salido dos autobuses, pero te habías negado a subir en ellos. Me esperaste, aferrándote a la más mínima esperanza de que lo conseguiría. De alguna manera, lo conseguí. No te conté lo que había ocurrido. ¿Cómo podía contártelo si no lo sabía?

El siguiente autobús se dirigía a Nashville. Lo tomamos.

Dormiste casi todo el trayecto. Te pregunté cómo te sentías. Me dijiste que no habías tenido calambres y solo una pequeña pérdida. Me contaste entonces que durante tu caminata hasta la estación de autobús sentiste que nuestro hijo se movía por primera vez.

No pude dormir más de dos horas durante el viaje. Cada vez que el autobús se detenía, no podía evitar mirar a todos los pasajeros que subían. Estaba seguro de que uno de ellos iba a atacarnos. No fue así.

No nos quedamos en Nashville mucho más tiempo del necesario. En cuanto llegamos, buscamos otro coche. Compré un Chevrolet destartalado por trescientos dólares en efectivo. El tipo que nos lo vendió me prometió que el motor estaba en buen estado. No teníamos tiempo de regatear. Supuse que conduciríamos hasta donde el coche nos llevara y que nos instalaríamos donde se muriera por fin.

Esta vez nos dirigimos hacia el oeste. No iba a parar de conducir mientras el cuerpo me lo permitiera. Ya habías aguantado demasiado para alguien en tu estado. Era el momento de que descansaras.

17

Conduje rápidamente en la oscuridad. La tierra era yerma y plana. Ya llevábamos horas en la carretera. Ni siquiera sabía cuántas. El día dio paso otra vez a la noche. Le estaba exigiendo a esa carraca todo lo que podía dar de sí. La luna estaba muy baja y nunca había visto tantas estrellas. Al acelerar por la carretera, el paisaje se desdibujaba a mi alrededor, pero las estrellas no se movían.

Te miré, tendida a mi lado. Tu asiento estaba reclinado al máximo. Yacías de costado hacia mí, con las manos en las rodillas para calentártelas. Habías dormido casi sin parar desde Charleston. En cuanto nos estableciéramos en algún sitio, te llevaría a ver a un médico para cerciorarnos de que nuestro hijo estaba bien. No quería correr más riesgos.

Te despertaste mientras todavía estábamos en la carretera larga y yerma que atravesaba el desierto. Moviste la palanca del asiento para sentarte derecha. Parecías cansada. Miraste hacia la carretera, medio aturdida.

—¿Cuánto tiempo llevo dormida? —murmuraste.

—Unas cuantas horas.

Habías estado durmiendo desde que paramos a cenar. Volví a mirarte. Tu vientre parecía más grande cuando te sentaste.

—¿Vamos a buen ritmo? —preguntaste.

—Este cacharro no puede ir más deprisa —repuse. Entonces señalé al cielo a través de la ventana—. Mira las estrellas.

Te inclinaste hacia delante para poder mirar hacia arriba a través del parabrisas.

—Caray —dijiste, tus ojos se iluminaron como si estuvieras viendo el cielo nocturno por primera vez—. No hay estrellas así en Canadá.

—Ni tampoco en Nueva Jersey —repliqué.

Miraste las estrellas durante unos minutos antes de reclinar otra vez el asiento. Te miré a la cara y vi que brotaban lágrimas de tus ojos. Te lo habías tragado todo durante demasiado tiempo.

—Dime que todo irá bien —me suplicaste.

No me miraste. Mantuviste la mirada fija en la carretera. Pensé en cómo tenía que responder.

—No puedo —repliqué.

Clavaste tus ojos en los míos. Vacilaste y respiraste profundamente.

—Entonces miénteme.

Las lágrimas surcaron tus mejillas. Pensé un momento en ello.

—Todo irá bien —te aseguré.

—¿Me lo prometes?

—Te lo prometo.

No sé durante cuánto tiempo más conduje. Al final te volviste a dormir. Yo me limitaba a seguir forzando el coche. Quería abrir la máxima distancia posible entre mi pasado y mi futuro. Al cabo de un rato el cansancio hizo mella en mí y no pude seguir conduciendo. Cuando apenas podía mantener los ojos abiertos, aparqué el coche en el lateral de la carretera desértica y dormí. Mientras dormía, soñé.

En mi sueño, un coche aparcaba delante de nosotros mientras los dos dormíamos en el nuestro. El coche se detuvo con un derrape y levantó una nube de arena roja del desierto, lo que nos impidió huir. Bajaron un hombre y una mujer. Ambos llevaban pistolas. A ella la reconocí a la mujer. Era una mujer asiática atractiva. Al principio no logré situarla porque su cara había cambiado, como si la hubieran reconstruido de alguna manera y no hubieran podido dejarla igual que estaba

343

antes. El hombre era un desconocido. Cada vez que lo miraba le cambiaba la cara. Nariz, ojos, color del pelo, labios, todo cambiaba. Cada vez que lo miraba era una persona diferente. Era todas las personas, todas las personas a las que no conocía, todas las personas a las que había visto en la calle y me había preguntado de qué lado estaban.

Todavía era de noche cuando bajaron del coche. Nos ordenaron que bajáramos del nuestro y nos obligaron a caminar por el desierto. El cielo estaba sembrado de estrellas. No dejaron de apuntarnos con sus pistolas. Les dije que solo tenías diecisiete años. Les dije que no tenías nada que ver, que eras inocente. No pareció importarles. El hombre no paraba de hacerme preguntas sobre la gente que había matado. No dejaba de intentar hacerme revivir momentos de mi vida que quería olvidar. Era implacable, me preguntaba por gente en la que hacía años que no pensaba, gente cuya vida había terminado en mis manos.

Miré a la mujer asiática. Pensé en Long Island Beach. Pensé en Jared y Michael. Recordé esa primera noche en que Catherine había flirteado conmigo. En un mundo más sencillo, la habría llevado a su casa y habríamos follado hasta la mañana y luego cada uno se habría ido por su camino. Estudié su cara, su nariz y sus pómulos reconstruidos. Sus ojos parecían iguales, pero el resto de su cara era diferente. Levantó la cabeza para mirarme mientras caminábamos. Esperaba que estuviera enfadada. No lo estaba.

—Tienes buen aspecto —le dije, en voz lo bastante alta para que la oyera ella y solamente ella.

Iba a responder, pero cambió de opinión. Sonrió ligeramente, curvando las comisuras de los labios hacia arriba. Incluso en mi sueño, me pregunté cuál de los dos apretaría el gatillo cuando me ejecutaran. Esperaba que fuese ella.

Caminamos un buen trecho por el desierto. Los coches desaparecieron en el horizonte. Al final, me volví hacia el hombre.

—¿Nos has seguido desde Charleston?

Respiré profundamente. El aire era frío y seco. Olía a tierra y piedra. Miré otra vez a Catherine. Ella no me estaba mirando. Tenía la mirada perdida en la distancia, en la oscuridad aparentemente inacabable.

—Te hemos seguido desde Montreal —dijo el hombre.

No quería pensar en la estela de cadáveres que había dejado. Ya basta. Ya estaba hecho.

—¿Cómo vamos a hacerlo? —pregunté, volviéndome hacia el hombre sin rostro.

Lo único que podía ver era su cara, que no paraba de cambiar, y los nudillos blancos, aferrados a la pistola. Levantó el arma, con el dedo ahora tenso en torno al gatillo. Miré al cielo porque no quería que lo último que viera fuera la bala. Algunas de las estrellas habían empezado a desaparecer. El sonido del disparo desgarró el aire. No sentí nada. Era como Charleston una y otra vez. El sol había empezado a salir.

El sol se alzó por encima del desierto plano como una bola de fuego que se elevaba hacia el cielo. No había montañas que frenaran la luz del sol, nada que creara sombras. El día llegó con la inmediatez de un maremoto. Me volví para mirarte, de pie en la luz violeta del alba. Tú estabas bien. Tu barriga creaba la sombra más grande de todas las que había en el desierto. Su sombra parecía la sombra de una montaña de lado. Reinaba el silencio. De repente sentí una quemazón en la mano izquierda. Bajé la mirada. Me goteaba sangre de la mano. El suelo estaba tan seco que la sangre formó un charco en lugar de empapar la tierra. Me miré la mano. El dedo en el que llevaba el anillo había desaparecido. Miré al hombre de la pistola. Su rostro había cambiado una vez más. Salía humo del cañón de la pistola. Me había volado el dedo de un tiro. El dolor llegó despacio.

—¿Y ahora qué? —le pregunté al hombre que empuñaba la pistola humeante.

Me pregunté si simplemente pensaba desmontarme pieza a pieza.

—Es lo único que queremos de ti —dijo. Se guardó la pistola en la cinturilla del pantalón—. Vamos —le dijo a Catherine.

Ella me miró a mí y luego a ti y entonces se volvió, y los dos se alejaron hasta desaparecer en el horizonte.

Te miré, de pie bajo la luz del sol.

—Se está moviendo otra vez, Joe —dijiste.

Cerré la mano. La hemorragia ya empezaba a remitir.

—¿Qué sientes? —preguntaste.

—Es soportable —respondí. Me concentré un momento en el dolor—. Es extraño. Puedo sentir el dolor en el dedo, en todo el dedo, aunque ya no hay dedo.

—Dolor fantasma —dijiste—. Fui voluntaria en un hospital. Trabajé con amputados. Me decían que podían sentir los dedos de los pies, aunque ya no tenían piernas.

—¿Cuándo se pasará? —pregunté.

—Nunca —contestaste, negando con la cabeza—. No es fácil acostumbrarse a algo así.

Me miré la mano. La hemorragia ya se había detenido por completo. Solo había un espacio vacío.

—¿Nos irá todo bien? —te pregunté.

No podía preguntártelo en la vida real. En la vida real, tenía que simular que lo sabía. Solo podía hacerlo en un sueño.

—Sí, Joe. Todo irá bien —dijiste.

—¿Por qué me suena como una mentira cuando lo digo yo, pero me parece verdad cuando lo dices tú? —pregunté.

—Porque nunca has estado bien hasta ahora, así que no conoces la sensación.

Me desperté cuando el sol empezaba a elevarse por detrás de nosotros. Nunca he sido muy aficionado a interpretar los sueños. Tan solo me sentía feliz de haber podido dormir bien por una vez. Hacía mucho tiempo que no me ocurría.

Arranqué el coche, metí la marcha y pisé otra vez el acelerador. Había llenado el depósito hacía unos doscientos cincuenta kilómetros. Todavía nos quedaba medio depósito. Recorrimos varios kilómetros antes de ver otra señal de civilización.

18

Llevábamos más de tres semanas en Aztec, Nuevo México. Sigo esperando lo inevitable, pero por el momento, todo está en calma. Impera la tranquilidad. Hace calor durante el día, pero parece que lo llevas bien. De noche refresca y hace una temperatura agradable. Probablemente deberíamos alejarnos más. Quizá deberíamos llegar hasta Los Ángeles, quizá más lejos. Tal vez México sería más seguro. No lo sé. Pero aquí estamos, todavía en Aztec. Creo que has decidido que quieres quedarte aquí. No creo que nos marchemos a menos que alguien nos obligue. Eso podría ocurrir en cualquier momento. Estamos preparados. Creo que estamos más preparados que la última vez. Pero por ahora, este lugar parece un hogar.

Fue mucho más fácil encontrar trabajo aquí que en Charleston. Ahora conocía un oficio. Al menos sabía lo suficiente para mentir sobre mis conocimientos. Frank fue un buen maestro. Me gustan los tipos con los que trabajo aquí. Mi jefe es mexicano. Su hijo también trabaja con nosotros. Nació en Nuevo México. Yo soy el gringo. Eso les gusta. Les gusta que el blanco sea el hombre más bajo del tótem.

Encontramos un lugar para vivir. Saltar de un lugar a otro no nos había ayudado antes, así que decidimos que quedarnos en un sitio llamaría menos la atención. Alquilamos una casa pequeña en el desierto. Pagamos semanalmente, por anticipado, en efectivo. No hay nadie más a nuestro alrededor. Cuando miras por la ventana de atrás tienes una vista de varios kilómetros. Y, lo que es más importante, te llevamos a un médico. Quiere verte con regularidad desde ahora hasta el parto. Le dije que no podíamos pagar mucho. No nos hizo caso.

—Tú ven cada dos semanas —dijo.

Quizá algún día podamos pagarle de alguna manera. Nuestro hijo evoluciona bien. Todavía no ha pasado el peligro, pero sigue creciendo, sigue desarrollándose. No ha habido más complicaciones desde que estamos aquí. Aun así, por consejo del médico, has de estar de pie lo menos posible, debes permanecer en la cama y leer libros que te compro en la tienda abierta las veinticuatro horas. Tu vientre crece cada día, tu cuerpo cambia de forma por nuestro hijo.

Nunca planeamos quedarnos en Aztec. Cuando llegamos aquí, necesitabas comer. Habías dormido casi doce horas seguidas y te morías de hambre. Paramos a desayunar en un bar pequeño y nos sentamos a la barra. Empezaste a hablar con la mujer que nos estaba sirviendo. Había vivido toda su vida en Aztec. Empezaste a hacerle preguntas. Nos dijo dónde podíamos encontrar una casa para quedarnos si queríamos hacerlo. Cuando le dije que era carpintero, mencionó un par de sitios donde podría encontrar trabajo. No nos hizo preguntas. No nos preguntó de dónde veníamos. No parecía importarle. La gente pasa por Aztec. Es esa clase de sitio. Me pregunté cuánta de la gente que pasaba huía de algo.

Después de desayunar, decidimos dar un paseo para estirar las piernas antes de volver al coche. Era un día brillante y soleado. Había unas cuantas personas en la calle, las suficientes para que no hubiera silencio, pero era llevadero. La pequeña calle estaba llena de tiendas. Parecía que hubiera una iglesia cada dos manzanas. Tú mirabas en los escaparates de las tiendas por las que pasábamos. Yo no dejaba de fijarme en las caras de las otras personas que paseaban por la calle, para comprobar si reconocía a alguno de los hombres que me había perseguido por las calles de Charleston. Caminábamos despacio, agotados, y no teníamos ninguna prisa por volver al coche, porque tampoco teníamos ningún destino. Estábamos cansados, cansados de huir y agotados.

Una de las tiendas por las que pasamos anunciaba un museo de ovnis, aunque era un poco exagerado llamarlo museo. Tú en cambio, en cuanto lo viste, preguntaste si podíamos entrar. No veía ningún motivo para no hacerlo. El lugar no parecía menos seguro que cualquier otro. Entramos, recorrimos un largo pasillo lleno de películas y libros sobre ovnis que estaban a la venta. No había demasiado que ver salvo algunas fotos viejas. Al parecer, te fascinaba el tema. Te dirigiste hacia el fondo del museo, pasando los dedos por las viejas cintas VHS. Cada una aseguraba mostrar, sin el menor atisbo de duda, pruebas de visitas alienígenas. Aunque yo no tenía opinión sobre la materia, no dudaba que algo así podía taparse. El viejo de detrás del mostrador levantó la mirada de su libro durante solo un segundo y te miró mientras repasabas la colección de objetos de interés. Te sonrió y continuó leyendo. Te acercaste a la pared del fondo para mirar algunas fotos. Estaban tomadas en festivales sobre ovnis. Te pusiste las manos a la espalda y te inclinaste hacia delante, mirando las caras de la gente de las fotos. Pasaste junto a más libros, más cintas de vídeo. Yo me quedé de pie junto a la puerta, tratando de no olvidar que todavía teníamos que ser precavidos. Sacaste una de las cintas VHS de la pared, miraste la cubierta y sonreíste. Era bonito verte sonreír.

Volviste a guardar la cinta de vídeo y te dirigiste al mostrador. Yo me limité a observarte. Te acercaste a una gran pecera que estaba sobre el mostrador, llena de pequeños alienígenas de plástico. Sacaste uno y lo sostuviste en la mano. Era un hombrecillo verde con ojos grandes y un traje espacial plateado. Había un cartel en la pecera que decía: «Adopta a un extraterrestre». Aseguraba que por un dólar podías adoptar a un alienígena y que todas las donaciones se destinarían a la investigación ufológica. Levantaste al hombrecillo para enseñármelo.

—Mira, Joe —dijiste—. Les encanta.

Se te iluminó la cara, parecías más feliz de lo que lo habías estado desde la primera semana que pasamos juntos.

Adopté un extraterrestre para ti. No hemos pensado en marcharnos desde entonces.

Han pasado más de tres semanas desde ese día. Estoy sentado en una silla plegable detrás de nuestra casa, escribiéndote esto mientras tú duermes la siesta dentro. He empezado a correr otra vez. Cada día tu vientre se hace más grande y tú pareces más feliz. Ahora tienes la piel más oscura, bronceada por el sol del sur. Estás radiante. Espero con ansias el momento de todas las mañanas en que bajas de la cama y te vistes. Te levantas con la primera luz del alba para poder prepararme el desayuno antes de que me vaya a trabajar. Todas las mañanas te observo en la tenue luz azul cuando bajas de la cama, te quitas la camiseta con la que duermes y te vistes. Sé que sientes que te estoy observando, pero no parece que te importe.

Hoy hemos vuelto al médico. Ha dicho que todo va bien. El embarazo ha durado más de lo que habíamos esperado. Nos ha dicho que ya has llegado a término. Espera que el bebé nazca en cualquier momento. Ahora llevamos en Aztec más tiempo del que pasamos en Charleston. El pasado se aleja en mi memoria con cada día que pasa. Estoy contento de olvidar la mayoría de las cosas. Algunas trato de recordarlas, por si acaso.

Nunca me has preguntado qué ocurrió la noche que huimos de Charleston. Cuando te pregunté, me dijiste que no sucedió nada. Solo caminaste. En ocasiones, te pareció oír pisadas, pero nunca pasó nada. Creo que no te gustaba hablar de eso. Creo que el hecho de que hubiera sido tan fácil te asustaba. No sé lo que te habría contado sobre cómo sobreviví esa noche, aunque me lo hubieras preguntado. Nunca lo hiciste. Creo que al final decidiste que había algunas cosas que simplemente preferías no saber.

En ocasiones, todavía intento entender cómo sobreviví, por qué sobreviví. He elaborado algunas teorías, pero ninguna tiene sentido. Quizá debería atribuirlo a la intervención divina. Algo se interpuso y me salvó a mí y a nuestro hijo. Probablemente debería seguir tu ejemplo. Quizá hay algunas cosas que simplemente no quiero saber.

Nuestro hijo ha nacido hoy. Es precioso. Es más que perfecto. La perfección no sería tan especial. Se llama Christopher. Tiene tus ojos. El médico ha dicho que el color del iris acostumbra a cambiarles. Espero que no. Espero que siempre tenga tus ojos.

El médico asistió al parto en casa. Al parecer no es algo tan raro aquí. Mucha gente, como nosotros, no tiene ningún seguro. Dijo que estaba encantado de ayudar, que era la parte favorita de su trabajo. Has sido muy fuerte. Nunca había visto tanta fortaleza en toda mi vida. Estabas en silencio y mostrabas una gran determinación, como si el dolor fuera solo un inconveniente para el que no tenías tiempo. Espero que Christopher sepa la suerte que tiene de tenerte por madre. Espero que sepa que nada de este mundo estará jamás a la altura del amor y los sacrificios que has hecho por él. No olvidaré nunca la expresión de tu cara cuando el doctor te lo entregó por primera vez. Esa expresión hizo que valiera la pena todo lo que hemos pasado. Por fin he podido aportar algo importante al mundo.

Me alegré de que pudiéramos tenerlo en casa. Tenía miedo de volver al hospital después de lo sucedido en Charleston. Además, ahora Christopher había nacido fuera del sistema. No hay ningún registro de que exista siquiera. No hay forma de que nadie sepa de dónde procede. Oficialmente, nació para ser un fantasma. Con un poco de suerte le servirá para mantenerse a salvo.

Ni siquiera tengo palabras para describir cómo me siento. Quizá estoy demasiado cansado. Quizá simplemente no existen palabras para expresarlo. Nuestro hijo ha nacido hoy. Me siento como si hubiera renacido con él. Gracias, Maria. Me has hecho un gran regalo. Me has dado más de lo que merezco.

Son poco más de las tres de la madrugada. Estás dormida en la habitación. El pequeño Christopher aún no ha comprendido la diferencia entre el día y la noche. Estoy seguro de que lo hará. Solo ha pasado una semana y media. Por ahora está bien. No podemos permitirnos que yo deje de trabajar, así que gracias a su sueño irregular puedo ver a nuestro hijo. Es muy pequeño. Se despierta llorando casi a la misma hora todas las noches. La mayor parte de las veces llora porque tiene hambre y tú has de levantarte con él. Pero alrededor de las tres de la madrugada se despierta simplemente porque quiere que lo cojan. No puedo culparlo. Da miedo estar solo.

Cuando se despierta a las tres, intento dejarte dormir. El horario de sus tomas te tiene agotada. Además, me gusta pasar tiempo a solas con él, los hombres solos. Me gusta poder interrumpirle el llanto cogiéndolo y teniéndolo en brazos. A veces me imagino que llora por la noche, aunque no tenga hambre, porque sabe que iré a buscarlo. Sabe que es papá el que lo cogerá. Cuando lo levanto del moisés y me lo pongo en el regazo suele estirarse y me coge un dedo. Nuestro hijo agarra con fuerza. Se agarra a mi dedo como si fuera a caer dando tumbos por el universo si lo suelto.

Ahora duerme en mi regazo. Puedo ponerlo en la cuna, pero no quiero. Quiero tenerlo en brazos un poco más.

Fuera la luna brilla tanto que puedo escribir a la luz de la luna. No sé durante cuánto tiempo más seguiré escribiendo el diario. No estoy seguro de que aún lo necesite. No estoy seguro de que me quede algo más que contar sobre mí. Ahora lo único que vale la pena saber sobre mí está arrebujado en mi regazo. Es lo único importante.

Todavía me cuesta creer que esté ocurriendo todo esto. No puedo creer que sea padre. No puedo creer que haya abandonado la Guerra. De algún modo, no tiene sentido para mí. Tengo unos pocos recuerdos de mi padre de antes de que lo mataran. Son todos recuerdos de un tiempo anterior a que supiera que la Guerra existía. Son todo recuerdos inocentes.

Solía llevarme a pescar los domingos por la mañana. Era como nuestra versión de la iglesia. Mi hermana nos acompañaba algunas veces, pero en realidad no le gustaba pescar. A mí tampoco me gustaba, pero iba porque pasaba tiempo con mi padre. Íbamos en coche hasta un lago que había cerca de nuestra casa. Había un pequeño muelle que se adentraba en el agua. Era viejo y la madera empezaba a pudrirse. Nunca había visto una barca allí. Era como un lugar privado. Caminábamos hasta el final del muelle, nos sentábamos, cebábamos los anzuelos con gusanos y echábamos las cañas al agua. Mi padre solía ponerme el cebo, porque yo no me atrevía a pinchar el gusano que se retorcía en el anzuelo. Luego esperábamos y charlábamos. Creo que era yo quien más hablaba. No recuerdo de qué hablábamos. No recuerdo que mi padre impartiera consejos de sabiduría paterna. Solo recordaba que estaba allí y era feliz, esperando a que un pez picara el anzuelo, pero medio esperando a que no lo hiciera. En cierta manera, creo que es mejor que mi padre falleciera antes de que yo conociera la Guerra. Me alegro de no haber tenido que hablar nunca con él de eso. Me alegro de que mis recuerdos de él sean más puros que todo eso.

Un día quizá lleve a Christopher a pescar. Cuando lo haga le pondré el cebo en el anzuelo. Hablaremos todo el día de nada y todo irá bien.

SEGUNDA PARTE

Chris:

Deseo con toda el alma que nunca tengas que leer esto, espero, a fin de cuentas, que pueda protegerte. Si estás leyendo esto, es que ha ido mal parte de mi plan y te he fallado por segunda vez. Si te ocurre algo, si te he fallado otra vez, entonces creo que es importante que sepas quién eres en realidad y quién era tu padre. Tu nombre, el nombre que te puso tu padre, es Christopher Jude. Tu apellido no es importante. A buen seguro es mejor que no lo conozcas. Yo me llamo Maria. Soy tu madre. Tu padre se llamaba Joseph. Te tuvimos cuando éramos muy jóvenes, sobre todo yo. Sé lo peligroso que es el mundo al que te he traído. Confía en mí, he visto el peligro de cerca. Necesito saber que estoy haciendo todo lo posible para protegerte. Puede que no siempre tome las decisiones correctas, pero lo intento. Tu padre también lo intentó. Deseábamos más que nada poder darte una vida normal. Durante un tiempo tuvimos la ilusión de que lo conseguiríamos.

Naciste en Nuevo México. Después de huir durante casi nueve meses, tu padre y yo nos instalamos en una casita blanca, en los desiertos de arena roja. Pensamos que por fin habíamos encontrado un lugar seguro, un oasis. Tratamos de aislarnos. Tratamos de no molestar a nadie. Estoy segura de que no lo recuerdas, pero durante un tiempo fuimos una pequeña familia normal y feliz. Recuerdo momentos hermosos en los que de verdad olvidaba que estábamos huyendo. Creo que a veces incluso tu padre se permitía creer que se habían olvidado de nosotros. Éramos muy ingenuos, perdidos en nuestro pequeño mundo de ensueño, creyendo que el hecho de anhelar algo podía hacerlo realidad, esperando que ya hubiéramos realizado suficientes sacrificios. Renunciamos a todo, a todo menos el uno al otro y a ti. Fuiste una bendición, un regalo que va más allá de las metáforas. Luego vinieron a por ti. Tuvimos cuatro semanas, las cuatro semanas más maravillosas de mi vida. En esas cuatro semanas, me diste más de lo que nunca podré devolverte.

Ojalá hubiera alguna manera de poder mostrarte lo mucho que cambiaste a tu padre. Recuerdo que observaba cómo te tenía en brazos. Te envolvía con las manos y te cogía con cuidado. A veces llorabas y lo único que tenía que hacer para que pararas era cogerte en brazos. Solía ponerte sobre su pecho mientras estaba tumbado en ese horrible sofá verde que teníamos en nuestra sala de estar y te quedabas dormido como un angelito. Tu cuerpo subía y bajaba al ritmo de la respiración de tu padre. Hicimos planes para que nuestra pequeña casa fuera más bonita y pudieras crecer aquí y ser un niño normal. Teníamos un viejo árbol en el patio, el último árbol antes de la inmensidad del desierto. Tu padre hablaba continuamente de atar un neumático a una de las ramas y hacer un columpio para cuando te hicieras mayor. Ojalá pudiera haberte dado eso. Ojalá tuviera recuerdos reales de tu padre empujándote en el columpio de neumático, en lugar de estos sueños de recuerdos que nunca existieron.

En ocasiones, yo trataba de fingir que éramos una familia normal de verdad. No hablábamos de la Guerra durante días enteros. Sin embargo, por mucho que lo fingiéramos, por mucho tu padre actuara como si todo fuese normal, él nunca olvidaba quiénes éramos ni qué hacíamos solos, escondidos en el fin del mundo. Siempre pensaba en eso. Lo sabía porque solía hablar consigo mismo en sueños. Murmuraba y gritaba. Pero durante el día, actuaba con normalidad, por mí y por ti. Nuestro mayor deseo era pasar la vida contigo, olvidar y ser olvidados. Solo queríamos que nos dejaran en paz. Pero no había terminado. No nos olvidaron, Chris. Si solo has de recordar una cosa de lo que intento enseñarte, recuerda que nunca olvidan.

Vinieron a por ti un domingo por la tarde. En ocasiones siento que no tengo recuerdos más que los de ese día, como si los cinco hombres armados con pistolas hubieran borrado cualquier otro recuerdo. Parecía un domingo normal y pacífico hasta que llamaron a la puerta. En los meses que habíamos vivido en aquella casita ni una sola persona había llamado a la puerta hasta ese día. ¿Quién llamaría? Apenas tratábamos con nadie más que con el doctor que te ayudó a nacer y con los tipos con los que trabajaba tu padre, que nos exigía que mantuviéramos la discreción por tu propio bien. Fue todo en balde. Sabían dónde estábamos desde el primer momento.

El recuerdo de los golpes en la puerta todavía me asusta. Provocaron un sonido hueco. Oí un gran golpe y luego hubo una larga pausa, como si quien había llamado estuviera esperando a que el eco se apagara. Estaba sentada en la cocina contigo en el regazo. Al principio, no pensé en nada. La gente llama a las puertas. Solo que se suponía que no tenían que llamar a la nuestra.

Con el segundo golpe, tu padre ya se había levantado y estaba caminando hacia nosotros. Venía de la sala, donde estaba tumbado en el sofá, leyendo el periódico. Trataba de dejarle descansar los domingos, porque sabía lo mucho que trabajaba durante toda la semana. Observé que venía hacia nosotros. No hizo ningún ruido al caminar. Había aprendido a caminar así, deprisa pero en silencio, mucho antes de que yo lo conociera. Cuando vi que caminaba hacia nosotros de esa manera, fue cuando me di cuenta por fin de que debería estar asustada. Tendrías que saber que antes de que tú nacieras, tu padre era un hombre muy peligroso. Yo había hecho todo lo que se me había ocurrido para amansarlo, pero no cambió de verdad hasta que tú naciste. Tú lo hiciste feliz. Lo veía en él a diario. En cambio, cuando oyó esa llamada a la puerta, volvió a convertirse casi al instante en ese hombre peligroso. Vi que la paranoia volvía a apoderarse de él y, para ser sincera, me alegré.

Hasta que tu padre no se alejó un paso o dos de nosotros no miré por fin hacia la puerta. La puerta de la casa era de una madera marrón clara y la enmarcaban dos vidrieras de colores que proyectaban tonalidades rojas, verdes, azules y amarillas sobre el suelo. Cuando miré a la puerta, vi dos figuras de pie al otro lado. Debido a los colores, solo distinguía las siluetas de dos cuerpos grandes. Al tercer hombre, el que estaba llamando a la puerta, no podía verlo. Tu padre, sin vacilar, se colocó entre nosotros y la puerta para taparnos, en caso de que los hombres pegaran el ojo a las vidrieras de colores. Cuando tu padre llegó junto a nosotros, estiró el pulgar y te lo metió en la boca. Empezaste a chuparle el dedo de inmediato como si fuera un pezón. Justo después, oímos un tercer golpe en la puerta.

Te abracé con fuerza.

—Ya voy —gritó tu padre en dirección a la puerta.

Entonces se volvió hacia nosotros y nos susurró:

—Llévate a Christopher. Sal por la puerta de atrás.

Hizo una breve pausa, esperando que asintiera para saber que lo había entendido. Asentí y él continuó.

—No vayas al coche. Solo vete de aquí lo más rápido que puedas. Ve recto. Aléjate.

Quería decir algo, pero tu padre me tapó la boca con la mano libre. Negó con la cabeza para indicarme que no debía hablar, que no debía hacer ningún ruido. Me alegré de que lo hiciera porque no tengo ni idea de qué se suponía que debía decir.

—Ahora vete. Cuando debas elegir, dirígete al norte.

Sabía que debería haberle hecho varias preguntas, pero no se me ocurrieron las adecuadas. El temor se había apoderado de mi mente.

—Te encontraré —me dijo tu padre, respondiendo a la pregunta más importante sin esperar a que la planteara.

Entonces me cogió la mano, la sostuvo delante de su cara y besó las puntas de mis dedos. Después de besarme la mano, te sacó el pulgar de la boca y puso el mío en su lugar.

Sentí que te aferrabas a mi pulgar con las encías y una fracción de segundo después tu padre se volvió hacia la puerta de la calle. No miró por encima el hombro para ver si le estaba obedeciendo. Sabía que lo haría. Yo amaba a tu padre. No quería dejarlo, pero tenía que hacerlo. Tu padre no me estaba diciendo que huyera por mi seguridad, me estaba diciendo que huyera por la tuya.

He repasado mentalmente esa tarde una y otra vez, tratando de entender si podría haber hecho algo para impedir lo que ocurrió, si hubo algún momento en el que podría haber cambiado nuestros destinos. La idea me atormentó durante semanas. Consumí hasta el último minuto de cada día. Al final me di cuenta de que no podía quedarme en el pasado. Aunque pudiera haber hecho algo de una manera diferente, la cuestión era que no lo había hecho. El pasado es el pasado, Christopher. Es irrelevante a menos que tenga algo que enseñarte sobre el futuro.

Me volví otra vez hacia tu padre por un instante, justo cuando él iba a poner la mano en el pomo. Las sombras enormes todavía se veían al otro lado de las vidrieras. Era el momento de irnos. Teníamos que salir de la casa antes de que tu padre abriera la puerta y confiar en que nadie nos viera. Salimos por la puerta corredera de la cocina. Te llevaba en brazos, preparada para correr. No había pensado en llevarme nada. Ya nos preocuparíamos después por la comida y los pañales. Tu padre me dijo que corriera, así que mi idea era correr. Líneas rectas. Al norte cuando fuera posible. El instinto de tu padre decía que los golpes en la puerta traían peligro y el mío me decía que lo creyera.

Salí a la dura tierra roja del desierto, sosteniéndote contra mi pecho. El sol estaba bajo, pero todavía hacía calor. Tengo recuerdos vívidos del poco aire que soplaba, como si estuviéramos en un escenario de cine. El desierto se extendía ante nosotros. Parecía interminable. Ese recuerdo lo tengo grabado a fuego en el cerebro. Me tortura. No tenía ni idea de si volvería a ver a tu padre alguna vez, pero juro que no me lo pensé dos veces. Te apretujé contra mi pecho, con el pulgar todavía en tu boca, y no miré atrás.

Miré adelante, más allá del árbol con el fantasma del columpio de neumático que nunca había tenido y nunca tendría. Más allá de la tierra plana y quemada por el sol. No veía ni una sola casa o calle más. Por eso había elegido tu padre esa casa. Pensaba que el aislamiento nos proporcionaría más seguridad. Quería llevarte lo más lejos posible de la casa antes de que empezaras a llorar. No tenía ni idea de qué planeaba hacer tu padre. Nada me habría sorprendido. Ya se había ofrecido voluntario a sacrificar su vida por ti antes, antes incluso de que nacieras, cuando huíamos de Charleston, pero de alguna manera se había salvado. No sé qué iba a hacer tu padre, pero sabía que mi obligación era correr, así que corrí. Dimos unos diez pasos desde la puerta de atrás antes de oír el terrible estallido. Era un sonido que reconocí, un sonido al que ya me estaba acostumbrando. Dejé de correr, el ruido quedó atrapado en mi oído, a medio camino entre el restallido de un látigo y la explosión de un cañón. No procedía del interior de la casa como había esperado. Procedía de justo detrás de mí. Me paré de golpe, como si hubiera corrido hasta el borde de un precipicio. Te sostuve aún más cerca de mí para que no pudieran dispararte sin atravesarme a mí antes. Oí otra vez el estallido, solo una vez más. En esta ocasión, vi que se levantaba una nube de polvo de metro y medio delante de mí, como una columna de humo rojo que se elevaba del suelo. Rompiste a llorar. Incluso con mi pulgar en la boca, te echaste a llorar más fuerte que nunca. Yo también quería llorar. Quería llorar contigo. Sabía que tu padre, si todavía estaba vivo, oiría tu llanto y sabría que yo había fracasado.

Me volví y miré detrás de nosotros. Había dos hombres de pie junto a la puerta trasera de nuestra casa, de la que acabábamos de salir corriendo. Uno sostenía una pequeña pistola a la altura de la cadera. El otro tenía un rifle pegado al hombro, apuntando al suelo delante de nosotros.

—Te sugiero que no corras más —dijo el hombre de la pistola.

El tono amable no impidió que lo odiara.

—¿Por qué no entras con nosotros? —preguntó.

Era un hombre desagradable, bajo y fornido, con una nariz bulbosa. El otro mantuvo el rifle en el hombro, apuntando en nuestra dirección, y eso impidió que le viera la cara. Retrocedí los diez pasos hacia la casa. No tenía elección. Pasé junto a los dos hombres y entré en nuestro hogar. Te agarré con más fuerza al pasar junto a ellos. No tenía ni idea de qué planeaban hacer con nosotros, pero no iba a soltarte sin luchar. Te apreté contra mi pecho, tratando de que sintieras que no tenías nada que temer. Los dos hombres nos siguieron al interior de la casa.

Hacía mucho más fresco dentro, lejos del sol del desierto. Una vez que entramos en la casa, miré alrededor. Todo parecía en orden. No había pruebas de pelea o lucha. Imperaba una calma estremecedora. Tu padre estaba sentado en el sofá de la sala. Desde donde yo estaba de pie, podía ver a otro hombre sentado en una silla al otro lado de la mesa de centro, de cara a tu padre. Había otros dos hombres junto a la puerta de la calle. Los reconocí por su forma: eran los que estaban al otro lado de la vidriera de colores. Ambos llevaban pistolas. Los dos hombres que habían entrado con nosotros se detuvieron nada más cruzar la puerta trasera y se quedaron allí. Tenían todas las salidas cubiertas.

El hombre sentado enfrente de tu padre me miró cuando entramos. Sentí un escalofrío en la columna. Luego te miró a ti. Todo lo que necesitaba saber, lo vi en esa mirada, que refulgía de odio. El hombre me asustó. Se volvió otra vez hacia tu padre.

—Vamos, Joe —dijo ese hombre, fingiendo decepción—, ¿de verdad creías que no apostaríamos a nadie en la puerta de atrás?

—No me había dado cuenta de que eras tú, Jared —replicó tu padre—. Si no, habría dado por supuesto que tendrías todas las bases cubiertas. No todos son tan meticulosos como tú.

Tu padre parecía abatido. Intenté encontrar un deje de esperanza en su voz, pero fue en vano. Miré al hombre sentado enfrente de tu padre. Conocía el nombre de Jared. Era el nombre del viejo amigo de tu padre, que me había contado historias sobre la infancia que habían compartido Jared y él. Quería que eso me diera esperanza, pero no fue así. No después de la manera en que te miró Jared. Algo iba mal. Algo iba muy mal.

—Así que esta era la causa de todos tus problemas —le dijo Jared a tu padre, señalándote como un testigo que identificaba a un asesino en un tribunal. Parecía ridículo señalar así a un bebé.

—Se llama Christopher —dijo tu padre—. Christopher Jude.

Me di cuenta de lo que quería hacer tu padre. Quería ganarse a su viejo amigo.

—La verdad es que no me importa su nombre, Joe. A ti tampoco debería importarte.

Jared hablaba con un tono neutro y sin emoción. Metió la mano en la cinturilla del pantalón y sacó un revólver deslustrado. Lo dejó en la mesita de centro antes de dirigirle otra mirada a tu padre. Cuando lo miró, el odio desapareció de su rostro y fue reemplazado por una expresión más compasiva.

—Es uno de ellos, Joe —dijo casi con un suspiro, lo bastante alto para que lo oyera yo, pero lo bastante bajo para que tu padre comprendiera que esas palabras iban dirigidas solo a él. Jared también intentaba ganarse a tu padre.

—Es mi hijo, Jared.

Incluso rodeada por hombres desconocidos armados con pistolas, aquellas palabras me hicieron sentir fuerte, pero solo por un momento. Jared asintió con la cabeza. Pensaba que quizá iba a estar de acuerdo con tu padre.

—Siempre supe que uno de los dos iba a meterse en problemas —dijo Jared, negando con la cabeza—, pero pensaba que sería Michael.

Se rió un segundo y dejó de hacerlo con la misma brusquedad con que había empezado.

—Todavía estás a tiempo, Joe. Lo he consultado. No te han eliminado de la lista. Dame al niño. Dame al niño y aún puedes volver al redil.

—No puedo hacerlo. —Ahora tu padre también susurraba.

Jared se inclinó más hacia tu padre, apoyando los codos en las rodillas.

—Creía que cuando tuvieras al niño, cuando lo vieras de verdad, entrarías en razón. Creía que cuando te dieras cuenta de quién era tu hijo, volverías con nosotros. —Jared empezó a morderse el labio inferior—. Por eso esperamos, Joe. Por eso hemos estado protegiéndote todo este tiempo.

Se me erizó la piel cuando oí esas palabras, antes incluso de comprender lo que significaban.

—Pensábamos que si te dábamos tiempo, entrarías en razón.

—¿Entonces fuiste tú quien me salvó en Charleston? —preguntó tu padre.

—¿Crees que habrías llegado tan lejos sin que te protegiera, Joe? —respondió Jared.

Pareció que estaba a punto de echarse a reír otra vez, pero no lo hizo.

—¡Vamos, Joe! —Jared levantó la voz. Cerró el puño y se golpeó la rodilla—. ¿Te das cuenta del riesgo que hemos corrido para salvarte? Eliminamos a tres de sus hombres para protegerte en Charleston. Me acusaron de usarte como cebo, de usarte para atraerlos. ¿Te das cuenta de cuál es el castigo por eso? Lo he arriesgado todo por ti.

No sé quién parecía más consternado, Jared o tu padre.

—Eres mi mejor amigo. No paraba de decirles: «Dadle algo de tiempo. Volverá».

Poco a poco, todo empezó a encajar. Las personas que estaban en nuestra casa eran la razón por la que salimos juntos de Charleston. Habían estado protegiéndonos para poder volver y llevarte, lejos de nosotros.

—Así que todo esto todavía formaba parte de tu trabajo de asesor.

—No me hagas eso, Joe —dijo Jared—. Sabes que me he implicado mucho más de lo necesario.

Jared miró un momento por la ventana abierta.

—¿Sabes lo que estás haciendo sufrir a tu madre? —le preguntó Jared.

Tu padre se limitó a asentir. Yo sabía que había escrito a tu abuela.

—¿Y Michael? —Tu padre preguntaba por su otro mejor amigo, el tercer miembro del trío.

—Michael no lo entiende —replicó Jared—. Se largó cuando se enteró de que estabas huyendo. Confundiste a ese chico. No sabía qué hacer sin ti.

—¿Así que también ha huido? —La voz de tu padre había recuperado cierto tono de esperanza.

—No. Nadie persigue a Michael. No ha hecho nada malo. Si te llevo de vuelta, volverá al instante. Será como en los viejos tiempos.

Jared puso una mano sobre la pistola. La empujó hasta el centro de la mesa para que estuviera tan cerca de tu padre como de él. Yo no comprendía qué se suponía que significaba eso, si una oferta de paz o un desafío. Todavía no entendía los rituales. Aparté la mirada de la pistola. Todo el mundo estaba demasiado calmado. Yo quería gritar. Tú te habías quedado dormido en mis brazos. Fuera el cielo se estaba tiñendo de un rosa oscuro a medida que el sol se ponía. Unas sombras largas y grises empezaron a invadir la casa.

—Entonces, ¿qué quieres de mí? —preguntó tu padre.

—Solo quiero que hagas lo correcto —respondió Jared—. Es solo el niño, Joe. Puedes quedarte con la chica.

Jared me señaló con la cabeza. Me entraron ganas de llamarlo hijo de puta. Me entraron ganas de preguntarle quién demonios se creía que era, pero no me atreví a abrir la boca.

—Es por tu propio bien, Joe. Te conozco desde hace mucho. Te quiero. Estoy tratando de ayudarte.

Al oír el modo en que habló Jared, hasta yo misma estuve a punto de creerlo.

Tu padre se frotó las manos.

—No quiero que mi hijo se vea envuelto en nada de esto, Jared. No quiero que lo eduquen para que sea un asesino. —Tu padre negó con la cabeza. Nunca lo había oído hablar con tal determinación—. Así que si os entrego a Christopher, ¿qué haréis con él?

Jared se reclinó en la silla. Conocía la respuesta a esta pregunta.

—Lo llevaré a donde tiene que estar. Lo entregaré a los del otro bando. Seguiré las reglas, Joe, igual que deberías hacer tú.

—¿Y cuando cumpla dieciocho años? —preguntó tu padre, que conocía la respuesta de sobra.

Jared negó con la cabeza. Sabía que tu padre conocía la respuesta.

—Yo mismo mataré a ese cabrón —respondió Jared.

Ahogué un grito al oír esas palabras. Jared me oyó y nos lanzó una mirada de desprecio. Una mirada que reveló lo que Jared pensaba de mí. Había corrompido a su mejor amigo. Le había robado a su hermano.

—No —fue lo único que respondió tu padre, negando con la cabeza de un lado a otro.

—¿No qué? —preguntó Jared.

—No te vas a llevar a mi hijo. No, mi hijo no va a ser parte de esta Guerra.

Tu padre pronunció estas palabras como si se tratara de un conjuro, como si pudieran proporcionarle cierto control. Pero solo eran palabras. No sé qué esperaba tu padre, pero no tuvieron ningún efecto mágico.

—Me jode hacer esto, Joe, pero ya no puedo hacer más por ti. Nos lo llevamos. Un día me darás las gracias. —Jared se inclinó hacia delante y cogió la pistola de la mesa. Se levantó y se metió el arma en la parte trasera de los pantalones—. Te he dado la oportunidad de hacerlo como es debido. Cuando recuperes el juicio, encontrarás mi puerta abierta. Con suerte, todavía podré convencerlos para que te dejen volver. —Jared se dirigió hacia nosotros—. Coged al niño —le ordenó a los demás, señalándote otra vez a ti.

Dos de los cuatro pistoleros se dirigieron hacia mí. Un tercero levantó la pistola y me apuntó. De repente me di cuenta de lo que estaba ocurriendo. Iban a arrancarte literalmente de mis brazos.

—Espera —gritó tu padre antes de que nadie me alcanzara. Habló con tanta autoridad que todos los presentes se detuvieron un momento—. Antes de irte, ¿vas a pedirme disculpas, Jared?

Tu padre tenía la mirada clavada en la pared. No miró a Jared cuando habló. Tampoco a nosotros. Pensé que se había rendido.

—¿Por qué? —preguntó Jared, convencido de que no tenía que disculparse por nada.

—Por desgarrarme el corazón —replicó tu padre.

Fueron las palabras más tristes que había oído nunca.

—Tú primero, amigo —replicó Jared con idéntica vehemencia.

Entonces hizo una señal a sus compañeros y estos se dirigieron hacia mí otra vez. El primer hombre en alcanzarme me agarró de los brazos como una tenaza. Se puso detrás de mí y me juntó los codos en la espalda. Al separarme los brazos no podía agarrarte con tanta fuerza. Sentí que empezabas a escurrirte entre mis dedos. Justo antes de que te me escaparas, uno de los hombres te cogió. Te sostuvo delante de él, no como se sostiene a un niño, sino como se sostiene a un animal salvaje.

—¡No les dejes hacer esto, Joseph! —grité. No sabía qué más hacer—. Se supone que eres su amigo —le grité a Jared.

Ahora estaba llorando. No sabía qué haría si te perdía.

—Soy su amigo —me susurró Jared, enfadado, como si no estuviera acostumbrado a que le llevaran la contraria.

Una vez que te tuvieron en sus manos, el primer hombre me soltó. Las piernas no me aguantaron más. Mis músculos no reaccionaban. Caí a plomo en el suelo. Se te estaban llevando y no sabía cómo detenerlos.

Fuera había oscurecido. Nadie había encendido ninguna de las luces de la casa, así que estaba oscureciendo también dentro, lo que dificultaba la visión. Miré hacia el sofá donde había estado sentado tu padre. Quería maldecirlo por permitir que ocurriera aquello. Quería gritarle por no impedir que se te llevaran, pero le habría gritado a un sofá vacío. Tu padre había desaparecido. Jared y sus secuaces se dirigían a la puerta. El hombre del rifle iba delante. El hombre que te sostenía se encontraba detrás de él. Miré otra vez al sofá vacío y luego examiné la sala para tratar de ver adónde había ido tu padre. Reparé en el púrpura oscuro que teñía el cielo y me di cuenta de que la ventana estaba abierta. Tu padre ya estaba fuera, esperándolos. Yo quería hacer algo. Quería ayudarlo de alguna manera, pero no tenía ni idea de lo que tramaba.

El hombre del rifle abrió la puerta de la calle. Salió. El hombre que te llevaba en brazos salió tras él. Yo apenas veía la puerta entre las espaldas de los otros tres hombres. Sin embargo, oí un sonido, un profundo sonido gutural de sorpresa. A continuación la puerta de la calle se cerró. Jared y dos de los hombres aún estaban dentro. Todos se quedaron un momento ahí, confundidos. Entonces se oyeron disparos al otro lado de la puerta. Contuve la respiración y escuché, tratando de averiguar qué significaban los disparos. No me atrevía a respirar. Me limité a escuchar sin perder la confianza. Primero hubo silencio. Entonces te oí llorar. Nunca pensé que me alegraría tanto de oírte llorar. Mejor aún, tu llanto se oía cada vez menos, y no porque te estuvieras calmando, sino porque te estabas alejando. Tenía que ser tu padre. Tu padre me estaba abandonando, dejándome en la casa con esos tres hombres horribles y, sin embargo, nunca lo amé más en la vida. Te estaba salvando.

Miré a los tres hombres que quedaban dentro. Los dos secuaces todavía no comprendían lo que estaba ocurriendo. Sacaron sus armas antes de abrir la puerta otra vez. Solo Jared mantuvo la calma. Estiró el brazo y giró el pomo. Cuando abrió la puerta, oí que un coche arrancaba. Tu padre estaba a solo unos segundos de escapar contigo. Me levanté. Lo único que se me ocurrió para ayudarlo a escapar fue correr hacia Jared. Él salió y yo corrí hacia la puerta de la calle, pasando por delante de los dos hombres desconcertados. Jared había salido al porche delantero. Vi que se estaba agachando para recoger algo. Yo también había salido. Sabía que tenía que intentar placar a Jared, retenerlo en el suelo, impedir que hiciera lo que tenía en mente. Pero entonces cometí mi único error. Antes de saltar hacia él, levanté la mirada. No pude evitarlo. Quería veros a ti y a tu padre. Quería saber que los dos estabais a salvo. Pensé que podría ser la última vez que os viera a los dos. Tu padre estaba en el asiento delantero de nuestro coche. No podía verte a ti, pero sabía que estarías tumbado en el asiento de su lado.

Miré a Jared. Estaba agachado para coger el rifle. Los dos hombres a los que tu padre había tendido una emboscada en el porche yacían en el suelo, inmóviles. Vi sangre. Estaban muertos. De alguna manera, en cuestión de segundos, tu padre los había matado.

Jared cogió el rifle de las manos de uno de los cuerpos sin vida. Corrí hacia él cuando lo levantaba y se lo llevaba al hombro. Traté de ir más deprisa, pero Jared me vio venir. En mi momento de vacilación, en ese momento en que levanté la mirada para ver si estabais bien, Jared vio que me precipitaba hacia él. Bajé la cabeza para tratar de derribarlo o al menos golpearlo lo bastante fuerte para que tu padre tuviera tiempo de alejarse contigo. Estaba a punto de alcanzarlo cuando levantó la mano libre y me agarró de la base del cuello. Me contuvo con una mano antes de que tuviera ocasión de embestirlo. Me clavó los dedos en la clavícula mientras todavía sostenía el rifle con la otra mano. Era muy fuerte y me sentí muy débil. Me levantó como si no pesara nada y me lanzó fuera del porche. Caí al suelo. Cuando dejé de rodar, me volví para mirar hacia el coche. Estaba empezando a moverse. Todo estaba ocurriendo demasiado despacio. Volví a mirar al porche y vi que Jared se llevaba el rifle al hombro. Apuntó. Disparó un tiro. Me volví y miré otra vez al coche. Jared había disparado a la rueda delantera. El coche derrapó hacia un lado y viró de manera que casi quedó de cara a nosotros. A través de la oscuridad, vi a tu padre tratando de girar desesperadamente el volante. Entonces volví a mirar a Jared. Estaba apuntando para disparar otra vez. Apuntó y apretó el gatillo de nuevo. Oí ruido de cristales rotos antes incluso de volverme. Cuando me di la vuelta, el parabrisas ya se había hecho añicos, y las fisuras se entrecruzaban en una telaraña centrada en un agujero situado justo delante del asiento del conductor. La puntería de Jared había sido perfecta. Quería gritar, pero me quedé petrificada.

Jared volvió caminando hacia la puerta delantera y gritó a los dos secuaces supervivientes que salieran. Les ordenó que lo acompañaran al coche.

—Coge a la chica —le dijo a uno de ellos cuando pasó a mi lado.

El hombre se inclinó hacia mí y me agarró de un mechón del pelo. Me levantó del suelo pero no me soltó, sino que me arrastró tras él. Trastabillé, tratando de mantener el paso. No me hacía daño. No podía sentir dolor. Estaba aturdida. Recé para que el coche estuviera vacío cuando llegáramos a él, recé para que de algún modo tu padre hubiera salido y huido contigo. Jared me miró mientras caminábamos, con el rostro lleno de odio.

—Has matado a mi mejor amigo —me dijo Jared sin el menor atisbo de ironía.

Yo tenía la boca demasiado seca para responder nada.

Te oí llorar cuando nos acercamos al coche y se me cayó el alma a los pies. Era un sonido ahogado, pero no cabía duda. Debías de haber caído al suelo, debajo de uno de los asientos, cuando el coche giró. Por un momento, lo único que me preocupó fue que estuvieras herido. Entonces recordé todas las demás cosas de las que tenía que preocuparme. Estabas vivo. Di gracias a Dios por eso, pero era lo único por lo que tenía que dar gracias.

—Puedes soltarla, pero no dejes que vaya a ninguna parte —ordenó Jared al hombre que me agarraba del pelo.

Me echó a un lado. Caí otra vez al suelo y mis rodillas ya ensangrentadas se clavaron en la tierra seca. Aunque hubiera querido correr, no tenía fuerzas para hacerlo.

—Tú —dijo Jared, señalando al otro hombre; ahora

dictaba órdenes con una autoridad carente de emoción—, coge al niño.

Me incliné hacia delante para poder verte cuando el hombre abrió la puerta del pasajero. Se agachó hasta el suelo del coche como si tal cosa y te agarró por una pierna: tu cuerpo colgaba de su puño como si fueras un pedazo de carne. Lo odié. Contuve la respiración. Estabas cubierto de sangre. No sabía si era tuya o de tu padre. Lo siento mucho, Christopher. Siento mucho haber dejado que te hicieran eso.

—Le estás haciendo daño —grité, pero nadie me escuchó.

Sentía un dolor físico en mi interior, aunque sabía que no estaba herida.

Jared se acercó a la puerta del conductor. La abrió y miró en el interior del coche. No pude ver lo que estaba mirando. Lo único que podía ver era el parabrisas resquebrajado y sangre. Jared echó una larga mirada en el interior del coche. No dijo ni una palabra. Tenía una mirada fría y un rostro impasible. Entonces se volvió otra vez.

—Vamos —dijo.

Empezó a caminar hacia el todoterreno que sus secuaces y él habían aparcado junto a la casa. Los otros dos hombres lo siguieron. No se molestaron con los cadáveres del porche. No dejabas de llorar. Se te estaba poniendo la cara morada porque el hombre te llevaba cabeza abajo. Quería correr hacia ti, Chris. Quería calmarte. Estaba demasiado débil. No podía luchar. Apenas podía respirar. Me sentía como si alguien me estuviera pisando el pecho. Había perdido toda la energía. No poseía la fortaleza de tu padre. Ni siquiera tenía fuerzas para hacer un último y desesperado intento de salvarte. La muerte no me asustaba. Solo la desesperación.

Pasaron a mi lado, a menos de un metro de mí. Por un momento, pensé que iban a fingir que yo no estaba allí. Eso era lo peor, su indiferencia hacia mí. Habría preferido que me dispararan a que me dejaran allí tirada como a una inútil. Quería sentir dolor. Al pasar por mi lado, Jared se volvió hacia mí una última vez. Estaba rezando para que levantara la pistola y acabara con mi sufrimiento. En cambio, me miró a los ojos y señaló el coche con la cabeza. Con gélida indiferencia, dijo:

—Aún está vivo, pero no durará mucho. No te molestes en pedir ayuda porque no hay tiempo suficiente. Solo ve a despedirte. Considéralo el último favor que haré por mi amigo. —Se detuvo durante una fracción de segundo y apostilló—: Y luego te sugiero que desaparezcas.

Rompí a llorar otra vez. No sé cómo me quedaban lágrimas. No tenía fuerzas para levantarme. Sabía que si lo intentaba, me caería al suelo. Así pues, me quedé allí tirada y observé a los tres hombres mientras se metían en el coche contigo. El hombre que te agarraba se subió al asiento trasero. Una vez que estuvo dentro, ya no pude verte más. Cerró la puerta y el sonido de tu llanto se desvaneció. El todoterreno arrancó y los hombres se alejaron, dejándome tendida en el suelo. Te fuiste así sin más.

Observé el vehículo hasta que desapareció, sabiendo que ibas en él. Cuando dejé de verlo, empecé a arrastrarme por el suelo hacia tu padre. El coche estaba a poco más de cinco metros, pero apenas tenía energía para arrastrarme. No sabía qué podía decirle a tu padre. Estaba avergonzada. Tu padre estaba agonizando porque había intentado salvarte, y allí estaba yo, paralizada por unos rasguños en las rodillas.

Al acercarme al coche me di cuenta de que no se oía ningún sonido en el interior. Pensé que quizá era demasiado tarde. Traté de levantarme, poniendo la mano en la puerta del coche, pero me temblaban las rodillas y caí al suelo. Oí un leve sonido dentro. Levanté la mirada. La luz interior estaba encendida porque la puerta estaba abierta. Tu padre estaba arrellanado en el asiento del conductor, con una enorme mancha de sangre en la parte delantera de la camisa. Jared le había disparado en medio del pecho. Vi más sangre que empezaba a coagularse en las comisuras de los labios. Al respirar se oía también un silbido. Veía el dolor en su rostro.

—Lo he dejado marchar —confesé.

Ya estaba de rodillas, en la posición perfecta para rogarle perdón a tu padre.

Él negó con la cabeza.

—No podías hacer nada —me dijo, con voz más débil a cada palabra que pronunciaba—. No merecías nada de esto. Christopher y tú no merecíais nada de esto. —Miró la sangre de la camisa.

—Tú tampoco lo merecías, Joe. No es culpa tuya. —Me acerqué y le puse las manos en el regazo.

Se rió, pero le dolió.

—No. Te equivocas. Esto es exactamente lo que merezco. Esta es la forma en que tenía que terminar todo para mí.

No sabía qué decir. En retrospectiva, sé lo que debería haber dicho. Debería haberle dicho a tu padre lo mucho que lo quería. Debería haberle dicho que iba a encontrarte. Debería haberle dicho lo mucho que te quería. Debería haberle dicho que iba a rescatarte y que cuando crecieras no te convertirías en un asesino. Debería haberle contado que era el hombre más valiente que había conocido y que no lo culpaba de nada. En cambio, fui incapaz de abrir la boca. Me pidió otra cosa.

—Bésame —dijo, con la voz reducida a apenas un susurro.

Vacilé, insegura de si lo había oído correctamente.

—Quiero que tus labios sean lo último que sienta. —Esta vez las palabras fueron claras.

Hice acopio de fuerzas y me levanté. Puse una mano en el techo del coche para equilibrarme. Dejé que la otra se apoyara suavemente en el pecho de tu padre. Sentí su sangre a través de la camisa. No me importó. Me incliné para besarlo por última vez. Acerqué mis labios a los suyos. Empezaba a estar un poco frío, pero sentí el débil latido de su corazón bajo mi mano. Al besarnos, sentí que el latido se detenía.

No le debes nada a tu padre, Christopher. Nunca te obligaría a asumir semejante carga. Pero deberías saber que murió tratando de salvarte. No lo culpes por lo que eres.

No es culpa suya. Te quería. Lo dio todo solo para intentar que tuvieras una vida normal.

Después de la muerte de tu padre, tardé un tiempo en darme cuenta de lo que tenía que hacer. Ahora lo sé. Tengo que encontrarte. Tengo que aprender de la fortaleza de tu padre. Tengo que averiguar adónde te llevaron y tengo que salvarte, por tu bien y por el de tu padre. No había sido lo bastante fuerte para impedir que se te llevaran, pero podía reunir suficientes fuerzas para recuperarte. Al menos podía intentarlo. Tardé un tiempo en darme cuenta de que no tenía nada que perder. No me importa lo lejos que tenga que ir o cuánto tiempo tarde. Nos siguieron hasta un rincón pequeño y remoto del mundo. Si ellos pudieron hacerlo, yo también podré. Me robaron a mi hijo y mataron al único hombre al que había amado. Ya me he cansado de huir. Ahora les toca a ellos.

AGRADECIMIENTOS

En primer lugar, debo darle las gracias a mi mujer, Carly. Los soñadores pueden soñar cuanto quieran, pero sin una persona pragmática a su lado que los anime e incite, esos sueños nunca se harán realidad.

Gracias a mi agente, Alexandra Machinist, en parte por ayudarme a orientarme en esta industria que llamamos editorial, pero, sobre todo, por creer en mí y en mi obra, y por apoyarme cuando no me mostré dispuesto a ceder.

Gracias a mi editor, Ben Sevier, y al resto de su equipo de Dutton. Me habéis convertido en mejor escritor de lo que era y os estaré eternamente agradecido por ello.

En último lugar, gracias a Drew Pitzer, Amanda Hulsey, Aron Gooblar, Jay Johnston, Noah Davis, David Menoni, Marty McLoughlin, Kevin Trageser, Stephen Szycher y Michael Bedrick por leer y comentar los primeros borradores de este libro. Habría sido muy diferente y muy inferior sin vuestras críticas. Y lo que es más importante, gracias por ser mis lectores, por animarme a seguir escribiendo a pesar de que la frustración, el miedo y el desánimo se apoderaron de mí.